一部打造中国007的精制之作

特工之王

（之四）

李伟新/著

时事出版社

图书在版编目（CIP）数据

特工之王.4/李伟新著.—北京：时事出版社，2010.6
ISBN 978-7-80232-354-4

Ⅰ.①特…　Ⅱ.①李…　Ⅲ.①长篇小说—中国—当代
Ⅳ.①I247.5

中国版本图书馆CIP数据核字（2010）第103915号

出版发行：时事出版社
地　　址：北京市海淀区万寿寺甲2号
邮　　编：100081
发行热线：（010）88547590　88547591
读者服务部：（010）88547595
传　　真：（010）68418647
电子邮箱：shishishe@sina.com
网　　址：www.shishishe.com
印　　刷：北京百善印刷厂

开本：787×1092　1/16　印张：22.25　字数：451千字
2010年6月第1版　2011年1月第2次印刷
定价：35.00元

目录

目录

目录

目录

目

录

引 子

上部说到，龚破夭被带到一个神秘的基地特训，学习了日语、日本的生活习俗等等。这让他才隐约感觉到，自己也许要打入日本人的心脏了。

果然，特训结束后，一个他怎么想也想不到的任务降临了——军情局竟然要他假扮记者，独自到日本去执行任务。

可至于具体是什么任务，军情局的人一个字也没提，只要求他见机行事。

当他踏上驰向日本的客船时，一个强劲的对手已经在暗暗地等待着他了。

他更想不到的是，田欣竟然会悄悄地跟着他到了日本，并从此与他联手大斗日本的间谍王，最后摧毁了日本的重水工厂，打破了日本制造原子弹的美梦。

从日本回到中国后，田欣带着小鬼头回到桃源寨，静心孕育她和龚破夭的爱情结晶。

龚破夭则回到部队，接受新的特训。

特训之后，他又带着特工队员潜入印度，在泰姬陵与仇人中村正岛展开生死之搏。

但随着搏斗的展开、深入，龚破夭才发现，中村正岛的后面还隐藏着一个更神秘的人物。

这个神秘人物是谁?

他为什么要和日本人勾结?

这背后是否隐藏着惊天的大阴谋?

一连串的问题接踵而来，但都被龚破夭迎刃而解。

最后，神秘人物的大阴谋终成泡影，特工之王再度在异域大放异彩。

第三百零五章 穿越泰姬陵

听到一阵音乐声响起，李绍嘉的双耳倏地矗立起来，就仿佛千年的古藤突然受了惊吓一般，耳畔则回响着咚咚的音乐声，质朴而古典。

紧接着，一群身穿罗纱的绝色女子飘逸而至，在舞场中央翩翩起舞。

舞场两边坐着各式大臣，目光都热辣辣地盯在女子身上。

坐在正中龙椅上的是莫卧儿帝国的国王——沙杰罕。旁边则坐着他的宠姬阿姬曼芭奴。曼芭奴是波斯人，睫毛很长，眼睛深蓝，鹅蛋形的脸部就像拉长了的十五的月亮，无比皎洁、水润。身上的每一寸肌肤也丰腴得就像要溢出水来……

李绍嘉望着就猛吞口水。

突然，"啵"的一声，李绍嘉的头上吃了万全策的一记爆炒栗子。

"干嘛打我？"李绍嘉不满地嘟囔着。

"不敲打敲打你，你还不知道要冥想到何时。"万全策眼含讥诮地望着他。

"这本来就是休息的地方嘛。"李绍嘉委屈极了。

万全策想了想，点了点头——这李绍嘉说的也没错。

原来，他们两人进入了一条盗墓者偷偷挖掘的甬道。甬道的入口在相距泰姬陵三四里地的一片树林里，十分的隐蔽。

前面的甬道都是窄窄的，只能容一个人通过，可相隔几百米就会有一个小洞。洞里可以容纳三四个人，显然是用来喘气、休息的地方。

小洞无疑是为了储存足够多的空气，否则一直窄窄地往里爬，人一定会被闷死的。

"如果你想着泰姬的那颗夜明珠，那就不会想休息了。"万全策突然冒出一句。

听了这话，李绍嘉扭过头，望着万全策兴奋地问："龚老大没骗我们吧，这泰姬陵里真有夜明珠？"

万全策瞪了他一眼："龚老大什么时候骗过我们？他说有，就是有！"

"嘿嘿，那是那是，突然感觉我们也像盗墓的一样了。"李绍嘉笑着直点头。

"我们此盗非彼盗，中村正岛他们才是真正的盗呢。"万全策很有见地似地下着结论。

“可是，这话又说回来了，他们要这夜明珠干什么呢？”李绍嘉有些不解。

万全策摸出一根烟递给他：“你说你呀，集训的时候就只想着那个黑玫瑰，什么也听不进去。杜教官不是说得很清楚吗，这夜明珠是个圣物，谁得到它，都会拥有神奇的力量。小日本的大军正被我们的国军堵在长沙，想进进不了，还屡屡吃败仗，正心急呢。所以，这会他们正恨不得将夜明珠弄到手，一口吞掉我们中国呢。”

“那夜明珠真有那么神啊？”李绍嘉追问。

看着眼前这个不开窍的家伙，万全策“唉”了一声，只好复述了一番这泰姬陵的故事——

泰姬陵是莫卧儿王朝第五代君主沙杰罕为宠姬泰姬·玛哈尔修筑的陵墓。整个陵墓的建筑通体都采用白色大理石砌成，外形端庄华美、无懈可击。寝宫门窗及围屏都用白色大理石镂空雕成菱形带花边的小格，墙上则用翡翠、水晶、玛瑙、红绿宝石镶嵌成色彩艳丽的藤蔓花朵，光线所至，光华夺目，犹如天上的星辉。几百年来，不知有多少文人墨客为泰姬陵竞折腰，写下无数动人的诗篇。但是当你真正站在它面前时，才会深深体会到，泰姬陵之美原来是任何文字都无法书写的。绝代有佳人，遗世而独立。千百年来，那个俏立于亚穆纳河畔洁白晶莹、玲珑剔透的身影，秀眉微蹙、若有所思……

泰戈尔说泰姬陵是“永恒面颊上的一滴眼泪”。一个如此凄美的比喻，必然血肉相连着一个凄美的故事：

阿姬曼芭奴是个来自波斯的女子，美丽聪慧、多才多艺，入宫十九年来见证了沙杰罕的荣辱征战。沙杰罕封她为“泰姬·玛哈尔”，意为宫廷的皇冠，是真正的集三千宠爱于一身。然而，自古红颜多薄命，泰姬在生下第十四个孩子后死去。死讯传来，沙杰罕竟然一夜白头。再驰骋纵横的帝王也终有脆弱无力的时候，可以在挥手间令万众臣服，却留不住枕边水样的温柔。

于是，一个悲痛的丈夫动用了皇族的特权，倾举国之力，耗无数钱财，用二十二年时间为爱妻写下了这段瑰丽的绝响。痴情的沙杰罕本想在河对面再为自己造一个一模一样的黑色陵墓，中间用半黑半白的大理石桥连接，穿越阴阳两界，与爱妃相对而眠，可惜梦想在皇室的纷争中戛然而止。泰姬陵完工后不久，他的儿子弑兄杀弟篡位，沙杰罕也被囚禁在阿格拉堡。此后整整八年里，在阿格拉堡宫殿的每个月夜，透过一块水晶石的折射，人们都可以看见一个伤心的丈夫不眠不休，痴痴地凝望着数公里外月光如洗中爱人的陵墓。

泰姬陵因爱情而生，这段爱情的生命也因泰姬陵的光彩而被续写，光阴轮回，代代不息。

“哎，老万，你说了这么多，动人归动人，可这跟夜明珠有什么关系呢？”李绍嘉听得一头雾水。

“真不明白？”万全策反问。

“真不明白。”李绍嘉石头敲石头似地硬梆梆地回了一句。

万全策用肘捅了一下他的手臂：“你这个死猴子，是不是和黑玫瑰聚了一下就傻啦？”

“你才傻呢。”

“那为什么明摆着的事你都想不到？”万全策紧盯着他道。

李绍嘉挠了挠头，白了万全策一眼：“真的，真的想不到。”

“傻哟你。”万全策笑道，“我问你，沙杰罕为什么封她为‘泰姬·玛哈尔’？”

“因为她美丽可爱呗。”李绍嘉答。

“蠢。我不是说了嘛，泰姬·玛哈尔意为宫庭的皇冠，皇冠上会有什么？”

“明珠，皇冠上的明珠。”李绍嘉欢快地答。

“嘿嘿，看来你还没傻透。告诉你吧，这颗夜明珠是玛哈尔从波斯带来的嫁妆。自从她到了莫卧儿，屡战屡败的沙杰罕立马变成屡战屡胜，莫卧儿一跃成为当时的强国。”万全策一脸神往地说道。

“真有那么神？”李绍嘉却半信半疑的。

“不神的话，小日本会派中村正岛亲自出马？中村正岛是什么人？日本的特工之王啊。”万全策神情严肃地道。

李绍嘉扬了扬瘦脸，语气里满是不屑：“哼，什么特工之王？在南宁的时候，他还不是让我们搞了一把，也不见他像个王啊。”

“此一时，彼一时。你以为像你的黑玫瑰，永远不变啊？”万全策笑说。

李绍嘉自豪地说：“肯定的啊，黑玫瑰对我那可是海枯石烂永不变。为了她，上刀山下火海我都愿意。”

“看你说的，肉麻不肉麻？”

“嘿嘿，你是局外人，怎么能理解我们恋爱中人的话？”说罢，李绍嘉打量了万全策一番。

“这样打量我干嘛？第一回见我啊？”

“嘿嘿，感觉你不同了。说实话，回家探亲是不是勾引上谁了？”李绍嘉盯着万全策逼问。

“你这死猴子，还真能看穿我的心思不成？”万全策嗔道。

“什么呀？你都写到脸上来了。说吧，是哪家的姑娘？”李绍嘉得意地问。

万全策抬头望了望洞顶，脸上流露出幸福的笑意：“就是我师妹的妹妹蓝星儿。”

“是原来就有一腿的，还是——”

“腿你个头。那时她还是个十五六岁的小女孩呢。”

“呵呵，那现在是十八的姑娘一朵花了？”

“哼，你以为我万全策是个没眼光的人啊？”

“嗯嗯，你万兄的眼光就是不同寻常。看她的名字——蓝星儿，多美呀，想着就觉得美。”李绍嘉赞道。

“别肉麻了，干正事吧。”万全策打断了他。

话音刚落，突然一阵“唑嗦”的声音，从他们身后传来……

“谁?”

两人异口同声地喝问。

第三百零六章 甬道的魅影

万全策和李绍嘉的喝问却没有得到回应。

“窸嗦”的声音也像消失了一样。

两人面面相觑，目光却在彼此询问着——你看到什么了？

然而，两人又不约而同地摇了摇头。

突然，一股阴风扑来，李绍嘉鬼叫似地“哟”了一声，手上拿着炮盒子乱挥乱舞，像在挥赶着什么似的。

“怎么啦？怎么啦？”万全策急问。

李绍嘉停止了挥舞，惶恐地喘着气：“像、像被鬼上了身一样。”

“哈哈，你个死瘦猴，是自己心里有鬼，才想到鬼的吧。”万全策禁不住打趣他。

“老万，你看我像在骗你吗？”李绍嘉红着脸，不满地道。

万全策盯着他：“那我为什么没感觉到鬼上身啊？”

李绍嘉瞪了他一眼：“你虎气冲天的，别说鬼，就是妖也怕了你。”

“嗯嗯，有道理。鬼就是专门欺负你这个阳气不足的瘦猴的。看来你以后和黑玫瑰生的小孩，都是女孩子。”万全策借题发挥起来。

“哼，那倒不一定，反而是你生女儿的机会多。”李绍嘉哼哼道。

万全策呵呵一笑：“女儿好，我就喜欢女儿。”

说罢，他捅了一下李绍嘉的腰：“走吧。”

李绍嘉转过身接了一句：“有儿有女才好呢。”

话音飘落，身子已一弯，朝甬道爬去。

甬道很窄，只能通过一个人。

李绍嘉爬在前面，一手握着枪，两眼瞪得天大。

虽说万全策在他身后，可如果遇到什么情况，根本帮不到他。万全策在他身后，只能挡住后面射来的子弹。

甬道里黑漆漆的，伸手不见五指。即使他们练过夜明眼，也只能朦朦胧胧地看到数米外的东西。

手里虽然拿着手电筒，却没有打开。

昨天，当龚破夭带着他们原班人马到达泰姬陵附近的时候还是白天，他们于是假扮成游客，在陵墓四周溜达，细心地侦察。

既观察陵墓里外的情况，也观察游人里有没有中村正岛的人。

一个下午下来，也没发现中村正岛的人，甚至连一个日本游客都没有。

到了晚上，他们分成六组，按所收集到的情报分头去落实甬道的各个入口。

搜索了一晚，他们搜到了四个甬道的入口，单是小树林里就有两个。

另外两个在两座民房的后花园里。民房已经破败，很久没人住了，花园也荒芜了，杂草丛生的。花园甬道的入口，就在一只大水缸的下面。

白天休息了一天，晚上他们就出动了。

孙玉国、赵卓宾、蔡如柏、佟大芳打外围，各守住一条甬道的入口。其余八人则分成四组，分别进入四条甬道。

按龚破夭的推测，四条甬道中必有一条通到陵墓的地下墓室。因为按传说，泰姬那颗夜明珠在数年前就已经失窃。夜明珠失窃后，莫卧儿王国这个地方就接连发生了水灾和地震，搞得灾民遍野……如果真是那样的话，他们到达地下墓室的目的，就是搜索蛛丝马迹，从中找出可以追踪的线索……

没有发现中村正岛的人，甬道口又有人把守，身后应该是相当安全的。

李绍嘉心里这样安慰自己。

那么也就是说，自己要防的，就是妖魔鬼怪了。

不是他李绍嘉胆子小。而是，对于陵墓这些东西，他一直都是十分敬畏的。尤其是听说秦陵下遍布机关，不少盗墓者未进秦陵就已尸骨全无后，他对陵墓的敬畏之心里又多了一种恐惧。

这泰姬陵属于莫卧儿古国，谁知道里面会有什么古灵精怪的东西？

泰姬陵建成之后，墓室与以往不同，陵上有寝宫，摆着的是泰姬和沙杰罕的两具空棺。陵下是墓室，据说葬着泰姬和沙杰罕。

听过泰姬的美丽传说后，李绍嘉真希望能一睹泰姬的真容。

然而，芳容应该不存在了。

如果防腐不到位的话，恐怕看到的就是一具骷髅、一堆白骨。

李绍嘉看了看甬道的泥壁，感觉还比较新鲜，应该是挖了不到六年时间，与龚破夭所说的夜明珠失窃的时间不相上下。

如果龚破夭说得准确的话，那么他和万全策所进入的这条甬道，就是挖通到泰姬陵地下墓室的那条甬道。

想到这，李绍嘉多少有点兴奋："老万，你猜泰姬会是什么样子的？"

"谁知道她是什么样子。"万全策没好气地答。

李绍嘉不高兴了："老万，你怎么那么没品位，别以为你那个师妹就是天下最美的人儿了。"

"是不是天下最美的，我不敢说，但比你那个黑玫瑰强。"万全策眼里闪出师妹窈窕的倩影。

“这我相信。黑玫瑰不过是我眼中的西施，与别人无关。”李绍嘉一点也不泄气，自豪地说。

见万全策没回声，李绍嘉又道：“老万，如果你是沙杰罕，你会用什么东西为泰姬陪葬?”

“傻瓜，那还用问吗，肯定是金银珠宝啊。”万全策面无表情地答。

李绍嘉吞了吞口水，又试探着问道：“老万，如果金山银山堆在你面前，你会咋样?”

“会咋样?我们又不是盗墓者。再说，谁用了陵墓里的东西，都会中咒语，弄不好会断子绝孙、三代祸患不断的。”万全策答。

“嘿嘿……”李绍嘉贼笑了几声。

“嘿什么?”

“你年纪不大，迷信倒不少。那不过是警告盗墓者的说法。我们家乡就有一个盗墓起家的，现在日子过得比谁都滋润，也没见遭到什么灾祸。”李绍嘉举出了实例。

“是时候未到吧。”万全策依然坚持自己的观点。

李绍嘉张了张嘴，正想说什么，突然感觉脖子一紧，仿佛被一双无形的手紧紧地捏住了。

“啊——”

他惊恐地叫了起来。

“又怎么啦?”万全策急问。

第三百零七章　难道是魔咒

听着万全策的急问，李绍嘉很想回答。

可是他哪里回答得出来。脖子被捏紧不说，身子也像被千斤大石压着一样，压得他张不开嘴、发不出声，手想动也动不了，好在意识还算清醒。

也正是这份清醒让他感到一种从来没有过的难受，如同在梦中坠落深渊似的，绝望而恐怖。

身上的骨头仿佛正被一根根地拆除。

手筋、脚筋也被一条条地挑断。

万全策仍在急问。

可李绍嘉却什么也听不到了。

仿佛挣扎了一万年那么久，他才猛地“啊”的一声喊出来，继而背上一松，手脚也能动了。

“死猴子，你搞什么鬼？”万全策擂了一拳李绍嘉的脚板心。

李绍嘉牙齿打颤地道：“老、老万，别再、再说鬼了好不好？”

“咋了？又遇到鬼了？”万全策笑问。

真是哪壶不开提哪壶。

李绍嘉加重了语气：“老万，你再说鬼，我跟你翻脸。”

“好好好，我不说鬼，我不说鬼。那你说说是怎么回事？”万全策也好奇极了——刚才他拼命问李绍嘉，他却没有反应，用手电敲打他的脚，他也像麻木了一样。足足有几分钟的样子，他才回过神来。

李绍嘉本想说自己被鬼压身了，可又觉得那样一说就等于承认自己是个阴气十足的人，转念一想才道：“没啥，就是感到气紧，也许是被瘴气闷的吧？”

瘴气？这哪来的瘴气？若有瘴气，也不是只有你李绍嘉才有反应啊。

当然，万全策没点破他，而是说：“行了，到了前面的小洞，我们换一换，我爬前，你殿后。”

“嗯，也行。”李绍嘉爽快地答，想想不对，赶忙补充道，“要不然我被闷得头昏眼花，发生什么事情都不知道。”

“没错，没错，还是让我这个阳气足的人走前面吧。”万全策主动给了他一个台阶下。

“那先多谢老万了。等我和黑玫瑰成亲时，请你坐上座。”李绍嘉笑道。

万全策“咳”了一声：“到时再说吧。有没有命等到那天，还是个问题呢。”

“老万，你别咒自己好不好？”李绍嘉的语气突然严肃起来。

“嘿嘿，说笑而已。”万全策忙说。

李绍嘉没再吭声，却像被鬼追着一样，爬得很快。

脑子里也不敢胡想。

他猜自己两回被鬼缠，都是胡思乱想的缘故。

仿佛眨眼间，李绍嘉就爬到了前面的小洞。

在小洞里站起身，他大大地松了口气。

“咦？”万全策竟然没跟上来。

李绍嘉侧耳听听，一点声息都没有。

怎么回事？

“老万。”他轻呼。

没有万全策的回声。

难道他也被鬼缠住了？

李绍嘉不由得一阵心慌，弯下身子朝甬道大喊：“老万。”

声音喊得很大。然而，他听着却像蚊嘤似的，声音就像被什么吸掉了一样。

再喊，同样是蚊嘤似的声音。

李绍嘉浑身打了个冷颤，汗毛一根根竖了起来，头皮也紧紧的，直发麻。

如果老万那么有阳气也遇到鬼的话，那他们就真是倒霉透了。

突然，身后像传来“嗖”的一声，李绍嘉赶紧把身子一缩，一个转身，抬手就朝前面的甬道“叭叭”地开了几枪。

随即传来“扑哧扑哧”几声，是子弹射入泥壁的声音。

“死猴子，你……你打……打什么枪啊？”老万的头钻出了甬道。

李绍嘉转过身来：“还问我，我喊你那么多声，怎么没有回声？还以为你死了呢。”

老万听得一头雾水：“什么？你喊我了？我怎么没听到？”

“你没听到？”李绍嘉也懵了，不由得捏了一下自己的大腿，火辣辣的痛，证明自己并没有麻木啊。

“是啊，我一直跟在你后面爬，还看着你的猴脚在乱蹬呢。”万全策道。

“一直跟在我后面？怎么可能？我到这里都有几分钟了。”李绍嘉瞪大双眼道。

万全策也站起了身，居高临下地看着李绍嘉：“怎么不可能，看你的猴脚一收，就听到你开枪了。”

听了这话，李绍嘉心里顿时发毛了。

这个万全策一定是被鬼迷惑了，我早早地就爬到了小洞，他怎么可能看到我的脚呢?

那么，他看到的那双脚是谁的呢?

鬼脚?

鬼脚!

绝对是鬼脚!

李绍嘉心里琢磨着，嘴上却没说。他相信不论自己怎么说，万全策也不会相信的。

一旁，万全策已喘定了气息，闪到李绍嘉前面，弯身欲钻进甬道。

李绍嘉忙拉住他："老万，还是让我爬前面吧。"

"为啥？不怕被瘴气闷得头昏眼花了?"万全策不解地道。

李绍嘉"嘿嘿"地干笑了两声："不会了，我已经适应了。"

"行，到时别又发牢骚。"万全策边说边让出身子，让李绍嘉走过去钻入了甬道。

钻入甬道，李绍嘉赶紧静心凝神、全神贯注，希望目光能够透过甬道的黑，将前面看得更清楚一些。

而他勾着扳机的食指也时刻准备着，像随时都要勾下似的。这回，他不敢爬得那么快了。

而且，往前爬几步，他就回头问一下："老万，瞧到我的脚没有?"

"瞧到了。"

李绍嘉连问了几次，万全策不耐烦了："死猴子，你老问这个干嘛？烦不烦?"

"没干嘛，就是问问呗，怕你跟不上。"李绍嘉掩饰道。

他主动爬在前面，目的就是要万全策真的起到殿后的作用，一旦万全策没跟上他，两人的中间又不知会出现什么。

"我什么时候没跟上你了?"万全策不高兴地道。

"看看，死牛一边顶，还硬撑。"李绍嘉心道。

爬着爬着，李绍嘉突然又感到不对劲了。

原来，不管他怎么手脚并用地爬，身子都好像没往前挪一步似的。

还以为是自己头昏出现的错觉，他赶紧回头问："老万，你在爬吗?"

"怎么不在爬？你以为我会偷懒啊?"万全策没好气地答。

"你可在前进?"李绍嘉仍不放心地问。

"唉，死猴子，你要找话说，也找些有意思的话说行不行？怎么说出这么弱智的话来?"万全策生气地道。

"行，我闭嘴。"李绍嘉也生气地答。

可爬了好一会儿，李绍嘉仍是手脚动，身子却没动的感觉。

他想开口问万全策，又怕惹他生气，便忍住没问。

谁知他没开口，万全策倒开口了：“死猴子，你在爬吗？”

“怎么不在爬？你以为我会偷懒啊？”李绍嘉以牙还牙。

“你可在前进？”万全策又问。

“唉，死老万，你要找话说，也找些有意思的话说行不行？怎么说出这么弱智的话来？”李绍嘉故作生气地道。

突然，一道亮光亮起。

万全策打开了手电。

李绍嘉不甘落后，也打开了手电。

亮光之下，两人不由得大惊失色。

第三百零八章　神奇的夜明珠

原来，两人看到的竟是他们手脚并用爬出的四个坑。也就是说，他们不知在原地爬了多久，将地上都爬出了坑自己也浑然不觉。

“撞鬼了，真撞鬼了。”两人目光相碰，灰头土脸地看着彼此说道。

是退？还是进？

退是没问题的。

进的话，真不知道还会遇到什么离奇的情况。

“咋办？”李绍嘉问万全策。

万全策咬咬牙，狠狠地说道：“生和死我们都见多了，难道还怕这装神弄鬼的东西？往前进，不到墓室非好汉。”

豪言壮语，唬谁呀？明明是心虚的表现。

李绍嘉心道，嘴上却说：“嗯，就听你老万的，前进。”

“但得亮着手电。”万全策连忙提醒道。

“亮着手电怎么行？万一里面潜伏着中村正岛的人，我们岂不是自露目标？”李绍嘉故意这么说，实则自己比万全策还想亮着手电前进。

“没事。心静致远，耳听八方，小心一点就没事了。”万全策为李绍嘉打气。

“嗯嗯，那我小心点。”李绍嘉一边答，一边往里爬。

爬了没多远，他就看到了一具骷髅。

骷髅白骨森森的，在手电光之下散发出一股浓重的死亡气息。

李绍嘉停了下来。

“干嘛停了？”万全策问。

“有具骷髅。”

“骷髅怕什么，你又不是没见过死人。”万全策大大咧咧地说。

“谁说我怕了？我只是停下来观察。”李绍嘉哼哼道，目光仍不离开前面的骷髅。

骷髅完好，骨头并没有四散开来。

李绍嘉便分析——依骷髅完好的情形来看，近期并没有人从这里经过。因为甬道很窄，要通过的话，必定要从骷髅上面爬过去，骷髅经人一压，骨头必定散架。

这发现令他感到欣喜——前面没有潜伏的人，不会有危险。

“安全。”想到这儿，李绍嘉没头没脑地说了一句，继续往前爬。

当他的身子压上骷髅的时候，骷髅果然如他所料，骨头“咔啦咔啦”作响，很快就被他压散了。

“哎，死猴子，压得那么欢，是不是压着一具女骷髅啊？”万全策笑道。

李绍嘉一听就火大：“老万，我身正不怕影子斜，你怎么满脑子的邪念啊？”

“嘿嘿，说笑而已。”

李绍嘉嘟囔了一句：“这也拿来说笑。”

爬过骷髅不远，李绍嘉突然“咚”的一声撞在了泥壁上。

“撞墙干啥？”万全策不解。

“干啥？干啥？到头了！”李绍嘉没好气地答。

“不会是条死道吧？”

“就是条死道。”

“你敲敲道壁，看有没有‘空空’的回音，有的话，就说明是故意堵死的，挖挖就通了。”万全策提示道。

“这还用你说？我敲了，是‘噗噗’的实声。”李绍嘉沮丧地道，心想好不容易爬了几里，遇到的竟然是条死道。

不进则退了。

李绍嘉身子瘦小，身子一卷一缩，就转了过来。

万全策却无法转身，只能以脚带路地往后退。

两人便面对面地往后退了。

他俩这边走的是条死道，龚破夭和范庭兰则爬得很顺利，没遇到什么障碍就到了泰姬陵的地下墓室。

墓室宽敞，四壁都是大理石墙。盗墓者是硬生生地凿穿了大理石墙，从而进入了墓室。

两具石棺并排摆在墓室的中央。

棺盖已经被打开，弃置在地上。

龚破夭和范庭兰走近两具石棺一看，脸上都流露出不可思议的神情——两具石棺里的一具是空的，只有右边的石棺里有一具骷髅。

按照男左女右的规矩，右边石棺里的骷髅应该就是泰姬的遗骸。

“噫”了一声，龚破夭便俯下身子，先是又嗅又闻，继而细细地观察起骷髅来。

骷髅的牙齿细白，显出女性独有的特征。盆骨宽大，是挺能生养的象征，这跟泰姬生了十四个子女扯得上关系。

再从骷髅的长度，脚骨、手骨的大小等方面去判断，龚破夭断定这具骷髅就是泰姬的遗骸。

在观察的过程中，龚破夭还按照骷髅的比例，通过想象为骷髅装上肌肉、安上眼睛、接上睫毛、贴上皮肤、赋予血色——

随即，骷髅仿佛春光一现，花朵一样为他盛开了，一个绝色美人盈盈地朝他走来……

站直身子，龚破夭看了范庭兰一眼。

范庭兰竟然闭上了双眼，眼角还挂着一颗泪珠。

“怎么啦，庭兰？”龚破夭禁不住问道。

范庭兰长叹了一声，睁开双眼：“想不到一代绝色美人，最终剩下的也是一具骷髅而已。”

“呵呵，还这么多感慨，你就没有从她的骷髅去想象一下她当日的美貌？”龚破夭笑说。

“没有。看到骷髅我就恶心，怎么还能想象？我表姐在地下，恐怕也变成这么一具骷髅了。”范庭兰心里酸酸地说。

“呵呵，没灵没性，自然就是骷髅了。”龚破夭潇洒地说，“万物莫不过如此。昙花一现，也就现出了永恒。”

范庭兰淡淡地笑了一下：“多谢老大的安慰，表姐的美始终在我心里。”

龚破夭“嗯”了一声，然后又看了他一眼。

范庭兰十分灵醒，马上走到棺盖的一头。

两人便将两块棺盖盖回到石棺上面。

盖好石棺，龚破夭从裤袋里掏出一叠白纸，走到棺尾，在地上烧起来。

范庭兰诧异地望着龚破夭：“老大，你不是连香烛也带来了吧？”

“那倒没有。但烧烧纸，心意到了就行了。”龚破夭淡淡地说。

烧罢纸，龚破夭望着范庭兰：“这一路爬进来，你发现了什么？”

范庭兰愣了愣，沉思了片刻，却摇了摇头。

龚破夭笑了笑：“如果我没猜错的话，盗走泰姬夜明珠的是我的一个老乡。”

听了这话，范庭兰的双眼瞪得天大：“你是怎么猜到的？再说，你又怎么知道夜明珠是陪葬泰姬了？”

“嗯，先说夜明珠吧。”龚破夭道，“夜明珠是有灵性的圣物，如果它遇到自己真正的主人，就会和主人通灵。人们常说，夜明珠可以使人变得美丽。这话其实不对。夜明珠并不能使每个人都变得美丽，只会令真正的主人变得美丽。人的生命有限，夜明珠的生命却长久。我不知道沙杰罕是否知道这一点。他让夜明珠为泰姬陪葬，也许只是因为泰姬生前一直保存着夜明珠，夜明珠是泰姬的爱物。他也许想不到，因为有了夜明珠的陪葬，泰姬躺在墓室冷冰冰的石棺里也是栩栩如生的。两百多年来，泰姬的尸身依然保持完好……”

“这是不是太神了？”范庭兰禁不住打断了龚破夭的话。

龚破夭笑了笑："是神啊。要不然小日本为啥会出动特高课的精英来寻找这颗夜明珠。我说了，夜明珠会与主人通灵。通了灵的夜明珠到了地下，仍然会精心地呵护着自己的主人。它的光彩既是阳光，又是雨露，每时每刻都在滋润着它的主人。当盗墓者打开棺盖的时候，他看到的就不是一具骷髅，而是——"

"行了，老大，别说细节了。"范庭兰忙阻止龚破夭说下去——依他的推测，盗墓者见到栩栩如生的泰姬，必定会产生邪念的……

第三百零九章　盗贼是老乡

龚破夭的目光在范庭兰的身上停了一下。他知道范庭兰是个唯美的人，不希望心中的美人儿被盗墓贼糟蹋了形象，所以不想听后面的细节。

其实龚破夭也不想说。

确实，当他对着石棺又嗅又闻的时候，在泰姬清纯的气息里还嗅到了一股异味。通过对异味的分辨，他已猜到那是盗墓贼留下的气息……

怜香惜玉是男人的天性。推测到绝色的泰姬被盗贼凌辱，他心中不由得升起一股怒火——死盗贼，你就是躲到天涯海角，我都要把你揪出来。

“老大，还是说说盗墓贼是谁吧。”范庭兰赶紧将话题转移了。

龚破夭“嗯”了一声，然后缓缓地道：“在甬道的入口及甬道中的小洞里，我发现了雄鸡的剪纸。”

“我怎么没看到?”

“他贴得比较隐蔽，不注意看不到。”龚破夭答道。

范庭兰的脸红了一下：“惭愧，我真没注意到。”

龚破夭没理会范庭兰的“惭愧”，继续说道：“而且，整条甬道里都散发着淡淡的艾香味。”

“艾香辟邪。”范庭兰脱口道。

“没错。我们四川人最爱用艾草来辟邪了。每年三月，我们都要采艾草回来做成艾糍，以辟身上的邪气。”龚破夭说着，牙缝里仿佛飘出了艾糍的清香。

“那也不能断定盗墓贼是四川人啊，我们湖北人也有这种习惯。”范庭兰猜到了龚破夭话里的意思。

龚破夭点了点头：“当然，单凭艾香是不能指认盗墓贼就是四川人的。但纸鸡，你知道吧，纸鸡是四川独有的图腾。除了四川，还有几个少数民族将鸡视为图腾。但这几个少数民族地处深山大岭，勤劳纯朴，与外界隔绝，不可能拥有熟练的盗墓技巧，所以可以排除在外。四川每到春节的时候，都会将纸鸡贴到门上，以作驱邪的门神。盗墓贼虽然本身就是十分淫邪的人，可他们对古陵墓并非无所顾忌，不少盗墓贼就是因为满不在乎而死在挖掘甬道的途中的。所以，有经验的盗墓贼在挖掘甬道的时候，就会采用一些辟邪的方法来驱邪，以防邪气入侵。艾香、纸鸡就是起这种作用的。”

“依你这么说，泰姬陵这个盗墓贼就是你的四川老乡？”范庭兰兴奋地问。

“嗯。如果从纸鸡去看，也不一定是我的四川老乡。这纸鸡辟邪的方法，可以一传十、十传百，别人也可以用的。关键是——”

“是什么？快说吧。”范庭兰急着要知道结果。

“关键是他的挖掘方式。”

“挖掘方式也能看出是哪里的人？”范庭兰感到不可思议。

“是的。你说，四川人最常用的两句骂人的话是什么？”龚破夭笑问范庭兰。

范庭兰想都没多想就道：“锤子、尖儿。”

“嗯。锤子喻男的那个，尖儿喻女的那个，是吧？我细看了道壁上的挖掘痕迹，都是一重一轻交叠进行的。也就是说，盗墓贼在挖掘甬道的时候，嘴里是吟着‘锤子、尖儿’的。吟‘锤子’的时候下手重，吟‘尖儿’的时候下手轻。别以为这是无聊，或者是习惯性的吟。而是，吟着‘锤子、尖儿’，一可以让他去充分联想男女交合之事，以减轻挖掘的劳累；二可以在一轻一重中有节奏地挖掘，这是保持体能的一种好方法……”

“嗯嗯，言之有理，言之有理。”范庭兰就像发现新大陆似的，高兴地道。但说罢，他又犯难了：“都过去几年了，到哪里去找他呢？”

“德里。”龚破夭故意显得很神秘地说。

范庭兰笑呵呵地道：“老大真行啊，原来已经知道盗墓贼就隐藏在德里。这德里是老城，新德里就是新城，是吧？”

龚破夭答道：“这还用问吗？我们走吧。”

从墓室钻入甬道，范庭兰的心思就飞到了德里、新德里。

新德里位于印度西北部，坐落在恒河支流亚穆纳河西岸。当地人都把这个城市称为“德里”，而非“新德里”。因为这里本是一个古都，后来在古都旁边扩建了一座新的城市，并将这个新城区称为新德里，以区别于老德里。现在新、老德里已经完全连在一起，中间隔着一座德里门，并以著名的拉姆利拉广场为界，广场以南为新德里，广场以北为老德里。

在波斯文中，德里意为“门槛”。从德里市的行政区划图来看，新德里城市以姆拉斯广场为中心，城市街道呈辐射状，蛛网式地伸向四面八方，很像一把向西北方向伸展开来的扇子。

德里有着光荣的过去和悠久的历史。据印度史诗《摩诃婆罗多》记载，公元前一千多年以前，班度族曾在此建都。公元前1世纪，孔雀王朝的王公拉贾·德里在此立国，构筑都城，并以自己的名字命名这座城市。

德里一年大致就分为三季：凉季（10月—次年3月）、热季（4—6月）和雨季（7—9月）。

不久，两人就爬到一个小洞里，站起了身。

龚破夭悄声对范庭兰道："你先走，小心一点。"

范庭兰点点头，喘了口气，马上就钻入了甬道。

等范庭兰走了大约十来分钟，龚破夭从腰间抽出一条白毛巾，然后对着白毛巾撒了一些尿，再包着自己的嘴脸，只露出双眼。

贴着道壁听了听，龚破夭听到通向墓室的甬道里传来"嗞嗦"的声音。

嘴角露出一丝笑意，龚破夭即刻将一只毒气弹扔入通向墓室的甬道，自己则迅速地将身子一缩，钻入甬道，飞快地往外爬。

还没到出口，龚破夭就听到外面传来"砰砰叭叭"的枪声。

终于交上火了。

龚破夭猛一提气，身子便如同飞鹰一般"嗖嗖"地往外飞爬。

将头伸出甬道口，龚破夭一眼看到范庭兰和守着出口的佟大芳正躲在民房里，从窗口朝外射击。

对方的子弹十分密集，瞬间便将门窗打得粉碎。

龚破夭不敢大意，飞快地跃出甬道出口，就地打了十几个滚，人还没立起，身子已像箭一样射入民房的大门。

"老大，他们的火力太强了。"佟大芳等龚破夭站起身，忙道。

龚破夭看了他一眼："其他组的人呢？"

"出来了两组，还有李绍嘉和万全策那一组没有出来。"佟大芳答。

第三百一十章 一个也不能少

听到李绍嘉和万全策还没出来，龚破夭的脸上闪过一缕不祥的神色。

此时已经是下半夜，清脆的枪声必定会很快引来驻印的英军。这印度是英国在亚洲最大的殖民地，是英国的一块大肥肉，轻易不会让别人来碰的。

从中国出发之前，尉迟风就一再交代他们，不到万不得已，不要与英军产生摩擦。如果发生了摩擦，就要尽快撤离，消失于无形。

尉迟风并非为英国人说话，只不过是从大局出发。毕竟，英国是抗击法西斯的中坚力量，是同盟国。

时间不容许久拖。

可听着对方的枪声，龚破夭知道对方有十几个人。人数在他们之上，火力也在他们之上。对峙下去，吃亏的是他们。但留下李绍嘉和万全策不管，那也是绝对不可能的事。

特工队的每一个人，都是他龚破夭的兄弟，如同十指连心，一个都不能少。

想到这，龚破夭马上对范庭兰道："你组织各组的人往东撤。"

"那你呢?"范庭兰朝窗外打了几枪，担心地问道。

"我什么？这个时候还这么婆妈。"龚破夭说着，将白毛巾丢给范庭兰，人已飞上了屋梁，躲在墙角。

范庭兰只得对佟大芳说了声"飘"，随即身形一晃，从后门飘了出去。

出了后门，范庭兰左右开弓，手中的两支盒子炮同时朝对方开火。

开火的同时，他左手的盒子炮朝天连发了三枪短射。隔了两秒，再次短射三枪。这是急撤的暗号。

范庭兰左右开弓还有一个目的，就是让对方误认为他们从民房撤出的是三个人。对方既然是偷袭，说不定事前就对他们进入甬道和守洞口的人了如指掌了。

只要对方误认为他们撤出的是三个人，就会认为他们全部撤出了，对龚破夭就是最好的掩护。

该做的都做了，范庭兰仍不敢大意，目光依然紧紧盯着龚破夭躲藏的那座民房，只要发现有一点不对头，他和佟大芳就会毫不犹豫地回去相助。

南边小树林的两组人撤出来了。

北面另一座民房里的三个人也撤出来了。

东面居南北之中，南北两边的人都渐退渐往东靠拢。

就在这时，一条人影飞入龚破夭躲藏的民房，范庭兰的心“咚”的一声跳到了喉咙口，急急地念叨：“快快出来，快快出来。”

飞入民房的是一条人影，还有两条人影一左一右地夹着民房。只要民房里有一点风吹草动，房外的人马上就会飞进去接应。

范庭兰躲在一棵树后，紧紧地盯着民房的动静。

给你三秒时间，再不出来我就……

范庭兰心道，然后默念着：一、二……

“三”还没念出来，一条人影就从民房后门飞了出来，继续朝他们追来。

范庭兰这才松了一口气。

与佟大芳相视笑了一下，他朝对方连发了几枪点射，这才迅速往后撤。

两秒时间。

龚破夭知道仓木麻衣进入民房的时间只有两秒。

就是这两秒的时间，仓木麻衣已给他留下深刻的印象。

不是仓木麻衣的身手有多快，而是她身上散发出的那股气息。

非但不诱人，反倒是要命的气息。

当仓木麻衣的脚步声还在房外时，龚破夭听声辨音，心下已经一颤：这气势，简直就像是一条疯狗啊。

仓木麻衣的身影一闪而入，目光就像射向四面八方的箭，箭箭都要取人的性命似的。

龚破夭赶紧凝神屏息，将自已化于梁木上。

仓木麻衣如箭的目光并没有射到他身上。而她的鼻子像猎狗一样“呼哧呼哧”地猛嗅了几下，只嗅到范庭兰、佟大芳和“龚破夭”从后门逃离的气息。

所以，她在房内没停留，飞也似地追了出去。

士别三日，当刮目相看啊。

龚破夭心里感慨：中村正岛手下的人都不同凡响了啊。

听到外面的枪声，还在甬道里的李绍嘉不由得脸色大变：“老万，这下我们糟了。”

“糟什么?”万全策却显得很镇定。

李绍嘉硬梆梆地道：“死老万，你是一截木头啊?听枪声就知道对方的歪把子正压住我们的盒子炮啊。不一会儿，我们的人肯定顶不住要撤。我们俩留在这甬道里，岂不像被人关门打狗一样?”

“死猴子，你才是狗。”万全策不满地道。

“唉唉，今晚真是撞鬼了。前面撞的是死鬼，等一会撞到的就是活生生的日本鬼。”李绍嘉自怨自艾地道。

万全策一拳砸在他的后脚跟上："看你的衰样，怎么变得婆妈了？除了唠叨，还是唠叨，是不是吃多了黑玫瑰的口水？"

"多啥？我吃一生都不够！"李绍嘉理直气壮地宣告着。

"肉麻。"

"肉麻也不顶用了，我怀疑我们还有没有命逃出这甬道。"李绍嘉突然又变得无限悲观。

万全策也被他说得头皮一阵阵发麻，心里禁不住念叨："龚老大啊龚老大，你神秘了大半年，与我们分开了大半年，以为我们的人还是原来那班人啊？瞧吧，这死猴子就变成婆娘一个了。还说我们在一组是天衣无缝的一对，一对个啥哟！"

"老万，你也不用这样对我没信心。"李绍嘉仿佛觉察到了万全策的心思，硬声道，"你又不是没尝过女人的温柔。女人的温柔会让你倍加珍惜生命的，对不对？"

"哼哼，还找出理由来了。"万全策不快地说，"要想我对你有信心，就赶快往外爬吧。"

"爬？这样爬出去还不等于是送死啊？你没听到我们的盒子炮都跑了吗？"李绍嘉回头瞪了万全策一眼，"实话说，我的小心对你是很有好处的。"

万全策红了一下脸。因为李绍嘉说的没错，他们自己人的盒子炮已经远去，外面传来的已是鬼子"哒哒哒"的歪把子机枪声。依他们两人之力，绝对难以与对方拼杀。

他正想开口说什么，李绍嘉却对他轻轻"嘘"了一声。

这是收声的提示。

李绍嘉发现了什么？

第三百一十一章 仇人在眼前

原来，李绍嘉听到了敲甬道壁的声音：两轻一重。

轻，自然是轻松，他们被“松绑”了；重，自然是严重、急促，行动得快。

这是自己人发出的暗号。

李绍嘉兴奋起来：“快走，老万，我们的援手到了。”

说罢，整个人就像老鼠一样，在甬道里钻得飞快。

“这死猴子，跑的时候，比风还快。”万全策心道。

他俩距离甬道出口只有七八十米。李绍嘉爬得飞快，万全策的速度也被带动起来了，眨眼工夫他俩就钻出了甬道。

一眼看到侧身在一棵树后的龚破夭，李绍嘉的鼻子一酸，就要向老大大吐苦水。可在他欲张嘴的瞬间，却看到龚破夭一脸的血，且神情严峻，赶紧问道：“老大，其他人呢？”

龚破夭看了他一眼：“在引离中村正岛他们。”

李绍嘉“哦”了一声。

还是万全策眼尖，鼻子嗅着一股新鲜的血腥味儿，目光一下子就落在不远处的两个日本机枪手身上。

两个机枪手趴在地上，歪把子正对着他们甬道的出口。只是，两个机枪手的后脖子都被龚破夭的匕首抹了，否则食指一勾扳机，他和李绍嘉的身上绝对会布满弹窟窿的。

李绍嘉也看到了，不由得对万全策伸了伸舌头，意思分明在说：老万，看到了吧，要不是老大出手，我们早升天了吧？

“老八，去把机枪拿上。”龚破夭对李绍嘉道。

“是，老大。”李绍嘉还没有忘记自己是老八。

龚破夭说罢，对万全策招了一下手，脚下已生风，往林子外飘去。

跟着跑了几步，万全策就觉得方向不对：怎么是向西跑呢？范庭兰他们是往东走的，中村正岛的人也是往东追的啊。

“老大，我们是不是走错了？”万全策禁不住问道。

“错不了。”龚破夭简短地答。

万全策有点不解了：如果他们三人也朝东扑去，不正好将中村正岛他们夹在中央，打他们一个措手不及吗？

他刚要开口启发龚破夭，一阵枪声就从背后追来了。

万全策不禁倒吸了一口凉气：好险！如果莽莽然地朝东扑去，自己正好送到对方的枪口之下。

好鬼啊，这个中村正岛，不是留下两个机枪手守住甬道出口就了事了，背后还有人接应。

回头看了一眼，万全策看到李绍嘉正提着机枪东跳西蹿，逃得好狼狈。

但狼狈归狼狈，李绍嘉仍然是跳蹿有度，充分利用林间的树木，有效地躲避着对方的子弹。

虽然有些星月微光，但距离太远，加上树木的遮挡，万全策看不清对方有几个人，只能从枪声判断出对方不下五六个人。一挺机枪、两支狙击步枪、两支自动步枪，另有一个是使手枪的，显然是个头。

火力远在他们之上。

不知是看李绍嘉逃得狼狈，还是在甬道里憋闷得太久了，万全策忍不住道："老大，给他们一点颜色看看？"

"不。"龚破夭答，然后又加了一句，"只管跟着我快跑。"

只管跟着你快跑？这可不是你龚破夭的风格啊。

万全策心里嘀咕着。

身后却传来李绍嘉的喘息声。

万全策赶紧略放慢一些脚步，李绍嘉已窜到他身边。他二话不说，就将李绍嘉提着的机枪抢到手里。

"谢、谢、谢老万。"李绍嘉狼狈时也没忘了礼数。

龚破夭对他俩低声喊："快跟上。"

子弹仍"嗖嗖"而至，打得枝断叶碎。

龚破夭的话刚喊出，自己的双脚却突然缓了下来——

他嗅到了中村正岛的气息。

这条豺狼，就是烧成灰，我也能辨出是他的气息。龚破夭心里顿时升起一股熊熊之火。

于是，他躲到一棵树后，对李绍嘉、万全策挥了挥手，要他们继续往前跑。

李绍嘉点点头，像受惊的野鹿一样，跑得飞快。

一百米，中村正岛就躲在一百米外的一棵树后。

这一百米对龚破夭而言，就如同在眼前。

"老公，把他宰了。"突然，田欣的声音在他耳边响起。

顿受鼓舞，他迅速抬起了盒子炮。

"夭哥，此回出征，你要见机行事，千万不要感情用事。"几乎就在同时，尉迟风叮嘱的话也在他耳边响起。

仇人就在眼前。

只要他一勾下扳机，中村正岛的脑袋就会开花。

一百米，绝对是盒子炮的有效射程。

四百米，他也用盒子炮取过敌人的性命。

中村正岛正从树后往外探头。

只露出半边脸。

但足够让他的脑袋开花了。

“开枪呀，老公。”田欣似乎又在焦急地催促。

龚破夭抬起的手却放下了，身形一晃，迅速转身朝李绍嘉他们追去。

他何尝不想开枪？

要不是尉迟风有话在先，他早就毫不犹豫地开枪了。

尉迟风要他见机行事，为什么？

尉迟风只说了一句：“中村正岛他们，不只是为了夜明珠那么简单。”

至于何因何由，尉迟风却只字不提。

为什么不提，也许是因为尉迟风也不知所以然吧。

要龚破夭重新带队出马，表面上是可以让他和仇人交手，实际上却并非交手那么简单。叫他见机行事，不要感情用事，就是要他不要轻易对中村正岛下手。

是的，此时还不是下手的时候。

龚破夭心里很清楚。到目前为止，他对中村正岛要得到夜明珠的目的，还一点都不清楚。说夜明珠是圣物，会让日本天皇充满神奇的力量，这分明是矛盾的说法。日本天皇就是大日本的神，神圣得不得了，怎么还需要夜明珠来添加力量？如果真是那样的话，岂不打破了天皇头上神圣的光环？

不，那只是一般人的猜想。

中村正岛得到夜明珠的背后，必定隐藏着重大的阴谋。

这阴谋就需要龚破夭去破解。

如果现在一枪打爆中村正岛的头，他也没错。中村正岛一死，他手下的人必定作鸟兽散。龚破夭也就可以带着弟兄们凯旋了。

可中村正岛一死，难道就没有“高村正岛”之类的人来接替他了？

这么一来，不就没完没了了？

中村，今天放你一马。

龚破夭心道，身子已飘出了树林。

第三百一十二章　新德里寻踪

几天之后，龚破夭和他的特工队已经到了新德里。他们的任务是寻找龚破夭的那个盗墓贼老乡。

在一间旅馆里，龚破夭只给了他们粗略的画像——盗墓贼是四川康巴人，汉藏混血儿，身高一米七左右，身材中等，双重性格，既有文气的一面，又有粗放的一面，二者的混合中又隐藏着一种阴辣的劲儿。年纪在三十左右，精通汉、藏两语。

末了，龚破夭又补充了一句："此人长得比较帅。"

"怎么个帅法？有我们刘农峻帅吗？"李绍嘉笑嘻嘻地问，众人也不由得笑了起来。

刘农峻倒无所谓，嘿嘿地笑道："我面相是不帅，可我的身材却很有型啊，一伸手就可以为女朋友摘到月亮。"

龚破夭笑了笑："目前的情况对我们还是很有利的，我们往东然后往南撤了一段路程再绕回到新德里，应该是甩开了中村正岛他们。但是，我们的时间也不会很多，依中村正岛的精明，不出一天就会追上来。也就是说，我们拥有的时间还不到一天。在这不到一天的时间里，要找到那个盗墓贼，说难也难，说不难也不难。我给出的他的画像虽然粗略，但在印度这块地方，他的特征还是很明显的。"

"嗯嗯。"大伙应道。

龚破夭扫了他们一眼："那我就分一下工，一组是我和范庭兰，负责协调全队的行动；二组蔡如柏、佟大芳去德里华人社区调查；三组孙玉国、赵卓宾在新德里华人社区明查暗访；四组万全策、李绍嘉和五组刘农峻、郭超常，你们分别调查德里和新德里的珠宝店和典当铺，看近几年有没有谁想出手夜明珠和泰姬陵的其他陪葬品；六组彭壁生、陈节，负责监视中村正岛他们的动静，以及各组的联络。具体怎么做，我想就不用再说了吧。"

"那康巴人怎么个称呼法？"李绍嘉突然问道。

龚破夭略一沉思："就称他为'康巴'吧。八为他的代号。不管是否找到他，晚上七点大家到指定地点集合，都明白了吗？"

"明白。"众人答，然后依次走出旅馆。

此时正是上午十点来钟的时候，街上已是人头涌动。

等各组的人都出了房间，龚破夭仍没有动身的意思。范庭兰不禁纳闷地问道："老大，我们怎么走？"

龚破夭看了他一眼："我们暂时不走。"

"为啥？"范庭兰不解。

"我想静下来理顺一下思路。"龚破夭说。

范庭兰更加不解了："你不是都安排好了吗？还要理顺什么？"

龚破夭喝了一口茶，打量了范庭兰一下："庭兰，我们分开了一段时间，是不是变得生分了？"

范庭兰一愣："没有，没有生分啊。我怎么可能对你生分呢？"

"那么，应该就是我的思维方式有问题了。"龚破夭直言道。

范庭兰马上摇头："老大的思维怎么会错呢？只能说，是我的思维跟不上你的了。"

刚说完这话，范庭兰也不由得笑了，不得不承认："老大，看我都不打自招了。"

龚破夭笑了笑："这也怪不得你。自从我们分开后，你们都各自回部队去，直接在战场上拼杀。战友间的合作都是直接利索、眼睛能看到的。对于灵通这一块，就用得少了。"

"是啊，是啊。不管是从理智上，还是从感情上，我都不认为跟老大生分了。可一遇到问题，我的思维就跟不上你的了。"范庭兰实话实说。

"嗯，也不必放在心上。磨合一段时间，我们的心气自然就相通了。"龚破夭信心十足地说。

范庭兰点了点头。

龚破夭望着他，然后道："在我的感觉里，'康巴'这个人，不是一个简单的盗墓贼。"

"此话怎讲？"范庭兰好奇地问。

"这恐怕得从莫卧儿王朝说起。"龚破夭缓缓地道。

这莫卧儿王朝实则是南亚大陆上的蒙古帝国。1525 年，帖木儿帝国建立 155 年之后，中亚蒙古贵族帖木儿六世孙巴布尔乘印度分裂、德里苏丹国日趋衰亡之际，南下攻入印度，几经征战，建立了印度史上著名的莫卧儿帝国。莫卧儿是蒙古的转音，莫卧儿帝国就是蒙古帝国，是帖木儿蒙古帝国的续集，是突厥化的伊斯兰教，是蒙古人在南亚次大陆上新建的国家，同时又是伊斯兰教文化与印度教文化的交汇点。

莫卧儿帝国统治长达 331 年，到 1857 年才被英国殖民者占领。莫卧儿帝国创始人巴布尔 1482 年出生于中亚帖木儿帝国的一个蒙古贵族家庭，巴布尔是世界上两个最著名的征服者的后代。他父亲是突厥化的乞颜·巴尔拉斯部蒙古人帖木儿的后代，母亲则是成吉思汗的嫡系后裔。巴布尔本人是位具有非凡精力且极其敏感的人，因光彩夺目的武功获得了“老虎”的绰号。

起初，巴布尔只是中亚一个小邦塔什干（今乌兹别克斯坦首都）的统治者。他的父亲就是费尔干纳的帖木儿王乌马尔·沙黑（1469—1494 年在位）。当时，乌马尔只有在蒙兀儿斯坦的察哈台汗的保护下才能维持统治。乌马尔·沙黑 1494 年 6 月 8 日去世，其兄河中王阿黑麻企图夺取费尔干纳，但是在战争中于乌拉·秋别附近去世（1494 年 7 月）。费尔干纳仍是乌马尔·沙黑之子、未来的“莫卧儿大帝”、年轻的巴布尔的财产。

巴布尔的伯父阿黑麻留下了一个兄弟麻合谋和三个儿子（麻素提、拜孙哈尔和阿里）。他们为争夺河中的所有权而争吵，而且对撒麻耳干王位的占有都是短暂的。巴布尔的叔父麻合谋（1494—1495 年在位）是一个挥霍无度的暴君，于 1495 年 7 月去世。

麻素提在撒麻耳干进行统治，并在与兄弟们的作战中度过了短暂的统治时期，直到被一个背叛他的大臣弄瞎。在大混乱中，拜孙哈尔曾在撒麻耳干进行过短暂的统治，但不久就死在杀害他哥哥的那位叛徒手中。这时，他们的堂兄弟巴布尔年仅十四岁。巴布尔在这些骚乱中获利，成了撒麻耳干的君主（1497 年底），但却未能留在该城。撒麻耳干于 1498 年转到巴布尔的堂兄弟、阿黑麻最后一位幸存的儿子阿里手中。

帖木儿帝国灭亡后，他的继承人、印度未来的皇帝巴布尔自从被驱逐河中之后，翻山越岭进入阿富汗，夺取喀布尔，在那里建立了一个小王朝。之后，他率领伊斯迈尔借给他的军队匆忙赶回河中，胜利地进入了撒麻耳干城（1511 年 10 月）。继撒麻耳干之后，布哈拉又向他敞开了大门，而蒙古乌兹别克人退到了塔什干。

巴布尔又去占领塔什干，成为塔什干和中亚的统治者。以伊朗人在呼罗珊的胜利为支柱，帖木儿王朝在河中的复辟似乎完成了。但是，巴布尔开始碰到了意想不到的困难：他曾求助过的、接受其宗主权的波斯人是什叶派穆斯林，布哈拉和撒麻耳干居民信奉的却是逊尼派，他们斥责他与异端邪说者谈判，并与他断绝了关系，显然他们的宗教热情比对帖木儿朝诸王的忠诚更加强烈。

由于受到这些宗教骚乱者的鼓动，乌兹别克人又卷土重来。波斯将军纳吉姆·沙尼和巴布尔在布哈拉以北的加贾湾发生的一场大战中与他们交锋，这次被他们打败了（1512 年 12 月 12 日），纳吉姆被杀。巴布尔放弃了对河中的所有企图，退回到他的喀布尔王国。七年以后，他从喀布尔出发，前往征服印度。于是，布哈拉、撒麻耳干和整个河中地区又转到蒙古乌兹别克人手中。

巴布尔曾尝试在中亚扩展自己的疆土，受挫后就把目光投向南方人心涣散、四分五裂的德里苏丹国。恰在这时巴布尔有了一个方便的借口：旁遮普省总督邀请他出兵把自己从其领主苏丹的手中“解救”出来。于是，他向南方进行了“圣战”。

帖木儿帝国的缔造者帖木儿大帝曾在14世纪末率领大军，由中亚进攻印度，攻陷过德里，使当时统治印度的德里苏丹国遭受严重的打击，名存实亡，北部印度陷于分裂状态。1510年，巴布尔就已经统治着印度北部。1525年，巴布尔南下进攻印度，次年攻占德里，屡胜印度诸侯联军，征服北印度大部分地区，建立莫卧儿帝国（1526—1857年）。巴布尔与祖皇帖木儿一样，开始转战于整个印度次大陆，在很短的时间里就占领了大半个印度半岛。这之后，他经过艰难的选择，吸取祖先帖木儿的教训，不是像帖木儿那样抢一把即走，而是留下来建立了一个新的国家……

就这样，龚破夭详尽地说了莫卧儿帝国的兴衰史。

听着，范庭兰就感到头大，却又隐隐地感到龚破夭的话里似乎暗示着什么，不由得问:“依老大的意思,‘康巴’盗取夜明珠不是为了发财，而是另有所图?”

龚破夭没有直接回答范庭兰的话，而是道：“说到这颗夜明珠，它还有一个出处。就是它最早的主人，不是波斯人，而是埃及皇后。”

“这、这也扯得太远了吧?”范庭兰感到诧异极了。

“是有点远。”龚破夭道，“这里面还有一个故事，就是当时的埃及，由年仅十三岁的国王托勒密十三世，以及二十岁的姊姊克丽奥佩特拉七世（西元前69—30年）共同统治，姐弟两人因不睦而相互争斗。托勒密十三世将凯撒的王位争夺者庞培的头颅在他睡时砍下，献给凯撒想以此获得靠山，可无奈才色兼备的克丽奥佩特拉七世将自己的美色献于凯撒。凯撒被她的魅力所惑，便协助她对抗敌对的亚历山卓市民，并想帮助艳后将托勒密十三世除掉。不过凯撒当时仅率领少数士兵，兵力薄弱，反被囚禁在王宫中。不久后，来自小亚细亚（土耳奇）的援军抵达，凯撒与克丽奥佩特拉七世终于击败托勒密王的军队。托勒密十三世在逃脱凯撒追捕的途中溺水而亡。

你知道吧，埃及艳后虽然艳丽，但还没艳丽到能迷住凯撒的地步。她是得到这颗夜明珠之后，凯撒才乖乖地上了她的床的……”

“嗯，这故事跟泰姬的传说有相同之处，但我更喜欢泰姬这个传说。”范庭兰说罢，仿佛如梦初醒般地道：“依老大之见，‘康巴’盗取这颗夜明珠，是要利用它去夺什么权吗?”

龚破夭微微地笑了一下，似是而非地说：“到时就知道了。”

“知道什么?”

范庭兰正要往下问，门外却响起了急促的敲门声……

第三百一十三章　瑜珈神功

听到急促的敲门声，范庭兰猛地拔地而起，“嗖”地闪到门边，手中紧握着盒子炮。

龚破夭却纹丝不动，悠然地对范庭兰道：“是郭超常。”

范庭兰闻言，打开了房门。只见郭超常一脸惶恐地走了进来，嘴巴抖了几下，方急促地道：“老、老大，大事不妙了……”

龚破夭示意他坐下，并为他斟上一杯茶：“别急，有什么事慢慢说。”

喘了一口气，喝了一口茶，郭超常的心神才定了一些，然后将遇到的事情说了——

他和刘农峻出了旅馆之后，并没发现什么异常的东西，便直奔纳西街的一间珠宝店。珠宝店的老板以为他们是来购物的游客，对他们十分热情。

他们也顺水推舟地看看金链，看看玉器，装出一副要购物的样子。但挑来选去，他和刘农峻只能各买了一个小玉坠，那是最便宜的。

老板嘴上虽然没说什么，脸上的表情却不怎么好看了。

当他们兜着圈子询问夜明珠的时候，老板的双眼突然闪出一丝警惕的目光，然后反问他们：“你们想买夜明珠?”

他和刘农峻一时哑然。

过了片刻，刘农峻才回过神来道：“当然不是我们要买，是我们有个大主想买。”

“哦，是这样的。我问问我老婆去，她消息比我灵通，也许知道。”老板说罢，便到了里间。一个店伙计陪着他俩闲聊。

一会儿，老板就出来了，说他老婆也不知道。但据她老婆说，瓦拉街那间裕福珠宝店似乎和夜明珠有过接触。

突然得到这么重要的线索，他和刘农峻高兴极了，兴冲冲地离开这间珠宝店就直奔瓦拉大街。

然而，他俩到了瓦拉大街之后，双眼望穿也没看到裕福珠宝店的招牌。问了几间杂货铺的老板，他们都说没听过有裕福这间珠宝店。

被捉弄了。

他们的心情顿时由兴奋跌至沮丧。本想回去教训一下那个珠宝店的老板，又生怕把事闹大了，只好作罢。

得知格浦尔街有几间大的珠宝店和当铺，他和刘农峻又马上赶了过去。

然而，还没到格浦尔街，他们就在一条偏僻的小巷里遇到了两个身穿灰袍的喇嘛。喇嘛瘦瘦的，比刘农峻还要瘦。

他和刘农峻并没有在意，只闪到巷边，让他们先过。

哪知两个喇嘛近了身，突然就出手了。

刘农峻道了声“超常小心”，长臂赶紧挥出，欲拨开当中一个喇嘛击来的掌。

拨是拨到对方的手臂了，但对方原本硬硬的手臂，突然就像一截青藤一般，猛地一软一弯，“叭”的一掌就落到刘农峻的脸上。

郭超常也好不到哪里去，只见他身子微闪，欲以太极擒拿手来个顺手牵羊，可手还没沾到对方，对方的掌就在半空中陡然一变，眼镜蛇一样变掌为鹤嘴，猛地“叮”到了他的右肩。

他的肩部顿时酸麻不已，右手也软软地垂下了。

只一招，他们两人就一个被“赏脸”，一个被“叮肩”，无疑像受到了天大的侮辱。

顿时，他们两人心火一起，就与两个喇嘛狠狠地斗上了。

斗了十几招，他和刘农峻非但没占到一点便宜，反而处处被制、招招被压，完全处于下风。

刘农峻一看情形不对，马上对郭超常发出了回来报信的暗号……

“老大，我去会会他们。”听到这里，范庭兰主动请战。

龚破夭对他摆了摆手：“不用你去，彭壁生和陈节应该赶到刘农峻身边了。”说罢，又对郭超常说：“超常，那两个喇嘛使出的是瑜珈神功，四肢能软能硬、能短能长，以你的太极对付他们，应该是没有问题的。但你在用招的时候，还是像以往那样，采取以柔克刚、借劲使力的方式，这在瑜珈神功面前是行不通的。瑜珈神功本就是以柔、圆、软、轻见长，劲力往往能隐于无形，又能将对方的劲道化于无形。你要对付他们，就得采用逆向思维，以柔制柔、以刚对刚。他柔，你就要比他更柔。”

“嗯嗯，老大所言极是。我这就回去。”郭超常茅塞顿开，信心十足地说。

龚破夭点了点头。

郭超常没从门口出去，而是从窗口飞了出去。

“老大，怎么不让我去会会他们？”范庭兰心痒痒地说。

龚破夭对他笑了笑：“庭兰你也别急，想与瑜珈神功过招，有的是机会。”

“此话怎讲？”范庭兰来了兴致。

龚破夭道：“瑜珈一词来自唐玄奘的通译，旧称相应，原意是结合、和谐。古印度人修练瑜珈术是为了追求天人合一的修行最高境界。据说，瑜珈术是古印度修行者模仿动物而创造的健身法。人们做完瑜珈后通体舒畅，从此印度人乐此不疲。在印度河流域出土的五千年前的石印章中，就发现古印度人瑜珈坐姿的雕刻图案。瑜珈既能保持人的体能，又能将人的体能发挥到极致。一些大师在瑜珈的基础上融入武功，就成了瑜珈神功。瑜珈的原理其实跟我们的气功是一样的，只是取向不同，瑜珈偏向术，气功偏向功。”

“依老大的意思，我们中国功夫还是远在瑜珈神功之上的？”范庭兰一边说，眼里一边闪出柔柔的瑜珈动作。

“功夫没高下之分，关键在于个人的修行。就像练太极的人何其多，但真正能让太极变成神功的人又有几个？”龚破夭客观地道。

“嗯嗯，言之有理。”范庭兰道，“像我那醉拳，在高人眼里，不过是三脚猫的功夫而已。”

龚破夭笑了笑：“我们走吧。”

出了旅馆，龚破夭并没有带范庭兰去格浦尔大街，他相信彭壁生和陈节加入后，四个人完全可以对付那两个喇嘛。

可喇嘛为什么会对他们的人突然出手呢？

是因为夜明珠？

龚破夭一边走，一边想。

夜明珠是伊斯兰教人的圣物。

在印度，伊斯兰教和印度教一直都是水火不容的。尤其是巴布尔南下进攻印度，次年攻占德里，屡胜印度诸侯联军，征服北印度大部分地区，建立莫卧儿帝国之后，本土的印度教就处于被压制的状态……

但风水轮流转，莫卧儿帝国灭亡之后，印度教的势力又渐渐发展壮大起来。

蒙古人已成为中华一族。

突然见到有中国人追寻夜明珠，印度教岂能不引起警惕。

印度教的人对他们下手，似乎也在情理之中——谁知道他们寻找夜明珠，是不是要帮蒙古人复兴莫卧儿帝国啊？

正走着，龚破夭的眼前一闪，便闪出孙玉国和赵卓宾匆匆而来的身影。看他们一脸不爽的神色，龚破夭已猜到两人出师不利。

果然，两人走近之后，孙玉国即对龚破夭道：“我们连华人社区的街都进不了，都被印度教派的人拦住了。”

“又是喇嘛？”范庭兰问道。

孙玉国摇了摇头：“不是，是一大群市民。”

“经我们了解，”赵卓宾也道，“印度教派的人早就收到风声，说是有中国人要帮伊斯兰教的人寻找夜明珠，图谋复兴莫卧儿帝国。”

一定是中村正岛的人散布的谣言。

龚破夭心下一沉：中村这招好毒啊！

第三百一十四章　顺水也推舟

面对中村正岛使出的离间这个毒招，龚破夭马上决定：他们的人都要易装行动。

“庭兰，你和他们先回旅馆。途中留下暗号，让其他人也回来。”龚破夭悄声对范庭兰道，然后身形一晃，便没入人流之中。

龚破夭直接走入一间服装店，二话不说就买了十二套衣服和头巾，当然是印度男子的传统服装，即下身是托蒂。所谓托蒂，实际上是一整块缠在腰上的宽幅的白棉布，也有麻制或丝制的，长度一般为 3.6—4.5 米，缠在腰间，垂至膝盖或垂至脚面，有的还带滚边。上衣则是宽松肥大、长至膝盖的古尔达。头巾则色泽各异，缠法也不同，但以盘缠的居多。

见到这些印度传统服装，范庭兰他们都不由得笑了起来。好在来印度之前，他们已经训练过如何穿着这些托蒂和古尔达。

龚破夭扫了他们一眼，发现少了李绍嘉和万全策。

怎么又是他俩？

陈节见龚破夭面露疑惑，便道：“李绍嘉留下了暗号，他和万全策已经追着‘康巴’出了城。”

“他俩发现‘康巴’了？”龚破夭脱口道。

陈节点点头。

龚破夭略一思索，即道：“陈节、壁生、玉国、卓宾，你们马上出城，追上李绍嘉他们，对他们前后进行保护。”

“是。”几人答道，随后一一从窗口飞了出去。

见状，郭超常有些急了，眼巴巴地望着龚破夭。

龚破夭对他笑了笑：“别急，都有任务。你和农峻继续巡城，监视中村正岛的人是否到了新德里。如柏和大芳仍然负责德里。如果遇上中村的人，就将他们引离李绍嘉追踪的方向。”

“如果他们已经追向李绍嘉他们了呢？”郭超常问。

“这还用问吗？肯定是跟着追啊。”刘农峻忍不住道。

龚破夭点了点头：“行动吧。”

他们走的都是后窗。

等他们走了，龚破夭才对范庭兰道："你去弄辆车来。"

范庭兰"嗯"了一声，人已飞出窗外。

各个身手都极快、极敏捷。

可龚破夭并没感到多大的欣慰。他觉得，这回跟中村正岛斗，不在于斗勇，而在于斗智。

虽说第一波的行动没受到什么损失，但总的来看，是受到了挫折。如果不是李绍嘉和万全策发现了"康巴"，第一波的行动可以说是完全失败的。

不消一刻钟，一块小石子从窗口射入，"扑"的一声撞在墙上。

是范庭兰射来的暗号。

龚破夭身形微晃，人已飘出了窗子。

上了车，龚破夭即对范庭兰道："到德里帕尔街。"

"嗯"了一声，范庭兰边发动车子边道："帕尔街不是贫民窟吗？"

"是啊。所谓大隐隐于市。依'康巴'的精明，肯定不会住在富人区和别墅，而是隐身于贫民堆里。"龚破夭道。

范庭兰不由得一愣："李绍嘉和万全策并没有去帕尔街啊，难道他们追的是假'康巴'？"

龚破夭扭头看了范庭兰一眼，笑道："看看，你的心思跟上我的了。"

"依你的看法，我们已经在中村正岛的监视之下，所以你就来个顺水推舟，让陈节他们也去追李绍嘉他们？"范庭兰继续说道。

龚破夭把目光投向窗外，在幢幢的人头上扫了几下，方回过头来道："没错。当陈节说李绍嘉他们发现了'康巴'，我的第一个感觉就是他们发现得太容易了。你想想，郭超常和刘农峻只在一间珠宝店露了一下身，就被两个喇嘛追杀。李绍嘉和万全策非但没事，反而还找到了线索，追出了城，这反差不是太大了吗？只是，中村这陷阱也设得太明显了。"

"还有一个问题，中村他们怎么知道我们会来到新德里？"范庭兰不解地问。

龚破夭看了看他："他们在半个月前就来印度了。"

"你怎么知道的？"范庭兰这下真不解了——难道龚破夭是神？

龚破夭笑笑："不是我神，只是我比别人细心一点而已。进入泰姬陵的时候，在甬道里我已嗅到中村正岛淡淡的气息。我是从他的气息浓淡来断定他到印度的时间的。"

"哦哦，原来如此。说真的，我除了感觉到压抑的气息，什么都感觉不到。"范庭兰不得不承认自己还是略逊一筹的。

"你又不是猎人，怎么会嗅得到？何况，你跟中村正岛又没面对面交过手。"龚破夭笑说。

"老大，你的假戏真做做得可真是滴水不漏。"范庭兰十分佩服地说。

“呵，八字还没一撇，你就拍起我的马屁来了。”

“你看我像拍马屁的人吗?”范庭兰马上喊冤。

“好了，好好开车吧。”龚破夭笑着止住他。

当他们从新德里赶到德里时，天已经黑了下来。

他们并没直接前往帕尔街，而是在另一条街上的一间小旅馆前停了下来。然后，两人在旅馆里换上了和当地人类似的服装。

出了小旅馆，他俩才朝帕尔街走去。

帕尔街主要聚居着蒙古伊斯兰教的人。康巴的藏人，肤色与他们差不多。所以“康巴”隐于其中，是十分安全的。

帕尔街道两旁都是一些破烂的房子。

街上的女人都穿得严严实实的，还用布紧紧地蒙着脸，只露出一双眼睛。

街边有不少清真饭店。

饭店虽然简陋，客人倒也不少，都大声地吆喝着饮酒食肉。

街上溢满了喷香的牛肉味。

七转八转，龚破夭和范庭兰来到一条偏僻的小巷。巷子虽然偏僻，竟然也有一间小饭馆。饭馆的招牌是：四川料理。

看着招牌，范庭兰的双眼不由得一亮，仿佛闪出了“康巴”的身影。

第三百一十五章 女人的屁股

话说李绍嘉和万全策追出城外的时候，天已近黄昏。

李绍嘉抬头看了一眼天边蛋黄一样的夕阳，眼里马上跳出了黑玫瑰的倩影。尽管黑玫瑰送他离开白水寨那天是早晨，他抬头看到的是浑圆的朝阳，而非夕阳。

朝阳是新鲜而水润的，夕阳是脉脉含情的，朝阳和夕阳在他心里连成一体、不分彼此。看着夕阳，黑玫瑰自然就闪出来了，圆圆的夕阳也仿佛成了黑玫瑰圆圆的屁股。

禁不住，李绍嘉发出“噢”的一声。

万全策看他满脸的兴奋，不由得道：“看你的死样，又在想黑玫瑰啦?”

李绍嘉白了他一眼：“什么呀? 我才不用想。看一眼夕阳，她就跳到我眼里来了。”

“臭美，是你看到‘康巴’的屁股像女人，才想到黑玫瑰的吧?”万全策脱口道，可他也不知道自己为什么会这样说。

他的话音未落，李绍嘉已兀自一愣：“是啊，老万，你不说我还不在意，你一说，我真想起来了，那‘康巴’的屁股一扭一扭的，真的像个女人。老万——”

“瘦猴——”

两人同时喊着对方，目光里也碰出了疑惑——我们会不会追错了?

“先不忙着追。”李绍嘉看了一眼前面的灰影。灰影就是他们追着的“康巴”。

“嗯，谅他也跑不了。”万全策望着平原上无垠的稻田，也很有把握地说。

于是，两人停下，蹲在田埂上，你眼望着我，我眼望着你，开始整理思路——

他俩出了旅馆，便打了辆的士直奔德里。在车上，他们俩装成富有的游客，先问司机哪里住得最好、吃得最好，然后才转到问德里哪间珠宝店最豪华。

司机不无骄傲地说：“你们俩真是找对人了。德里的英皇珠宝店最豪华，最便宜的手饰都要好几万卢比。贵的像蓝宝石之类，那是上千万卢比才能买得到的。我就常拉客到英皇珠宝店。”

李绍嘉和万全策相视一笑——有门儿。

到了英皇珠宝店，他们并没有直通通地问店员有没有夜明珠之类的，而是假意看了几款蓝宝石之后才道："听说贵店的镇宝之物不是蓝宝石，而是一颗夜明珠，可是真的？"

店员愣了一下，上下打量了他俩几眼，感觉他们不像盗贼，这才神秘地对他俩道："这只是传说。"

两人不由得面露失望。

"但是，"店员又道，"这传说并非空穴来风。十天前，就有一个神秘的人带来一颗夜明珠，说要出手。老板看了也非常喜欢。可那人开了个天价，才没成交。老板细心，等那人出门之后，就叫我悄悄地跟上他，看他住在什么地方……"

什么地方？

两人很想问，却不敢开口，一开口就太露骨了。

李绍嘉便绕了个弯子道："不知道我们有没有缘见上他一面？"

"这个、这个……"店员左右看看，露出一脸难色。

看来，得给信息费了。

李绍嘉心道，马上摸出两千卢比塞到店员的手里。

店员做贼一样将卢比装入口袋，这才悄声地对他俩道："那人住在摩洛街五十二号。"

两人如获至宝。

走出英皇珠宝店，两人便马不停蹄地直奔摩洛街五十二号。

不一会儿，他俩就看到五十二号的门牌了，心里激动得"嗵嗵"直跳。突然房门一开，一个背着包袱的男子从里面走了出来，一眼看到他们两个，转身就跑。

好帅的脸。

这不就是龚破夭所说的"康巴"的特征吗？

两人顿时心花怒放，恨不得飞过去，一下子将"康巴"捉到手。

可他俩还没被胜利冲昏头脑。

李绍嘉朝万全策丢下一句："老万，你搜房，我追。"

说罢，他便箭一样追向"康巴"。

"康巴"的身手也不赖，在街巷里跑得好快。

李绍嘉边追边为万全策留下暗号……

"老万，你搜房的情况如何？"结束回忆后，李绍嘉望着万全策问。

万全策眨了一下双眼："他的房里有不少古老的地图，当中还划了线、标了点，很专业的盗墓贼的模样。这还不算，他的床下还有一个小暗洞，盖板还没来得及盖好。我细看了一下痕迹，是刚打开的。暗洞里面已经没有东西……"

“傻，他还能把东西留给你啊？”李绍嘉打断万全策的话道，“不用说，他背上的包袱，一定就是包着装夜明珠的宝盒。”

“那我们追他是没错的了？”万全策道。

“绝对没错。”李绍嘉十分自信。

“可我们怎么又觉得他的屁股像女人的屁股呢？”万全策又犹豫了。

李绍嘉拍了拍他的肩膀：“老万，那是因为你想着蓝星儿，我想着黑玫瑰，所以看啥像啥。”

“哦，那我们就继续追吧。”万全策边说边站起了身。

李绍嘉也道了声“追”，人已拔地而起，往前追去。

田野里是绿油油的禾苗。

禾苗在风中如波似浪的。

李绍嘉往前望去，“康巴”的灰影就像一只小狗那么大。估摸着算算，他们相距两三里上下。

“老万，我们得加油了。”李绍嘉头也没回地道。

“行了，嘉嘉，你以为我们还是在甬道里啊？”万全策爽朗地道。

李绍嘉听着也顺耳，万全策已经好久没叫他“嘉嘉”了。

第三百一十六章　色诱你如何

夕阳之下，一高一矮，一肥一瘦，在绿色的田野上飘忽、逸动，如同寻春的青蛙，蹦得欢，跳得也欢。

而且，欢乐的背影上仿佛还流淌着"呱呱"蛙鸣的谷雨，溢出一片春的意境。

突然，追得正欢的李绍嘉说道："老万，你再看看前面那个'康巴'，屁股圆圆的，是不是女人的屁股？"

"这问题我们前面不是讨论过了吗？"万全策不耐烦地说。

"嘿嘿，彼一时，此一时，难道你不觉得我们追着'他'不感到累吗？"李绍嘉提示道。

"嗯，好像是不累。"万全策也承认。

"为啥？"

"为啥？"

"笨，异性相吸啊。我们早被她色诱了，还一直浑然不觉。"李绍嘉语出惊人。

"不会吧——"万全策将"吧"字拉得好长，却显得很没底气。因为他依李绍嘉所言，重新去审视'康巴'的屁股时，发现那真是一个女人的圆屁股。而且，从这圆延伸开去，不论是"康巴"的跑姿，还是身上颤动的肌肉，都分明体现着一种女性的柔软。

"看出意思来了吧？"李绍嘉嘲讽道，当然也是自嘲。

"嗯嗯，你说得没错，她是女的。也就是说，我们追了几十里，竟然追着的是一个假'康巴'。"

"是啊，我们这下成了天下最大的傻瓜了！"李绍嘉毫不掩饰地说。

"唉唉，这可如何是好，我还留下暗号给老大他们，说我们正追着'康巴'哩。"万全策急得满头大汗。

"老万，你也不用急。"李绍嘉忙安慰道，"假戏真做的时候，本来就是一种真。而这真就是她为什么要做假。只要剥开这假面纱，真相不就浮出水面了吗？"

"嗯，你说得是有道理。但毕竟，我们前面是傻傻地被她诱惑住了啊。"万全策固执地说。

李绍嘉“嘿嘿”笑了两声：“老万，你个湖南佬，脑瓜就不会转一转啊？过程并不重要，重要的是我们最终能达到了解真相的目的。被她傻一傻又如何？傻的人未必真傻，精的人未必真精。”

“死猴子，什么话到了你嘴里，都会变得有理。”万全策嗔道，脚下却生了风、加了劲，一下子跑到了李绍嘉前面。

“嘿嘿，这才像我的好老万嘛。追上她，赏她做你的二奶。”李绍嘉嘻笑道。

“是你自己想要她当二奶吧？”万全策哼哼道，“你做梦去吧，追上她，看我不把她大卸八大块才怪。”

“就怕你下不了手。”李绍嘉笑嘻嘻地说，“难道你没发现我们追了她几十里，都是心甘情愿地在追吗？”

“你才心甘情愿，我可没有。”万全策嘴硬地道。心想自己一个堂堂的中国特工，居然心甘情愿地被色诱，不，是心甘情愿被色诱了还不知道，这多有损光辉形象啊！

“老万，你也不用嘴硬了。说不定，你早就看出她是个女人，还装出浑然不觉的样子呢。”

“死猴子，你这话就说得过火了啊。”万全策有点生气了。

“好好好，这话我收回，就当我没说。”李绍嘉连忙息事宁人。看了一眼前面的假‘康巴’，速度已经慢了下来。

这时与假‘康巴’相距不过两三百米了。

李绍嘉的鼻子一抽一吸，马上就嗅到了一股女性的气息。

“奶奶的，气息还真有点香。”

李绍嘉暗骂了一句，转而又一想：如果对方不是敌人，而是一个好女孩，来这么一段情人追，那该是多美的事情啊。

“别发白日梦了，死猴子。”一旁的万全策看他一副花痴的模样，没好气地道。

李绍嘉一愣：他这是咋啦？

“啦”字还在他心里，“叭”的一声枪响就钻入了他的耳里。

“老万，你怎么能开枪？我们要捉活的。”李绍嘉急道。

“死猴子，你哪只眼睛看到我开枪了？我们已经钻入人家布下的天罗地网了。”万全策道。

听了这话，李绍嘉的头“嗡”了一下，赶紧眼观六路——

夕阳之下，左边，右边，都飘忽着几条人影。

身后不用看，肯定也有敌人。

仿佛就在瞬间，他俩就落入了四面包围的圈中。

再看那假“康巴”，已经转过身来，手往脸上一抹，一张女性的漂亮的脸蛋，顿时如十五的月亮，冉冉地从田野上升了起来……

第三百一十七章　秀色不可餐

如月的脸蛋。

水润润的脸蛋。

望着，李绍嘉的目光忍不住想一层一层地剥开假“康巴”的衣服——她雪白的身子，如同凝脂般圆润，不管是手还是腿，都凝结着一种充满弹性的丰腴。雪峰似的胸脯，更是无比骄傲地、高高地坚挺着，紧紧地粘住他的目光。

如果是别的女子而不是敌人，李绍嘉相信自己的目光一定会粘住她的胸脯，再也不愿意离开一瞬……

可这是一条美人蛇。

是安室美惠假扮的“康巴”。

安室美惠的脸蛋一冷，讥嘲的目光便如刀似剑地砍了过来。

李绍嘉浑身一颤，仿佛被安室美惠的目光砍成七八截似的，脚板底“嗖嗖”地直冒冷气。

“嘉嘉，还在为她的美色发呆啊？”万全策讥嘲道。

李绍嘉“哼”了一声：“她算什么美色？比我的黑玫瑰差远了。”

万全策的目光剜了他一眼：“口不对心。看你刚才看人家的样子，都快流口水了。”

“老万，”李绍嘉急眼了，“有你这样说战友的吗？别忘了你的女朋友是死在日本鬼子枪下的。”

提起这份家仇，万全策顿时语噎，脸也稍稍地红了，仿佛自己叛了变、投了敌一样。

“行了，老万，你也不必内疚。其实你说的也不无道理。”李绍嘉不希望自己的话造成两人之间的芥蒂，面对强敌，他们不但要紧密合作，而且要合作得更加和谐、顺畅，最好达到天衣无缝的境界。

于是，李绍嘉又道：“只是目前不是我们讨论这个问题的时候，要紧的是如何对敌。”

“放心吧，嘉嘉，你以为我是小肚鸡肠的人？”万全策胸膛一挺，马上豪情万丈，“我们什么大风大浪没经过，还怕这区区的几个敌人？”

然而，他的话音未落，一串子弹便“嗖嗖”而至。

两人赶紧身子一缩，就地打了几个滚，只听见“扑通扑通”两声，他们都从田埂上滚到了水田里，弄了满身的泥水。

夜色已经降临。

李绍嘉抹去脸上的泥水，朝万全策挤了挤眼睛。

万全策马上明白了李绍嘉的意思，借着夜色，他们完全有机会突围。

几乎是同时，两人从田里一跃而起。

跃起的时候，李绍嘉转身向后打出一串子弹。

万全策朝安室美惠的方向，也打出一串子弹。

回报给李绍嘉的是密集的子弹。

而他已从半空扑到田埂上。身子趴着，两耳却在聆听；脸也侧着，目光瞧着空中乱飞的子弹。

这么一听一瞧，李绍嘉就估算出，来自身后的敌人有三到四人。

万全策也像李绍嘉一样听着瞧着，得出的结论是正面只有安室美惠，其他子弹都是从左右两边射来的。也就是说，目前火力最弱的还是安室美惠这一边。

“嘉嘉，你摸向假‘康巴’这边。”万全策道。

“不，你先摸，我来殿后。”李绍嘉答。

“你人小，不易发现。”万全策提出理由。

“你人胖目标大，不便撤离。”李绍嘉也自有道理。

“嘉嘉，你还跟我争什么?”万全策说罢，身子一拱，就来了个向后翻。李绍嘉还没来得及回话，他已经从自己身上翻了过去。

李绍嘉赶紧转身，手脚并用着飞快地往前爬。

虽说有夜色的掩护，但星月的微光，仍然可以让对方看到朦胧的身影。然而伏地爬行就不同了，禾苗可以遮住李绍嘉瘦小的身子。

往前爬行了数十米，李绍嘉便听到身后响起了盒子炮“叭叭”的枪声。

万全策在使双枪。

对方回应的枪声也十分猛烈。

左右两边的火力都朝万全策压去。

“老万，你可千万不能中弹啊。”李绍嘉心里祈祷着。

他很清楚：万全策如果遭到不测，他立马就孤掌难鸣了，别说对付左右两边和后边的十几个敌人，就是对付正面的安室美惠也不容易。要是没了掩护，他就不仅仅是在和安室美惠一对一的斗，而是和那十几个人斗。

又往前爬了数十米，李绍嘉的耳朵贴地一听，就听到一阵细碎的脚步声正朝自己走来。

是一个人的脚步声。

女人的脚步声。

听声估算距离，他和安室美惠相距不过百把米的样子。

李绍嘉一阵狂喜：有门路了，有门路了。

狂喜之下，他的头脑变得十分清醒：万全策与他相距两百米，与安室美惠就是三百多米的样子。安室美惠走得急促，显然是认为他和万全策朝后面突围了，这才往这边紧逼的。

哼哼，骚婆娘，等死吧。

李绍嘉心道，身子轻轻地滑入田里，与泥水、禾苗浑然一体。

万全策却被对方的子弹压得抬不起头来。

只要他一站起身，就会吃子弹的。

于是，他只能滚动。

这一滚，又滚到了田里。

软乎乎的泥土，让他根本使不上劲。

在田里，滚又不好滚，跑就更不可能了。

看来只能作青蛙跳了。

心念一定，万全策马上鼓足劲，双脚一蹬，身子跳起，并在跳起的瞬间朝对方射击。

射得自然没什么准头。

射出几枪，人又跌入田里。

再跳再跌，虽然能避开对方的子弹，但要命的是，这一跳一跌所发出的“哗啦啦”的水声和“扑通扑通”的跌落声，完全将他所在的位置暴露了。

于是，乱飞的子弹，渐渐地就往他的身边靠去。

嘉嘉，快点搞定那婆娘，我快顶不住了。万全策心里急道。

李绍嘉听着安室美惠渐近的脚步声，心里也在默念：快点、快点，对面的婆娘快点走过来。

心在默念，双耳也没闲着——

咦，脚步声怎么往后退了？

难道我被她发现了？

李绍嘉茫然不解。

我可是藏得相当隐蔽的呀，难道她有穿山眼不成？

第三百一十八章　雪莲的肤息

话说七转八转，龚破夭和范庭兰来到一条偏僻小巷的一家四川料理。

范庭兰的双眼里也仿佛闪出了“康巴”的身影。

两人走进饭馆，老板娘马上笑盈盈地迎了上来，热情万分地引他们坐到一张靠窗边的桌子前。

小饭馆确实很小，就七八张小方桌，每桌四个座位。桌是竹桌，椅也是竹椅，很有四川的特色。加上门外的大灯笼，里面的小灯笼，红红的灯笼给人一种宾至如归的感觉。

整体看来，小饭馆整洁而雅致。

老板娘长得俏丽小巧，约莫三十岁上下，但看上去不过二十多岁的样子。笑起来显得很甜，步子也轻灵如风，显得青春而活泼。

异乡见到老乡，龚破夭顿感亲切，可他目前的身份却容不得他认老乡。

为他俩斟上一杯花茶，老板娘笑盈盈地问：“两位想吃点什么?”

声音柔柔的，也很甜，极能醉人。

龚破夭想了想，方道：“就来一个水煮鱼，一个宫爆鸡丁，外加一个虎皮尖椒吧。”

“好咧，马上就来。”老析娘欢快地道，接着又问，“两位先生要喝点什么酒?”

“可有川酒?”龚破夭问。

“有啊有啊，我们刚从泸州进了一批酒回来。”老板娘热情地答。

“那就喝泸州的酒吧。”龚破夭一边道，目光一边在老板娘的身上闪了一下。老板娘的肤色白里透红，皮肤也细嫩细嫩的。人虽然长得小巧，却不失一种丰腴。

圆嘟嘟的手指，让人看着就像看着一串晶莹的葡萄，肤息也清灵而不俗。整个人儿看着就让人有一种想呵护、疼爱的感觉。

“好嘞。”老板娘轻盈地离开，范庭兰的目光仍追着她的背影。

直到老板娘进了厨房，他的目光才收回来。

龚破夭笑道：“你快把人家的背都望穿了。”

范庭兰红了一下脸，感叹道：“女人真是世间的尤物，不论是高挑的，还是小巧玲珑的，都能给人展现无尽的风情。”

“要不男人怎么会那么花心?”龚破夭笑说。

范庭兰惊讶地望着龚破夭，意思分明像在说：老大你怎么也说这样的话？

龚破夭笑了笑：“难道我就不能俗一下？你当我是不食人间烟火的啊？”

范庭兰也笑了一下：“那倒没有。大俗也是大雅嘛。”

“呵呵，我倒没看得那么高，只是觉得，人心相同才能将心比心，从而彼此进入，否则就成局外人了。”

龚破夭说罢，端起茶杯，鼻子沿着杯边嗅了一嗅，顿时觉得花香扑鼻、入心。花香之外，还有一缕老板娘淡淡的肤息。肤息就像从冰山雪莲沁出来的一样，清冽、清芬、清新。嗅着，龚破夭也不由得神清气爽起来。

范庭兰仍在品味龚破夭的话——

依龚破夭的话意，他来到这间四川料理，并非嗅着花椒香，仅仅为了尝尝川菜，满足一下口腹之欲那么简单。

正思忖间，一阵浓香扑鼻，老板娘端来了宫爆鸡丁。

“两位先生慢用，这可是我老公最拿手的菜。”老板娘既在介绍，也在夸自己的老公，可见夫妻俩十分恩爱。

一个店小伙则端了酒上来。

斟上酒，龚破夭端起了酒杯。酒杯也是小小巧巧的，显得瓷白而圆润。

端着酒杯，龚破夭的眼里马上闪出老板娘圆润的脸蛋。

感觉真好，他心里赞道。

和范庭兰干了一杯，范庭兰举起筷子就要夹鸡丁。

龚破夭笑道：“吃这鸡丁，可不能像吃大块肉那样吃，得品。这品就得从外观看起。在外人看来，这鸡丁金黄，花椒和辣椒也是黑油油的，并不赏心悦目。只有懂它的人才知道，品这鸡丁得用心去品。花椒和辣椒的黑，会在油气袅袅中弥漫出一种神秘的色彩，而鸡丁的金黄也如同黑夜中的点点金星。”

“呵呵，原来还有这么多的讲究。”范庭兰开心地道，然后放下了筷子，用心去品。这一品就品到了出乎意料的惊奇，圆圆的鸡丁竟然就像老板娘圆润的脸蛋一样富有弹性……

干了几杯酒之后，龚破夭先是听到门外传来一阵脚步声，继而是老板娘热情的声音：“哟，康兄弟来了，请坐，请坐，快请坐。”

此时，龚破夭正背对着大门，并没有回头。

范庭兰抬头看了一眼康兄弟，不由得大为惊讶：真一个英俊的小伙子，只是肤色显出藏人的那种黄。

龚破夭轻轻地踢了他一脚。

范庭兰赶紧低下了头，但他的心却“扑通扑通”地跳着。这位康兄弟正是龚破夭所画的那个“康巴”。

龚破夭你也太神了吧？你怎么知道“康巴”会在这里出现？

范庭兰简直佩服极了。

"康巴"坐在他们旁边的桌子前，相距不过两米。

只见他漫不经心地看了他们一眼，便移开了目光，将目光落在老板娘身上。

老板娘亲切地道："康兄弟你先喝茶，菜一会就上。"

"嫂子爱啥时上都成。""康巴"笑着说。

"怎么行？饿坏了你，你大哥不找我赔才怪。"老板娘答道，然后转身离去。"康巴"的目光就像粘豆包一样，粘着老板娘的背影……

第三百一十九章　恋恋的暧昧

借目光的余光，龚破夭发现身穿一套银灰西装的“康巴”，不但显得英俊，而且一副谦谦君子的样子。

一张方圆的脸，但下巴略尖，鼻梁笔挺，含着精光的双眼流淌着一种智慧的灵气，再配上古铜色的肤色，从而散发出一股贵族的气息。头发乌黑、不粗，却显出一种硬朗。

龚破夭推测，“康巴”的父亲应该是个土司。

土司从元朝开始设置，有宣慰使、宣抚使、安抚使三种武官职务，用于封授给西北、西南地区的少数民族部族首领，职位可以世袭，但是袭官需要获得朝廷的批准。土司对朝廷承担一定的赋役，并按照朝廷的征发令提供军队；对内则维持其作为部族首领的统治权力，过着奢侈豪华的生活。

如果“康巴”是一个土司的儿子，怎么会从中国跑到印度来呢？只要土司老爸死了，他就可以继承土司之位，有权、有钱、有势，那可是“三有”的上等人的生活啊。

龚破夭心有疑惑。

再者，如果他就是那个盗墓贼“康巴”，依龚破夭原来的猜想，他应该不会西装革履这么高调，而是穿得像这里的贫民一样……

正想着呢，只见玲珑的影子一闪，老板娘端着酒菜走到“康巴”的桌边，边摆上菜边道：“康兄弟，今天你穿得这么堂皇，是不是有什么喜事啊？”

“康巴”对老板娘微微一笑：“是啊，我感觉有远方的贵客来找我，我不敢失礼于人，所以才穿上这么一套西装。”

“是吗？”老板娘略感诧异，“是什么样的贵客呀？你不用去招呼他们？”

“什么贵客我也不知道啊，只知道是有贵客要来，该出现，他们自会出现的。”说罢，“康巴”朝龚破夭这边瞥了一眼。

“哟，说得这么神秘，是在糊弄你嫂子吧？”老板娘道，抬腿欲走。

“康巴”伸手将她轻轻一拉，就拉到自己身边坐下：“嫂子，我哪敢糊弄你呀？我巴不得金山银山都给你呢。”

“你的心意我早领了，可我什么都不缺。”老板娘笑说，说罢端起了酒杯，“行了，我也不管你的什么神秘贵客，先陪你喝一杯酒吧。”

“好。”“康巴”也端起了酒杯，却没急着喝，而是含情脉脉地望着老板娘。

“看你，望得人家怪不好意思的。”老板娘娇嗔道。

“康巴”笑笑：“就喜欢望着你，望你一万年也不嫌够。”

“看你就是有这个意思，就像要把人家吞了似的。”老板娘笑道，然后双唇抿住酒杯，慢慢地将酒吮光。

“你喝酒的样子真好看。”“康巴”赞道，也一口将酒干了。

“行了，你慢慢喝吧。”老板娘说罢，起身离去。

“康巴”则拿起老板娘喝过的酒杯，举到鼻子前，微闭着双眼，细细地闻，细细地嗅，情不自禁露出幸福的微笑。

龚破夭朝范庭兰使了个眼色，手指在桌上划了两下，发出要他去取“康巴”头发的暗号。

范庭兰会意地笑一笑。

“康巴”端着老板娘的喝过的酒杯，将酒满上，目光才落到桌上的菜上。那是一道雪莲酸猪手。红红的雪莲花瓣摆在碟沿，洁白的猪手摆成圆月似的。一眼看去，花瓣如星，形成一种七星拱月的美境。

望着，“康巴”的双眼便渐渐放光，脸上满是陶醉的神情。

客人越来越多，不一会儿，七八张桌都坐满了。

客人大多是云南、贵州、四川的人，只有几个伊斯兰教的人。

老板娘轻盈地在客人中穿梭，忙而不乱。

就在老板娘经过桌边的时候，范庭兰喊住了她，带着七八成酒意问道：“解手在什么地方?”

老板娘朝店后门指了指：“出了门就是了。”

范庭兰“哦”了一声，便站起了身，摇晃着向后门走去。绕到“康巴”身后的时候，他的手似飘似忽地晃了一下，脸上便漾起了笑容。

“康巴”浑然不觉，仍沉醉在“七星拱月”之中。

龚破夭朝他瞥了一眼，突然觉得他方圆的脸中，似乎透着与老板娘相似的圆润，心里不由得“咯噔”了一下：难道“康巴”与老板娘有什么关系?

这时，范庭兰回到自己的座位坐下，对龚破夭笑了笑。

龚破夭的手马上伸到桌下，范庭兰便将“康巴”的一截头发交给他。

接过头发，龚破夭对范庭兰道：“我也去解个手。”

“嗯，你……你去吧。”范庭兰醉意朦胧地说。

走出后门，龚破夭走进茅房，关上了门。

茅房的灯很暗淡，但对龚破夭来说，已经足够亮了。

从袋里摸出另一根头发，龚破夭将两根头发摆在掌心里比较——粗细一样、颜色一致。

细细地看罢，他又分别细嗅了两根头发。

嗅了一会儿，他的脸上不由得露出了笑容，头发的气息也一致。

走出茅房，龚破夭差点撞在老板娘身上。

“哦哦，不好意思。”龚破夭忙道。

“没事，没事。”老板娘大方地说。

望着她，龚破夭突然问：“你可是泸定人氏？”

老板娘惊讶地瞪大了双眼：“是啊，你怎么猜到的？”

龚破夭笑笑：“我去泸定做过生意。”

“哦。看先生就是一个走南闯北的人。”老板娘扑闪着双眼道，睫毛就像蝶翅一样扑扇着。

“呵呵，只是走过一些地方。”龚破夭嘴里答着，心里却暗自惊讶：她一个小女子，目光居然这么凌厉，知道他是出过门、见过世面的人。

“先生过谦了。嗯，我先忙去了。”老板娘说罢，轻灵灵地走了。

回到店里，龚破夭觉得双眼一空——“康巴”不见了踪影。

范庭兰也不见了。

龚破夭忙付了账，匆匆离开了饭馆。

第三百二十章　精神之恋

龚破夭匆匆离开饭馆，心里顿时升起一种不祥之兆：范庭兰会不会出什么事？

应该不会。他觉得，在他手下的人里面，范庭兰是很有头脑的一个人。

飘走在巷子里，他的目光迅速扫视着巷子的墙壁，很快就发现了范庭兰留下的暗号，紧张的心情才放松下来。

“康巴”突然就走了，显然是发现了什么。

龚破夭回味了一下“康巴”与老板娘的对话，心中马上了然了。“康巴”说有“神秘贵客”时，其实已经在暗示，他知道有人来找自己了。

他既是说给老板娘听，也是说给他和范庭兰听啊。“康巴”当时说着话的时候，目光还朝他们瞥了一下。龚破夭这才恍然大悟。

他们到新德里、德里还不到一天啊，“康巴”怎么就察觉到了？因为中村正岛在半个月前就放了风？

嗯，无疑是这样了。

盗墓贼虽然下作，但他们也有很奇才的一面。别的不说，单说为了反侦查，他们不仅会在执法部门收买内线，还会在夜总会、珠宝店、典当铺等地方布下自己的眼线。一旦有风吹草动，他们第一时间就会察觉到，有足够的时间来应对。

中村正岛放出话风之后，“康巴”自然很快就收到了“料”。

可他为什么不逃呢？

非但不逃，还要出现在小饭馆，坐在他和范庭兰旁边？

是想显示他艺高人胆大？

龚破夭一边沿着范庭兰留下的暗号追踪，一边分析——

看他的人，也不像是一个爱逞能的人。他的不逃、他的出现，必定有着什么目的。

这目的是什么呢？

引离？

是的，“康巴”已经将范庭兰引离了。

为什么“康巴”引离的是范庭兰，而不是他呢？

龚破夭心里突然一颤：范庭兰不是猎人。

而“康巴”作为一个土司的儿子，玩乐的游戏里面自然少不了狩猎。“康巴”可不像一个没头没脑的浪荡公子。

龚破夭已从他身上感受到一种贵族气息，觉得他是人中之精，智商也高人一筹。一个精明的人，不管干什么事，即使是游戏，也会很用心地去做。在他的观念里，世上的东西都是有用的，只要花了时间去做的，他都会牢记于心，融入自己的生命，然后完全彻底地占有。

从“康巴”那么快就出现在小饭馆来看，其猎人的嗅觉是多么的灵敏。

他和范庭兰进入帕尔街，已是相当低调、小心的了。至于带着范庭兰找到四川料理——那间小饭馆，也不是什么出格的事。

中国人在异乡，最难改掉的就是饮食习惯。而且，吃着家乡菜，每每都能满足自己的思乡之情。“康巴”在泰姬陵甬道留下的粪便还残留着花椒，说明他对家乡的菜也是十分热爱的。所以，进入帕尔街后，嗅着花椒独有的气息，龚破夭便在小巷里找到了那间四川料理。

寻找的过程中，龚破夭也看到了好几间四川饭馆，可都没有进去。那几间饭馆地处比较热闹的地方，过于显眼。而作为一个盗墓贼来说，常与憋闷的甬道打交道，自然会形成一种比较封闭的心理。能有一个寂静、雅致的地方来活动，对其来说无疑是最好的选择。

当时龚破夭就设定：“康巴”要出现的地方不是大酒店，不是热闹的地方，而是一个安静、雅致的小饭馆。

当他和范庭兰走入那间四川料理，一眼看到老板娘时，就更加坚定了他的想法：找对地方了。

那么，“康巴”是怎么跟上来的？

气息？

灵觉？

都有可能。

盗墓贼的灵觉，通常要比一般人强很多。试想想，宝物藏在地下，他们或许事前可通过很多资料去确定。但宝物是否还存在？是否早已经被别人盗走了？这就需要灵觉去判定了。掘向泰姬陵的甬道就有好几条，最早的是百年前的，而最近的那条甬道却是他掘通的。也只有他，最后盗到了夜明珠。

还有一点就是，“康巴”所掘的甬道并非全程都是他掘的，他只是利用了一条旧的甬道，自己再掘了百把米。

精明在于精确的判断。而精确的判断，常常就要借助于灵觉。

不用说，当他和范庭兰进入帕尔街时，“康巴”就已经察觉到了。

龚破夭算了一下时间，从他和范庭兰进入帕尔街到找到那间四川料理，花了不到两个小时。

两个小时，“康巴”能设下什么陷阱呢？

应该不会。

龚破夭在心里安慰自己。

但这一安慰，他的心反而变得更紧，仿佛看到一条无形的绳正在勒向范庭兰。

“康巴”要取范庭兰的性命？

不会。

“康巴”是有脑子的人，除非迫不得已，否则不会轻易亲自动手的。

他要将范庭兰引向中村正岛的人？

龚破夭想了想，也觉得这种可能性不大。

中村正岛的人正在追踪他。“康巴”却将范庭兰引向中村正岛的人，岂不是惹火烧身？

龚破夭越想，越觉得“康巴”精明过人。依“康巴”的精明，要干什么事，都会希望达到一箭双雕的效果。

那么，“康巴”所设的陷阱，是一个什么样的陷阱呢？

龚破夭一个个地分析，又一个个地排除，结果分析来分析去也确定不了，这主要是因为对“康巴”了解得太少。单是他为什么要盗取夜明珠这一点，就难以判断。

有因才能有果。

不知其因，必定难知其果。

龚破夭的思维转了一个弯，又回到了原点——“康巴”盗取夜明珠的目的是什么？

突然，他脑海里浮现出一幕——

“康巴”伸手将老板娘轻轻一拉，就拉到自己身边坐下：“嫂子，我哪敢糊弄你呀？我巴不得金山银山都给你呢。”

难道与老板娘有关？

——“你的心意我早领了，可我什么都不缺。”老板娘笑说。

一个是明说，一个是暗拒。

这样的对话，“康巴”和老板娘应该不是第一回了。

正因为不是第一回，龚破夭才感到为难：“康巴”这话是有意说给他和范庭兰听的；还是随意说的，并无目的？

“康巴”会为一个女人而去冒险盗取夜明珠吗？

而且，这个女人已是个有夫之妇。

“康巴”和那老板娘虽然暧昧，但动作都只到手触手摸的地步。即使是手触手摸，也是很正人君子的，并没有进一步的下流动作。

精神之恋？

这倒有点像。从“康巴”细嗅老板娘喝过的酒杯，陶醉得不得了的神情来看，有这种可能。

这种恋，是否让“康巴”有力量去冒险呢？

第三百二十一章　被杀的少女

沿着范庭兰留下的暗号，龚破夭很快就追出了帕尔街，到了嘉杜街。虽然只是一街之隔，这嘉杜街却显得十分繁华，时近午夜仍人来人往、灯红酒绿。

刚进入嘉杜街不久，龚破夭原本放松的心突然一紧，马上感受到一股危险的气息：糟糕，范庭兰肯定出什么事了。

目光被嘉杜大酒店的招牌牵引而去，可龚破夭还没将目光从招牌上移开，一阵刺耳的警笛声已呼啸而至。

几辆警车飞快地停在嘉杜大酒店门口，车上跳下一群警察，有的冲入酒店，有的守在门外，设下了警戒线。

龚破夭的目光射在酒店门口的廊柱上，一下子就看到了范庭兰留下的暗号。

范庭兰已经进了大酒店。

印度警察是否奔范庭兰而来？

但愿不是。

龚破夭心道。

心里刚道罢，龚破夭的双眼一刺，就见范庭兰被几个警察押了出来。

两人的目光刚刚碰了一下，还没来得及传递信息，范庭兰已被狠狠地推上了警车。

但在范庭兰被推上警车之前，龚破夭的目光已扫到他袍腰上的几点血迹。血迹新鲜，但不是刚滴在袍腰上的。而且，看血迹的溅落方式，是被人施了外力，才飞溅到袍腰上的。

有意识的嫁祸。

谁搞的？

龚破夭略一思索，即得出是“康巴”搞的鬼。而且在范庭兰偷取他头发的时候，他已将血飞溅而出。

可在龚破夭的印象里，当时“康巴”的手并没有什么动作啊。

可见其身手之快和隐蔽。

龚破夭更加觉得“康巴”不是一个等闲之辈。

此时酒店外已围了不少人。

龚破夭扫了一眼人堆，忽见蔡如柏朝他挥了一下手，他含笑着点了点头。依蔡如柏挥手的暗号，他和佟大芳会跟进范庭兰，见机行事。

蔡如柏挥了手之后，已不见了人影。

龚破夭再看了一眼人堆，没发现“康巴”的踪影。

旁边的人已经开始传言：

“听说是一个英国少女在房里被杀了。”

“下手挺残忍的，两只乳房也被割下了。”

……

龚破夭没有再听下去，悄悄地闪出人堆，飘到酒店的后面。

抬头往上望，只见三楼的一间房里灯火通明，一个警察还从窗口探出头来张望。

不用说，警察正在解剖被杀的少女。

龚破夭装作是路过的人，边走边细细地嗅着，很快就嗅到了“康巴”的气息。

依他的推测，当“康巴”发现他和范庭兰进入帕尔街之后，便开始设局。

他没在帕尔街设下陷阱，而是设在嘉杜街这里。所谓兔子不吃窝边草，也不会在窝边搞事的。

为什么要杀一个英国少女？

目的自然十分明确。

英国人是殖民统治者，只有杀了英国人，才能引起当局的重视。当发现“凶手”是中国人时，当局就会紧紧盯着中国人。

真是一箭双雕啊。

过程应该是这样的：“康巴”将一个英国少女诱入嘉杜大酒店，进入事先开好的房间，然后残忍地将少女杀害。之后，取了一些少女身上的血才来到四川料理，故意坐在他们旁边……

整个过程十分紧凑而又天衣无缝。

而“康巴”之所以将目标落在范庭兰身上，那是他猎人的天性使然，知道哪一个猎物好对付。

趁龚破夭去小解的时候，“康巴”便将范庭兰引离，并一直引到嘉杜大酒店。

“康巴”进了房之后，马上就报了警，通知酒店总台，然后从窗后溜走……追到房前的范庭兰，自然就被抓了……因为他袍腰上的血迹，就是最直接的杀人证据……

百密终有一疏啊。

只想到“康巴”是个盗墓贼，却没想到他还是一个精明透顶的人。

就这样，龚破夭嗅着“康巴”的气息追踪，竟然追回到酒店的前门。

也就是说，“康巴”刚才还在这里。说不定，他当时就站在不远处，看着范庭兰被警察押上了车。

转了一圈，龚破夭往东追了百把米，发现“康巴”的气息越来越淡，渐渐淡到虚无。

显然，“康巴”坐上的士走了。

龚破夭并没有继续往下追。

当他再度出现在四川料理店的时候，老板娘正准备关门。

老板娘一眼看到龚破夭，马上笑盈盈地问：“先生是不是掉什么东西了?”

龚破夭点了点头，身子已闪入店里，顺手帮老板娘将门关上。

“先生你——”站在柜台后的老板发现不对劲，紧张地问。

龚破夭对他摆了摆手，用四川话答道：“放心，没什么，就问几句话。”

“你——”

老板夫妇都感到愕然：“你也是四川的?”

龚破夭伸手抹了一下脸，立马露出了四川人纯正的脸庞。

“你们都坐过来吧。”接着，他坐下，亲切地对老板夫妇道。

两人走了过来，坐在龚破夭对面，神情还有点紧张。

龚破夭笑了笑，望着老板娘道：“如果我没猜错的话，你应该叫雪莲吧?”

“是啊，你怎么知道的?”老板娘惊异地问。

“看你专门为康兄弟做的那道‘雪莲猪手’的菜嘛。”龚破夭笑说。

“哦，先生真有眼光，看什么都看得那么细。”老板娘不由得赞道。

龚破夭看了她一眼：“我想问一个问题，你在四川的时候，就认识康兄弟吗?”

“不，不认识。”老板娘答。

龚破夭瞧了瞧她的神态，也不像撒谎的样子。

“为啥问这个呢？你是中国的密探?”老板不解。

龚破夭望着老板笑了笑，反问道：“你说呢?”

老板一脸茫然。

老板娘却紧张地问：“是康兄弟在中国犯了什么事?”

龚破夭模棱两可地答道：“也不是什么大事，只是有点问题得问一问他。”

“哦，是这样的。”两夫妻放心了。

龚破夭又问：“你们认识应该有几年了吧?”

“是的，有四五年了。”老板主动答道。

老板娘则微微地红了脸。

龚破夭便望着老板：“那么，你应该知道他住在什么地方吧?”

老板看了看老板娘，欲言又止。

老板娘睃了他一眼：“知道就说呗，有什么好隐瞒的?”

老板这才道：“他住在朝北巷三十五号。”

“哦”了一声，龚破夭又问了一些有关“康巴”的问题，便起身告辞了。

出了门，龚破夭便直奔康长风的住宅。

是的，他从老板娘的口里得知，“康巴”的真名叫康长风。

第三百二十二章　有点暧昧

话说李绍嘉正茫然不解：脚步声怎么往后退了？难道我被她发现了？

面对这突如其来的变故，他突然觉得有点暧昧，仿佛看到一块红烧肉正在喷香喷香地诱惑着他。

却暧昧得有点玄乎。

心是动了，他的身子却一动也不敢动，仍老老实实地趴在水田里。星星在天上闪着，月亮也弯着半边脸。

按中国的季节而言，眼下已是初秋。但印度不同，仿佛只有夏季和冬季，要么热，要么冷。九月了，按说应该有点秋凉了，可这新德里的郊外却暖风阵阵的。也多亏了这暖风吹，他趴在水田里才不至于打哆嗦。

不一会儿，脚步声竟然消失了。

田野里响起了蛙鸣。

蛙鸣此起彼伏，李绍嘉不由得想起了家乡的荷塘。

荷塘、蛙鸣、月色，都是极美的意象。每每想到这些意象，他的脑海里就会闪出嫂子的影子。嫂子从荷塘袅袅而过，犹如仙子。

想着，他就想笑。

可还没笑出声来，就觉得屁股一痒，有什么东西爬了上来。

是个四条腿的家伙，在他的屁股上又跳又舞的。

按脚的大小去推测，他知道那不是青蛙。

正想着那家伙是什么东西的时候，几声“吱吱”的叫声，便钻入了他的耳朵。

老鼠。

妈哦，是老鼠。

他虽然不怕老鼠，但被老鼠这么跳着自己的屁股，他还是第一次遇到，身上立刻起了鸡皮疙瘩。

更要命的是，这只老鼠“吱吱”发出声之后，李绍嘉很快就听到四面八方传来了轻微的声响。

不一会儿，他的背上、屁股上就跳满了老鼠。

他成了老鼠的天堂。

若是在国内，他早就跳起来了。

此刻，他却不能动。

对方的脚步声虽然退了，但谁知道这是不是一个陷阱？先由一个人故意退去，引诱他站起来。嘿嘿，当他放心地站起来时，对方的狙击手准会乐得心花怒放，食指轻轻一勾，一颗子弹随即钻入他的心脏。

也就是说，一颗子弹就足以让他连喊爹喊娘的机会都没有，更别说去想什么黑玫瑰了。

还有他不动的原因就是：特训的时候，教官一再说，到了印度不要怕蛇、不要怕鼠。印度是一个泛神的民族，一株草、一棵树、一只青蛙、一只老鼠、一条蛇都会成为他们的神，从而膜拜。既然万物都被当神一般膜拜，那就是很有灵性的，不会伤害人的。

嗯，教官的话果然不是吹水。

看老鼠在自己身上跳得那个欢，就当他是自己的亲人一般。

“要学会利用当地的一草一木。”突然，教官的话在他的耳边响起。

对啊。

李绍嘉如梦初醒。

人家老鼠都主动来亲热，来跟自己通灵，自己何不乘此机会跟它们大大地通灵一番？

“吱吱。”

李绍嘉发出了鼠语，希望老鼠们能成群跑动，将禾苗跑得“哗啦啦”的响，以引诱对方的狙击手。

“吱吱”了一会儿，群鼠却没有动静，仍在他的背上跳着舞着。

“吱吱。”

李绍嘉再次发出鼠语。

群鼠静了下来。

嗯，有希望了。它们也许正在商量着如何出发吧？

李绍嘉开心地想。

屁股却突然一痛，显然是一只老鼠咬了他一口。

紧接着，背上随即传来几十处痛感。

几十只老鼠正在开心地咬着他。

妈哦，它们当我是腊肉了。

是我的命令发错了？还是它们听不懂我的话？

李绍嘉急得马上用印度语发出“吱吱”的鼠语。

但一点作用都没有，老鼠仍咬他没商量。

怎么办？

这样被咬下去，自己到时恐怕就只剩下一堆骨头了。

李绍嘉急哦，一边运气调动背部的肌肉，以躲避老鼠的啃咬；一边想着是该翻身将老鼠压在背下，还是该跳起来逃之夭夭。

身后却传来“哗啦啦”的声响。

不用说，那是万全策在狂奔。

想都没有多想，李绍嘉猛地一个蛙跳，在半空中转了个身，朝万全策望去。

只见万全策就像被鬼追一样，脸上布满了恐怖的神色。

这湖南佬向来是天不怕地不怕的，这会怎么恐怖成这样了？

李绍嘉不解了。

他的双脚刚落地，还没站稳身子，枪声就响了起来。

“老万，快隐蔽。”李绍嘉急得大叫，觉得万全策真的上当中招了。

万全策却充耳不闻，仍朝他这边狂奔。

“老万，你不要命了？”李绍嘉边道边朝枪火的亮处打出一串子弹，掩护万全策。

万全策直奔到他身边，牙齿打颤地道：“嘉……嘉嘉，快帮我捉住它。”

“他是谁？”李绍嘉莫名其妙。

“眼……眼镜蛇。”说着，万全策闪到李绍嘉身后，趴下身子，双眼惶恐地望着前面。

晕。

李绍嘉真是哭笑不得。

万全策刚趴下身子，李绍嘉就听到前面传来“哗啦啦”的声响，一条粗大的眼镜蛇正抬高了头，气势冲冲地朝他们这边扑过来，完全一副攻击人的架势。

“老万，你没跟它通灵？”李绍嘉忙问。

“通灵个屁呀，它不知从哪里冒出来的，‘呲呲’地朝着我扑来了。你以为我想冒死跑呀？不跑的话，你还能见到我？”万全策硬邦邦地道。

“呲呲。”

李绍嘉赶紧发出蛇语。

相距五尺时，眼镜蛇突然停住了，双眼晶亮晶亮地望着李绍嘉。

“呲呲。”李绍嘉再度发出蛇语，语气中似乎充满了欣赏的意味。

奇迹发生了，眼镜蛇的双眼仿佛闪过一丝笑意，身子一扭，便离开了。

而他们的身前、身后，都响起了双方驳火的枪声。

第三百二十三章 对峙的郁闷

话说安室美惠渐渐逼近李绍嘉的时候，突然感觉脊梁骨一冷，背后似乎有几支寒嗖嗖的枪正对着自己，心头不由得一颤，便转身后退。

但她退得并不急，像没发现什么东西一样，自然地往后退着。

她很清楚，只要自己一紧张，就会造成对方的紧张。对方勾着扳机的食指，就很有可能因为紧张而往下勾，热辣辣的子弹定会准确无误地钻入她的胸部。

那可是中村正岛最喜欢的地方啊。

只是风水轮流转，到了今年春天的时候，中村正岛的目光就极少落在她的胸部上了。

为什么？

她曾紧紧地搂抱着中村正岛，寻求答案。

中村正岛却冷冷地推开她，一言不发地离开。

刹时，她如坠深渊。失落的孤寂，令她痛不欲生。

是中村正岛移情小秀叶子了？

不会的，小秀叶子在南京的时候，就已经拒绝了中村正岛。

他们的特工队降落桃源寨时，中村正岛还故意给小秀叶子苦头吃。他们两人不可能有那种关系的，更不可能达到火热的地步。而且，她感觉小秀叶子的心似乎更倾向武宫正宇。

那么，是仓木麻衣？

可在安室美惠眼里，仓木麻衣跟废物差不多，根本不是她的对手。

还有谁呢？

他们特工队里就她们三个女子，还会有谁呢？

她也仔细地观察过中村正岛和仓木麻衣，他们两人似乎并没有什么特别亲热的举动，至少在人前是那样的。倒是仓木麻衣更喜欢扮靓了，只要不是去执行任务，都会将自己打扮得花枝招展的。

打扮得那么靓给谁看呢？

特工队里的其他男特工，虽然都色眯眯地望着仓木麻衣，可她对他们却毫无反应。

可中村正岛的目光落在仓木麻衣身上，也没显出什么特别的意味啊，更谈不上暧昧了。

但除了仓木麻衣，还能有谁呢？

尽管安室美惠极不情愿仓木麻衣成为自己的对手，但现实却不容她忽视。

自从从桃源寨撤回之后，仓木麻衣就像变了一个人似的。中村几次派她去执行色诱任务，她都出色地完成了。

更奇的是，仓木麻衣过去的枪法很一般。可是，当他们特工队潜到长沙战场上后，仓木麻衣就神得不得了，一天之内就让中国军队三个师长的额头开了花……

中村有一个特点，就是喜欢能干的手下。

仓木麻衣一下子变得那么能干，是否令中村刮目相看了呢？

他们两人在人前没什么特别的表现，但在人后呢？在床上呢？

天才晓得。

不想，不想。

安室美惠迅速叮嘱自己。

表面上，她装出十分自然地往后撤，内心却打起十二分精神。只要对方的枪火一闪，她就得迅速作出反应。

往后撤了百多米，也没听见对方的枪响。

安室美惠心里顿时一宽：对方的人不多，不敢轻举妄动。

是的，她的左右两边都有自己的人，只要对方一动，立马会遭到强烈的反击。

这么一想，安室美惠的脚下也轻松了。

望着安室美惠，陈节感到自己勾着扳机的食指沁出了细细的汗珠。并非是因为他紧张，而是他太想立马就勾下扳机，一枪送安室美惠下地狱了。

却不能开枪。

他心里很清楚，他和彭壁生正与左右两边的对手对峙。从力量上对比，他们是二比六。加上安室美惠，他们就是二比七了。

力量太悬殊。

不到万不得已，不可开枪。

当万全策、李绍嘉和对手驳上火的时候，他们还在两里之外，可谓鞭长莫及。

等到近了，他们却发现对方的人数多，硬打的话只能吃亏。

对彭壁生使了个眼色，他们两人倏地分开，借着夜色，东飘西忽，显出有不少人的样子，以此来迷惑对手。

这一招很有用。

不一会儿，对方就停止了进逼万全策和李绍嘉，转为与他们对峙。

那边的孙玉国和赵卓宾，同样使用了这招来迷惑对手。

安室美惠突然往后退，就是感觉到了陈节的枪口正对着她的背脊。

随后，安室美惠转身，正朝陈节这边走过来。

近了，不足两百米。

这个距离，对陈节来说，绝对是打哪中哪的。

却不能开枪。

陈节感到从来没有过的郁闷。

而且，这郁闷不是现在才有的。自从踏进印度这片土地，陈节的心就沉沉的。

是预感，还是什么呢?

他也不太清楚。

这几天所遇到的不顺，更令他感到手脚就像被绑住了一样，难以施展。

他将心飘向彭壁生，感觉他与自己相距不过五十米，正与左边的三个对手对峙着。

对手是两支自动步枪、一支狙击步枪，火力远在他之上。

陈节感觉到，彭壁生并没有一点惧意。他的双眼鼓鼓地瞪着，只要对手有点风吹草动，他手中的盒子炮将会毫不犹豫地飞出弹雨。

对手却没动。

这对峙就像要太极，谁都想借劲先发制人。

借此机会，安室美惠便有恃无恐地走着。

郁闷啊。

陈节感到自己的双眼郁闷得就要喷火。

近点，再近点就吃了你。

陈节心里狠狠地道，目光却不时盯着右边的对手。

突然，安室美惠的双脚一紧，像从地面收到危险信息似的，赶紧将身子往前一扑，扑到田埂上，匍匐着前进。

就在这时，枪声响了。

第三百二十四章 冲动的惩罚

如果不是被眼镜蛇逼得紧，万全策怎么也不会跳起来狂奔的。

跳起来的瞬间，他还在想：这眼镜蛇是怎么啦？怎么这么凶？教官不是说印度的眼镜蛇会与人通灵的吗？

在新德里街头他也看到过：一些印度人吹着葫芦笛，眼镜蛇便从竹篓里伸出身子来，虽然舌也是长长地伸出，发出“嗞嗞”的声音，但眼睛却是善意的，不凶。

可眼下这条眼镜蛇却来势汹汹，大有一口将他咬入地狱的意思。

蛇也欺生啊。

万全策只能这么断定了。

他跳起来的瞬间，与之对峙的武宫正宇愣了一下。他怎么都想不到，对手居然敢在他的枪口下跳起来。

对手不会是盲目地跳起来的吧？

是开枪，还是不开呢？

他在犹豫着。

他的拍档丰田长吉却开枪了。

“叭叭叭”的枪声，顿时划过长空。

鸣唱着的青蛙，刹时收声，纷纷将头埋入水里。

子弹若飞驰的火星，直追万全策。

万全策的身躯多高大啊，虎一样的背部要吃上几颗子弹，绝不是什么难事。

丰田长吉勾下食指的时候，就是这样想的。

三枪射出，只要有一枪钻入万全策的背部，穿过心脏，再从胸口穿出，他立马就一命呜呼了。

丰田长吉想得很美。

可三颗子弹却“嗖嗖”地没了着落——

三枪落空，丰田长吉的心突然就慌了。

他也听到了武宫正宇的喊声：快打滚闪开！

他却没滚。

不是他不想打滚，而是孙玉国的子弹已经到了，不偏不倚，正中他的左脑。也就是说，孙玉国一直在左边盯着他和武宫正宇。右边的赵卓宾则盯着他的另外两个同伴。

仿佛听到了脑汁飞溅的声音，武宫正宇不管三七二十一，掉过枪就朝孙玉国这边乱射。

另外两个同伴也朝赵卓宾开枪射击。

正面这块刹时打得火热。

听到枪声，安室美惠真的脚软了。

好在枪声是先从后面传来的。而且听枪闻声，听子弹的“嗖嗖”声，射击的目标并不是她。

匍匐着前进，她周身的神经都绷得紧紧的。

而左右两边掩护她的人，与陈节、彭壁生对峙着的六个射手，都齐齐地勾下了扳机，朝陈节和彭壁生开了火。

郁闷到极至的陈节，见到安室美惠扑低，又听到枪声响起，马上灵醒起来，朝彭壁生喊了声“快闪”，自已也就地打了几个滚。

他潜伏的地方是田中的一块空地，空地上杂草丛生。

他的身子刚滚动，对方的子弹就到了。

如同一阵狂风暴雨，瞬间将他潜伏的位置打得草碎泥飞。

好险。

滚开之后，他并没有停下伏着，而是借势拔地而起，凌空对着对手潜伏的位置就打出一梭子弹。

“叭叭叭”的连声枪响，就像春节放鞭炮一样热闹。

但他要的不是热闹，而是对方传来的鬼哭狼嚎。

身子落地，他却没听到。

子弹都打飞了？

陈节心里一颤，赶紧连滚带爬地往后撤。

对方的子弹则“扑哧扑哧”地落在他的脚后。如果慢半拍，他就吃定子弹了。

狼狈。

彭壁生却比他还狼狈。

不用陈节对他喊“快闪”，听到枪声他就已经滚动开了。

但他是潜伏在田埂上的，一滚动，自然就滚到了田里。

田里的烂泥软绵绵的，一下子就将他肥胖的身子热烈地拥抱住了。

想滚也滚不动了。

而对方的子弹却像蝗虫一样，朝他铺天盖地压过来。

往后跑吧。

他的大脑里只剩下这个念头。

想到这，他赶紧从田里跳起身，就像一只胖胖的大青蛙，弄得泥水“哗啦啦”

直响。

跳起的瞬间，他很想回击几枪。

可哪里看得到目标？

滚落田的时候，他虽然闭上了双眼，泥水无法入眼，却弄得满脸都是。睁开眼睛，泥水即刻钻了进去，双眼立马就模糊不清了。

只能隐约地看到田埂。

跑吧。

跳上田埂，彭壁生疯也似地跑了起来。

当然，他也不是盲跑。

跑几步，他就扑低，然后跳起再跑，以此来避过对方子弹的追逐。

那种狼狈，只有他自己心里最清楚。

话说李绍嘉刚刚通过蛇语“哄”走了眼镜蛇，他和万全策的身前、身后，就响起了双方驳火的枪声。

“往哪走?”听到枪声，万全策顾不上表扬李绍嘉的驱蛇能力，而是赶紧问道。

其实，李绍嘉“哄”走蛇的时候，两耳并没有闲着，分明感觉左右两边的火力都要比正面的强。

“跟我来。”李绍嘉说罢，身子便如箭一样射出。

而武宫正宇胡乱打光了一梭子弹之后，还没来得及换弹匣，就听到前面传来“嗖嗖”的脚步声。

抬头一看，只见李绍嘉和万全策正朝他扑了过来。

抵抗，只能是找死。

逃，也已经来不及。

兵不厌诈。

只能使诈了。

武宫正宇连想都没多想就跳起了身，往前跑了几步，接着发出“啊”的一声惨叫，然后倒在田里。

这时李绍嘉和万全策已与他相距不过百多米。

他惨叫着倒下，李绍嘉和万全策都看到了。

左边这一厢，立刻没了枪声。

李绍嘉和万全策赶紧左转，去和孙玉国会合。

第三百二十五章　长风的龙床

话说龚破夭离开四川料理后，就直奔朝北巷三十五号。

快到朝北巷的时候，他便眼观六路、耳听八方，灵觉也像灵敏的触须一样，朝四面八方探去。

身后并没有异常的情况。

说明康长风或康长风的人并没在后面跟踪他。

前面呢？

龚破夭明镜似的心，忽地闪出几个暗影。

暗影即是危险的信息。

龚破夭微微一笑，便绕到巷子后面。

正如他预测的那样，康长风选择的住所必定是前后都有门的地方，以便于逃遁。

后巷的人家，都开着一扇扇后门。

后门没有门牌号码。

这当然难不倒龚破夭。

越往里走，康长风的气息便越浓。

到了康长风家里的后门，龚破夭的目光刹时变得精亮，如同见到老朋友一样。因为这后门不但散发着康长风的肤息，还飘逸着他灵魂的气息。

单凭康长风灵魂的浓烈气息，龚破夭就知道他在这里至少住了两三年时间。而且，康长风对这后门也特别“钟情”，经常悄悄地由这里出入。结果，门上飘逸的灵魂气息，便显得神神秘秘的。

康长风每每从后门出去，一定是要去神秘行事。他这么一神秘，灵魂自然就跟着神秘了。

就像人每走一步都会留下一个脚印一样，灵魂也会随时留下自己的气息。

站在后门后，龚破夭静听了一下。

——房里有人。

但这人不是康长风。

再感觉一下，那人传出的气息里有一丝生冷。

对于这生冷，龚破夭太熟悉了。那都是非刀即枪的生冷气息。

龚破夭知道，房子的结构是直通式的。前门进去就是客厅，客厅后面是卧室，通常有两三间卧室。卧室门前是走廊，走廊通向厨房，也通向后门。

房里的人正在客厅里走动。

龚破夭稍稍运了一下气，抬掌按着门轻轻横扫，里面的门栓即应“气”而开。

当龚破夭悄悄地闪身入门，突然出现在那人面前时，那人双眼瞪得天大，张口欲喊，可哪里还喊得出？

当他看到龚破夭的时候，龚破夭早已点了他的哑穴。

嘴可以张，声却发不出来。

那人瞪得天大的双眼立马装满了惊惶，伸手欲拔腰间的枪，腰间却空了。

枪已握在龚破夭的手里。

龚破夭随即将那人揪入里面的书房，盯着他喝问：“你是康长风的什么人？”

那人头一扭，无声。

龚破夭不禁哑然失笑，对方已被点了哑穴，哪里能回答自己的问题？

然而，龚破夭并没出手解开他的穴道，而是点亮了书桌上的油灯。

书桌上有笔有纸。

龚破夭朝那人道：“你是康长风的什么人？康长风去了哪里？你给我写出来。”

只见那人昂着头，一副视死如归的样子。

“你是想吃了苦头才说，是吧？”龚破夭不温不火地道。

那人仍不为所动。

“呵呵，这么强硬，那你就先尝尝苦头吧，我到隔壁去看看。”龚破夭说罢，只朝那人的身上挥了一下手，便走出了书房。

推开中间的那间房门，龚破夭扫了一眼，断定这是康长风的卧室。

卧室的摆设还真让龚破夭吃了一惊——

床是一张龙床，床垫是斑斓的虎皮，被面是丝绸，被里是丝棉，显得高贵、柔软而又十分的温馨。

一看，就知道康长风是个十分会享受的人。

望着龙床，龚破夭心里马上生出疑惑：依康长风的狡猾，应该不会这样显摆的啊。莫非，别人从不能进他的卧室？甚至是他的家？

那么，能守在他家里的人，一定不是一般的人。

心里颤了一下，龚破夭马上飘出卧室，折入书房。

却迟了。

那人已经咬舌身亡。

大意，我也太大意了。

龚破夭心里自责道。

蹲下身子，龚破夭在那人身上搜索了一番，希望能搜到点证件什么的。但搜索的结果，却是什么都没有。

站起身，龚破夭推测，这人自杀身亡，显然不是因为受不了痛苦的折磨。看他脸部的神情，完全是一副舍生取义的大无畏的模样。

能做出这种举动的人，绝对是康长风贴身的人。

人已死，不可能再开口。

龚破夭便走出书房，回到康长风的卧室仔细地搜索。

衣柜后、床底下、四面墙壁，都没有密室的门。

至于地下，龚破夭用掌拍了个遍，也没有空洞的回音，都是实实的“扑扑”声。

康长风会把夜明珠藏在哪里呢?

突然，龚破夭的双眼一亮，目光倏地落在龙床的床头上。床头的两边各有一只含珠的龙头。

龚破夭走近去细瞧，发现龙头的颈部有细细的缝，便伸手去拧。

这一拧，龙头转动了。

拧下龙头一看，里面果然是空的，完全可以藏下一些宝物。

再将床里侧那只龙头拧下，龚破夭仔细一看，龙头内的小洞有新鲜的擦痕，显然是刚有人取了里面的东西。

是夜明珠吗?

龚破夭又将龙头举到眼前，再往里一瞧，目光顿时一闪，像被什么吸引住了似的。

第三百二十六章 她到底是谁

那么，龚破夭瞧到了什么呢？是什么将他吸引住了呢？

当然不可能是夜明珠。

而是一层莹光。

可是，头回看的时候，怎么会没有发现呢？

龚破夭疑惑不解。

正当他疑惑的瞬间，龙头里面的莹光竟然倏地消失了。

怎么回事？

难道那莹光也是佛光一现？

不管了。

从莹光的多彩与迷人去分析，龚破夭推断龙头内确实藏过夜明珠。说不定，那突然一闪的莹光，就是夜明珠的灵光。

太神了。

龚破夭也不由得暗暗称奇。

放下龙头，他的鼻子一抽一吸，一缕肤息便清幽幽地钻入他的心坎。

是雪莲的肤息。

没错，就是老板娘雪莲的肤息。

龚破夭为了进一步证实这一点，拿起床上的龙凤枕嗅了嗅。

雪莲清幽的气息更加浓烈了。

被子也同样散发着她的肤息。

龚破夭心头不由得一颤——

雪莲已经和康长风同过床、共过枕。

可她为什么装出和康长风只有那么一点暧昧的样子来呢？

而且还给人一种印象，即康长风对她是单相思。

她也太会装了。

龚破夭没有多想，马上离开康长风的家，朝四川料理飞扑而去。

转到四川料理后门，龚破夭一眼就看到后门是半掩着的。

夜不关门？

不可能。

这贫民区的治安是最差的，怎容得下别人夜不闭户？

悄悄推门进去，龚破夭发现店内静悄悄的。

摸到老板的睡房，门竟然也开着。

龚破夭进去一看，床上空空如也。

夫妻俩早就逃之夭夭了。

坐在床上，龚破夭觉得自己又上了康长风的当。

而且，自打他们到了新德里之后，一直都在被康长风牵着鼻子走。

康长风的目的是什么？

借日本人的手杀了他们？

如果是这样，康长风是否早就和日本人勾结在一起了？

乍看起来，似乎是那么回事。

但证据呢？

没有。

至少到目前为止，他们还没看到康长风和日本人在一起。出发前得到的情报，也没这方面的显示。

再说，康长风借日本人的手杀了他们又如何呢？

似乎不是杀人那么简单。

龚破夭回头想了一下：从泰姬陵到新德里所发生的一切，有的似乎是在做戏。

像双方在泰姬陵的交火，就显得有点儿戏。

有的又分明是真做。

像康长风杀掉英国女孩，然后设陷让范庭兰中招，目的就是要引起中英两方的仇视。

对于日本人侵华，英国方面本来就无动于衷、视而不见。就连香港这块殖民地，他们英国人也是假意打几枪就溜之大吉。

越这么想，龚破夭越发觉得康长风不是一个简单的人。他对国际关系分明十分熟悉。

中英本就谈不上什么交情，康长风这么做，难道仅仅是为了增强英国对中国人的仇视？

这背后难道就没有更大的阴谋？

想到头痛，龚破夭也想不出个所以然来。

先来个顺水推舟吧。

既然他康长风知道我要找雪莲，要牵着我的鼻子走，我就跟着他走吧。

龚破夭心道。

因为他很清楚，所有的秘密都在康长风身上，只有抓到他，才能将所有的秘密破解。

而要抓到康长风，雪莲无疑是一条线索。

龚破夭嗅了嗅房内的气息，知道雪莲和她老公刚走一会。

她老公?

他真是她的老公吗?

龚破夭脑里顿时闪出这个念头。

顺手就抓起床上的枕头和被子来嗅。

出乎他的意料，不管是枕头还是被子，散发着的都是雪莲清幽幽的肤息，根本就没有男人的汗味、肤息。

一对假夫妻。

一个问题又在他心间升起：那个雪莲到底是谁?

她说在国内不认识康长风，显然是假话。

如果不认识康长风，她有什么理由要和老板扮假夫妻，而背地里和康长风上床?

谜，又是一个难解的谜。

只有尽快找到雪莲，方能解开这个谜。

龚破夭前面信了她的话，都是被她表面的清纯所迷惑了。

而且，她说起假话来，就像说真话一样自然。

女人啊，要么蠢得可以，要么就精明如妖。

龚破夭在心里感叹不已。

走出料理店，龚破夭迅速沿着雪莲的气息追踪而去。

第三百二十七章　她竟是公主

沿着雪莲的气息追踪，龚破夭竟然又追回到了朝北巷。躲在巷口，龚破夭心里顿时生出一种突兀之感——

雪莲怎么还会来到这里？

明明是她让老板告诉我这个地方的啊。

没错，按照他们预先的设定，康长风的家已是一个陷阱，只等着我掉下去。

是的，我也去了。

她未免也太自信了吧，怎么就那么肯定我会掉进陷阱而出不来呢？

按时间推算，他朝四川料理奔去的时候，雪莲和她的假老公正朝朝北巷这边走来。

途中没有相遇。

当然，他走的是直线，见路走路，没路则翻房，他的速度要比他们快得多。

嗅嗅巷子里的气息，雪莲的肤息仍很新鲜，说明他们刚进入巷子不久。

龚破夭不走正巷，也没走后巷，而是“嗖”的一声飘上了屋顶，猫着腰，脚下如风地朝康长风家飘去。

近了，首先飘入他耳里的是雪莲的声音。

声音仍然是那么温柔，即便说的是质问人的话。

只听雪莲说道：“你们怎么连一点声息都没听到？”

“是真的，公主。我们的眼睛都瞪得大大的，连眨都不敢眨一下，愣是没看到什么。耳朵也伸得长长的，也愣是没听到什么。”被质问的人理直气壮地答道。

公主？

雪莲是公主？

龚破夭怀疑自己回到了清朝。

清朝被灭了之后，哪里还有什么公主？

如果她是公主，那么康长风就是王子了。

这是哪跟哪啊！

龚破夭伏在屋顶的一堵墙后，悄悄地往下面的巷子一看——

竟然有七八个枪手围在雪莲身边。

当时如果从正门进的话，一定会惹来一场恶战。

龚破夭又疑惑了，依康长风手下有这么多人以及他的精明，他怎么会忽视后巷的安全呢?

是因为房里已经有人了?

还是故意为之——摆出一种前紧后松的阵势，好引诱他掉入陷阱?

如果是那样的话，房里怎么只安排一个人呢?

难道康长风认为，房里那个人足以对付他吗?

“嗯，那你们继续监视，他肯定会来的。”雪莲又道。

“是是是。”守候的人连声答道。

雪莲回头看了假老公一眼：“强巴，你留下来负责指挥他们。”

她的假老公叫强巴。

“不，公主。主子要我对你寸步不离。”强巴道。

雪莲瞪了他一下，不怒而威地说：“啰嗦，我叫你留下，你就留下!”

“是，公主。”强巴低下了头。

这么看来，强巴应该是雪莲的贴身保镖。

龚破夭断定。

单从目前掌握的情况来看，康长风就不是一个单纯的盗墓贼，而是一个秘密组织的头目。而且，雪莲是公主，那么康长风就不仅仅是一个土司的儿子。这后面应该隐藏着更大的秘密。

难道是流亡的皇族后人?

那雪莲的公主身份又从何而来呢?

可不管怎么看，雪莲都是一个汉人。如果她是皇族的人，那应该就是清朝以前的皇族了。

唉，粗心，怎么没问她姓什么呢。

龚破夭直怪自己粗心。

如果知道她姓什么，就会有线索可以追查了。

当然，很多皇族的后人都改名换姓了。

但不管怎么说，有了姓，总也有了一条线索。

再看雪莲的穿着，她已经穿上了伊斯兰女子的黑袍，扎着头巾，蒙上了面纱。

手里提着一个包袱。

包袱看上去沉甸甸的。

里面是枪和珠宝吧?

突然，龚破夭看见众人散开，在巷子的每个有利位置潜伏了下来。强巴则带着另外一个人绕向后巷。

而雪莲也莲步轻移。

说是轻移，却如风般飘逸。

龚破夭心里不由得赞道：好俊的轻功。

是先去制服强巴，从强巴的嘴里挖出点资料，还是继续跟踪雪莲呢?

龚破夭有点犹豫。

看雪莲神秘兮兮的样子，应当是去与康长风会合。

继续跟踪雪莲吧。

心念一定，龚破夭从屋顶飞身而下，从另一边的巷子跟踪着雪莲。

但是，他不能尾随雪莲。

单从雪莲能将假话说成真的似的来看，龚破夭就知道她的功夫不浅。再看她超俊的轻功，更是在许多行家之上。如果他尾随的话，很容易就会被她发现的。

隔着一条巷子追踪，一方面可嗅着气息，另一方面则可听声。

就是听雪莲的脚步声。

这是猎人的本能。

因为这本能，所以在雪莲的料理店，龚破夭就已经注意到了她的脚步声。在常人看来，一个人走路并没有什么特别之处，要么大步，要么小步，要么脚轻，要么脚重。

但在龚破夭看来，这都是很表面的现象。在这表象下面大有文章可做，甚至可以小到一根脚趾用力的程度。

雪莲走路，习惯于右边的脚趾头用的劲重些。

这是一种为某种事焦急而形成的习惯。

当时听着雪莲的脚步声，他还以为她是在替康长风焦急，希望他不要在她的店里做出过分的举动呢。

现在看来，她是在焦急他和范庭兰快点掉进康长风所设的陷阱。

第三百二十八章　营救范庭兰

却说蔡如柏朝龚破夭挥了一下手之后，马上钻出人群，骑上一辆摩托，离开嘉柏大酒店，尾随押着范庭兰的警车。

范庭兰当然想不到自己会被抓。

虽说事前有那么一点感觉，他却没在意，还误以为是因为到了人生地不熟的地方，心理不适所致。

从四川料理店出来后，他一路跟踪康长风都挺顺的。

康长风走在前面，既不紧，也不慢，就像晚餐后去散步一样。

当时范庭兰心里就窃喜：这家伙被人跟踪了还浑然不觉。

跟出贫民区，范庭兰见康长风走入嘉柏大酒店，心里不由得想：这家伙在雪莲身上得不到什么东西，是要跑到嘉柏大酒店来寻欢作乐吧？

这个盗墓贼，有了几个钱，就知道去花天酒地。这贼一样的人生，有什么意思？

范庭兰还在道德上对康长风作了一番评价。

进了大酒店，他看到康长风进了电梯，但他并没赶上去。

他很清楚，从楼上下来只有两个出口：一个楼梯口，一个电梯口。只要坐在大堂守候，康长风就插翅难飞了。

于是，范庭兰便坐在大堂一角的沙发上。

沙发旁边有两盆盆景，盆景是一米多高的黄薇树，正好为他遮掩。盆景旁边还有一只垃圾桶。

等了十几分钟也没见康长风下来，范庭兰的心揪了一下。

心揪什么呢？

心揪康长风怎么还没下来？

按他的推断，康长风上去应该是去见老相好，见面之后就会下来，逛逛街，为老相好买点首饰之类的，以讨老相好的欢心。

这个康长风打扮得像贵族一样，应该会那样做的。

然而，康长风却没有出现。

范庭兰开始怀疑自己的推断了。

正在这时，酒店外传来了警笛声。

酒店出什么事了？

他当时还这样想。

直到一群警察朝他扑过来，他才知道警笛声是奔自己而来的。

硬拼是不可能的了。

但身上不能留下武器。

范庭兰将袍子一掀，另一只手就将盒子炮掏了出来，藏到盆景边的垃圾桶里。

整个过程都是瞬间的事情。

几个警察扑了过来，一人抓住他的一只手，将他拉起身，另外两个警察迅速上下搜索他的身体。

他装出一脸惶恐的样子问道："怎么啦？怎么啦？你们这是怎么啦？"

没有一个警察回应他，但鼻子分明都在哼哼："怎么啦，你自己心里明白。"

警察都是这副模样，总是装出一副无所不知的神情，而让被抓的人无法隐藏自己的污点。

两个警察将他的双手扭到背后，"咔嚓"一声戴上了手铐。

然后，他被推上警车的后排，两个警察各坐一边，看守着他。

副驾驶的位置上还坐了一个警察。

加上司机，是四个人押着他范庭兰一个人。

在他们看来，这力量已经足够了。

范庭兰观察他们的神情，个个都是狂妄自大的样子。

"瞧什么？"左边的警察朝他吼道。

"没——"

范庭兰连"什么"都还没说出口，就被那警察狠狠地扇了一耳光，嘴角被打出了血。

"再瞧的话，就挖掉你的眼睛。"那警察恶狠狠地说道。

范庭兰赶紧低下头，一副低头认罪的样子。

可是不久他就平静了下来。

因为通过后视镜，他已经看到了车后跟着的蔡如柏。

其他几个人呢？

范庭兰相信他们不会闲着的。

特训的时候，教官就要他们牢牢记住重点部门的位置、重要建筑物的特征，以便应急之用。

范庭兰记得，嘉柏大酒店与警察局相距有三四里路，途中会经过一条嘉士街。

嘉士街并非热闹的街道，且两边树木高大、枝繁叶茂，若要设伏的话，那无疑是最佳的位置。

正如他所想的一样，佟大芳、刘农峻、郭超常已经在嘉士街守候了。

说是守候，其实他们是刚刚赶到的。他们的身子刚躲到树后，押着范庭兰的警车就到了。

看到街中横着一根新鲜的树枝，范庭兰知道那是自己人留下的暗号。

树枝打横，当然就是要打横来了。

所谓打横，就是硬劫，真枪实弹地劫。

所需要的是他的密切配合。

范庭兰心里微微一笑：这还用说吗？

心里这么想着，手铐已被他悄悄地打开了。

说是打开也不准确，因为根本就不用打。

当警察为他戴手铐的时候，他已运气鼓胀了手腕。眼下气一消，骨一缩，手便从手铐里松脱出来了。

这比开锁方便多了。

当警车距树枝不到十米的时候，范庭兰突然往前一倾，弯下了身子，枪就响了。

是四声枪响。

一声都不多。

感到脸上一热，一股血腥味顿时钻入他的鼻子。

他们得手了。

范庭兰当然不能闲着了，他伸手将司机拉开，自己坐到驾驶座上，将警车开入一条偏僻的巷子里。

第三百二十九章 发现康长风

车刚停下，他的心就不由得一颤：一股熟悉的气息竟然从车窗飘了进来。

是康长风的气息，且气息还比较新鲜。

真是冤家路窄。

跳下车，范庭兰拔腿就追。

他边追边为蔡如柏他们留下暗号：刘农峻、郭超常去新德里照应龚破夭；蔡如柏去联络其他几组的人；佟大芳随他一同追踪康长风。

追出几条巷子，虽然还没发现康长风的影子，但范庭兰又有了新的发现：有一股气息与康长风若即若离。

是股女性的气息。

不是老板娘雪莲的。

对于雪莲清幽的气息，他印象太深刻了。

在小饭馆里嗅着雪莲的气息时，他就怀疑她是否真的与店老板成了亲。

因为从她身上散发出来的气息，不是少妇成熟的气息，而是一种少女清纯的气息，那不是装出来的。

一个三十岁上下的女子，再怎么扮清纯，骨子里都会流露出成熟女人的俗气。而看她那双眼睛，仍水灵灵的，仍冰清玉洁的，分明还是一个处子。

眼下这个女性的气息，却没了处子的清纯。

单凭这一点，范庭兰就断定——与康长风若即若离的女人，不是雪莲。

那她是谁呢?

她为什么要与康长风若即若离的?

是在暗中保护他，还是在监视他?

自己人这边没有女性。

难道是日本人?

范庭兰再细细地嗅，再细细地分辨了一番，马上得出了结论：是个日本女人。

因为气息里竟有一缕淡淡的樱花幽香。

日本盛产樱花，被誉为“樱花之国”，樱花在日本有一千多年的历史。据说曾有一位聪明美丽的姑娘，名叫“木花开耶姬”，“木花开耶”意即樱花。她从日本的冲绳出发，经九州、关西、关东到达北海道，把象征爱情和希望的樱花撒遍各地。从此，樱花由南向北依次盛开，永不衰败。

日本人之所以如此喜欢樱花：一是喜欢它的纯洁、清雅和高尚；二是喜欢它最先给人们带来了美好的春光；三是喜欢它那毫不迟疑地开落的豪爽性格。在平安幕府时代，武士们将樱花的瞬开瞬落当作他们“视死如归”的气概，认为人生和樱花一样短暂，应在有生之年做出一番轰轰烈烈的事业来。武士们如果失败，就会在樱花树下剖腹自尽。

所以，樱花被日本人视为国花，菊花则是日本皇室钦定的国花。为了尊重皇室，日本的国花是樱花，国徽则用菊花。

因此，只有在日本那种环境下生活的人，身上才会散发出樱花的清香气息。

那么，这个日本女人是谁？

中村正岛手下的特工？

应该是了。

范庭兰起初还以为这个日本女人是在监视康长风，希望通过他得到夜明珠。可他从这个女人的气息里又感觉到，她对康长风非但不存在危险，反而有一种暧昧。

怎么回事？

难道康长风早就与日本人勾搭上了？

如果是这样的话，那康长风就真的不是一个简单的盗墓贼了。

嗯，这个康长风本来就不简单。

范庭兰在掉入康长风的陷阱被抓之后，就已经对他刮目相看了。这下又有了日本女人与他暧昧，范庭兰更加坚信康长风的身份不简单。

那康长风与日本人勾搭的目的是什么呢？

难道日本人对印度也虎视眈眈的？

康长风要利用日本人来达到自己的什么目的呢？

他可是中国人啊，能在印度搞出什么名堂？

问题太复杂了。

范庭兰怎么想也想不出一个所以然来。

如果康长风仅仅是一个盗墓贼，要出手夜明珠给日本人的话，早就可以出手了，根本没必要设陷阱来害他，从而惹火烧身啊。

不觉间，范庭兰已追出城外。

被城外的夜风一吹，他突然清醒了。

不对啊，这康长风分明像是故意留下气息让他追似的。

下面又会设下一个什么陷阱呢？

范庭兰的脚步犹豫了：是继续追呢，还是不追呢？

“呵呵，还用说，当然是追啊。”就在这时，佟大芳飘了上来，“不入虎穴，焉得虎子？”

佟大芳来得好快。

声到，人也到了范庭兰身边。

第三百三十章 莫名的打斗

话说龚破夭跟踪着雪莲，也跟出了城外。

看雪莲走的方向是东面，如果一直往东走，再北上的话，那就是回中国的路了。

难道雪莲要回国？

那康长风呢？难道也要回国？

这好像不合情理啊。

龚破夭一时也捉摸不透了。

按他原先的猜测，雪莲独自出走，应当是去和康长风会面。

可他追了二三十里地，却一直没嗅到康长风的气息。

两人走的路线，好像是南辕北辙的。

这个雪莲，难道也像田欣一样，要来一个引离战术？

此时，龚破夭正穿过一片树林，仿佛听到了落叶的叹息。

怎么会突然想到田欣呢？龚破夭相信这是一种暗示。

可暗示什么呢？

雪莲的妖惑？

回想起来，雪莲的清纯后面确实深藏着一股妖气，且这股妖气可以在那甜甜的笑声里杀人于无形。

田欣的暗示，是在提醒我要小心雪莲吧？

这么想着，龚破夭很快就穿出了树林。

穿出树林不一会儿，他的心就突然一惊——

除了雪莲的气息，还有另外几个陌生人的气息。

他们是谁？

龚破夭将目光投向途中的树木，只见树木有的被拦腰截断，有的树冠光秃、一叶不留，分明是激烈打斗后留下的痕迹。

从忽而地上、忽而树上打斗的情形来看，几个陌生人的功夫都着实了得。

是雪莲跟陌生人打斗了？

难道她还有什么仇人？

一直追到一片河滩，龚破夭的目光猛地一闪——

河滩上，一只只大大小小的坑，几乎连成一片。

坑很新鲜。

新鲜的石头散落在周围。

是乱石穿空。

也是飞沙走石。

当中的石头碎成一块一块的，仿佛还散发着碰撞的余热。

再细看，龚破夭就发现，这些大大小小的坑看似很乱，实则很有规则——都是小坑围着大坑，而小坑又多于大坑数倍。

嗅了嗅坑里的气息，龚破夭便知道：大坑是雪莲留下的，小坑则是她的对手留下的。

相比之下，雪莲的显重，对手的显轻。也就是说，对手人多，雪莲只有踢飞更多的沙石，才能对付对手攻来的沙石。

所以，她留下的坑便大。

看着，龚破夭就咋舌。

这飞沙走石的，该是打得何等的惨烈啊！

更令他感到惊讶的是，在大大小小的坑与坑之间，都铺着一层新鲜的沙石。显然，双方旗鼓相当，沙石在“噼噼叭叭”的碰撞之下，都在中间地带坠落，谁都占不了上风似的。

可当龚破夭跟着坑往前走时，却惊奇地发现：坠落的沙石，竟然是被大坑逼向小坑这边的。

不用说，这是因为雪莲渐渐占了上风。

这沙石之战竟是雪莲以一人之力，压过了对方六个人之劲。

是的，龚破夭从对方留下的脚印、坑子已经清楚地知道，她的对手是六个人。

且都是清一色的男子。

看尽河滩上的坑子，龚破夭却又疑惑不解了。

从开始到结束的阵势来看，这六个人采取的都是攻势。

攻得十分凌厉，又攻得十分有章有节。即使到了后面，雪莲占了上风，他们六个人也没有转攻为守，依然是不屈不挠地进行攻击。

这阵势就像是仙人指路的棋法，起手即为攻，且攻得一气呵成。

可是没有呵成。

分明是攻了几招就停了。

为什么要停呢？

这又令龚破夭不解了。

是因为雪莲占了上风？

嗯，似乎是。

龚破夭看到，最后的六个小坑踢得比较浅，就像是虚晃了一枪后，旋即腾身撤走了一样。

是了，是了。

雪莲不但反守为攻，而且从被对手追逐转为追逐对手了。

而且是往北而去的。

龚破夭刚要飞身追去，一条人影突然飞闪而至。

第三百三十一章　康长风的哥

当那条人影飞闪而至的时候，龚破夭的双眼突然一亮，差点没喊出“康长风”的名字来。

见龚破夭显出诧异的样子，那人的嘴角露出一丝讥诮：“什么长风？我是他哥长天。”

看到康长天嘴角的讥诮，龚破夭顿时明白：康长风还有个双胞胎的哥哥。

初看，真难分辨。

细看，康长天要比康长风略胖。

康长天也不答话，人到，手也像通天炮一样朝他砸了过来。

乍一看，康长天打出的像是炮拳。

龚破夭身子微闪，双手微扬，将一股暗劲送出。

暗劲刚送出，龚破夭即刻感到不对劲。

康长天的拳明明是从上往下砸的，所以他手掌轻扬，送出一股旋转的暗劲，以化解他下砸的拳劲。

但是，康长天往下砸的拳却暗藏着一股直冲的劲道。拳还在半空，直冲的劲道就像一截圆木被十几个人齐齐抱着发劲，朝龚破夭的脸门撞了过来。

用掌硬顶也不是不行，但这是失了先机的硬顶，立刻会落败后手，陷于被动。

想到这，龚破夭微闪的身子马上加大了幅度，往一旁闪出了两三步。

一股劲道仍然呼啸而过，冲得他的长袍“哗啦啦”直响。

“你打的是什么拳？”龚破夭禁不住问。

康长天“哼”了一声：“大藏雷拳。”

大藏雷拳？

这倒是第一回听说。

龚破夭却闻名即悟：雷拳重在雷，雷霆万钧，但前奏却是闪电，闪电是变化万千的。难怪他砸出的拳，会变出一股直冲的劲。

“雷拳，雷得有意思啊！”龚破夭不由得道。

“废话少说，接招吧！”康长天不耐烦地说。

“我跟你无冤无仇，为什么要接你的招？”龚破夭故意道，感觉康长天的性子要比康长风的直，甚至可以说两人属于不同的类型。

这就有点怪了，平常人们都说，双胞胎的性情都是很相似的。现在看来，似乎也有例外。

而且，龚破夭还没搞明白：康长天是和与雪莲打斗的那几个人一伙的，还是和雪莲一起的？

“你跟踪张雪莲，就是我的仇人。”突然，康长天朝龚破夭吼道。

“原来如此，他是暗中保护张雪莲的人，并在后面反跟踪我了。”龚破夭心道，“我竟然没发现他在跟踪，看来他性格直爽的后面，还是深藏着与康长风同样的阴险。”

雪莲姓张？

这张姓可没出过什么皇帝，她的公主身份又是从何而来的呢？

改姓，一定是改姓了。

可是容不得他多想，康长天的声音刚一吼出，左拳已旋转着打出。

一眼看去，这拳打得又像是形意拳。

龚破夭不敢大意。

第一招虽然不能说是落了下风，但也是躲避了。

这第二招总不能又躲避吧？

龚破夭当然没躲避。

有了第一招对大藏雷拳的认识，对于康长天打出的第二招，龚破夭已了然于心。

康长天这左拳旋转而出，龚破夭立时感受到几股劲力如同几道闪电，分上中下朝他闪射过来。

龚破夭立即施以云手、逍遥腿。

云手绵绵的柔劲，瞬间就化掉了康长天上中两道劲力。

逍遥腿却是充满阳刚的功法。

刚与刚相碰，如同两道闪电互撞，“轰隆”一声巨响，胜似霹雳。

反弹之劲如同排山倒海一样，弹向两人。

龚破夭身形微晃，卸去强大的劲道。

康长天站成弓步，硬顶反弹之劲。

两人身上的衣服都被劲风冲得“叭叭”作响。

龚破夭的身形没变。

康长天的身子却往后弯了几下。

再看两人的双脚，沙石淹没了龚破夭的脚踝。

而康长天的双膝都快没入沙石里了。

不用说，看这卸劲之功力，龚破夭已在康长天之上。

龚破夭神情自若。

康长天的脸色有点发青。

“你……你到底是谁?”康长天盯着龚破夭问。

“你希望我是谁?”龚破夭笑着反问。

听了这话，康长天的双眼喷出怒火：“我希望你是谁？我希望你谁也不是，只是一个不存在的幻影。”

“呵呵，我也希望自己是幻影啊。”龚破夭笑道，“可张雪莲却不希望我这个男朋友成了幻影。”

“放屁，你怎么可能是她的男朋友?”康长天几乎要跳起来，“我才是她的未婚夫，我们早就定了亲的。”

龚破夭“嘻”地笑了一声，差点没大笑起来：可她上的却是你弟弟的床啊！

龚破夭没有直说，而是含蓄地道：“看来你们两兄弟都有相同的爱好啊，真不愧是一对双胞胎。”

康长天的脸刹时红了，双唇抖了几下，却没发出声来。

“嘿嘿，不跟你玩了，我找我女朋友去了。”龚破夭说罢，一个鹞子冲天，身子“呼啦啦”地从康长天头顶飞过。

“哼，想跑？没那么容易。”康长天哼哼道，身子也拔地而起。

当他的身子拔地而起时，一阵沙石相碰发出“噼哩啪啦”的响声，就像连响的鞭炮。

紧接着，沙石朝四周飞射而去，一部分直射向龚破夭。

龚破夭在半空呵呵一笑道：“早就知道你会来这么一招飞沙走石了，来而不往非礼也。”

他一边说一边一掀长袍，马上将飞射而来的沙石反弹回去。

沙石顿如箭雨，铺天盖地地朝康长天射去。

第三百三十二章　迷离的局面

就在康长天左闪右躲之际，龚破夭已像一阵穿山劲风，飘得不见了踪影。

快天亮的时候，他来到了与尼泊尔交界的比利皮德小镇。

小镇静悄悄的，人们尚在梦中，只有几声狗吠传来。

龚破夭的鼻子往空中抽了抽，立即嗅到了张雪莲留下的气息。

难道她在这比利皮德小镇落脚了？

沿着气息追踪，他发现张雪莲的气息只是穿街而过，已经飘向镇外。

如果她中途不变的话，那么就已经进入了尼泊尔。

打了个呵欠，龚破夭感到有点困了。

他并没有往下追，而是转回小镇，找到一间小客栈住了下来。

一觉睡到傍晚，龚破夭感到大为惊讶：自己怎么这么能睡？以往就算再累，也只要睡上六个小时就足够了。

这些天确实够累的，但也不至于要睡上十几个小时吧？

连个梦也没有。

睡得可真死。

难道是因为张雪莲已经在自己的掌握之中，于是松懈了下来？

不管，先填饱肚子再说。

走出客房的时候，他一眼就看到刘农峻留在门上的暗号——他和郭超常先行一步，继续追踪张雪莲。

两个家伙，来得倒快。

龚破夭欣喜地想。

吃了晚饭，龚破夭在商店里买了一套黄色的尼泊尔传统服装，回到客栈换上，随即借着夜色悄悄离开了比利皮德。

一路上，他都可以看到刘农峻留下的暗号。

刘农峻和郭超常都挺能干，但龚破夭仍然嗅着空中的气息，确定了当中有张雪莲的，这才放心地跟下去。

尼泊尔素有“高山王国”之称，海拔 7600 米以上的山峰就有数十座。

张雪莲进入尼泊尔，不是要跟他们比拼爬山吧？

但张雪莲留下的气息，都是一直往东走的，而尼泊尔的高峰多在北面与中国交界的喜玛拉雅山脉附近。

爬山仍然免不了。

尼泊尔 80％的面积都是山地。

爬过几座山，穿过几条山谷，越过几片小盆地，半夜时分，龚破夭到了尼泊尔的里迪果德。

这是个小镇。

小镇一片漆黑，人们早已进入了梦乡。

龚破夭没有在小镇上停留。

飘出小镇，他隐隐嗅到了一股紧张的气息。

紧张的气息竟然来自刘农峻和郭超常。

他们两个人都是出过生、入过死的，什么风雨没见过，为什么还会紧张?

依龚破夭的分析，两个人肯定是遇到了强敌。

是张雪莲的那六个对手?

还是另有其人?

想到这里，龚破夭不由得加快了步伐。

眨眼间飘出十几里，龚破夭刚爬上一座小山，突然就听到山脚下传来激烈的打斗声。

借着星月微光，龚破夭一眼就看到山脚下有十几个人在打斗。

而与刘农峻和郭超常交手的，竟然是两个身穿黄袍的罗汉。

一个虎背熊腰，一个瘦如竹篙。

两个罗汉都是三十多岁的壮汉，脸相非凶非狠，却深满硬朗，像石如钢。一眼看去，就不像江湖上各大门派的人。

那些大门派的人往往自恃人多势众，与官家勾结，狼狈为奸，表现出来的都是目空一切的傲气。可一旦遇到强劲的对手，傲气就会变成晦气、丧气、怨气，极少有骨气。简言之，那些江湖门派的人就像仗人势的狗，不管多凶，最后都会露出没有多少底气的熊样。

而这两个罗汉也不像出家人。

出家人都会摆出一副善样，当自己是佛一样，打出的拳拳掌掌也像要超度别人似的。

再看拳掌。

虎背熊腰打的是龙拳，瘦竹篙使的是凤掌。

好个龙凤相配。

龚破夭越发觉得诧异了。

江湖上打龙拳的人不少，可是使凤掌，尤其是男的使凤掌的，可谓凤毛麟角。

从方方面面来看，两个罗汉既非江湖各门派的人，又非出家之人。

石达开的十八罗汉?

这念头倏地从龚破夭的脑中飞出。

自小他就听说，石达开手下的十八罗汉不但功夫了得，且智勇双全。曾国藩屡战屡败，就是十八罗汉孝敬给他的苦酒。要不是洪秀全心胸狭窄、妒贤嫉能，江山还未坐稳就先想三宫六院，逼得石达开出走的话，清朝早就被灭了。

难道这两个罗汉是那十八个罗汉的后人?可他们怎么会在这里出现?难道与张雪莲有关?

如果有关的话，那么张雪莲就是石达开的后人了。因为石达开也是称过王的，其后人被称为公主，也还说得过去。

然而，依石达开大战满清这个外族来看，其遗传的基因里应该没有“勾结”外族的因子吧?

龚破夭想不透。

试试再说。

既然十八罗汉都是石达开的义子，当然姓石。

于是，龚破夭飞到正在打斗的四人旁边，张口高喊了一声：“石一龙。”

虎背熊腰愣了一下，马上又充耳不闻地继续操龙拳冲向刘农峻。

龚破夭不由得暗喜。

又高声喊道：“石一山。”

闻言，瘦竹篙对他扭过半边脸，赶快又扭了回去。

“喊鬼啊老大。”听了他的喊声，郭超常冲龚破夭喊道。

“嘿嘿，我在声东让你击西啊。”龚破夭故意道。

然而，当他的目光再往其他人身上飘时，不由得大为震颤——当中竟有仓木麻衣。

第三百三十三章　仍然很迷离

“老大，有你这样帮人的吗?”郭超常笑道。

“呵呵，那我就在一旁看了。”龚破夭表面上乐道，心里却十分紧张石一龙和石一山。

可看了一下，他又觉得自己的担心是多余的。

石一龙和石一山的龙拳凤掌虽然阴阳相合、阴掌绵绵、阳拳呼呼，阴掌像要缠住郭超常的太极，令他的太极欲发不能，然而郭超常仍然应付自如；阳拳也龙腾四海似的，一浪高过一浪地压向刘农峻，但刘农峻使的也是龙拳，而且他的龙拳就像南国的烟雨，流淌着绵绵的阴柔，将石一龙的阳刚化解于无形，使其难以随心所欲、施出功法。

所以，两石只能以自己深厚的功底，施展拳掌来对付他们，虽不至于落败，却也占不了上风。

真是一物降一物。

龚破夭忍不住“嗤”地一声笑了出来。

“老大，你笑什么?”郭超常明知龚破夭是笑他力不从心，却故意不解地问道。

“笑你还没取下他的凤头啊。”龚破夭笑道。

“呵呵，老大笑我和峻峻不用功吧?”郭超常实话实说，然后冲刘农峻道，“峻峻，我们加油，收拾了他们，要不让老大笑话了。”

“嗯，我没问题，关键是你啊。”刘农峻爽脆地答。

闻言，石一龙和石一山的眼里闪过一丝犹豫。

“好，那就先看我的了。”郭超常高声地说，太极手顿然如剑，往前一伸，利剑一样直指石一山，很有些剑破山河的气势。

石一山呆了一下，脚下像长了风火轮似的，马上往一旁闪开，避其剑势。

“超常，好好地打。”龚破夭开心地指挥，“你看那瘦竹篙，明明是男的，偏使人家女人的凤掌。”

“是，老大。”郭超常爽快地答，随即指尖一抖，紧缠着石一山来打。

石一山不敢怠慢，双掌一错，竟不像鸡爪乱抓，倒像是白鹤亮翅、孔雀开屏，要说有多优美就有多优美。真是野鸡变成了凤凰，顿时就不同凡响!

郭超常则以一剑冲天之势，冲得剑气嗖嗖，一支支利箭似地射向石一山。

按说，如此凌厉的剑气，应该冲得石一山灰衣袂袂的。

他却一点动静都没有。

只见石一山脚下微动、凤掌微翻，就像卸走了郭超常凌厉的剑气似的。

“噫”了一声，郭超常转一剑冲天为海底捞月。剑立刻划了一个很好看的弧形，蝴恋花般激动地扑下，然后再往上翩翩，剑尖直指向石一山的裆部。

“好耶，超常，废了他。反正他是个罗汉，变成公公也是正常的。”刘农峻高兴地道。

“峻峻，只管打好你的吧。”郭超常提醒道。

可话音刚落，郭超常的虎口突然一暖，随即就麻了，如剑的指尖差点断到地上。只离石一山裆部半寸的指尖，就像听到呼唤的小狗狗一样乖乖地往一旁跑去，令他的海底捞月变成了海底捞空气。

脸一红，郭超常赶紧撤手。

龚破夭见郭超常变太极手为剑，出手不凡，也不由得惊奇，本以为他能“一剑”制胜，哪里想到那石一山也着实了得，凤掌一砍，就逼得郭超常撤手了。

再看刘农峻，竟然打得石一龙不断地往后退，好像只有招架之功似的。

“峻峻，小心。”龚破夭生怕石一龙使诈，提醒道。

“放心，老大，我会小心的。”刘农峻答道。

龚破夭这才将目光投向仓木麻衣那边。

仓木麻衣的人有情报小队长山田、火力小队长大江武郎、外事小队长小泉三郎、两个狙击手木谷和秋稻。

他们六人的对手是四个黑衣人。

既不见中村正岛，也不见横路征二。

龚破夭多少感到有点遗憾。

遗憾之余，又不免替范庭兰他们担心——中村正岛似乎正带着主力在新德里那边。

那张雪莲呢？

龚破夭正想着，张雪莲的声音却传了过来——

“麻衣子，你不能伤了他们。”

张雪莲说的他们一定是那两个罗汉和那四个黑衣人吧。

黑衣人打出的功夫都是一式的大藏雷拳，自然是出自康长天的门下。

龚破夭闻声望去，只见张雪莲正站在一棵树下。

刹时，两人的目光相碰。

张雪莲的身子颤了一下，迅即身形一晃，就从树下飘走了。

见状，龚破夭立即对刘农峻和郭超常道了一声：“你俩不可恋战。”

“是，老大。”两人答道。

龚破夭道罢，便飞身朝张雪莲追去。

一口气追出十几里，龚破夭听到前面传来了打斗声。

张雪莲在跟谁打？

近了，龚破夭发现与张雪莲交手的竟然是康长天。

但他又发现，张雪莲的攻势十分凌厉。康长天则只防不攻，但嘴上却说个不停——

“雪莲，你还是跟我回去吧。”

“我凭什么跟你回去？”张雪莲讥诮道。

康长天痛心地说：“凭什么？凭我爱你，凭我是你的未婚夫。”

呵，没说假话，康长天真的是张雪莲的未婚夫，且听他们还有什么。

龚破夭心道，随即悄悄地躲到一片竹丛后面。

“爱我？你拿什么来爱我？”张雪莲仍然讥诮道。

这话可真是太伤人了。

也许康长天平常听多了，所以并不生气，一边拆解张雪莲的攻势，一边道：“拿什么爱你？拿我的心啊！难道你真的要我把心掏出来给你？”

“哼哼，一颗没大志的心，跟猪心有什么两样？”张雪莲的话虽柔，意却无比尖酸。

“你以为长风就有大志了？”康长天脱口道。

嗯，看来这个康长天也不傻，早就发现他们两人的暧昧了。

“是啊，长风的心就是一颗充满大志的心。”张雪莲也直言不讳。

“可他那大志是一种妄想，弄不好的话，将会给我们的家族带来灭顶之灾。你不能再跟着他糊涂下去了。”康长天苦口婆心地说。

“哼哼，你才糊涂。眼下正是我们复国的好机会，你却甘愿做个缩头乌龟。”张雪莲不客气地道。

复国，他们要复哪门子的国？

龚破夭刹时糊涂了。

康长天提高声调道：“谁说我要做缩头乌龟？为了你，上刀山、下火海我都在所不辞。”

“好。就喜欢你说出这种大气的话来。”张雪莲赞道，话峰突然又一转，“如果你有本事将我们身后的钉子拔了，我们万事好商量。”

不好，矛头转到他龚破夭身上来了。

第三百三十四章　好妖啊雪莲

听了这话，龚破夭心里一颤。

只听见康长天朗声道："没问题，老婆，我这就去解决他。"

"去，谁是你老婆?"张雪莲娇嗔道。

康长天大喜过望，雪莲的娇嗔无疑是一种默许。一股气顿时漫向他的全身，身子突然拔地而起，就朝龚破夭躲着的那片竹丛飞射过来。

一看这阵势，龚破夭便知道，他们两人早已发现了他，只是装作不知而已。这下康长天直飞过来，他岂能再躲下去?

想到这，他也身子一闪，倏地闪出竹丛，迎着飞射而来的康长天就在半空中连发数掌，五股掌气分左右上下中五个方位射向他。

"老公，小心!"张雪莲急喊。

康长天心下大喜，终于盼到张雪莲的一声"老公"了，他立刻双拳一错，欲施出"大藏雷拳"的杀招"五雷轰顶"，但双拳刚错开一半，气还没运到拳上，龚破夭的五股掌气已"嗖嗖"而至。

硬顶必定吃亏。

防也不胜防。

情急之下，康长天在半空就打了个滚，以滚之势来卸龚破夭的掌气。

但肩头"嗤"地响了一声，康长天仍然中了一道掌气。

肩头顿时火辣辣的。

"老公，你真糊涂，只顾攻，就不知道防。没见他的双掌一翻，就朝你发出掌气了吗?"张雪莲心明眼亮，什么都逃不过她的眼。

"那我怎么办?"康长天翻滚落地，反问道。

张雪莲哭笑不得："傻瓜，你自己就没大脑吗?"

"是啊，人家被你温柔晕了。"康长天道。

"行了，别肉麻了!"张雪莲娇嗔道，"快拿出心思对付他吧。"

"是，老婆。"康长天高兴地道，身子一晃，又朝龚破夭扑了过来。

人未到，雷拳先到。

龚破夭微微一笑，双掌连绵不断地送出。刹时之间，两股劲气碰得轰隆声不断，激得沙石飞溅。

初时似乎不分伯仲，但渐渐地，康长天就被龚破夭逼得手忙脚乱，“大藏雷拳”也变成“大藏哑拳”了。

张雪莲看着是既高兴，又担心。高兴的是康长天果真像变了一个人似的，很有一种上刀山、下火海的气概；担心的是龚破夭的双掌很快就会要了康长天的命。

张雪莲知道不能再坐视不管了，嘴里喊着“老公，我来也。人家使双掌，我岂能让你落单?”人已经飞扑出去。

声到掌气就跟着到，两股掌气如同闪电一般，直射龚破夭的脸门。

龚破夭心下一惊，她一个弱女子，怎么会有如此功力?

虽说看过沙滩上的相斗，已知道张雪莲的功夫了得。但至于怎么个了得法，龚破夭还没亲眼见识过。

这下张雪莲一出掌就如同闪电，真是出人意料。

在张雪莲的掌气射到之际，龚破夭已经一闪，顺手拂了拂衣袖，竟拂出了一缕云雾。

原想龚破夭会以掌气相迎，与张雪莲的掌气碰出“砰砰叭叭”的巨响，却见云雾一升，张雪莲的掌气就像钢针射入水中一样，只发出“嗤嗤”的两声微响。

大概是因为自己只发了五成功力吧?

张雪莲安慰自己，马上又运气，欲发出毕生的功力，将龚破夭炸得粉碎。

但黄影闪闪，龚破夭突然就不见了踪影。

怪啊，明明是他技高一筹，怎么会跑了呢?

康长天不解。

张雪莲却得意地笑道：“算他有眼有珠，还知道本公主的厉害。”

“嗯嗯，老婆就是厉害。”康长天连声赞道。

“这算什么?”张雪莲突然谦虚起来。

看着她娇羞的模样，康长天控制不住了，闪到她身边，一手抱起她，就要飞飘。

张雪莲急道：“老公，你要干嘛?”

康长天没有立即回答，身子一腾，夹住张雪莲飞驰了起来，同时在她耳畔轻轻说道：“带你去天堂。”

听了这话，张雪莲的身子微微一颤，突然一把推开康长天，冷笑道：“一个带着我落荒而逃的人，能有什么资格说天堂?”

顿时如同一盆冷水从头泼到脚，康长天真是呆若木鸡了。

就在他发呆之际，张雪莲抛下几声冷笑，人已像风一样飘走了。

这一切，都没逃过龚破夭的双眼。

望着远去的张雪莲，龚破夭心里也不由得感叹：这女孩好妖啊！不过作作戏，就让康长天从天堂坠到地狱。而康长天的屈辱之火，绝对会发泄到自己身上来。也就是说，这个张雪莲使的是一箭双雕，既可摆脱康长天的纠缠，又会令康长天与自己势不两立。

第三百三十五章　明知山有虎

话说范庭兰追着康长风，鼻子里却钻入一个日本女子的气息，感到康长风正将自己引向一个陷阱，正犹豫着是继续追还是停下来时，耳边“嗖嗖”地响起一个声音——

“呵呵，还用说，当然是追啊。”佟大芳倏地飘了上来，“不入虎穴，焉得虎子？”

范庭兰不由得看了一眼赶到身边的佟大芳。

佟大芳对他笑了笑：“难道你还怕了日本女人不成？”

“哼，谁说我怕？可这荒山野岭的，哪有她的影子？”范庭兰答道。但经佟大芳这么一说，他的眼里似乎已经飘动着一个女子的身影了。

是谁呢？怎么那么像表姐呢？范庭兰有点迷糊了。

“小心了。”突然，佟大芳提醒道，随即身子一弯，倏地钻入一条甬道。

范庭兰赶紧跟着进去了。

甬道里黑漆漆的，范庭兰什么都看不到。但鼻子抽了抽，一缕樱花的清香立刻钻入他的心里——

那日本女子真在这里。

突然眼前一亮，范庭兰不由得惊诧不已——

只见洞内的石景千姿百态，大量的石笋、石幔、石花，如花如鸟，似虫似鱼，形态逼真，惟妙惟肖。在火光的映照之下，洞中的大厅显得金碧辉煌、无比绚丽。

而且，洞中还有迷宫般的通道，有多层岩洞相叠连通，各层岩洞景物独具一格，又一层胜似一层。此外，洞内布满各种形态的钟乳石，小如笔杆，大如石柱。

范庭兰再一看，又觉得不可思议，只见小秀叶子和康长风正端坐在大厅当中，像坐禅般无思无欲。

相隔数丈，在他俩对面坐着的竟然是六个罗汉，也是坐禅的样子。

怎么会有罗汉呢？

范庭兰一时感到糊涂了，一路上都没嗅到罗汉的气息啊。

莫非，这就是康长风设下的陷阱，六个罗汉事前就在洞里等着了？

“嘻嘻，老二，他们是在坐禅练功哩。我们别打扰人家了，走吧。”佟大芳对范庭兰笑道，显然是在提醒他：我们是两个人，人家是八个人，力量太悬殊了，咱还是以退为进吧。

但他的话音刚落，范庭兰的耳边就响起康长风的心音："哼，来了还想走？乖乖拿命来吧。"

"吧"字还在半空，"叭"的一声就跟着响了。

佟大芳竟然和康长风对了一掌。

范庭兰却疑惑不解——

康长风明明是坐着的啊，怎么就和佟大芳对上掌了呢？

揉了揉眼，范庭兰再看，康长风仍然端坐在小秀叶子身边。

难道是梦不成？不可能快到连我都看不到吧？

"老二，看来我们来的真不是时候，人家仗着人多势众，想怎么地就怎么地。"佟大芳看似平淡地说，实则是在激对方。

范庭兰听头便知尾，也答道："是啊，人家还是地头蛇耶。"

"哼。"

康长风哼了一声："你们这激将法没用。我是庄家，游戏怎么玩都由我来定。"

"放屁！"佟大芳猛地一吼，马上拔出盒子炮，朝康长风和小秀叶子就"叭叭"地猛射。

却枪枪都落空了。

小秀叶子在佟大芳拔枪的时候，人已飞快闪开，闪到一块钟乳石的后面。

康长风则从头到尾都没动过似的。

佟大芳打不了子弹，康长风也没动，只是嘴角挂着讥诮的笑。

怎么回事？

佟大芳惊讶不已。

"芳芳，他使了移形换影术。你开枪打的是他的影子。"范庭兰及时提醒道。

佟大芳这才恍然大悟。

"嘿嘿，看来范先生还是有点眼光的。"康长风讥嘲道，声音阴冷阴冷的。

范庭兰反唇相讥："你以为懂点魔术手法就天下第一了？做梦吧你。"

"你"字话音未落，范庭兰顿时转身，身子一歪一扭，就打出几招醉拳。

拳掌相碰，叭叭作响。

康长风"哼哼"两声："嘿，不错，不错，还有两下子。"

他话虽这么说，心里却感到惊奇。因为范庭兰不但破了他的移形换影，而且察觉到自己绕到了他身后，结果对他突然出拳扑击。

他虽然只使了五成功力，并没有占到什么便宜，可在他的感觉里，范庭兰的功夫也并非三脚猫的功夫。

范庭兰转身的时候，佟大芳就收到进攻的信息，于是身子往前一纵，朝小秀叶子扑了过去。

就在这时，几个黄影一闪，六个罗汉已横在他前面，一堵墙似地立着。

第三百三十六章　罗汉亦阴柔

面对一堵墙似的六个罗汉，佟大芳首先想到的是硬桥硬马的罗汉拳，不由得笑道：“嘿嘿，你们以为自己能硬成铜墙铁壁吗？”

说罢，手中的盒子炮就变成了他的太乙掌。

他的太乙掌以柔见长。这一刻面对着六个罗汉，他觉得柔劲太花时间，故以盒子炮代掌，化柔为刚。

一出手，佟大芳就施以一串连环掌。

“叭叭叭”本是他预想发出的声响。

出乎意料的是，回应进他耳朵里的却是轻微的“扑扑扑”的声音，就像大石砸在棉花上一样。

六个罗汉竟然像六朵棉花。

糟了。心下暗道一声，佟大芳赶紧往后撤身。

他很清楚，自己打出的连环掌已成了空招。虽说暂无大碍，但这却是武学之大忌，是不知彼的盲目莽进。

“哼，来了还想撤，当这里是你家不成。”一个疤脸罗汉道。

声音还未落，十二条手臂陡地增长，仿若天女的玉带一样向佟大芳缠了过来。

佟大芳一看，心中立马叫苦。

本想让盒子炮的铁硬去掌开六个罗汉的硬桥硬马的罗汉拳，哪知却掌在棉花上。眼下十二条玉带柔柔地飘着缠来，盒子炮就成了人家的把柄，一旦被缠住就会十分被动。

换弹匣根本来不及。

唯一能不至于被动的做法，就是丢枪。

作为一个军人来说，枪就是生命，丢枪如同丢命。

当然，那也很丢面子。

佟大芳却没有犹豫。

当六个罗汉的十二条手臂陡地增长时，他就知道对方不是中国少林寺的和尚，以阳刚见长，而是印度瑜珈的修行者，柔得你没商量。

于是，在撤身的同时，佟大芳马上就将盒子炮飞射而出。

顿时，盒子炮如同飞刀、飞箭一般射出。

“嗖嗖”之声，充满杀气。

果不出他所料，六个罗汉连闪一下的意思都没有，只一条手臂一圈一转，就将凌厉的盒子炮圈得滴溜溜直转，然后“啪”的一声落地。

另外十一条手臂停也没停，前后左右上中下地朝他缠来。

可惜不是天女的玉带，而是阎罗王的索命绳。

佟大芳不敢怠慢，双掌闪电一样翻飞，迅速击向缠向自己的手。

但他都是一碰即撤的，不敢深入。

然而，令他想不到的是，看似柔柔的手臂竟然成了一根根弹簧，他的双掌碰得越快，对方的手就反弹得越快。

眨眼间，佟大芳就处于十二条臂的笼罩之下，逼得他的空间越来越小。照这样下去，他势必会被对方硬生生地缠死。

怎么办？怎么办？

佟大芳的脑子迅速地飞转着。

军刀。

快刀斩乱麻。

突然，一个念头冒出，他马上拔出军刀——一把美式航空匕首。

只见他军刀一闪，一招十八刀随即砍出。

说是砍，实则当中还有削、划、刺、割、剁。

他的刀快，对方的手臂也奇快，倏地一下全缩了回去，紧接着衣袖飞射而出。

“刺啦刺啦”的声音顿时此起彼伏，一节节衣袖被佟大芳的军刀削了下来。

“哈哈，芳芳，你是在跟人家拉拉扯扯啊，连人家的衣袖都扯断了。”范庭兰高声笑道。

佟大芳一听，热血不由得沸腾：范庭兰虽然正与康长风单打独斗，而且从康长风的出招来看，他的功夫远在范庭兰之上。可范庭兰却在吃力地对付着康长风的同时，仍没忘记为自己打气。

想到这，他高兴地道：“是啊，谁让我遇到一群婆娘一样的罗汉呢，不拉扯怎么行？”

但他心里却很明白，自己削掉的仅仅是对方的衣袖，并没有伤及对方的皮毛。

“芳芳，那你就好好拉扯吧，最好拉扯一个回去做老婆。”范庭兰笑说。

这看似开玩笑的话实则是一种暗示，佟大芳岂能不懂？

拉扯一个，就是集中精力攻其一点。

“好好，老二，我就听你的。”佟大芳故意顺水推舟地答道。

话出口的同时，他一弓身子，身子立刻如箭一般射出，直射向那个疤脸罗汉。

“来而不往非礼也。”疤脸罗汉竟然毫不畏惧，手一翻转，手里就多了一把短剑，剑一抖，直指扑过来的佟大芳。

剑是指出去了，却没有气势如虹的劲道。

疤脸罗汉心里不由得喊了一声“糟糕”。

剑式和往日的剑式并没有两样啊，怎么连点剑气都没有？何况，康长风还将自己的功力传了给我，应该剑气更加如箭才对啊。

疤脸罗汉赶紧又气凝剑上。

气是凝了，剑却没有生气。他的气仿佛已经不是往日的气。往日的气随心念一动，即可达剑尖，令剑尖的剑气嗖嗖有声、如刀如箭。眼下的气到了剑上似乎就消了、散了，根本到不了剑尖。

剑若无气，就如同蛇被人打了七寸，那就是有气无力的、软软的。

想闪，已经来不及了。

佟大芳的剑气已闪电般呼啸而至。

两剑还没相触，一股凌厉的剑气已经“嗤嗤”地射入疤脸罗汉的衣服，衣服顿时被射出七八个洞来。

眼一黑，疤脸罗汉绝望地想：完了，这下完了。

佟大芳也不由得一呆——

怎么会这么轻易就被我剑入空门了呢？

难道有诈？

于是，在两剑相距不到一尺的时候，佟大芳马上退身撤剑，停在丈外盯着疤脸罗汉。

感到剑气突然停住，疤脸罗汉大为不解，忙睁开双眼。见佟大芳一脸疑惑，他马上灵机一动，以进为退地说：“怎么，亮出来给你攻，你都不敢攻了？”

佟大芳的目光紧紧盯着他：“哼哼，你这个死罗汉，就像你的主子一样阴险，即使死到临头了，还想着如何暗算别人，岂能轻易亮出空门来让我攻？我才不上你的当呢。”

嘿嘿，上当了。疤脸罗汉心里乐道。

所以，他故意划了几下剑才道：“不上当就好啊，说明你还是个识时务的俊杰嘛。既然这样，我就不陪你玩了。”

道罢，身子一动，疤脸罗汉就要从佟大芳的身前冲过去。

但身子刚动，他就感到脑后阴风嗖嗖的。

要是往常，对于这样的偷袭，他只要身子斜开半步，手中的剑即刻就会反前为后，横扫千军一样，或将偷袭者拦腰削断，或将偷袭者逼退四五步。

可是，此时他的脚竟然不知道往一边斜开了。

手中的剑也木木的。

大概就想了这么多，疤脸罗汉就听到后右脖被“扑”的一声砍了一掌，随即脑中一空、双脚一软，便轰然倒地，“扑”的一声吐出一柱鲜血，登时气绝。

是谁给了他致命的一击呢？

第三百三十七章　神奇的咏春

蔡如柏！

连佟大芳都感到惊奇，这蔡如柏是怎么溜进来的？自己怎么一点都没察觉到？而且，他还不动声息地给了疤脸罗汉致命的一击。

感到佟大芳的目光在望着自己，蔡如柏不由得笑道："芳芳，怎么啦，一时不见就见外了？"

"怎么会见外？只是觉得你太奇了，这么快就赶上来了，还神不知鬼不觉地出了手。"佟大芳开心地道。

话音刚落，另外五个罗汉已经哇哇叫着扑了过来。

"让我去会会他们。"蔡如柏胸有成竹地说罢，身子就像松柏一样傲然地飞扑过去。

五个罗汉手中的短剑则如同五道闪电，齐刷刷地射向蔡如柏。

"柏柏小心。"佟大芳惊呼。

"放心，芳芳，我看着哩。"蔡如柏一边答，一边像常人散步一样，迎向五个罗汉。

这不是找死吗？

五个罗汉都这么想，于是心里暗加了一把劲，令剑气嗖嗖，充满划破长空的气势。

瞬间，剑气杀到。

蔡如柏像松柏一样的身子这才如同女人的腰一样一扭，整个人顿如一条水蛇一般，怎么看怎么柔。

随即，蔡如柏双手运掌，就像人家采茶似的，这边一摘，那边一摘，柔若无骨。

却听见"叮"的一声，又"叮"的一声，五道剑气竟然互相碰撞，迸出一道道火花来。

五个罗汉大为惊讶。

康长风急喊："你们快撤！"

但哪里还撤得了？

蔡如柏早已像水蛇一样滑到他们中间，双手这个一采，那个一牵，五个罗汉顿时绕着他旋转，且手中的短剑不是刺向他，而是鬼使神差一般相互对刺起来。

刹时之间，这个刺了对方的手臂，那个刺了对方的小肚，五个罗汉都痛得“哇哇”直叫。

怎么回事？

难道蔡如柏会使妖迷之法？

佟大芳也看得目瞪口呆。

“芳芳，还呆着干嘛？快去帮帮老二啊。”蔡如柏后脑勺长眼似的，对身后打斗的范庭兰也看得一清二楚。

是的，范庭兰这边已落了下风。

尽管他的醉拳打得出神入化，但在康长风纷飞的双掌之下，他的每一拳都打空了，找不着北。

闻言，佟大芳回过神来，马上转身扑向康长风。

“老二，你休息一下，让我来会会他。”佟大芳说着，太乙掌已陡然而出，击向康长风的掌。

两掌相碰，竟然无声。

原来，两掌粘住了。

佟大芳盯着康长风的俊脸笑道：“你的脸千万别扭曲哦，一扭曲就变丑了。”

“哼哼，扭曲的恐怕是你。”康长风不屑地道。

佟大芳笑了笑：“如果我没猜错的话，你这掌应该是什么大藏雷掌吧？”

康长风“哼”了一声：“小白脸，算你有眼光。”

“嘿嘿。”佟大芳淡然地说，“据我所知，大藏有雷拳和雷掌，一刚一柔，据说是唐僧当年到西天取经，在西域留下的拳法。”

“没错，是又咋样？”康长风讥诮道。

“没咋样，我只是觉得好奇，唐僧一副菩萨心肠，他的传人应该也心地善良啊。”佟大芳借题发挥道。

康长风双眉一扬：“哼，我才不想像他那样，婆婆妈妈的，一点男人味都没有。我就怀疑，这雷拳和雷掌是不是托他的名传下来的。”

“哼，看你就是一个数典忘祖的人。”佟大芳逼视着康长风。

康长风一副无所谓的样子：“我是个什么样的人，恐怕由不得你来评价。我只知道这世上有一个硬道理——胜者为王，败者为寇。历史是由王者书写的。”

“所以为了达到某种目的，你可以不择手段？”佟大芳直言。

“这是三岁小孩都明白的道理，还用我说吗？”康长风讥嘲道。

佟大芳禁不住摇了摇头。

“你摇什么头？”康长风盯着佟大芳道。

“我是摇你走上绝路还自以为是。看来你是病入膏肓、不可救药了。”佟大芳没忘记自己是个医生，用语也不离老本行。

“哼哼，去死吧，我也用你来教训?”康长风突然扭曲了脸，怒道，一股劲气猛地从掌心钻出。

佟大芳的掌先是往前一按，继而马上撤掌，身子闪过一边，笑道：“你的脸当然会扭曲，这不就扭曲了?”

他“了”字刚落，康长风发出的掌气已往前直射，直射得前面的洞壁“叭叭”作响。

“哼，有本事你别躲啊。”康长风怒目瞪着佟大芳。

佟大芳淡然一笑：“死牛才一边顶呢。”

听了这话，康长风火了，飞身上前，冲佟大芳连发几掌。

佟大芳都侧身闪过。

然而，就在他想还击之际，康长风却来了一个鹞子冲天，瞬间便不见了踪影。

怎么就跑了?

佟大芳疑惑不已。

当他转过身来看蔡如柏这边时，只见蔡如柏正用手帕擦着掌，而五个罗汉已经硬挺挺地躺在地上，一个个都是脑浆四溅、眼睛圆睁，满脸恐怖的神情。

第三百三十八章　狐狸的尾巴

范庭兰则一直被一个问题困惑着：自进洞见过小秀叶子一面之后，就再没见她露过脸。

他问佟大芳是否见过那个日本女人，佟大芳也摇头，并笑着说："这日本小娘们儿骚骚的，看咱这里没有她可以勾引的人，恐怕早就失望地走了。"

范庭兰笑了笑，却说："恐怕没那么简单。"

蔡如柏"咳"了一声，看了一眼倒在地上的罗汉："是啊，我也觉得有点问题。除了那个疤脸罗汉的功夫高一点外，其他几个罗汉的功夫都一般。而且，据我们的情报显示，康长风信喇嘛教，怎么会与印度教的罗汉走在一起呢？"

"嗯，虽说喇嘛教传承于印度教，但在发展的过程中已经形成了自己独立的体系，与原印度教有很大的区别。康长风引我们来对付印度罗汉，这里面肯定隐藏着什么阴谋。"范庭兰分析道。

"会是什么阴谋呢？"佟大芳好奇地问。

范庭兰摇了摇头："一时我也猜不到。"

"那就慢慢猜吧。当务之急，我们还是要紧追康长风。"佟大芳道。

范庭兰点了点头。

三人迅速撤出岩洞。

到了洞外，他们发现天已经亮了。

"找个地方歇歇吧。"范庭兰建议。

佟大芳和蔡如柏都"嗯"了一声。

但在岩洞附近休息都不安全，万一康长风对他们来个回马枪，他们岂不是防不胜防。

于是，他们迅速离开岩洞这座山，在相距几里的一片密林里找到了一个歇脚的地方。

佟大芳和蔡如柏背靠着同一棵大树。

范庭兰则在他们的对面，也背靠着一棵大树。他刚坐下不一会儿，就发出了轻轻的鼾息。

佟大芳却没有睡意，用肘轻轻捅了一下蔡如柏："柏柏，你应该和孙玉国他们在一起才对啊，怎么这么快就赶来了呢？"

蔡如柏看了他一眼，笑了笑："你以为我们拍档那么久，是白拍档的？要知道，我们俩的心气可是相通的。当我找到孙玉国他们时，心就绷得紧紧的，总是对你们这边感到不踏实。孙玉国他们被小日本弄得狼狈不堪，一个个都神情恍惚、丢了魂一样。我便要他们先休整一下，之后再来撵我们。然后，我就马不停蹄地赶来了。"

"来得可真及时。要不是你给了那疤脸罗汉致命的一击，我真没信心对付他们。"佟大芳感激地说。

"芳芳你也太谦虚了。你那太乙掌可不是一般的掌，有什么能难倒你的？"

佟大芳却红了一下脸："不怕告诉你实话，当时我连枪都丢了。"

"那有什么？有舍才有得，这也是武学之理啊。"蔡如柏尽力减少佟大芳不必要的想法，"像我们咏春拳，从来就没有固定的招式，更没有完整的拳式套路，所练的基本功都是随心而发的，变无招为有招。这就是因为舍去了套路，才能拥有无穷的招式啊。"

"呵呵，想不到你说什么都是一套一套的。"佟大芳开心地道。

"别夸我了，比起你这个大夫，我这点小理算什么？我这是班门弄斧罢了。"蔡如柏诚心诚意地说。

"好了，我们合合眼。"佟大芳心里尽管有说不尽的话，也及时打住了。

"嗯"了一声，蔡如柏闭上了双眼……

傍晚，他们三人沿着康长风留下的踪迹，追到了印度北方邦的阿约提亚市。

当他们在一间清真饭店吃面的时候，猴子一样的李绍嘉先飘了进来。接着，其他组的人也鱼贯而入。

但他们彼此都装作不认识，仍然是以组为伴，各坐一张桌子。

全部人在一块，岂不容易被人家一网打尽？

范庭兰刚生出这个念头，孙玉国和赵卓宾已借故离开，走出了饭店，在外面游动警戒。

范庭兰会心地笑了一下。

吃罢面，范庭兰对其他组的人发出暗号：以组行动，寻找康长风。

天渐黑，各组陆续走出饭店，分头去寻找康长风的踪迹。

范庭兰是最后离开饭店的。

龚破夭不在，他只能独立行动。

说是独立，只是相对而言，他的前后分别有两组人在照应着他，加上一组自由联络人不时地观察着他，他与特工队仍然是融为一体的。

阿约提亚市并不大，也就那么几条大街，小巷子倒不少。

出了饭店，范庭兰就觉得街道暗暗的，街灯像鬼火一样，散发着幽蓝的光。

他沿着大街往南走了一段，随即转入一条小巷。小巷更加幽暗，根本就没有路灯，只有巷边人家窗子透出来的灯光，令小巷不至于完全黑暗。

青石铺的巷道走起来显得高低不平，道边的污水沟还散发着淡淡的臭味。

要在这样的环境中分辨出康长风留下的气息，实在是一件难受的事。

面对污水沟的臭味，谁都想捂着鼻子快速走过去。

范庭兰却要深呼吸，让巷子所有的气息都进入鼻子，然后逐一分辨。

污水沟的臭味倒不算什么。要命的是，范庭兰不时地嗅到死老鼠的腐臭。那臭才是奇臭，是用语言难以形容的臭。

深深地吸入后，范庭兰的胃里马上翻江倒海，禁不住呕吐起来。刚刚吃下的面条呕干净了不说，连黄胆水都呕出来了。

直呕得他一把鼻涕一把眼泪的。

结果，他不时地听到巷边的人家传出话来："又一个酒鬼。"

就这样，范庭兰转了几条巷子，已近夜半，也没有嗅到一丝康长风的气息。

怪啊，康长风明明是进了阿约提亚市的啊，怎么就没有一点踪迹了呢？

这只老狐狸，尾巴怎么就藏得那么深？

范庭兰正自纳闷呢，一缕熟悉的气息似有若无地钻入了他的鼻子。

本能地抬头一看，他看到前面是一座清真寺。

他心里一颤：难道康长风藏在清真寺里？

第三百三十九章 博弈也来了

话说龚破夭一边暗自思忖张雪莲好妖，将康长天的怒火引到自己身上来，一边悄悄地跟踪她。

在湖边追了一段，龚破夭突然觉得张雪莲走得好怪异：时而走在湖边，时而飘入林子，但不管怎么走、怎么飘，都像是飘走在湖的周围。

她是在兜圈子。

为什么？

磨时间？

难道她又是作戏给自己看？

龚破夭心里猜测。

从他发现张雪莲不是去和康长风会合，而是往东走，与康长风所走的方向不搭界之后，首先想到的就是张雪莲是在引离。

龚破夭原以为张雪莲仅仅是为了引开自己，等康长天出现，可随即又想到她引离的还有康长天一行人。

仅仅是引离吗？

凭直觉，龚破夭觉得张雪莲不是引离那么简单，她身上分明还隐藏着更大的秘密。

正因为这么断定，龚破夭才不急于将她抓到手。

他很清楚，一个狂热的女子，其坚强不屈的程度，要比十个男人还强得多。要想硬从她嘴里掏出东西，那将比登天还难。

顺其自然吧。

龚破夭便耐心地跟着张雪莲兜圈子。

天快亮的时候，龚破夭刚追入一片林子的空地，五条身影就倏地跳了出来，将他团团围住。

龚破夭一眼扫去，看到的是康长天和四个黑衣人。

“嘻嘻，龚兄弟，你慢慢玩哈！”张雪莲在林子深处丢下这句话，迅即飘远。

“没问题，就怕到时候把你玩得痛不欲生。”龚破夭也以心音传出话去。

“哼，想你也没那本事。”张雪莲毫不客气地回敬道。

龚破夭随即心道："那就要试过才知道了。"

但眼见四个黑衣人出现，龚破夭的心还是颤了一下，当然不是惧怕他们，而是担心刘农峻和郭超常。

他们两人对付两个罗汉，都占不了多少上风。这下只出现了四个黑衣人，而不见仓木麻衣那几个日本特工，他们一定是合力去对付刘农峻和郭超常了。如果仅仅是拳脚功夫，那还好一点，但仓木麻衣他们会那么老实吗？不会用枪吗？

"嘿嘿，不用去想你手下的那两个人了。"康长天似乎看穿了他的心思，得意地道，"说不定他们此时正在喂野狼呢。"

龚破夭笑了笑："这不过是你一厢情愿的想法罢了。你们是五个一块上，还是一个一个地来？"

"哼哼，现在还轮得到你说话吗？识趣的，就自己解决吧，免得我们动手。"康长天的目光直射向龚破夭。

龚破夭回了一句："做梦吧你。"

话音还在半空，他的身形便一晃。

见状，康长天和四个黑衣人"唰"的一声就动了。

不但动了，还摆成一个古典的阵式。

博棋的阵式。

2—1—2 阵式。

即前面两人，中间一人，后面两人。

康长天居中。

龚破夭不由得哈哈一笑："想不到你康长天还这么热爱中华文化，将中国古代的博棋也用上了。"

"嘿嘿，你想不到的事情还多着哩。"康长天得意地说。

还有什么想不到的？

他们桃源寨什么龙什么虎没有？当中就有国手级的棋手。

所谓强将手下无弱兵，龚破夭的棋艺也远在一般棋手之上。

因此，康长天一摆出阵式，他就知道来自中国的古博棋。博棋本是一枭五子，原阵式是 5—1。

当然，那是棋盘上的阵式。

后来博棋用于训练部队，当时的部队以伍为基础，也就是五人，阵式也就有了众多变化。

这阵式久经实战，自然积累了不少杀招。

在寨子的时候，龚破夭就常和田欣他们玩这种游戏。

"你首先得弄清棋是为何而存在。据我所知，传说中的帝台大神就是下棋的，他的棋五彩缤纷，状如鹑卵，可以祷百神，服之不蛊。可见棋的美，不但可寄托神的祝愿，而且会令人聪明，超越生命的自我。棋之初，便道出了它是一门精神的艺术、灵魂的艺术、生命的艺术。因此，对棋不能为棋而棋，以为整天打棋谱便能打出道道来，那是妄想。必得寻求一个支点，且是丰厚而坚实的，再以此自我超越，方能与棋并行相握、互敞心扉、彼此倾入、棋人合一。所谓功夫在棋外，说的就是你的生命能给棋多少东西。你深博，棋自然如你一样深博。棋如人，人如棋，二者不可分割……”

这是国手当日对自己说过的话吗？龚破夭恍惚地想着。

好像是，又好像不是。

只记得田欣就像是他的棋，可以让他的灵魂忘情地飞翔，飞向梦中的所爱所想……

怎么回事？

这个时候还想着田欣？

龚破夭赶紧回过神来，立马感到五双眼睛正毒毒地射向自己，杀气逼人……

第三百四十章　神秘的博弈

杀气，这只是龚破夭刹时的感觉。当他细扫了他们一眼之后，就有了新的发现。

康长天对他充满杀气，这合情合理，因为在他眼里，自己就如同情敌。虽然不是真的情敌，却胜似真的情敌。

三番五次，他都在龚破夭面前丢尽了面子，令他在张雪莲的心中大打折扣。本来张雪莲就瞧不起他，再被龚破夭这么连破他的绝招，他就更像一个小男人了。

所以，只有将龚破夭打败，他才能挽回一些面子。

四个黑衣人，一眼看上去脸都圆圆的，似乎没有什么区别，可仔细一看却各有不同。

站在前面这两个黑衣人，一个是正圆，一个是方圆。

站在康长天后面那两个黑衣人，则一个是长圆，一个是扁圆。

透过表象往里看，龚破夭不但没了刚才的杀气之感，反而觉得四个黑衣人都慈眉善目的。

难道他们是喇嘛?

他们的头上虽然包着黑布，可凭感觉，龚破夭就知道那里面是一毛不长的光头。

“木措、格巴小心点。”康长天对前面两个黑衣人道，“这家伙可不是一般的角色。”

龚破夭抬眼望了一下木措和格巴。

只见木措黑衣袅袅，仿佛一匹草原上的黑马奔入晨光，满身的清灵就像盛满了一万年的珠露似的，连手指甲都像玉石一样晶莹。晶莹的手指甲上，还翩翩起舞着一只只天蓝色的蝴蝶。

格巴则时而如花，时而若蕾，任木措在自己身边飞舞着。

怎么充满了女人气呢?

在龚破夭的印象里，博棋都是十分阳刚和硬朗的。博棋是一枭五子，五子并不具体代表什么。正因为没有具体的指定，五子也就可以随心而变，变成马、炮、龙什么都可以，关键就要看博棋人的修为。

所以，他们的女人气，只不过是迷惑龚破夭的表象。

果然，只见黑影一闪，就如同黑洞洞的炮口，要将龚破夭吞噬。

随即，龚破夭眼前又一红，格巴也跳入他眼里，仿佛成了一匹红马。

瞬间，木措和格巴就变成了双马连环。

马来就炮顶吧。

见状，龚破夭身形一晃，瞬间化出双炮来。

木措和格巴的连环马，虽然气势不凡，但在龚破夭的双炮面前，马蹄就像碰在石头上一样，根本显不出什么威力来。

两相比较——

龚破夭的棋风硬朗，大有摧花折叶的气势。

木措和格巴的棋风则像云一样轻盈，像秋水一样柔软。

突然，龚破夭变炮为马，“嘚嘚”的铁蹄声，踏碎关山，踏碎霜月。

既是关公的大刀挥砍。

又是赵子龙的长枪突刺。

凌利的攻势，就像他当日在南宁大杀日本鬼子一样。

看着眼前的情景，康长天急得心都跳到了喉咙口，一时不知是该出手相帮，还是不该出手相帮。

“主子，先别急。”后面一个黑衣人及时提醒道。

眨眼间，龚破夭就与木措和格巴斗了几十招。

要是一般的对手，龚破夭早就将他们解决了。

但木措和格巴的功夫却深不可测。

而且，在过招的时候，木措和格巴并没有往死里打，反而像在暗示着什么。

龚破夭却又想不透，康长天他们摆出的明明是古博棋，木措和格巴怎么会走出象棋来呢？

这棋，到底是一局什么样的棋？

这里面隐藏着什么秘密？

龚破夭的脑门好像突然打开了——

是了，是了，据说石达开降清的时候，清军就没有得到石达开的金库。据线人报称，他是带着金库入四川的。但清军搜遍石达开在四川落过脚的地方，都没有搜到一金一银。石达开的金库藏在哪里，从此就成了个谜。

但这与棋有什么关系呢？

难道石达开将藏宝图隐藏在某局棋里？

不合逻辑啊！

如果木措和格巴的棋是暗示藏宝的，那对他龚破夭又有什么意义呢？

不对，不对，应该是我先入为主了。

是因为我认为张雪莲是石达开的后人，才往那方面去想的。

突然，“轰隆”一声巨响传来，令龚破夭回过神来——

原来，不知什么时候，木措已经从卒变回了车。

格巴则成了王，既像坐镇指挥的将军，又像九五之尊、当世之皇。

然而，龚破夭却对格巴视而不见，只将目标锁定在木措身上。

拳掌相碰，便碰出“轰隆”一声巨响。

拳气、掌风顿时飞射，直射得枝叶纷纷飞散。

一时间若云涌海翻。

木措的身子往后退了两步才站定，不至于倒下。

龚破夭一看就知道，是其他几个人连成一气，为木措筑起了一道气墙，暗中保护了他。

木措虽然身子没倒，脸却红了一下，像在羞愧自己的莽撞出手，讨了个没趣。所以，飘回原位后，他赶紧闭目运功，调节气息。

龚破夭趁机回想了一下双方的棋路，发现在看似平常的斗棋里实则深藏着某种玄机。

很突出的一点就是，木措和格巴走着的是中国象棋，但却渐渐走成了古印度的四角象棋。古印度的四角象棋是每方八子：王、象、马、船各一，四只兵。各子的步法是：王直斜行一格；象斜行两格；马行日；船直行无远近，船也有被称之为“战车”的。

不管是木措还是格巴，时常走的都是“王”。

这“王”是与康长天的身份有关，还是与张雪莲有关呢？

龚破夭一时间也拿捏不定。

第三百四十一章　隐藏的密码

然而，木措闭目运功的瞬间，身子微微一晃，又一匹大象踏了过来。

龚破夭心里不禁“噫”了一声。木措踏出的象步，又与他像马的时候不同。他这象步踏得方方正正的，如同四方天象。

龚破夭很清楚，中国人对天象极其讲究，若是有一方天出了流星或某一颗星暗淡无光，都被视为凶兆，认为不吉。

喇嘛教有别于印度原教，就是因为它融入了大量的中国文化，从而显得更加博大精深。

木措这下走出方正的象步，一定是有所暗示的。

暗示什么呢？

龚破夭不能多想，因为他还得接招。

而且，他已经感觉到，木措和格巴并非与他生死对绝，而是在有意让招，分明像有什么事有求于他似的。

却没有言明。

当然，木措和格巴也不会言明。

因为康长天一直在他们的身后督战。

表面上看，木措和格巴都在卖命地打。只有龚破夭清楚，他们两人使出的只不过是六七成功力。

木措动，龚破夭不可能不动。如果他不动、不接招，无疑就露馅了。木措和格巴从古博棋变成中国象棋，再变成印度四角象棋来发出暗示，可谓用心良苦。

只是这棋中隐藏的密码，实在如同天语，既无所不包，又有所特指。

关键是特指的是什么。

而这特指的密码，就需要对方靠悟性来破解了。

见木措踏出象步，龚破夭也应以鹤翔九天，身子“嗖”地拔地而起，从木措的头上飞过。

格巴赶紧来个鹞子冲天，拦住龚破夭。

半空中，两人两掌相碰。

龚破夭发出的是直掌。

格巴打出的掌却有点歪。

掌刚一相碰，格巴就故意“哟”了一声，身子朝后倒落，宛如一颗流星。

落地，龚破夭喘了一口气，心里似乎明朗起来：木措踏出的是方正的象步，格巴却扮了流星。这不就意味着他们那方天出现了凶兆吗？

凶兆无疑是特指康长风和张雪莲。

再往前回想，龚破夭就发现木措和格巴走出的印度四角象棋是有所特指的。

四角象棋实则就是四国象棋。

木措像王的时候，拳风十分阳刚和硬朗。这“王”显然是指男性，暗喻着康长风，且出自印度。

格巴像帅的时候，掌风是柔柔的，表现着一种女性的阴柔。这女性当然是暗指张雪莲了。因为帅是中国象棋里的帅，这个指向是十分明显的了。

王子康长风。

公主张雪莲。

看来都不是空穴来风。

但康长风怎么会出自印度呢？

龚破夭一时又不解了。

张雪莲出自中国，那是不会错的。不管怎么看，她都没有异族的血统。

正在想着，龚破夭就听到康长天一声大吼：“班多、颜额给我上。”

闻言，后面两个黑衣人即刻狂风骤雨般朝龚破夭飞扑过去。

格巴对龚破夭轻拂了一下衣袖。

龚破夭一看就明了了，那是叫他撤的意思。

当然，格巴没有看他，因为确有难言之隐。

龚破夭是个充满智慧的人，岂能不懂？

再看班多、颜额飞扑过来的阵势，分明就是想要他的命。

显然，这两个人和木措、格巴不是一个性格的。

准确地说，不是同一类人。

于是，龚破夭虚晃一招，就马上飞身后撤，瞬间飞入了林子。

飞入林子之后，他还故意迷踪了一下，让追来的班多、颜额一时找不着北，只得四处乱窜。

飘出林子后，龚破夭很快就嗅到了张雪莲留下的气息。

沿着这气息，他继续往东追去。

虽然有了张雪莲的踪迹可追，可龚破夭并不感到特别高兴，心里反而多少觉得有点惋惜。

要不是康长天突然叫班多和颜额出手，他相信木措和格巴还会给他更多的信息。

龚破夭抬头望了望天，满天的星辰虽然闪亮，半轮弯月却像压着一千年的抑郁似的，要将他的心沉到西山下去。

眼里飘动着的，竟是张雪莲零碎的脸影。

那脸影就像万千朵荷蕾，一朵朵地砸入他的心底。

他心里突然有种莫名的酸痛，仿佛在为谁怜香惜玉似的。

张雪莲一定是被康长风迷惑了。

龚破夭突然冒出这样的想法。

因为不管他怎么想，都无法把张雪莲这样冰清清、水灵灵的可人儿与妖女联系在一起。

但是，这样的可人儿，却身负着巨大的阴谋，逼迫着自己不得不去追杀她。

想着，龚破夭就越发恨起康长风来。

原本多纯的女子啊，却被康长风给毁了……

第三百四十二章　还以颜色

当龚破夭翻过一座山，来到一片草地的时候，已经是下半夜了，他猜想田欣此刻睡得正香呢。

遍地都是狗尾草，不时地轻挠着他的膝盖，就像在问候远方的客人。

虽时值秋天，狗尾草仍见绿，仍滋滋润润的。这里应该是片湿地，一年四季被水润着。龚破夭走着，就感到土地十分柔软。

看着蜻蜓立在狗尾草上，龚破夭仿佛回到了桃源寨的夏天——田欣穿着薄衫儿，远远地望去，就像立在草上的蜻蜓一样轻灵。

正想得美呢，一串枪声却划破夜空，令他眼中的幻影纷纷碎落。

龚破夭回头看了一眼，发现一高一矮的两条瘦影正飘逸而来。

说是飘逸，那只是他对自己爱将的美好感觉罢了，实际上刘农峻和郭超常狂奔得非常狼狈，大有屁股被大火燎的架势。

更何况追着他们的还是要命的子弹！

只听见子弹“扑嗤扑嗤”地落在他们身前、脚后。只要慢半拍，子弹就会毫不犹豫地钻入他们的骨头。

见状，龚破夭赶紧飞身朝他们飘了过去。

一见到他，郭超常就气喘吁吁地道：“老……老大，我们快被那婆娘追死了。”

龚破夭没有回话，只朝他和刘农峻打了个手势，要他们继续往前狂奔。

两人会意地笑了一下，狼狈的神色马上恢复为自信。

龚破夭心知郭超常所说的婆娘是仓木麻衣。

于是，他打眼扫了一下周围的环境，发现都是高不过膝的狗尾草，一个成人藏在当中根本就不可能，三岁的小孩尚可。

但一只小水坑随即跳入他的眼帘。

那应该是野牛打滚纳凉时弄出来的。

龚破夭想都没多想便飞身过去，躺进水坑里。

正如他所料，水坑不深不浅，刚好淹过他的身子。

飞身飘逸的时候，他还顺手拔了一根驳骨草。驳骨草是空心的，他取下一节含在嘴里，便可在水中换气。

水有点凉意，当然还有一股浓郁的牛粪味。

睁开双眼，他发现眼睛离水面约莫有七八寸。

透过这七八寸的水层，他看到月亮就像站在狗尾草上，目光晶莹地望着自己。

要是在桃源寨，他此刻会美美地抱着田欣。

而此刻，他却要想着如何对付仓木麻衣。

躺在水里，他的双耳就像贴着大地的心脏，仿佛可以听到大地的心跳。

那是美妙的地籁。

但充满杀气的脚步声，却打破了他美妙的遐想。

一双脚步。

两双脚步……

六双脚步，正分三个方位追过来。基本上是两人一组，一前一后地走着，互相照应。

不对，应该是八个人。除了仓木麻衣那六个人外，还有两个假罗汉呢？

难道两个假罗汉已经被刘农峻和郭超常给干掉了？

仓木麻衣的人有情报小队长山田，火力小队长大江武郎，外事小队长小泉三郎，两个狙击手木谷和秋稻。

听着脚步声，龚破夭已听出一种轻狂。

那是胜利者才会拥有的轻狂。

显然，他们是猎手，而刘农峻和郭超常是他们的猎物。

一般人总是这样的，一旦手握生杀大权，就会表现得狂傲不已、目空一切，一副得了天下的模样。

令龚破夭想不到的是，表现得最为狂傲的竟然是仓木麻衣。

从她轻狂的脚步声里，龚破夭分明感觉到她的双眼就像眼镜蛇一样冷酷。

就凭着这冷酷，几个国军的师长都死在了她的狙击枪下。

龚破夭此刻最想击杀的，无疑是仓木麻衣。

但仓木麻衣太狡猾了。

她本是和情报小队长山田一组的，按一般的规矩，他们应该时常在一起，好互相照应。

然而，仓木麻衣似乎是这个临时组成的特工小队的队长，是个小小的领导。凭着领导的身份，她的身影就在组与组之间飘来忽去。

一眼看去，她就像是在指挥战斗，谁也无可厚非。

只有龚破夭心里清楚，仓木麻衣是在避实就虚。

她的飘忽不但显示了自己的存在，更会引起别人的注意。

也就是说，她这么一飘忽，就会在另外五个人的目光之下。换言之，就是有五个人在保护着她。谁要想杀她，就得考虑是否能应付得了其他五个人。

龚破夭思来想去，也觉得这样做比较冒险。

因此，尽管龚破夭很想先击杀她，但也忍住了。

于是，目标转移了：山田。

只要仓木麻衣飘开的瞬间，山田就成了没有照应的孤家寡人。

就打这个时间差。

从脚步声去判断，龚破夭知道山田并非居中，而是在右边，正好靠近他这边。

近了，是仓木麻衣的脚步声。

她刚从山田那里飘开，往中间的那组人斜飘过去。

中间那组人已经穿过了龚破夭隐藏的小水坑，相距不过二三十米。

仓木麻衣斜飘过来的时候，身子是从小水坑上跳过去的。

她真是太狂傲了，居然连瞧都没瞧小水坑一眼，就这么跳过去了。

狂傲，时常会令一个人变得大意和盲目。

当然，这大意和盲目也使得仓木麻衣暂时捡了一条命。

只要她的目光望向水坑，水中的龚破夭必定会毫不犹豫地飞身而起，手中的军刀定会在她的脖子上一抹……

其实也不是仓木麻衣大意。她在飘忽着的时候，也没有忘记嗅着空中的气息，而空中的气息只有刘农峻和郭超常的。

刘农峻和郭超常正在前面狂奔，是双眼看得到的。而龚破夭隐藏在水中，身上的气息自然也就被水隐藏住了。

山田并没有掉后，他和左边那一组是并排的，只是相距有一百多米。

脚步声渐近。

龚破夭推算了一下，山田经过的时候，与小水坑相距应该是十多米。

这个距离，对他来说，实在是太近了。

山田对于仓木麻衣飘来忽去的，心里虽然不满，表面上却不敢流露出分毫。因为中村正岛授权仓木麻衣当这个临时特工小队的队长，分明已经明白地告诉他：仓木麻衣的身价在他之上。

中村正岛将他编到仓木麻衣手下，自己却亲率情报小队的人，这分明就是剥了他的权嘛。

他不知道中村正岛为什么要这么干。

从南京到上海等地，情报小队在他的领导下，战绩都是十分辉煌的。中村正岛为啥还对他存在偏见呢？

中村正岛亲率情报小队，难道是为了去执行更神秘的任务？

有可能。

要不然外事小队长小泉三郎也不会编到这个特工小队来。

山田胡乱地想着，眨眼间就接近了小水坑。

可他一点都没感觉到危险。

直到龚破夭从小水坑飞身而起时，他的目光也没有闪出一丝惊惶，手上的枪也没有抬起来。

准确地说，是龚破夭没给他惊惶的机会。

龚破夭飞身而起的瞬间，手上的军刀已飞射而出。

似乎看到了一道白光，又似乎什么也没看到，山田只感到脖子一寒，整个头颅就飞了起来，没了头的身子则由于惯性又往前跑了几步，才“扑通”一声倒在地上。

一切都来得太快了。

他的头颅还没有落地，龚破夭已飞身而至，一脚踢飞了。

就这样，山田的头颅在半空中划出一个漂亮的弧线，然后“嗵”的一声砸在停下喘息的仓木麻衣背上。

仓木麻衣往前踉跄了几步，一个站立不稳，倒在地上，来了个狗吃屎。山田的头颅也骨碌碌地滚到她身前，双眼死死地瞪着她……

第三百四十三章　麻衣的冷酷

仓木麻衣一眼看到山田的双眼死死地瞪着自己，一股怒气不禁腾然而起。要不是她事前听到背后传来“嗖嗖”之声，本能地自我保护了一下，山田的头颅这一砸，就算要不了她的命，也会让她的后肩骨碎裂的。

还好，只是火辣辣的疼痛而已，骨头并没有碎。

于是，“呼”地跳起身，仓木麻衣一脚将头颅踢开，转身就举起狙击步枪朝龚破夭这边“叭叭”地开了几枪。

但哪里还有龚破夭的影子？

有，也已经在数百米之外。

龚破夭慢慢变小的背脊在月下飘舞着。

气得仓木麻衣直咬牙切齿：“追，给我追。”

接着，她命令手下掉转方向，朝龚破夭追去。

龚破夭虽然身如蝶舞，但并非得意忘形。

他冷静得很。

当他将山田的头颅踢飞后，马上就转身，捡起军刀往一旁撤去。他心里很明白，只要山田的头颅砸着仓木麻衣，她绝对会愤怒地反击。

要是在山林或市区，有树木和房屋作掩护，他都不会撤走。但这里是空空荡荡的草地，一只小鹿都会在月色下成为明显的目标，更何况是他？

若能近身，也可一斗。

可仓木麻衣本身就是一个厉害的狙击手，加上另外两个狙击手，要对付龚破夭，肯定不成问题。恐怕他的人还未近身，就已经吃了对方的子弹。

往一旁撤去，龚破夭也没忘记飘忽着跑。

当山田的头颅砸在仓木麻衣后肩的时候，他不过飘出了数十米。等仓木麻衣跳起来时，他跑出的距离也不过两百多米，加上原先与仓木麻衣数十米的距离，还不到三百米。

对于一个出色的狙击手来说，三百米的距离根本就不是距离，而是在十分有效的射程之内。

他的脑后岂能不长眼？身子岂能不左一下、右一下地飘忽？

就这样，仓木麻衣的子弹与他擦肩而过。

据说，仓木麻衣是在六百米的距离，将一个国军师长射杀的。

当然，那是因为国军师长当时正站在战壕上用望远镜观察战场，身子静止。

而现在，龚破夭不但运动着，还飘忽着，所以仓木麻衣奈何不了他。

遍地狗尾草。

狗尾草在月色下摇曳着。

龚破夭哪里还有心思欣赏？

他只想着尽快飘出这片草地，进入山林。

突然，他听到身后传来“叭哒叭哒”的脚步声。

不可能是人的脚步声。

那是四蹄飞踏出来的脚步声。

龚破夭禁不住回头望了一眼，只见一头独角犀牛正朝他发疯似地追来。

显然，是枪声惊动了犀牛。

万物都有自己的势力范围，犀牛也不例外。当它发现有人闯入自己的领地时，就会奋起捍卫。

这牛气总是冲天的。

犀牛疯跑起来，就像一辆势不可挡的坦克。

而且，犀牛天性固执，只要认定一个目标，就会死死地追下去，直到把目标赶出自己的势力范围。

因此，犀牛只是紧紧地追着龚破夭，对后面的仓木麻衣却视而不见。

虽然被追，龚破夭却感激这头犀牛。

无形中，犀牛粗壮的身子成了他的掩护物，多少遮挡了仓木麻衣和他手下的视线。

射来的子弹不是从他的上空飞过，就是从两旁相距丈余的地方飘过。

按照仓木麻衣的想法，龚破夭怎么跑、怎么飘忽，都逃不脱他们三个狙击手的狙杀。

狙击手虽然是单打独斗的时候多，但也有互相配合的时候。只要他们三个狙击手合力，一定会将龚破夭锁定，置他于死地。

却突然跑出一头犀牛来，破坏了仓木麻衣美好的计划。

是天意，还是偶然？

犀牛疯跑得极快。

但龚破夭的逍遥腿更逍遥，身子飘逸得更快，不一会儿工夫已飘出了草地，进入了山林。

枪声，一串枪声随即“叭叭叭”地响起。

只听见犀牛长长地“哞”了一声，轰然倒地。

很明显，仓木麻衣将怒火全发泄到犀牛身上了。

龚破夭的心不禁隐隐作痛：人类的争斗，却殃及无辜的生命。

“老大，我们回头给他们点颜色看看。”就在这时，郭超常从一棵树后闪出来，冲龚破夭道。

龚破夭对他笑了一笑：“现在还不是时候。”

郭超常“嗯”了一声，双眼却充满复仇的神色。

“咳”了一声，刘农峻也从一棵树后走了出来。

不用说，听到枪声，他们两人就掉头转了回来。不能直走，只能绕一个弯，绕到这片山林里。

龚破夭关切地看了他俩一眼：“你们没事吧？”

“没事，哪能有什么事？”郭超常爽快地答。

“那我们走，先找个地方歇歇。”龚破夭说罢，身子已往前飘去。

仍然是东面。

他相信张雪莲走的还是东面。

仓木麻衣眼见龚破夭飘入山林，狠心地将犀牛射杀之后，就下令停止追击。她对龚破夭真是太熟悉了。在桃源寨，龚破夭和他的那帮猎人，就将他们的特工队搞得鸡飞狗跳、狼狈逃窜。

山林是龚破夭的保护神。

如果他们莽然追入山林，无异于找死。

仓木麻衣自恃火力强，便下令在草地上过夜，天亮再行追击。

第三百四十四章 打个回马枪

往东飘行了十多里，正如龚破夭所料，张雪莲仍然是往东走。

在一条山道上，他已嗅到张雪莲留下的气息。有了追踪的方向，龚破夭的心也淡然了许多，回过头来对刘农峻和郭超常道："我们就在这里歇一歇吧。"

"好好好，我们也快累死了。"郭超常连声答道，一屁股坐在一棵树下，背靠着树身，闭上双眼，养起神来。

龚破夭和刘农峻相视一笑。

刘农峻望着龚破夭："老大，你先休息，我来放哨。"

"不，你先休息。"龚破夭说罢，也不容刘农峻答话，身子已拔地而起，"嗖"地飘上身边的一棵大树，又飘过几棵树，才在一棵野山毛榉上落定。

站在一条粗枝上，他往四周望了一下，视野不错，四周的动静都逃不过他的目光。

这山毛榉的果实只有小指头那么大，在桃源寨他们称之为小栗锥子。因为小栗子的尾部特尖，如同锥子。

时值深秋，栗锥子早在中秋前后坠落。

龚破夭扫了一眼周围的枝杈，发现还有一些迟熟的栗锥，刚刚露出长满毛刺的果壳。

伸手摘了几串，从刺壳取出栗锥，龚破夭两指一捏，栗锥便"叭"的一声裂开，露出洁白的果肉。

果肉清甜且香。

若是炒上一炒会更香，丢入火堆里烧也行。当栗锥被烧得"叭"的一声爆开时，甜香会即刻扑鼻。

龚破夭很想回味一下火烧栗锥的甜香。

但这也只能想一想。

如果在这里生火，无疑会为仓木麻衣提供追踪的目标。

想到仓木麻衣，龚破夭赶紧凝神静听，让灵觉飘逸。

静听了一会，他知道此刻平安无事，方圆数里都没有危险的气息。

是仓木麻衣他们没追来，还是迷失了方向？

龚破夭在心里猜测。

应该是前者。

龚破夭相信，只要仓木麻衣没有忘记桃源寨，就绝对不敢轻举妄动。

她从一个擅长色诱的特工，变成一个厉害的狙击手，就说明她拥有猎人的天赋。

而作为一个猎人，心里很清楚该对什么猎物下手、什么时候下手。所谓知己知彼，百战不殆。要单是刘农峻和郭超常，仓木麻衣就会穷追不舍。但因为龚破夭在桃源寨让他们吃尽了苦头，仓木麻衣绝对不敢轻视。

看了一眼靠着大树休息的刘农峻和郭超常，龚破夭心里就隐隐地发酸。

一眼看去，他俩睡得很香甜，但从他俩身子不时地抽搐一下来看，他俩的内心仍对仓木麻衣他们的追逐感到恐惧。

这可是两个大小伙子啊，居然被一个女子追得那么狼狈，心里会是什么滋味？

虽然他龚破夭灭了山田，多少为他们争回了点面子。可毕竟，那不是他们亲自动手的。

打个回马枪。

这个念头倏地飘上龚破夭的大脑。

于是，他看了看表，是凌晨两点。

让他们再休息一下。

他自己也坐在树枝上，放松身子，凝神炼气。

炼气的时候，他意念着自己吸纳的是天地的精华。

心也静而致远，感觉周围的动静。

凌晨三点，龚破夭炼气完毕，顿感神清气爽，全身盎然着一股无穷的力量。

飘下山毛榉，龚破夭还没走到刘农峻他们身边，两人已经站了起来，笑盈盈地望着他："老大，我们该出发了吧？"

龚破夭点了点头，身子就往西飘逸，走的基本上是回头路。

刘农峻和郭超常相视一笑，目光马上露出兴奋的神色。

很快，他们就到了草地边的山林。

龚破夭悄声对他俩道："等一会儿我先上去引诱他们的潜伏哨，你们分开见机行事，速战速决。"

两人兴奋地"嗯"了一声。

龚破夭悄无声息地飘开。

依他的推测，仓木麻衣安排的潜伏哨肯定不会在草地上，而是在林子里。

因此，他穿行在林子里的时候，就显得格外小心。

地上铺满落叶，脚踏上去就会发出"沙啦啦"的声响。

龚破夭只能选择叶子少的地方落脚。

这么一来，他在林子里穿行时，就像一只小鹿似的，这里一跳，那里一跃，渐渐地往林外走去。

相距草地百多米远的时候，龚破夭的鼻子一抽，随即嗅到来自左右两个方向的人气。

有两个潜伏哨。

一个在左百多米。

一个在右百多米。

眼下他正居于两个潜伏哨的中间。

这实在是太危险了。

龚破夭不敢怠慢，马上施展起八卦迷踪术，朝草地的方向飞驰。

身子碰着树枝、树叶，顿时发出“哗啦啦”的响声。

几乎是同时，枪声也响了。

两个潜伏哨的枪同时打响了。

子弹“嗖嗖”地飞来。

但都落在龚破夭的身后。

准确地说，是射在他化出的身影上。

这边枪声一响，正躺在草地上休息的仓木麻衣、大江武郎、小泉三郎马上跳起来，举枪就射。

刹时之间，龚破夭的身前、身边纷纷飞过一颗颗子弹。

嘿，目标还找得挺准的。

龚破夭心里道。

再往前走绝对不行了。

所以，他迅速后撤。

这个时候，左右两边传来了盒子炮“砰砰”的响声。

刘农峻和郭超常得手了。

龚破夭开心地想。

因为左右两边不再飞来子弹。

此时，两个狙击手木谷和秋稻，身上已分别吃了刘农峻和郭超常的子弹，眼瞪得天大，到死也不知道是谁将自己射杀的。

龚破夭也拔出盒子炮，朝天开了急促的三枪，向刘农峻和郭超常发出后撤的信号。

仓木麻衣发现木谷和秋稻的枪哑了火，明白两人中招了，不由气得咬牙切齿，发疯似地朝山林大吼：“龚破夭，不把你吃掉，我誓不为人。”

随即，山林里一片安静。

既没有龚破夭的回音。

也没有一颗子弹回射。

仓木麻衣顿感自己就像突然被人砍了一刀似的，却连砍人者的身影都没见到，心中那种憋闷真是令她无比愤怒和沮丧。

第三百四十五章　一双绣花鞋

话说范庭兰意识到康长风可能就藏在清真寺，极想马上冲入寺里，找到他再较量较量。

但他却忍住了：不能打草惊蛇，得等其他组的人来了，再对康长风来个瓮中捉鳖。

正想着，一个瘦小的身影就闪了过来。

听声闻息，范庭兰知道是李绍嘉。

李绍嘉飘到他身前，一看他喜悦的神色，心里也不由得一喜，乐道："老二是不是发现目标了?"

范庭兰点了点头："把其他组的人召来。"

"好。"李绍嘉答罢，身子灵猴一样蹦走了。

这李绍嘉一走，范庭兰的心里就多少有点急。这偌大的清真寺，除了正门，肯定还有后门。要是康长风有所察觉，一定会悄悄溜走的。

入寺不行。

干等也不是办法。

范庭兰便施展起轻功，绕着寺飞跑。只要康长风溜出寺，绝对逃不过他的双眼。即使逃过他的双眼，他也可以凭着康长风留下的气息追踪。

他这一跑，就跑了半个时辰，其他组的人才陆续到来。

望着他跑得一身汗一身水的，众人的目光都流露出赞许的神色：真难为老范了。

喘定气，范庭兰马上做了安排："二组、三组负责后门和两边，六组负责正门，四组随我入寺。"

众人领命而去。

范庭兰对万全策和李绍嘉招了招手，随即飞身闪到围墙下，身子一缩，就跃上丈余高的墙头。

万全策和李绍嘉却来了个助跑，然后脚蹬手爬地上了墙。

同是以助跑登墙，两人却有区别。

李绍嘉人瘦矮小，练的又是鹰爪拳，他的脚一踏到墙，马上借势，手一抓一爬，就直通通地上了墙。

万全策牛高马大，功夫在拳上，而非指上，他的手指不可能直接将他引体向上，只能助他一把力。于是，他上墙就没有直上，而是斜着上的。

上了墙，万全策心里就万分佩服范庭兰："还是醉猫的轻功厉害，轻轻一跃就上了。"

进了寺内，范庭兰带着他俩悄悄向香客的睡房摸去。

这座清真寺不算大。

也许这里的治安不错，寺里连个守夜的人都没有。

很快，范庭兰便沿着康长风的气息，摸到了寺北面的一排客房。

也就六七间房的样子。

康长风的气息是从中间那间房里散发出来的，那间房还从门缝里漏出灯光来。

这个坏蛋，这么晚还没睡？

范庭兰没有多想，对万全策指了指屋后。

万全策马上会意，飞身向屋后绕去，防止康长风从后窗逃跑。

范庭兰和李绍嘉悄无声息地走到康长风的房门前，两人各站一边。

刚站定，范庭兰的心里就生出一种不爽的感觉。

这似乎在告诉他：你们上当了。

范庭兰强忍着心中的不爽，伸过鼻子贴着门往里嗅了嗅——气息是康长风的气息，但绝对不是新鲜的。

范庭兰心里顿时泄了气。

李绍嘉看了他一眼，目光在问："咋啦，老二？"

范庭兰面露沮丧。

李绍嘉也嗅到房里没有新鲜的人气，便出手推门。门是虚掩着的，"吱呀"一声就开了。

李绍嘉仍不敢大意，门开的同时已挥着枪冲了进去。

暗淡的油灯之下，床是空的，只有床前摆着一双绣花鞋。

康长风的气息，就是从这双绣花鞋里散发出来的。

范庭兰也进了房，一眼看到鞋上绣着的竟是一朵雪莲花。

男人都不穿绣花鞋的。

他居然穿了，显然是因为上面绣着的是雪莲。

看着，范庭兰也有点不解了，康长风一直都是西装革履的，怎么穿起绣花鞋来了呢？

是为了走山路才换上的？

从上面绣着的雪莲来看，这双鞋应该是张雪莲为他绣的。即使不是张雪莲所绣，也是他叫别人所绣，好让雪莲永远跟着他。

既然是这么珍贵的鞋，他怎么舍得留下来呢？

越想，范庭兰就越觉得不对劲。

康长风留下这双绣花鞋的目的，除了误导他们、捉弄他们，分明还暗示着什么。

暗示着什么?

“老二，撤吧。”李绍嘉悄声提醒道。

范庭兰回过神来，“嗯”了一声，便退出房间。

李绍嘉走到窗前，也对躲在窗后的万全策说了声“撤”。

出了清真寺，范庭兰随即对万全策、李绍嘉道：“通知其他组的人，按原计划继续追寻康长风。”

末了，他又加了一句：“叫大家要格外小心。”

“是，老二。”两人应声而去。

小心什么呢?

范庭兰钻入一条巷子时仍在想。

关键是康长风留下的绣花鞋暗示了什么。

这分明是在告诉他们：这地头是他康长风的，留下绣花鞋，就是让绣花鞋等着他回去穿上的。

有可能。依康长风的狂傲，他做什么事都是志在必得的。

隐隐地，范庭兰感觉康长风布下了一个大陷阱，正等着他们往里跳呢。

第三百四十六章 神庙之争

康长风到底又设下了什么陷阱呢？范庭兰边走边想。

如果康长风与日本特工队联手，要置他们于死地，选择的地点应该不会在这里。阿约提亚毕竟是一个城镇，楼房巷子都可以成为他们的掩护物，想将他们一网打尽是绝对不可能的。

从这个角度去看，康长风的选点，本身就有问题。

再一个就是，除了在山洞里见过小秀叶子之外，一直都没见到过日本特工队的人，也没发现他们的蛛丝马迹。

康长风不可能一个人就完成一个大陷阱吧？

然而，范庭兰一想到那双绣花鞋，就又觉得里面隐藏着极大的阴谋。

穿过几条巷子，他也想不出个所以然来。

天快亮的时候，从各组传回了信息——都没发现康长风的踪迹。

康长风像空气一样消失了？

如果是这样的话，那他岂不是白白将他们引诱到阿约提亚来了？

看来想也是白想，只能静观其变了。

范庭兰心念一定，马上叫李绍嘉传话：各组回落脚点歇一歇，中午再碰头。

范庭兰的落脚点是一间不起眼的小旅馆。其他各组的人都以他为中心，在周围落脚，以互相照应。

来到小旅馆，走入房间，范庭兰倒在床上不一会儿就睡着了。

也不知睡了多久，他突然被一阵鼎沸的人声闹醒了。

跳下床，他走到窗前一看，只见数千名印度教徒正在游行，走在前面的则抬着几个死去的罗汉。

范庭兰一细看，发现那几个罗汉正是蔡如柏在山洞里打死的，怎么到阿约提亚来了？

不用说，这是康长风预谋的。

他是借他们的手，挑起印度教徒和伊斯兰教徒的矛盾啊。

范庭兰这时才醒悟过来。

鼎沸的人声，分明在高呼着要严惩凶手之类的口号。

而看他们所要去的方向，是罗摩神庙。

据范庭兰所知，印度的“阿约提亚庙寺之争”由来已久。这阿约提亚市始建于16世纪莫卧儿王朝巴卑儿大帝时期。据说印度教大神罗摩就出生在阿约提亚。印度教徒认为，古代那里有一座罗摩神庙。1528年，当时的穆斯林统治者拆毁了这座庙，在原址建起了巴布里清真寺。印度教徒要求摧毁清真寺，重建罗摩神庙。信仰伊斯兰教的穆斯林则认为，建寺之前根本不存在罗摩神庙，因此坚决反对毁寺建庙。

显然，印度教徒要借罗汉之死来争夺罗摩神庙的重建之权。

果不出所料，很多伊斯兰教徒都从家里涌出来，也排成游行的队伍，与印度教徒的游行队伍抗衡。

下眼皮跳跳，范庭兰突然看到一群印度教徒手持枪支，分头朝他们的落脚点扑过来。

他心里不由得一颤：他们没追踪到康长风，康长风却反过来摸准了他们的落脚点，并将他们的落脚点透露给印度教徒。

凶手，他们顿时成了印度教徒要严惩的凶手了。

康长风这招借刀杀人好毒啊。

从正门走是不行了。

印度教徒杂乱的脚步声正从楼梯传来。

范庭兰赶紧穿窗而出，翻上屋顶。

到了屋顶一看，其他各组的人也都在屋顶上逃逸。

“叭叭”的枪声和“嗖嗖”的子弹都追在他们身后。

还好，没人还击。

但为了更稳妥一些，范庭兰忙拔出盒子炮，朝天打出三长两短的枪声，对各组的人发出“不许还击，只管逃逸”的暗号。

因为只要一还击，就会增大双方的矛盾，局势必将难以收拾。

然而，令范庭兰想不到的是，他们的人没还击，游行的人就乱套了，有枪的动枪，没枪的动刀，没刀的动拳动脚。

刹时之间，游行的队伍变成了群殴的队伍。

范庭兰飘过几座房子，却感到不对劲：死去的教徒都是头部中枪的，这枪法也太准了吧？

而且，从中弹的角度去看，子弹是从上而下的，并非街上的枪手所能做到的。

狙击手。

日本特工的狙击手。

这么一想，范庭兰心里不由得发寒。

如果日本特工的狙击手将目标锁定他们，他们真的就死定了。

但从追逐李绍嘉他们的子弹来看，都是一些乱枪，并没有什么准头，可以断定那不是职业杀手所为。

也就是说，眼下他们并不是日本特工狙击的目标。日本特工狙击的是印度教徒和伊斯兰教徒。

显然，这是康长风的第二个方案。

第一个方案是让印度教徒逼他们还击，酿成更大的血案。

他们没有还击，日本特工才实施第二个方案。

这也就是日本特工为什么没狙击他们的原因。

想是这么想，范庭兰却不敢大意，飘逸着的时候也是东一闪、西一躲的，以防日本特工的狙击。

一口气逃出阿约提亚市区，范庭兰脚下也没停，直奔东面不远处的一座山。

半个时辰之后，他终于进入了山林。

背靠一棵大树喘息，范庭兰的鼻子抽了几抽，一缕熟悉的气息倏地钻入心坎。

——康长风的气息。

再嗅，他又嗅到了小秀叶子的气息，还有几个陌生人的气息。

范庭兰不由得恍然大悟：难怪昨晚在城里追踪不到康长风。

这个老狐狸，也太狡猾了。

范庭兰心里恨恨地想。

第三百四十七章　中村正岛在哪

在树林里静想了一会儿，范庭兰虽然越想越气，对康长风这个老狐狸生出咬牙切齿的恨，却还没到气昏头的地步。

他嗅出了小秀叶子的气息，以及其他几个陌生人的气息，但思来想去仍觉得这气息里还缺少了什么。

是什么呢?

范庭兰突然一拍大腿：中村正岛!

搞来搞去，怎么会忘了中村正岛这个主角呢?

几个陌生人的气息里头虽然散发着日本人那种气息，却没有一个是中村正岛的。

这不难分辨。

中村正岛是头，如果他在当中，那种散发着权力与霸道的气息，很容易就能辨别出来。倒是小秀叶子骄傲自得的气息里，分明显示出她在其他几个日本特工之上。

回头想想，自泰姬陵见过中村正岛之后，就再也没见过他的影子。

按目前的情况来看，日本特工早已和康长风勾搭上了，如果中村正岛是奔夜明珠而来的话，那他早就从康长风手里得到了，何苦还留在这里呢?

除非他还有别的任务。

夜明珠只不过是一个幌子。

范庭兰继续分析——

康长风在新德里设陷阱，首先让他掉入杀害英国少女的陷阱，以造成中英的矛盾；在山洞里，康长风又借他们的手杀掉印度教的罗汉，然后利用罗汉的死挑起印度教和伊斯兰教的矛盾，引起神庙之争。

康长风这样搞的目的是什么呢?

仅仅是嫁祸于他们?

似乎没这个必要。

将印度的局势搞乱，以掩盖中村正岛去执行另外的任务，这应该才是康长风的真正目的。

只有这样，中村正岛像空气一样消失才说得通。

那么，康长风又要从中得到什么呢?

范庭兰思来想去，都想不出个所以然来。

但有一点他心里很清楚：就是要找到中村正岛。

一阵轻微的“沙沙”声传来。

范庭兰警觉地听了一下——是李绍嘉他们。

李绍嘉一飘到他身前就嚷嚷开了：“老二，我们在印度是不是碰到鬼了，怎么从一开始到现在，都搞得我们灰头灰脸的呀?”

范庭兰心里虽有同感，可他却不能流露出来。

龚破夭不在，他就是他们的头了。如果他这个当头的也流露出沮丧的情绪，必定会涣散大家的斗志。

于是，他对李绍嘉笑了笑：“话可不能这样说。我们现在就好像是跟一个新手下棋，一时摸不着他的棋路，才会被他迷惑。多下几招，我们绝对会从被动转为主动的。”

李绍嘉“嘿嘿”地干笑了两声：“老二的话是说得不错，可我心里总是觉得窝窝囊囊的。”

“行了，千万别泄气。”范庭兰拍拍他的肩膀，鼓励道。

其他人也陆续而至。

等人到齐了，范庭兰才将自己的想法跟大家说了。

孙玉国望着他：“照老二的意思，我们是兵分两路?”

范庭兰点了点头：“一路引诱稳住康长风，一路回头去寻找中村正岛。”

想了想，孙玉国也点了点头：“我认为也只有这样了。要不到时我们只抓了小虾，反而丢了大鱼。”

“嗯，那我就分分工。”范庭兰看了一眼大家道，“李绍嘉和万全策负责引诱康长风他们。你俩只管跟踪与反跟踪，别跟他们正面交火。我和二组的蔡如柏、佟大芳回泰姬陵，从那里开始搜寻中村正岛的踪迹。孙玉国带上赵卓宾、彭壁生、陈节回新德里，看有没有中村正岛的踪迹。分开之后，各组都设法搞一台无线发报机，有什么情况就用发报机通报。”

“这样一来，会不会引起印方的注意?”陈节提出了疑问。

“我们已经引起他们的注意了。当然，没有特别的情况，我们要少用发报机。”范庭兰道。

道罢，范庭兰再次叮嘱李绍嘉和万全策：“记住，千万别和他们正面交手。”

“知道了，老二。”李绍嘉爽快地答。

范庭兰抬头看了看偏西的太阳：“此地不可久留，康长风他们很快就会追来，我们得马上行动。先陪李绍嘉他俩走一段，然后每人割一块衣布给他俩，由他俩引诱康长风。”

“往哪走?”李绍嘉问。

“先往南，后往东，引他们进缅甸。”范庭兰答道，“缅甸山多林密，便于你俩隐蔽行动。”

“是。”李绍嘉应罢，一拉万全策的手，两人就往南飘逸了起来。

其他人也紧随其后，一路飘飞。

直到太阳落山，范庭兰他们才在一个山口和李绍嘉、万全策分了手。

等李绍嘉和万全策的身影飘远了，范庭兰即和另一组分开，一组赴新德里，一组赴泰姬陵。

范庭兰想的没错，他们刚走一会儿，康长风和几个日本特工就追到了他们分手的山口。

山口有条小溪，范庭兰的两组人都是涉水而走的，没留下什么踪迹。李绍嘉和万全策负责引诱，自然就会故意留下一些踪迹。

康长风在小溪前犹豫了一下，小秀叶子已跃过小溪，一眼看到山道上的足迹，便回头对他道：“康老板，他们从这走了。”

康长风成了老板。

点了点头，康长风不再犹豫，飞身飘过小溪，往南追去。

第三百四十八章　重回泰姬陵

泰姬陵位于新德里东南二百公里处的历史古城阿格拉，亚穆纳河的右岸。

范庭兰和蔡如柏、佟大芳回到泰姬陵，已经是第二天的傍晚。

匆匆吃了晚饭，他们便分头行动，重点放在康长风身上。

范庭兰推测，康长风作为本地人，出头露面的事肯定由他来做。而且，康长风脸相英俊，让人过目不忘。重点调查的地方自然是客栈、旅馆、酒楼以及出租车。人要衣食住行，只要通过对这些地方的调查，自然就能发现康长风的踪迹。找到康长风，就意味着找到中村正岛。

范庭兰负责调查客栈、旅馆；蔡如柏调查出租车；佟大芳负责酒楼。

阿格拉古城并不大，大大小小的客栈、旅馆也就二三十间。但若要一间一间地去查，也挺花时间的。

范庭兰走在街上，脑子里就在转：康长风是一个诡异的人，行动也十分诡异。他如果要低调，就会选择一个不起眼的客栈落脚。若要反其道而行之，他就会到星级旅馆开房。若要中庸，他则会找一个中等的旅馆。

这么一想，范庭兰心中就有了个大概。对于要调查的客栈、旅馆，他便高档、中档、低档的各选三间，分别是繁华地段、一般地段和偏僻地段。

经过一夜的明查暗访，范庭兰终于在泰姬陵大酒店查到了康长风的踪迹。

不约而同的，负责酒楼调查的佟大芳也追到了泰姬陵大酒店。

嘿，吃住一条龙了。

范庭兰从调查中掌握到，康长风开了两间房，一间套房，一间双人房。双人房由他带来的两个日本人入住。两个日本人当中，有一个十分英俊的小伙子，另一个则是中村正岛。

范庭兰、佟大芳便以客人的身份，开了那间套房和双人房。

套房是 301，双人房是 309。

通过房号、档次来看，范庭兰已经感觉到，康长风并没当中村正岛是太上皇，倒是有一种居高临下的姿态。也就是说，从交易的角度来看，是不对称的交易。中村正岛的所求，大于康长风的所求。简言之，中村正岛的利益大过康长风的利益。

上了楼，进了套房，范庭兰一下子就嗅到了康长风的气息。除了康长风的气息，还有一个日本人的气息。

显然，这气息来自中村正岛。那个英俊的小伙子应当是中村正岛的保镖，只能守在门外，而不能参加他们的密谈。

范庭兰的分析是没错的。从沙发上散发出来的气息来判断，康长风就表现得十分主人；中村正岛则十分谦卑、客气，全然没了那种目空一切的狂傲。

这也不奇怪，若没有康长风的指点，中村正岛他们根本就找不到盗墓的甬道，也不可能对中国特工队进行设伏。

这几天的情况已经充分显示，所有的行动都是由康长风一手策划，而由中村正岛他们来实施的。

正想着，范庭兰听到了敲门声。

打开门，是佟大芳和蔡如柏。

一看到蔡如柏，范庭兰不由兴奋地问："有他们的行踪了?"

蔡如柏点了点头。

坐下，喝着茶，蔡如柏方缓缓地道："康长风和中村正岛走的不是一个方向。康长风独自回新德里，中村正岛则带了七八个人去了瓦拉纳西。"

"那不是东面吗?"范庭兰脱口道。

"是啊，是在阿格拉的东面。"蔡如柏答。

范庭兰"嗯"了一声。他粗略算了一下，中村正岛带来的特工就在三十人以上。

中村正岛去瓦拉纳西干什么？那里既非军事重镇，又非他们活动过的地方。

想也是白想，就地调查才是重要的。

没有多想，范庭兰当即决定："我们马上赶去瓦拉纳西。"

"不用通知孙玉国他们?"佟大芳提醒道。

"要，肯定要。"范庭兰望着佟大芳，"我和你去搞发报机，如柏你去找那辆送中村正岛去瓦拉纳西的出租车，一小时后在这酒店大门见。"

"嗯，我这就去。"蔡如柏说罢，起身出了门。

蔡如柏走了一会儿，范庭兰也和佟大芳悄悄地离开了房间。

出了酒店，范庭兰和佟大芳直奔电信局。

阿格拉的电信局极小，就一座两层的楼房。楼下作营业厅；二楼是机房、发报室。

已是凌晨时分，街上空荡荡的，一片树叶掉下来也能听到轻微的叹息。

街灯幽暗。

两人到了电信局，前后侦察了一番，发现整座大楼就一个保安在值班。

范庭兰朝佟大芳打了个眼色，佟大芳马上会意，飘上电信局门前的一棵树负责放哨。

范庭兰绕到电信局后面，微屈双腿，突然往上一跃，一手攀住窗沿，就从二楼的窗口进了发报室。

发报室无人，静悄悄的。

他没费多大功夫，便将一套备用的无线发报机收入囊中。

一切都挺顺利的。

然而，当他提着发报机从二楼跳下时，一阵刺耳的警笛声却呼啸而至。

第三百四十九章　一颗妇人心

眼见十几个印度警察从车上跳下来，范庭兰的心急得跳到了喉咙口，怎么没听到佟大芳掩护的枪声？

他这是怎么啦？

难道是睡着了？

不容范庭兰多想，七八个警察已经从两边绕到楼后，与他相距不过数十步。

他将发报机背上，立马拔出手枪，打出一串点射。走在前面的几个警察应声而倒；其他警察则趴到地上，进行反击。

刹时之间，子弹“嗖嗖”地从范庭兰的头上、身边飞过。

范庭兰岂敢怠慢？身子一飘一摇，迅速往前面的一条小巷飘去。

子弹在他身后飞起。

警察在高声吆喝。

但都是雷声大，雨声小，没一个敢真正追上来的。

这些警察对付小偷小摸时威风凛凛的，遇到真正的枪手时，胆子却比老鼠还要小，首先想到的就是保命。

转了几条巷子，范庭兰觉得安全了，这才放慢了脚步。

他有点想不通，警察怎么会突然出现呢？

是偶然？

还是有人暗中报了信？

他觉得后者的可能性比较大。

康长风行动诡秘，而又十分到位，与他拥有众多线人有关。

他们在阿格拉调查康长风，自然是纸包不住火，很容易走漏风声的。

风声传到康长风线人的耳朵里，线人岂能错过表现自己的机会？暗中跟踪、偷听，然后报信。

如果是真正的对手，自然会引起他们的警惕。

但对那些小鱼小虾一样的线人，他们反而会忽视。

眼前影子一闪，范庭兰就看到佟大芳从一条巷子里闪了出来。

盯着佟大芳，范庭兰生气地道：“芳芳，刚才你干啥去了？怎么没开枪？”

佟大芳白皙的脸庞红了一下："没怎么啊，我觉得那些警察是无辜的，不应该开枪。"

"什么无辜？等他们把我打死了，那才叫有辜！"范庭兰仍然气呼呼地道，"你呀，长的就是一副妇人心肠。"

"唉，谁叫我是医生呢？医生的职责是救死扶伤，而不是杀戮。"佟大芳本想理直气壮地说，可话一出口，却带着唉声叹气的无力。

"呵呵，还跟我摆起大道理来了。我被他们打死了你就高兴了，是不是？"范庭兰讥嘲道。

听了这话，佟大芳的脸直红到耳根："老二，你怎么能这样想你的兄弟呢？"

"哼哼，兄弟。是啊！兄弟，都成见死不救的兄弟了。"范庭兰此话一出口，就觉得自己言重了。

这不，佟大芳一听，就低下了头。

在他低头的瞬间，范庭兰看到他眼里闪着不安。

相对无言。

气氛沉重。

范庭兰也感到过意不去了，赶紧打了个哈哈，然后拍了拍佟大芳的肩膀："行了，芳芳，我一生气言重了，你千万别放在心上。在这天底下，你永远是我的好兄弟。"

闻言，佟大芳抬起头，感激地看了他一眼。

"走吧，别让如柏久等了。"范庭兰说罢，马上疾步如飞。

当两人来到酒店门口时，只见蔡如柏已经在一辆出租车旁边恭候着他们。

上了车，坐在副驾驶座上的蔡如柏对司机说道："开车吧。"

车子驶出市区，直奔瓦拉纳西。

在车上，起初大家都无言。

不知是心里愧疚，还是什么，范庭兰先是"呵呵"地干笑了两声，然后对蔡如柏道："如柏，你找车辛苦了，先敬你一口酒。"

蔡如柏回过头来望着他，不相信地道："你这个酒鬼，还能留得住酒？"

范庭兰笑笑："如柏，你也太小看我了。有好酒，我什么时候能忘了兄弟？"

说罢，手往怀里一伸，竟摸出一瓶轩尼斯来。

"呵呵，还是洋酒啊，从哪儿偷来的？"蔡如柏笑道。

"这你就别管了。"范庭兰得意地说，手指一扳，便打开了瓶盖，"见者有份，芳芳你也要多喝点。"

"放心，二哥的酒，我岂能不喝？"佟大芳开心地答。

酒香便一路伴着他们到了瓦拉纳西。

第三百五十章　疯狂的女郎

话说龚破夭将仓木麻衣的两个手下射杀之后，马上悄然离去，不再理会无比愤怒和沮丧的仓木麻衣。

望着她那张因愤怒而扭曲的脸，大江武郎和小泉三郎连大气都不敢出。

他俩心里都很清楚，好男不跟女斗，不仅仅因为女人有情色的武器，更主要的是，女人一旦疯狂起来，是什么事都干得出来的。眼前这个女人本来就是感性动物，不讲什么理智。而没有理智的人，所干的事情就常常出乎一般人的意料。

何况仓木麻衣是野鸡成了凤凰，一跃而成了他俩的小头目。所谓不怕县官，就怕现管。她作出什么荒唐的决定，他们都得去执行。

似乎感觉到了仓木麻衣会有什么动作，大江武郎和小泉三郎虽然大气不敢出，但为未来的命运着想，大江武郎还是小心翼翼地对仓木麻衣道："队长，消消气，你现在气也没用。"

仓木麻衣的目光陡然射在大江武郎的脸上："谁不知道气也没用？你当我是傻子？"

一句抢白，噎得大江武郎顿时无语。

见大江武郎碰了钉子，小泉三郎赶紧低着头，避免目光与仓木麻衣相碰。

要说对仓木麻衣的了解，他这个外事小队长，无疑是最清楚不过的了。

表面上，仓木麻衣显得很纯，可骨子里却像牛一样倔。当她在南京进行色诱无功而返，遭到中村正岛严厉的批评后，他心里就为她感到难过。可他更清楚的是，仓木麻衣自己比谁都更难过。不是因为挨批，而是因为无功而返。然而，这难过并没令她消沉，反而成了她成长的动力。私下里，她肯定是下了不少苦功的，所以才成为一个出色的狙击手。

后来，特工队的人才发现，仓木麻衣的特长不在于诱，而在于狙击。

想到狙击，小泉三郎就头大。

而对于色诱这一行，他则得心应手、如鱼得水。在北京、上海等地他就亲自出马，顺利地色诱了几个中国的官太太，也获得了不少情报。可对于狙击，他却只知皮毛，不知真谛。

真是隔行如隔山。

大江武郎也和小泉三郎差不多。

他这个火力小队长，只懂攻击和防守，但前提是自己手下有足够的火力。至于单枪匹马的狙击，他也是一头雾水。

偏偏，仓木麻衣就作出了这样疯狂的决定："我们三人分头行动，寻找机会对龚破夭他们进行狙击。"

"这——"

两人不约而同地迟疑了一下。

"这什么?"仓木麻衣的目光剜着他俩，"难道你们想我们三人死在一起吗?"

"不不不，我们不是这个意思。"大江武郎连忙道。

"那是什么意思? 难道你还有更好的方法?"仓木麻衣讥讽道。

大江武郎顿时红了脸。

因为仓木麻衣说得很有道理，原来他们是六个人在一起的，眨眼间就被灭了三个。

眼下剩下他们三个人面对龚破夭他们，更不会有多少胜算。与其毫无力量地聚在一起，倒不如分头行动。

因此，大江武郎马上红着脸道："没有，没有，我没有更好的方法，还是队长这个决定最好。"

说着的时候，他悄悄看了小泉三郎一眼，发现小泉三郎的脸色变得寡白，流露出绝望的神色。

大江武郎心里不由得道：小泉啊，不是我想大难临头各自飞，而是这似乎是我们唯一能完成任务的机会。

仓木麻衣扫了他俩一眼："别把狙击看得有多难，终归一点，就是要随时想着自己面对着的是一张虎口，只有全身心充满警惕，你才能狙杀对手，保住自己。"

经验之谈。

两人万分感激："是是是，队长所言极是，我们一定牢记在心。"

仓木麻衣不再和两人废话，说了声"那就行动吧"，身子已经一飘，提着狙击步枪飞快地闯入了山林。

刚进入林子，仓木麻衣的身上就不由得起了鸡皮疙瘩。

林子里本来就静。

而凌晨的林子，更是静得死一般让人绝望，透着一种无形的恐怖。

仿佛每棵树后，随时都会冒出一只黑洞洞的枪口，火光一闪，子弹"嗖"的一声就钻入她的身子。

后悔吗?

不，她一点都没有后悔自己的决定。

她这是以己之短去搏龚破夭之长。

山林是龚破夭的保护神。

她是这么想，而且认为龚破夭也是这么想的。

正因为这么想，龚破夭就不会想到她敢以己之短，去斗他的所长。

仓木麻衣之所以这样做，并非因为她有多么的勇敢，而是因为她灵光一闪，闪出了中国兵家的哲理：反其道而行之。

她很清楚，若按常规去跟龚破夭斗，那无异于找死。只有违背常规，才能出乎对方的意料，才能有机会下手。

疯狂吗？

她没感到自己有多疯狂，反倒觉得自己很有智慧。

鸡皮疙瘩起了片刻，马上就被她心中的一股豪气给冲得烟消云散了。

很快，她就嗅到了龚破夭的气息。

当然，还有刘农峻和郭超常的。

嗅着，仓木麻衣就顿生疑惑：同样是气息，龚破夭的气息却要比刘农峻、郭超常的淡许多，淡到若有若无。

难道龚破夭能控制自己的气息？

想到这，仓木麻衣不由得一颤。

第三百五十一章　温柔的猎杀

仓木麻衣之所以感到震颤，是因为在她的眼里，龚破夭的功夫如何高都在其次。再高的功夫，也高不过一颗子弹。只要有机会让她对准龚破夭勾下扳机，那火辣辣的子弹，绝对会带着她满腔的期望，潇洒地钻入龚破夭的身子。

可问题是龚破夭能控制自己的气息，这就意味着他很容易隐蔽自己的行踪。这对于任何一个狙击手来说，都将是天大的难题。

找不到行踪，就无从锁定目标。

没有目标可以锁定，再出色的狙击手也只能望洋兴叹。

是进，还是退？

仓木麻衣刚闪出这个念头，马上就将它掐灭了。

绝不能退缩。

我仓木麻衣什么时候退缩过？

龚破夭则从来没想过自己是神。当刘农峻和郭超常将仓木麻衣手下的两个狙击手木谷、秋稻射杀之后，他也拔出盒子炮朝天开了急促的三枪，向刘农峻和郭超常发出后撤的信号。

信号发出，他的大脑灵光一闪：兵不厌诈，何不再来一次回马枪？

从仓木麻衣朝林子疯狂的射击，他已知道，她被他们的回马枪打得上火了，而上火的人时常会不顾一切地进行反扑。

所以这次的回马枪得做得天衣无缝。

于是，龚破夭飞快地赶上刘农峻、郭超常，然后撕下身上的一块衣布，交给刘农峻。

刘农峻接过衣布，立时就明白了：龚破夭要他俩往前走，作诱饵。无需言语，目光相互一碰，心间已达成了一种默契。

出手拉了郭超常一下，刘农峻对他低声道："我们走。"

望着他俩消失在林子深处，龚破夭才悄悄折回。

他没有从中间走，而是往一旁绕去。

依他推测，如果仓木麻衣他们追来，仓木麻衣必定居中，而大江武郎、小泉三郎则在其左右打掩护。

绕开中间，可避开仓木麻衣的锋芒。

并非惧怕谁。在龚破夭的心里，不存在惧怕谁的问题。但在现实当中，他会认真、谨慎地对待自己的每一个对手。在精神上可以轻视对手，实际对抗中则不可。哪怕对方是个傻瓜，都要将其设想得十分狡猾、十分强大，只有这样自己才能用心去对付，才会想出多种应对方法。

他想仓木麻衣能成为厉害的狙击手，必有其特长，本身就不能轻视。再者，仓木麻衣还是个女性。对于女性，他一直都是心存敬畏的。在他看来，女性要么不用心计，一旦用起心计来，那是远远在男性之上的。

仓木麻衣发现龚破夭的气息比刘农峻、郭超常的要淡，断定他能控制自己的气息，这一点她猜对了。可她并没有往更深一层去想，就沿着龚破夭淡淡的气息往下追。

但这并非她的错。

龚破夭折身往回走，身心已和树木、花草融为一体。身上散发出来的气息，便是树香花息，将自己隐于无形。

连灵敏的野猪都难以辨出他的气息，更何况是没当过猎人的仓木麻衣?

眼看仓木麻衣飞快地飘入树林，朝龚破夭他们追去之后，大江武郎和小泉三郎面面相觑了一会儿方苦笑道:“小泉你是走左，还是走右?”

小泉三郎也苦笑了一下:“无所谓了。”

“那你走左吧。”大江武郎望着他说，“进入林子后一定要小心再小心，因为什么都要靠你自己了。”

“明白。”小泉三郎答罢，便提着狙击步枪从左边进入林子。

望着他像上刑场一样的背影，大江武郎的心里就有点酸。让一个从事色诱的舞男去当狙击手，不就如同赶鸭子上架吗?

中村正岛，你真是个喜新厌旧的魔鬼啊。

大江武郎心里忍不住忿忿地骂着。一同出生入死那么多年，竟然连点情义都不讲。怎么说，他小泉三郎也为你干过不少事啊。把他分到仓木麻衣的狙击队，岂不是叫他去送死?

也是这个时候，大江武郎才感到权力的恐怖。一个人的命运，完全会被权力所左右。

不想了，听天由命吧。

大江武郎是最后进入树林的。

进入树林，小泉三郎的双脚就像踏进地狱一样，颤颤的直发软。

虽说林子的土地要比舞场柔软许多，可他全然没了在舞场上的那种自信和潇洒。

以前，在舞场上一站，不算英俊的他，也如同鹤立鸡群似的，立马吸引了无数女孩的目光。

女孩们都花枝招展的，但她们并不是他的目标，他的目标是某位官太太。

当然，也许是二姨太、三姨太或四姨太，这都说不准。

中国当官的家伙大多是妻妾成群的，但能在舞场上出现的官太太，必定是当官的宠爱。既然是宠爱，那当官的也就没有什么秘密可守。

因此，从这样的官太太身上获得情报，是最快捷的。

甜言蜜语加上高超的舞技，没有哪个官太太不坠入他的温柔陷阱的……

在舞场，小泉三郎觉得自己是高手、是智者。

可在树林里，他就觉得自己十分弱智。

双脚踏在落叶上，发出轻微的嘎吱声，他听着也像雷声那么响，就像会引来无数冷冰冰的枪口似的。

疑神生暗鬼。

每走一步，周围都像飘忽着神秘的影子。

如此一来，小泉三郎岂能不脚软？

走了没一会儿，他就背靠一棵大树，闭上双眼，急促地喘息着。

闭上双眼更要命，他听到的明明是自己的心跳，却感到是不远处传来的“嚓嚓”的脚步声。

赶紧睁开双眼。

可黑漆漆的林子里，他能看到什么？

走吧，赶紧走。

他催促着自己，发软的双脚顿时像被火烫了似的，三步并作两步地跳着往前走，恨不得眨眼就走出树林。

一眼看到小泉三郎像火烫脚似地跳着，龚破夭心下已有了主意。

于是，往后飞飘了一会儿，他迅速布下了几个藤套，然后才转向右边的大江武郎。

小泉三郎一边跳着，心里一边隐隐有了点逃出地狱的希望，才不至于那么恐惧。

“咔啦”一声，当他的左脚被一只藤套套住的时候，他还以为自己踏入了乱藤里，左脚便急急地往外拔。

他这一拔，其他几个藤套就像无形的鬼手，悄然而至。

一只套入他的脖子。

一只套入他的腰身。

一只套住他的狙击步枪，随即马上被弹簧一样的小树弹走了。

原来，龚破夭设下的是连环套。

突遭袭击，小泉三郎想喊，可脖子已经被藤套勒紧，喘气都难，哪里还喊得出声。

双手想动，却被套入腰身的藤勒得紧紧的，根本就动弹不了。

这可是个连老虎都无法挣脱的连环套。

翻着白眼，小泉三郎才知道自己中套了，而非踏入了乱藤之中。

随即，脖子上的藤套慢慢升起。

脚上的藤套却紧紧地勒着。

上下的合力将小泉三郎这么一扯，他就听到自己的骨头在咔咔作响。

登时，灵魂出窍，离他而去。

第三百五十二章 万箭穿心

进入林子，大江武郎首先想到的是如何保护自己、消灭敌人。

在骨子里，他虽然瞧不起仓木麻衣，觉得她是个万人共用的低贱女人，但她的经验之谈却不无道理：要随时感到自己面对的是虎口，这样才能增强自己的谨慎，提高自己的警惕。

龚破夭猛如虎，他是见识过的。

当日在桃源寨，他的火力小队的火力那么强、那么猛，都被龚破夭带领的猎人搞得鸡飞狗跳、伤亡惨重。

眼下自己孤身一人，既没有强劲的轻机枪，也没有可作防守的地雷，有的只是一支狙击步枪和一把小手枪。

单凭这一点，他已经处于劣势。

再者，这南亚的热带雨林不但茂密，而且老藤纵横、杂草丛生。

在这种环境之下，如果是近身作战，那么狙击步枪完全不及对方的盒子炮灵活。

这么分析下来，大江武郎顿感自己就像一只待宰的羔羊，十分可怜，大有叫天天不灵、喊地地不应之感。

要不是他当过多年的火力队队长，见过的死人不少，练出一些胆来，恐怕早就脚软了。

然而，回头想想，他这个火力队长控制的火力，从来都没有面对过中国的正规军。能有所对峙的，也就是桃源寨的几杆破猎枪。

大多时候，他面对的都是手无寸铁的市民、村民。

对付市民，那是很简单的。冲入城镇，在几个主要街口把机枪一架，那些市民就成了惊慌失措的羊群。

机枪一响，弹雨纷纷落在市民身上，真可谓枪枪入肉、弹弹强啸。

对付村民则更简单，只要在出村的几个路口架上机枪，村民基本上就插翅难飞了。

他不知道机枪手将密集的子弹射向市民、村民时是什么感觉，反正他手持自动步枪朝他们扫射的时候，感觉就像割韭菜一样痛快。

那瞬间，根本不存在什么无辜、同类的问题。在他的枪口之下，那些市民、村民，就如同一棵棵白菜，子弹穿过他们的身子，溅起朵朵血花，仅此而已。

如果真要说有什么信念的话，那就是军人的天职：服从，杀戮，不讲道理，只讲需要。

需要就是硬道理。

整个世界通行的都是强盗哲学。

这是他多年总结出来的至理名言。

可如今，从强盗跌落到羔羊的地步，这个反差实在是太大了。

虽说他手上还握着枪，还拥有强盗的生杀之权，可问题是对手不再是那些手无寸铁的市民、村民，而是英勇如虎的中国特工。

感到自己已经成为待宰的羔羊，大江武郎胆怯的心登时雄壮了起来，赶紧睁大了双眼四处看着。

可是林子里黑漆漆的，他如何努力也看不到丈外的东西。

与其看，不如凭感觉。

他干脆闭上了双眼，用感觉来为自己带路。

竟然也走得很顺畅，并没有碰到大树或掉入坑里。

而当他静心走着时，周围细微的声响，也能够分辨出来。

呵呵，天助我也。

他开心地想。

只要这样小心地走下去，即使自己不能狙杀对方，对方想偷袭自己也不是那么容易的。

就这样静心地走着，他突然嗅到了树木的芳香。

大江武郎的心不由得一颤，马上睁开了双眼。

感到有点星光。

星光之下，他发现自己走到了林中的一片空地上。

空地不大，也就几百平米的样子。

空地上长满了小草，草尖上挂着晶莹的露珠。

应该是天快亮的时候了。

大江武郎想到天亮，心里就畅快了许多。

只要天一亮，就可以看到周围的东西，他面临的危险就会减少许多。

然而，当他抬头望了一眼星空，感觉到星星对自己眨了眨眼的一瞬间，却听到了一连串疾厉的声息。

声息正奔他而来。

他还没低下头，登时感到心口一热，一条硬物已直穿他的心脏。

“啊”的一声惨叫破空而出，他的最后一眼，看到的是万箭朝自己飞射而来的情景。

箭，是竹箭。

而站在箭后的人，大江武郎也看到了，那就是微笑着的龚破夭。

第三百五十三章　孤独的女郎

仓木麻衣谨慎而迅捷地在林中潜行着。

她并不知道小泉三郎和大江武郎此时已经归西了。

当然，并非她对他们无情，而是她潜行得太投入了。

就在小泉三郎和大江武郎断气的时候，她的心还是紧了一下的。

但她并没有往他们两人身上去想，也没考虑他们是否有危险。

她首先想到的是，龚破夭是否会搞小动作，是否会暗藏在某棵树后，等着她的到来。

她的身心都投入在听声辨息之中。

她很清楚，艺高人才能胆大，而胆大仍需心细。

从功夫上来说，她知道自己远不及龚破夭，可她相信，自己的细心可以弥补功夫的不足。

因此，她很自信，但又很细心。

嗅着龚破夭淡淡的气息，她没有直追，而是时而飘左，时而飘右，让自己显得飘忽不定。

她的双眼要比小泉、大江他们的明亮，数丈外的树木都可以隐约看到。

在林中穿行的时候，她就有所选择，总是让自己处于被树林防护的位置。

也就是说，她要让前后左右的树木都成为她的掩体。龚破夭若想在远处偷袭她，是不会那么容易得手的。

近身搏击的话，她也有装备，她的狙击步枪已经上了刺刀。

而且，对于拼刺刀，她也信心十足。她曾私下里拜过刺术高手，已经达到稳、准、狠的境界。

高手曾送给她一句话：当你人枪合一的时候，你就是天下无敌的。

经过一条小溪的时候，仓木麻衣突然发现没了龚破夭的气息。

她在溪上溪下以及溪的周围转了一圈，也没发现他的气息。

倒是在水中的一根树枝上，发现了一块灰布。

她拿起灰布嗅了嗅，不由得脸色大变——灰布散发着龚破夭淡淡的气息。

上当了。

意识到此，她的头“嗡”的一声响了起来。

追了老半天，自己竟然被龚破夭的一块布引诱着。

懊恼。

怒火也升了起来。

但她迅速让自己冷静了下来。

以此同时，她迅速地分析着，并很快就得出了结论：是刘农峻和郭超常带着龚破夭的衣布在引诱着她，龚破夭则悄悄来了个回马枪，去折她的左右手。

直到这个时候，仓木麻衣才明白自己的两次心紧，分别是小泉和大江临死前向她发出的警示。

太大意了，自己竟然一点都没有察觉到。

想到这，一种孤独的感觉油然而生。

尽管小泉和大江在她眼里不算什么，可他们毕竟是特训过的人，有他们在左右，她多少能感觉到一点安全感。

这下他们两人都归西了，在茫茫林莽中就只剩下她孤身一人了。

望着四周，仓木麻衣感觉四周的树木都朝自己逼压了过来。

势单力薄啊。

她心里闪过一缕绝望。

但只闪了一下，仓木麻衣就咬了咬唇，马上跳入溪中，踏着水朝下游走去。

她心里很清楚，龚破夭诛杀了小泉和大江之后，绝对会回头来对付她。

这么一来，就前有刘农峻、郭超常，后有龚破夭，她立马就会处于两头夹击之中。

三十六计，看来只有跑为上策了。

而水能遮掩她的足迹，也能减少脚下留下的气息。

而且，风也是随着溪流而吹的，不会将她身上的气息送到龚破夭那里去。

所以，仓木麻衣毫不犹豫地顺着溪流开始逃跑。

溪边的树木十分浓密，比在林子里更加漆黑。她走在溪中，就像走在绝黑的甬道里。

溪石不时地绊得她一个踉跄接一个踉跄的。

约莫踉跄着走了七八里，她突然脚下一绊，身子“扑通“一声倒在水里。

她感觉到水流十分湍急，耳边也响起了“轰隆隆”的声音。

瀑布。

前面是瀑布。

她心急如焚，伸手欲抓。但哪里有什么可抓的，都是光溜溜的石头。

这下完了。

仓木麻衣感到自己的身子正在飞坠而下。

随即，“嗵”的一声巨响传来，水花四溅。

她感到自己的头猛地震了一下，差点没晕过去。

所幸瀑布不高，瀑布下的水潭又够深，她没有受伤。

只是水寒得刺骨。

爬上岸，仓木麻衣冷得牙齿直打颤。

生火，生火。

她也不管是否会被龚破夭他们发现了，赶紧从周围找来一些干草、树枝，然后钻木生起火来。

火生起来了，她的身子还在不停地打着颤，但她咬牙坚持着，并在内心不断给自己打气：只要不病，就还有机会和龚破夭他们斗下去。

天也快亮了。

她侧耳听了听，除了轰隆隆的瀑布声，并无其他危险的声音。风中的气息里，也没有龚破夭他们的气息。

安全，我应该是安全了。

仓木麻衣开心地想。

就在这时，肚子突然“咕噜噜”地叫了几声，仓木麻衣顿时觉得饿极了。

随身带的饼干早就被水泡得一塌糊涂，看着就恶心，哪里还引得起她的食欲？

总不能空着肚子吧？

她放眼一扫，目光竟倏地钻到水潭中。

鱼，潭中一定有大鱼。

想着美味的大餐，仓木麻衣也不怕再冷一回了，脱掉衣服，取下刺刀，光着身子就跳入潭中。

不一会儿，她真的就刺着一条大鲤鱼爬上了岸。

穿上衣服，她用刺刀剖开鲤鱼的肚子，取出内脏，便用刺刀挑着鲤鱼在火上烤。

鱼香很快就散发开来，引诱着她的馋虫大闹五脏庙。

她再也忍不住了，也不管熟透了没有，三下五除二就将三四斤重的鲤鱼吃得只剩下一个骨架。

随后，她满意地抹抹嘴唇，双眼顿时变得清亮起来。

烤干了身上的衣服，将刺刀装回枪头，她又起程了。

第三百五十四章　有点儿牢骚

话说往南走了一段，李绍嘉就忍不住对万全策道：“老万，老二叫我们‘先往南，后往东，引他们进缅甸’，还说缅甸山多林密，便于我俩隐蔽行动。这是不是废话？”

万全策跟在李绍嘉后面，已经有点气喘，李绍嘉这小猴子走得太快了，像被鬼追似的。

可对于李绍嘉所发的牢骚，他不敢苟同：“我说嘉嘉，你这话可说得有点过。人家老范是为了我们好，特意提示我们，你怎么能把人家的好心当成废话呢？”

“就是废话！谁不知道缅甸山多林密啊？”李绍嘉坚持己见，“如果他真的是好心，就不应该只叫我们两个人做诱饵。”

“话不能这么说吧？”万全策感觉到李绍嘉有点闹情绪，便耐心地分析着，“老范之所以这样安排，是因为相比较而言，他们那边的目标更重要。而且，还有许多不确定的因素在里面。”

“行了吧，老万。我知道你是湖南人，他是湖北人，你们两湖的人从来就是一个鼻孔出气的，他说什么你都觉得有理。”李绍嘉依然不服。

万全策并没有生气：“嘉嘉，你可别忘了，咱湖广也是一家亲的。”

“哼哼，那不过是广而概之的说法。”李绍嘉反驳道，“你想想，他那边是中村正岛，我们这边可是康长风。泰姬陵一役，中村正岛就奈何我们不得。可在新德里，我们被康长风搞得多狼狈啊，他老范还中招被抓。追到阿约提亚，我们也只追到康长风的一双绣花鞋。两相比较，谁更狡猾，谁更厉害？”

“你这个小猴子，怎么就不知道胜败乃兵家常事呢？因为一两回的失手，你就去长人家的威风了？”万全策笑道，“看你走得像被鬼追似的，心里是不是惧了康长风，未战就已输给人家了？”

“哼，谁说我惧他？”李绍嘉哼哼道，“如果龚老大在，我们肯定会回头玩他一把的。”

李绍嘉这么一说，万全策就不高兴了。依他们湖南人的匪性，他会怕谁啊？

所以，他目光盯着李绍嘉瘦削的背影，禁不住就道：“依你之意，我是不敢回头去玩他康长风了？”

李绍嘉脖子一挺：“是啊，是有这个意思，不服我们就回头去玩玩。”

看看，使上激将法了。

万全策岂能不明白？

虽然知道李绍嘉是在激自己，可他马上就冷静了下来。

李绍嘉分析得确实没错，到目前为止，康长风确实要比中村正岛显得更狡猾，是一个不好对付的厉害角色。

依他们两人之力，不但不可能去玩转康长风，而且无异于以卵击石、自找死路。

“怎么，不吭声了？是怕了人家了吧？”李绍嘉继续激将着。

万全策呵呵一笑：“是啊，我是怕了他。不过，真怕的是他的娘。”

“哈，老万，有种。”李绍嘉倏地转过身来，盯着万全策汗津津的圆脸，目光里充满了鄙视，“我们现在就回头去？”

见状，万全策停下脚步，喘了口气，感到脸上正被李绍嘉盯得火辣辣的。

可他牛眼一样的双眼并没有往外瞪，而是往内一收，就成了笑咪咪的月牙：“如果你还有点人脑的话，我劝你尽快冷静下来。这个世界不存在谁怕谁的问题，而是怎么样去吃掉对方的问题，那才叫真本事呢。”

听了这话，李绍嘉马上收回目光，兴奋地擂了万全策一拳：“我说嘛，老万永远都是我的最佳拍档。实话告诉你吧，我是故意那样激你的。你以为我是傻子啊，会跟康长风他们去硬拼？只是，现在实际的情况是，只有我们两个人，什么都得靠我们自己。我欣赏你一不怕苦、二不怕死的匪性，可我觉得眼下更需要的是你粗中有细的精明。”

“哈哈，这还用你说吗？”万全策心照不宣地笑道。

“嘿嘿，不说我心里不踏实啊。某个名人就说过，‘当你认为自己是世界上最强的时候，其实离死期就不远了’。”李绍嘉居然搬出名人的话来了。

万全策笑了笑：“古人早就说了，‘山外有山，强中更有强中手’。”

闻言，李绍嘉的瘦脸顿时就像盛开了一朵鲜花：“老万啊老万，我们什么都想到一块去了。而且，你知道不，强手时常不是死在强手的手下，而是死在名不见经传的无名小辈手里的。”

“依你的意思，我们往后就装成无名小辈？”

“对啊，难道我还有别的意思？眼下就是我弱敌强啊，我们要显得更弱才行。”李绍嘉兴奋地说。

万全策望着他：“言之有理，我们行动吧。”

“OK!”李绍嘉居然来了句英语。

随即，他转过身，马上疾步如飞起来。

但他所选择的路，都是一些并不隐蔽的路，通常是些不懂雨林情况的人走出来的路。

有时，他俩又故意乱钻，就像迷了路一样兜着圈子。

走来走去，他俩基本上是沿着印度和尼泊尔的边界走的。

他俩这样乱走，显然就要多费时间。

第二天傍晚时分，他俩刚爬上巴迪迦的一座山，就看到康长风他们的身影在山脚下飘忽。

相距不到两里。

“老万！”李绍嘉忍不住喊了一声。

“咋啦？”万全策看了一眼李绍嘉有点苍白的脸。

李绍嘉的双眼眨巴了几下：“他们有七八个人哦。”

“那又如何？”万全策反问。

李绍嘉的脸上顿时浮现出一层潮红：“我们是不是也直接进尼泊尔算了？”

万全策一听就明白了他的意思，进尼泊尔的话，有可能会遇上龚破夭他们，尽管他心里也想，可理智却让他脱口而出：“不行。”

虽说遇上龚破夭他们，他和李绍嘉会安全许多，但无疑会打破龚破夭的计划。

他相信龚破夭亲自追踪尼泊尔这一路，必定是十分重要的。

李绍嘉面对万全策的“不行”，脸上不由得闪过一丝遗憾。

“走，我们快走吧。”万全策却不理会他，催促道。

李绍嘉“嗯”了一声，拔腿就跑了起来。

应该说是狂奔起来。

尤其是在翻过山头后下山的路上，李绍嘉是有多快就跑多快，万全策要拼尽全力才能勉强地跟上。

“你能不能慢点？”万全策几次忍不住招呼他。

李绍嘉都没有回应，只顾埋头狂奔。

第三百五十五章　耍点小计谋

连续走了七八天，他俩终于到了缅甸的坎巴。

途中，李绍嘉一直在寻找机会，希望对紧追不舍的康长风他们来个小伏击，却一直没找到。

康长风他们不但追得紧，而且相互间联系得十分密切，只要有些许的动静，他们就会紧扑过来，形成一道包围圈。

李绍嘉不敢冒这个险。

万全策是想都没去想，心里只有一个意念，就是按范庭兰所说的，只管引诱，不要正面接触，更不要交火。

依他的分析，康长风在新德里和阿约提亚得手之后，已认为他们这些中国特工没有什么利用价值了。

换言之，康长风接下来的行动，就是要置他们于死地。而且，要他们死了之后，也搞不明白他的真正目的是什么。

几回从风中嗅到康长风的气息，万全策都感觉这气息里充满了杀气。

坎巴是个小城镇。

走在街上，嗅到食店的肉香，他俩私下里都在吞口水。

在雨林里走的七八天，他们吃的都是干粮，真是吃得反胃了，腻得几乎没了食欲。

很想进入食店大吃一顿，可两人相视一番，都忍不住笑了笑：头发乱篷篷，衣服脏兮兮，简直就像两个野人一样。

先到服装店买两套衣服换上吧。

买了衣服，两人找了一间偏僻的客栈开了房，匆匆洗漱了一番，换上新衣服才走出客栈，进了一间小饭馆，叫了几个荤菜、一壶米酒大吃大喝起来。

吃得也匆匆忙忙的。

算算时间，康长风相距他们也不过半天的路程。这还是他俩日夜兼程、一路狂奔赶出来的。

酒足饭饱之后，李绍嘉望着万全策："还能跑不?"

"能，怎么不能?"万全策答道，却感到有些信心不足。说真的，七八天的长途奔袭，已让他身心俱疲了。

“算了吧，老万，我比你瘦小，负荷没你那么重都感到累，你以为自己是铁人啊？听我安排，在这先睡上一晚再说。”李绍嘉道。

“这怎么行？如果……”

“别如果了，我自有妙计。”李绍嘉胸有成竹地说。

万全策疑惑地看着他：“当真？”

“难道会假？”李绍嘉拍拍腰间，随即发出金银首饰叮当作响的声音。

“嘉嘉你——”万全策刚想说“你在哪儿偷的东西？”

李绍嘉却打断了他的话：“别问，我们走吧。”

结了账，两人回到客栈，李绍嘉方道：“一会儿我做诱饵，引开康长风他们，你只管放心去找一家旅馆住下，好好睡上一觉，回头我再找你。”

“你怎么去引诱他们？”万全策不放心地问。

“别问，你先走吧。”李绍嘉断然阻止了他。

万全策张了张嘴欲说什么，却没说出来，身子一晃，人就飘出了房间。

此时已是下午时分，街上有不少行人。

万全策出了客栈之后，先往人堆里钻，然后再折入一条小巷，选择了一间小旅馆。

小旅馆前临巷子，后靠一片蕉林，一旦有什么情况也便于逃逸。

进了二楼的客房，一躺到床上，睡意就马上袭上万全策的心头。

睡吧。

反正自己的一切都交给李绍嘉了。

相信这小猴子有办法。

这么想着，万全策便渐渐进入了梦乡。

等万全策出了门，李绍嘉马上将他们换下的衣服包了起来，然后出门来到坎巴的集市买了两匹马。

一匹红马。

一匹黑马。

他骑在黑马上，目光在寻找目标。

当他的目光锁定一个身材跟万全策差不多的壮汉时，便下马上前搭讪。

得知这个壮汉是北面黑蒂乡下的人，正要赶着回家，他马上说自己也要去黑蒂，可以让壮汉骑他的红马。

壮汉很感激，当然也推辞了一番才接受了李绍嘉的好意。

两人便骑上马，出了坎巴，往北而去。

坎巴到黑蒂有几十里地。

但壮汉的家居二者之中，离坎巴不到二十里。

距离虽然达不到李绍嘉的要求，但也差不多了。

壮汉在自己的村前下了马，力邀李绍嘉到家中住一晚再走，李绍嘉却说自己得赶到黑蒂，婉言谢绝了。

其实李绍嘉并没到黑蒂。

离开壮汉的村子不久，他就转上了一条山道，然后下马，将衣服分成两包，分别绑在红马和黑马身上，再用布蒙住两匹马的双眼，接着拿出军刀朝它们的屁股上轻轻插了一刀。

两匹马痛得狂嘶一声，随即狂奔而去。

显然，被蒙了眼睛的两匹马只能在山间乱奔乱跑了。

待两马跑得不见了踪影，李绍嘉又往东飘飞了十几里，这才悄悄地绕回坎巴。

回到坎巴已经是下半夜了。

为了证实康长风他们是否上当，李绍嘉专门走到坎巴北面的道上，用心嗅了一番。

当他发现康长风他们的气息是往北而去的，不由得放心地笑了。

万全策一觉醒来，发现李绍嘉正站在床头笑咪咪地望着自己。

“你回来了?”万全策高兴地道，从床上坐了起来。

“我不回来，还能丢下你不管啊?”李绍嘉笑道。

万全策看了看窗外，外面黑漆漆的，不由得问：“现在是什么时候了?”

“凌晨两点。”

“妈哦，我这一觉竟睡了七八个小时，居然连个梦都没做。”万全策惊异地道。

“那就继续睡。”

“不行，该你睡了。”

“行，那我睡了。”李绍嘉也不客气，他的上下眼皮已经在打架了。

“嗯，你快睡。”见状，万全策赶紧从床上站起身，将李绍嘉轻轻推到另一张床上，“等你睡醒了，再告诉我你使了什么妙计。”

李绍嘉打了个呵欠：“好。不过为了安全起见，六点钟我们就得走。”

“行，到时我叫你。”万全策精神抖擞地说。

李绍嘉“嗯”了一声，不一会儿就发出了轻微的鼾声。

第三百五十六章　独对偷袭者

听到李绍嘉发出了轻微的鼾声，万全策走到桌前，“噗”的一声吹熄了油灯。

窗子正开着，李绍嘉就是从窗子飞进来的。

万全策身子一缩，便从窗子飘了出去。他要到外面去走走，看看有什么情况。

双脚刚落地，他就感到脑后射来一股阴风。

被偷袭了。

万全策本能地一缩身子，同时脚下往前一滑，就滑出丈把远。

然后，他迅速地转过身来，却见两个小日本正一左一右地朝他扑了过来。

本想拔枪立马解决了他们，可万全策立刻打消了这个念头：谁知道他们有多少人呢？枪声一响，岂不把其他人也招了过来？

想到这，他双拳一错，随即虎虎生风起来。

然后，微扎马步，双拳连环打出。

一拳碰在左边瘦个子的拳面上，他即刻听到对方的拳骨一阵“咔啦啦”地作响。

但对方并没有“啊”的一声惨叫起来，也没收拳，而是死死地顶着他。

怪，难道对方没事？

容不得他多想，右边胖墩的拳已经近了。

万全策赶紧冲拳推出，两拳随即“嗵”的一声相碰了。

可是他却没有听到胖墩拳骨的“咔啦”之声，倒是感觉他的拳就像棉花一样柔软。

妈的，这不是太极拳吗？

一时间，他两拳被粘，大开空门，对方只要及时出手，他就死定了。

想喊李绍嘉，可他知道喊也是白喊——李绍嘉太累了，刚睡下，睡得正死，哪里会听到他的喊声？

再说，他也不希望打扰李绍嘉，希望他能睡上一个好觉。

心念一定，万全策赶紧缩手撤身。

而胖墩和瘦个子的左拳几乎同时打到，要不是他撤得快，就中招了。

往后撤出数丈，万全策已身在蕉林。

蕉林的地沟布满了干枯的蕉叶，他的脚一踩，马上发出“咔啦咔啦”的声响。

地沟狭窄，他高大的身子每一动，要么头上碰到蕉叶，要么手肘碰到蕉身，顿感碍手碍脚的。

就在这时，“嘶啦、嘶啦”几声传来，瘦个子竟然腾空而起，踏着蕉顶，抄到了他的身后。

妈的，这小日本居然还懂轻功。

万全策在心里骂了一句。

胖墩则像坦克一样，从正面朝他压了过来。

也许是因为首招就让他们得了势，也许是他们不想惊动其他人，两人竟然都没有拔出枪来对付他。

狗日的，狗眼看人低。不让你们尝尝苦头，就不知道你万爷爷的厉害。

万全策心里想着，随即面对着胖墩，身子突然往前一倾，就来了个猛虎下山式的飞扑。

顿时，拳声嗖嗖，如同虎吼狼嚎。

胖墩的身子一柔，双手也柔柔而出，就像女人打拳似的，柔若无骨。

好像是太极，又好像不是。

是他们日本的柔道吧？

柔道之拳理，如同太极，都是借劲使劲，达到四两拨千斤的目的。

嘿嘿，柔道有什么用。

万全策并没有退缩，但却在出拳的时候耍了花招。

当他的右拳猛地打出时，他看到胖墩得意地笑了一下。

没错，如果他这右拳直直地打到底，他就真的上当了。胖墩只要顺势一牵他的右拳，他立刻就会站立不稳，朝前跌去。

胖墩哪里会想到，他万全策的虎拳之所以能独树一帜，能与太极、武当、少林、洪拳等大门派的拳种相抗衡，就在于他得到了虎拳的真谛。

那拳可谓硬中有软，软中有硬，软硬飘忽不定，让对方摸不着头脑，很容易就中招。

是的，他打出这右拳，就是硬中带软的典型。

也就是说，是前硬后软。

当胖墩的手刚搭在他的手腕上，还没来得及牵时，万全策的手顿时就软如水蛇、溜滑无比，倏地一下就滑过胖墩的抓手，再猛地一翻，变拳为掌，发出狠辣无比的寸劲，“叭”的一声扇在胖墩的脸门上。

胖墩顿时眼冒金星、头昏眼花，脸部火辣辣的，并被一股巨大的劲道逼得“噔噔”地往后退了几步。

还没站稳。

万全策岂容他站稳？

老虎用掌，一般人都见不到，其实和猫戏弄老鼠差不多，都是两爪为掌，一掌比一掌扫得快。

万全策只出了右拳，正蓄着劲的左拳岂能浪费？

何况他飞扑而出的虎势，正在势头上。

也没见他跃，也没见他跳，就见他的身子猛地扑到了胖墩身前，左拳狠狠地砸出……

胖墩眼前的金星还没散尽，就听到自己的天灵盖“轰隆”一声巨响，如同五雷轰顶一般，头盖骨“咔嚓”一声，顿时断裂。

随即，泰山压顶的劲力，将他双膝压弯，整个人轰然倒地，气绝身亡。

身后的瘦个子还不知道是怎么回事，就倏地跃到万全策身后，抬脚就朝他踢去。

那可是用了他毕生的功力了，在他的想象中，就算是一座山，也会被自己踢翻的。

然而，当他的脚快踢到万全策的时候，万全策往前倾着的身子却突然来了个灵猫翻身，左脚在半空中就朝他的脚扫去。

与其说是扫，倒不如说是砍。

万全策的左脚外侧已被气贯得铁硬，“嗑”的一声，硬生生地砍在瘦个子踢出的小腿上。

虽然不是两力相碰，但瘦个子是直踢，万全策是横砍。

这样一来，瘦个子的小腿就如同直直伸出的棍，劲道在前，左右两边则是最不堪一击的时候，更何况万全策来了个灵猫翻身，本来就翻腾出了千钧之力。

所以，只听见“咔叭”一声，瘦个子的小腿骨转眼就被万全策的左脚给“砍”断了。

可万全策连“啊”的一声惨叫的机会都不给瘦个子，右脚紧接着就朝他的脑门招呼了过去。

瘦个子的半边脑袋立马就瘪了下去，一只眼珠随即“嘣”的一下弹跳出来，掉到地上还骨碌碌地滚了好远。

第三百五十七章　美惠也来了

将两具死尸拖到蕉林深处后，万全策侧耳听了听四周，四周都静悄悄的，并没传来什么危险的气息。

他一边搜索着两具尸体的身子，一边想：怎么回事，难道这坎巴城只有这两个小日本？

搜索的结果是得到两支手枪和一些缅甸纸币，并没有显示身份的证件之类的物品。

万全策收了纸币，而将枪丢了。那日本的小手枪，在他眼里是中看不中用的东西。

走出蕉林，他本想从窗口回到房里去，将情况向李绍嘉说说，看是马上离开坎巴，还是天亮再走。

转而一想，觉得自己情况还未查明就去叫醒李绍嘉，实在是于心不忍。

打消这个念头后，他便沿着两个小日本留下的气息，一路往前搜索。

走在大街小巷的时候，他十分小心。除了注意两个小日本的气息，还耳听八方、眼观六路。更主要的是鼻子一刻也没停，呼吸并分辨着空中的气息，看有没有危险的成分。

一路追寻下去，万全策就追到了坎巴城北的路口。

在城北的路口，他嗅到了康长风的气息。

但康长风是往北而去的。

也就是说，两个小日本是康长风要他们留在坎巴的。

他们留在坎巴干嘛呢？

守候他和李绍嘉？

不可能。

康长风带着人往北而去，说明李绍嘉的引诱是成功了的。

这么说来，两个小日本守候的就不是他和李绍嘉，而是后援的人。

一想到康长风还有后援，万全策就感到头大。

康长风那帮人，他已觉得不好对付，再来后援的话，他和李绍嘉就真的只有继续逃窜的份儿了。

一路搜索过来的时候，万全策也嗅到了李绍嘉留下的气息。

这样看来，两个小日本是偶然发现了李绍嘉，才悄悄跟踪到小旅馆的。却不知道，他们这么一跟踪，便送了死。

那么，两个小日本要等候的人是谁呢？

正想着，万全策突然听到一阵轻微的沙沙声。

沙沙声虽然轻微，却十分迅疾。

万全策赶紧躲到一座房子后面。

沙沙声近了。

他探出半边脸一看——

妈哦，竟然有七八个人，而走在前面的就是安室美惠。

想都没有多想，万全策悄悄地撒腿就跑。

一口气跑回小旅馆，从后窗飘回房间，万全策也不管李绍嘉睡没睡好，便急切地喊：“嘉嘉，快起来，快起来。”

李绍嘉坐起身，揉着睡意朦胧的双眼：“咋了，老万？”

“那个妖……妖女来了。”万全策急急地道。

“哪个？”李绍嘉还没睡醒，嘟囔着。

“在新德里郊外引诱我们的那个妖女。”万全策加重了语气。

李绍嘉刹时醒了，“嗵”地跳下床：“撤，我们快撤。”

“嗯”了一声，万全策弯身去床底拿东西。

“老万，你还要拿什么？”李绍嘉刚走到窗前，回头问道。

“干粮，我下午买好的干粮。”万全策说罢，已从床底拉出一只布袋，里面装着十几斤烙饼，当然还有一只酒葫芦。

“跟上我。”

见状，李绍嘉说了一声，身子已飞出了窗口。

“还用你说吗？”

万全策轻轻嘀咕了一句，背上布袋，身子一缩，就从窗子飞出去了。

他的身子刚出窗子，枪声就响了。

子弹“扑哧扑哧”地打在了窗边的墙上。

妈的，妖女来得好快。

半空中，万全策也拔出盒子炮，朝百米外的蕉林边上的几个影子来了一串点射。

打得当然没有准头了，只是压一压对方的势头而已。

双脚一落地，万全策就见到李绍嘉钻入了蕉林。他也不敢迟疑，马上脚下嗖嗖生风，钻山豹一样钻入了蕉林。

在蕉林里，李绍嘉真像个猴子，这里一跳，那里一纵，就从一棵棵蕉树中穿过。

万全策身材高大，得弯着腰跑，才不至于碰到头上的蕉叶，也才不至于发出“哗啦哗啦”的声音。

而且，跟着李绍嘉去跳、去纵，他竟然也能在蕉树中轻松地穿越。

不用说，李绍嘉的跳、纵，都是有所选择，为他万全策引路的。

身后枪声不断。

子弹“嗖嗖”地打在头顶的蕉叶上。

但从枪声里判断，对方与他们相距有百多米。

嘿嘿，这个距离足够他们逃逸了。

尤其是有了这蕉林的掩护。

穿过这片蕉林就可能到达山林。

这是万全策早就看好的位置。

枪声越来越远。

说明安室美惠他们并没继续往下追。

他们两人却不敢放松脚步，仍然是有多快就跑多快。

一口气跑出蕉林，进入蕉林边的山林，他们两人才松了一口气，停靠在树身上大口地喘着气。

喘罢气，李绍嘉才望着万全策问：“这是怎么回事?”

万全策一五一十地告诉了他。

李绍嘉不由感激地道：“老万，多亏了你心细。否则我们就成了他们的瓮中之鳖，任他们烹，任他们宰了。”

第三百五十八章　恐怖的雨林

在莽莽林海里钻了两天两夜，万全策和李绍嘉真是累得腰酸腿痛，不成人样了。

这缅甸的雨林和印度的雨林有所不同，明明看着是晴空万里的，突然间就风吹乌云滚、电闪雷鸣、暴雨淋漓了。

他俩本就没什么行装，更没有雨衣、胶靴之类的，虽然树木茂密，却无法为他们挡住狂风暴雨，不出片刻工夫，他们便淋得浑身湿透，随便拧一下衣服，都能拧出一把水来。

雨后的树林，道路泥泞不说，还阴森森的，十分寒凉。火也无处生，都是湿树湿草，想找块巴掌大的干燥的地方都没有。停下来想歇歇，寒气也马上袭上身来。只有不停地走，才能让身子感到一丝暖和。

说是走，实则大多时候是爬，是踉跄着跌倒，再爬起来走。

不出半天工夫，两人都变成了泥人一般，只有眼睛勉强地睁着，鼻孔还没被泥巴堵住。

"老万，如果有来世，打死我都不到这种鬼地方来了。"李绍嘉发誓道。

万全策也"唉"了一声，附和道："只有野鬼才肯到这种地方来受罪。"

"就是。"李绍嘉沮丧地说，"照这样下去，我们真的会变成孤魂野鬼。"

"去去去，你个乌鸦嘴，再不许说这种晦气的话。"万全策赶紧阻止道。

李绍嘉白了他一眼："你以为我想说啊？这风凉水冷的，我们不被冻死，也会被冻出病来的。"

万全策一听，突然一拍大腿："对啊，你不说，我真没往这方面去想。快快快——"

"快什么？"李绍嘉打断他的话。

"快找些草药来吃，以预防感冒。一旦感冒，那可就会发烧，引发肺炎，真会要人命的。"万全策道。

"你什么时候懂医了？"李绍嘉感到很惊奇。

"嘿嘿，是特训的时候，我向佟大芳请教的。他说柴胡、藿香、黄芩、苏梗(叶)、白芷、葛根、厚朴、羌活、蒲公英、板蓝根等等，都是可以治感冒的。既然能治，当然就能预防了。"万全策得意地说。

李绍嘉却一脸为难："可你说的这些草药，是它们认识我，我不认识它们。"

"胡说，难道你连野葛也不认识?"

"只认识一种顶什么用?"李绍嘉失望地道。

"认识一种是一种，其他的我也多少认识一些。"万全策为李绍嘉打气。

"真的?"李绍嘉由失望转为惊喜。

于是，两人一边走，一边注意路旁、溪边的草药，见一样采一样，每样都吃上几钱。半天下来，两人嘴里喷出的气，都充满了草药的清香。

这样钻了两天两夜，终于走到了干爽的地方，他们虽然累得腰酸腿痛、不成人样，但精神还在，大脑还清醒，也没有一点要感冒的迹象。

一屁股坐到地上，背靠着树干，李绍嘉有气无力地对万全策道："老万，我们就在这歇一晚吧。"

"行吗?"万全策不放心地道。

"没问题，应该没问题。这两天都没感到康长风他们有追上来的迹象，说不定，狂风暴雨早把他们弄得晕头转向了。"李绍嘉满有把握地说。

万全策想想，似乎也在理。

即使康长风他们开始的时候可以寻着他和李绍嘉留下的气息追踪，但这狂风暴雨早把他俩的气息给吹散了。康长风他们想沿着气息追踪他们，就不那么容易了。

当然，他和李绍嘉都留下了足迹。

可是，他和李绍嘉也是留了心眼的，即一段有足迹，一段走溪流，甚至在树木间跳跃，以掩藏他们的足迹。

所以，要想利用足迹追踪他们，也得花上不少时间。

掐指算算，万全策觉得有七八个小时的空余时间，现在是晚上十点多，可以歇到天亮。于是，他便对李绍嘉点点头："那就依你所说，我们在这歇上一晚，天亮再走。"

"嗯。"李绍嘉应道，然后微闭上了双眼。

万全策找来些干柴、干草，再用军刀撬开一颗子弹，将弹头取出，倒出火药，然后刀石相击，让击出的火星引爆火药，火药"砰"的一下就引燃了干草，火便顺利地生起来了。

夜间生火，虽说容易暴露目标，但那也是没办法的事。夜里的山林，风寒入骨，一个不小心就会将人冻出病来。

而万全策生火还有另外一个目的，就是烤野淮山。

采草药的时候，他就多长了个心眼，见到野淮山的藤叶即顺藤摸到根，然后用军刀将土里的淮山挖出来。

这缅甸的雨林虽然令人恐怖，但野淮山却长得硕大、直溜。

只挖了两根，就足有三四斤之多。

朦朦胧胧间，李绍嘉的鼻子一抽一吸，就闻到了淮山的香味，禁不住睁开双眼问："老万，有好吃的东西?"

"呵呵，还用问，快过来吃吧。"万全策笑道，将一根烤熟的淮山递到李绍嘉面前，"快趁热吃吧，这淮山可是山珍，比烙饼有营养。"

李绍嘉吃了一口，禁不住赞道："真香，要是有酒就更美了。"

"你这死精猴，早就闻到我的酒香了吧？"万全策嗔道，手却往身边的布袋里伸，将酒葫芦抓了出来，递给李绍嘉。

"嘿嘿，你能备烙饼，还能忘记备酒？"李绍嘉笑嘻嘻地说，打开壶盖，头一昂，就"咕噜咕噜"地喝了两大口。

"这酒还可以吧？"

"不错、不错，还挺香的。当然，跟茅台酒是不能比了。"李绍嘉咂咂嘴，实话实说。

万全策笑了笑："不错就行了，还能要求那么高。"

"肯定，肯定。只是喝着酒，自然就会想起茅台酒的美味。这回完成任务回去后，一定要杜军长请我们喝茅台酒。"李绍嘉还念着杜军长在昆明请他们喝茅台酒的美事。

"放心吧，只要完成任务，杜军长什么酒都会请你喝的。"万全策笑道，从布袋里取出一只烙饼。烙饼湿湿的，却没碎，烤干了还能吃。

吃了，喝了，李绍嘉又困了，便对万全策道："老万，我先睡，一会儿我换你。"

"嗯，你只管睡吧。"万全策答道。

趁坐着无事，他将烙饼倒出来，将一根树枝插到地上，撑着布袋烤，然后将一只只烙饼烤干。

下半夜，凌晨三点上下，李绍嘉醒了，不好意思地对万全策笑笑："看我，又多睡了。"

万全策笑着打趣："没梦到你的黑玫瑰吧？"

"咳，梦个屁。连个梦影都没有。"李绍嘉懊恼地说，继而冲万全策道，"你快睡吧，要不然天就快亮了。"

第三百五十九章　落入包围圈

约莫睡了半个觉，万全策就被李绍嘉急促的声音喊醒了，睁开双眼，只见他的瘦脸急得老长："老万，老万，糟了。"

"什么糟了?"万全策还在睡意中，没有完全清醒过来。

"你听——"李绍嘉边说，边用手指指四周。

万全策静耳一听，四周都传来沙沙的声响。

傻瓜都听得出来，那是脚步踏出的声音。

包围了，他们被包围了。

万全策的头"嗡"的一声响，顿时有种天旋地转之感。

怪李绍嘉没放好哨?

怪不得。

人非神，都会有疏忽的时候，更何况对方都是训练有素的特工。

这时天已微亮。

万全策扫了扫四周的环境，心里不由得叫苦。昨晚夜黑，走得又仓促，又累到极至，根本就没在意落脚点。这刻一看，他才发现，他们的落脚点是在一个山窝里，四周都是山峰。

不用说，康长风他们爬到山头，看到山窝里的火光，便慢慢安排下包围圈了。沙沙的脚步声，就是从四周的山坡上传下来的。

想往上突围是不可能了。

但既然是山窝，就必定有沟。

万全策灵光一闪，赶紧跳起身，往左下方一看，果然看到一条干沟。

背上布袋，万全策对李绍嘉悄声道："走下面的沟子。"

李绍嘉"嗯"了一声，身形一闪，就飞也似地朝干沟跑去。

干沟不仅树密，深深的沟坎本身就像战壕，只是没有那么规则罢了。

李绍嘉刚飞出几步，四周的枪声就响了，子弹"扑哧扑哧"地落在他的脚边。

万全策紧跟其后，却左一转、右一拐地利用树木来作掩护。

但追着他射的却是一挺轻机枪，"哒哒哒"的枪声密集而疯狂，子弹纷纷射入树身，打断树枝，从他的头上、身边飞过。

从他们的落脚点到干沟，不过数十米的距离，他们却像跑了一万年那么久，走了一千公里那么远，好不容易才跳进了干沟。

干沟是雨水冲刷出来的。雨季的时候是溪，没雨的时候则成了干沟。沟内怪石嶙峋、坎坷不平。

这都不打紧，关键是干沟成了他们的掩体，外面的人根本看不到他们。

枪声仍在响，子弹却在毫无目标地乱飞，只打得沟上的树藤纷纷断碎。

往下跑了两三里，一阵隆隆的声音就传入了他们的耳朵。

是江水的隆隆声。

如此隆隆的江水，一定十分湍急。而江水湍急的两岸，必定是悬崖。

万全策猜的一点都没错，走出干沟，横在他们面前的就是一道高高的悬崖。

江，叫马鹿江。

真是太形象了。

江水就像马一般腾着、鹿一样跳着。

后撤，根本不可能。

往两边走？也是不可能的事。依康长风的狡猾，除了从后面逼压他们，岂会放过两边的防守？

唯一的出路，就是悬崖了。

那可是数十米高的悬崖啊。

而且，崖壁光秃秃的，既没小树可抓，又没青藤可牵，连小草都不多见。

枪声越来越近。

一些还是从干沟里传来的。

康长风的人也追到干沟里来了。

不容迟疑了。

“走！”咬了咬牙，万全策对李绍嘉道了一声，“现在是考验我们鹰爪、虎爪的时候了。”

说罢，万全策率先将身子悬向崖壁。

双脚无物可蹬，只能用脚趾扣向崖壁，以助一下双手。

是的，眼下全凭双手的十指扣着崖缝、抓着凸石，一寸一寸地往下落了。

李绍嘉人瘦还好一点，不显得多么吃力。万全策就苦了，往下落了几米，手指就被近两百斤的身子坠得又酸又痛。

李绍嘉的动作很快，这里一扣，那里一抓，真像只猴子，往下落得很是轻松。

见万全策艰难地攀着，李绍嘉赶紧道：“老万，你别急，我先下去掩护你。”

“呵呵，好。看来瘦猴也有好处啊。”万全策故意笑呵呵地道，既是宽慰李绍嘉，也是为自己打气。

李绍嘉落到崖底，双眼不由得发直：崖底也是无遮无挡的。

就连站的地方，也是崖壁上凸出的石头，石下则是滔滔的江水。跳入江中？即使不被湍急的江水卷走，也会成为对方的活靶子吧？

往上一望，万全策只落了一半。

无计了，只能置之死地而后生了。

拔枪在手，李绍嘉将耳朵贴着崖壁倾听。

不一会儿，他就听到几个脚步声在接近崖顶。

抬头一看，一条枪管已从崖顶伸了出来。李绍嘉马上举起盒子炮，心里默念着：头伸出来啊，头伸出来啊。

傻瓜才会伸吧？

不，是有半边脸伸出来了。

但只是一伸即缩。

缩得太快了，快到李绍嘉都来不及开枪。

紧接着就听到崖顶上的人大叫："他们在崖下。"

李绍嘉心急如焚。

可万全策还有三分之一才到崖底呢。

急也没用啊，这个时候，谁不想快啊？

李绍嘉赶紧为万全策打气："老万，别急，我在掩护你。"

说罢，就朝崖顶打了几枪，警示康长风的人不要轻易伸出头来。

果然，听见上面的人道："咋打？咋打？"

"扔手榴弹。"一个女声道。

妈哦，妖女也来了。

李绍嘉心里不由得叫苦不迭。

咋办？

他的目光四下扫视。

突然，左边一块凸出的大石吸引了他的目光。

大石下离水面有尺余。

也就是说，站在大石下，崖上的人就发现不了了。

这主意一定，李绍嘉的心便生出一种踏实感来。

就在这时，"嗤嗤"的声音传来。

那是手榴弹导火索燃烧的声音。

随后，几只手榴弹在空中翻滚。

"没事，让它们落到江里炸鱼去……"李绍嘉心里安慰道。

还没想完，手榴弹就"轰隆、轰隆"地在半空中炸了。

弹片横飞。

李绍嘉看到万全策的身子一颤，一只手突然松脱，心急得要跳上喉咙口："老万，你没事吧？"

"没……没事。"万全策有点结巴地答道。

随即，李绍嘉却听到江中“扑通”一声，原来是酒葫芦从万全策背上的布袋里掉出来了。

布袋已被弹片划破。

跟着，烙饼也一只只掉了出来。

顾不上这些了。

李绍嘉的目光射着崖顶，一颗手榴弹飞出，他抬手就射击。

“叮”的一声，手榴弹被他射中了，反弹着射向崖顶上空，然后“轰隆”一声爆炸开来。

崖顶随之传来“啊”的一声惨叫。

嘿嘿，以其人之道，还治其人之身。

李绍嘉不无得意地想。

正想着，十几颗手榴弹同时飞出。

妈哦，打哪颗?

李绍嘉急急地连射，也只射中两颗手榴弹，其他的都在悬崖半空爆炸了。

弹片顿时如雨纷飞。

一片划过李绍嘉的额角，顿时血流如注。

万全策也轻“哟”了一声，手臂也中招了，鲜血染红了他的衣袖。

好在万全策已到了崖底，正站在那块凸出的大石上。

李绍嘉忙对他道:“老万，钻到石下去。”

第三百六十章 喊爹爹不应

万全策听到李绍嘉的喊声，二话不说就将布袋解开顶到头上，从大石上跳下，躲到大石下面，水深几近脖子。

“嘉嘉，你也快点下来。”万全策扭头朝李绍嘉喊。

“嗯，我就来。”李绍嘉一边答，一边朝崖顶开了几枪，然后将枪插入腰间，也落到水中，攀着崖壁走到万全策身边。

大石说大也不大，刚好遮掩住他们两个人。

李绍嘉身材矮小，浮出头来，脚够不着底；脚够着底了，水又淹过他的头。

见他如此沉浮了几下，万全策赶紧对他道：“拉着我，看石下有没有缝隙。”

“嗯嗯。”李绍嘉呛了一口水，立刻一手拉着万全策，一手往石下摸去。

摸了一会儿，终于摸到了一条岩缝，不由得大喜：“有有有，有了，有了。”

拔出军刀，插入岩缝，李绍嘉就可以一手搂着万全策的粗腰，一手抓着军刀的刀柄来稳定身子，不让自己沉入水中了。

身子定了，李绍嘉却又难为情了，他可从来没这么亲近地搂过男人的身子。

万全策瞪了他一眼：“你是要命，还是怕难为情？你以为我的感觉好？还不是怪怪的？”

听了这话，李绍嘉眨了眨眼，不好意思地“嘿嘿”了两声。

“有这大石保护我们，真是老天有眼，钟爱我们啊。”万全策感慨道。

“是啊，是啊。”李绍嘉附和着，脸上也充满了对老天的感激之情。

这时，崖顶传来了声音：“他们不见了。”

“怎么可能？难道他们会飞不成？给我好好地搜索。”安室美惠道。

就在这时，李绍嘉一看万全策的手臂仍在流血，赶紧道：“老万，你的手臂还在流血。”

血水会暴露出他们的位置。

万全策马上从身上撕下一块布，在李绍嘉的帮助下扎好受伤的手臂。

李绍嘉的额角只擦破了一层皮，已经不再流血了。

“没有。”

“不见影子。”

随即，崖顶上传下来这样的话。

万全策和李绍嘉相视一笑：嘿嘿，安全了。

还没笑完，就听见安室美惠“哼哼”道：“他们也许藏到水里去了，给我往水里扔手榴弹。”

一听这话，两人立马脸色大变，目光都在说：这个死妖婆，我们前世跟她有仇啊，这样还不放过我们。

随后，“嗤嗤”之声从上而下，十颗手榴弹从不同的位置落入江中，有几颗就在距他俩不到十米的地方爆炸。

“轰隆、轰隆”几声传来，两人浑身一颤，五脏六腑都像被震翻了一般，气紧、目眩、头发晕随之袭来。

“死定了，死定了，这下死定了。”李绍嘉痛苦地道。

万全策回过神来，瞧了一眼江面，看到数百条大大小小的鱼已被炸得翻了肚，正往下游漂去。

如果再来一回手榴弹的话，他和李绍嘉就和那些鱼一样了。

“运气，顶住。”万全策赶紧为李绍嘉打气。

李绍嘉翻翻白眼：“还运个屁，我的骨架都快散了。”

“别泄气，千万别泄气。”万全策仍在鼓励他。

几颗手榴弹又从天而降。

好在距离比较远。

但他俩仍被震得十分难受，只是没刚才那么强烈罢了。

李绍嘉痛苦地闭上双眼，突然又睁开：“老万，我顶不住了，太难受了。你让我游出去吧。”

“不行，你那是送死。”万全策断然喝道，生怕李绍嘉冒死游出去，便一手揪住了他。

“可这样，我们也是在等死啊。与其白白等死，不如我游出去引开他们，即使死，也是死我一个。”李绍嘉道。

“不。”万全策硬声阻止，手揪得更紧了。

“队长，他们肯定是潜水走了。”突然一个男声道。

“哼，他们是神啊，这么湍急的水，他们怎么潜？冲都冲死他们。继续上游、下游搜索，他们肯定跑不远。”安室美惠连讥带嘲地道。

万全策和李绍嘉对视了一眼：“这个死妖婆，竟然当队长了。”

崖顶上的脚步声马上分上分下走去。

“怎么没见康长风？”李绍嘉忍不住问。

“是啊，我也感到奇怪。”万全策脸露迷茫。

“难道是我那两匹马把他引向了歧途？”李绍嘉自言自语道。

“什么两匹马？”万全策不解。

李绍嘉便将如何买马，如何用他们换下的衣服绑在马身上，以引诱康长风他们的过程说了。

“嘿，小猴子，真有你的。”万全策不由得赞道。

“那算啥？不过小菜一碟。”李绍嘉也有点得意。

看李绍嘉精神了，万全策才松开揪住他的手。

“是啊，世上无难事，只怕有心人。有什么事能难倒我们呢？”万全策顺水推舟地说。

然而，半个时辰过去了，一个时辰过去了，崖顶上还隐隐传来脚步声。

安室美惠的人还在崖顶。

在水中泡久了，寒意渐渐地侵到他俩的骨头里去了。

李绍嘉已经脸青唇白，身子不停地打哆嗦。

万全策身上的肉多，比较耐寒一些，却也感到了寒意。

怎么办？

走，走不了。

更不可能在这水中生火。

真是喊天天不应，叫地地不灵了。

顶，只能硬顶了。

万全策想到头顶上的布袋里还有一些烙饼，便伸手拿出一只，递到李绍嘉的嘴边：“来，张口吃点，可以顶一下寒意。”

“好、好、好。”李绍嘉结结巴巴地道，张嘴咬了一口。

万全策也吃了几口。别说，似乎还有点用。

只是，安室美惠什么时候才撤走？他俩还能顶多久？

第三百六十一章　杀戮的快感

话说仓木麻衣独吃了一条大鲤鱼后，又恢复了体力，再度起程了。

她这一追，就追到了傍晚。

除了中午在草篷里睡了两三个小时外，她的双脚一直都没停过。整个上午，她并没有发现龚破夭他们的踪迹。中午一觉醒来之后，她好看的鼻子轻扇轻合，刘农峻和郭超常的气息便随着一阵轻风，轻轻地抚摸了一下她漂亮的脸蛋，然后钻入了她的鼻子。

她心中大喜。

从风向来判断，气息来自东南方向，相距不过两三百米的样子。气息仍很新鲜。依她的推断，她不经意地狂追，已经走到了刘农峻、郭超常的前面。刘农峻、郭超常是刚刚从东南方向走过去的。

相距就两三百米啊，多危险。.

是东南风救了她。

若是吹西北风的话，正好会将她的气息吹到刘农峻和郭超常面前。如果是那样的话，她就真的死定了。说不定，她一觉醒来，睁开眼看到的就是两支黑洞洞的枪口。

没有如果，只有现实。

现实是老天帮了她的忙。

嘻嘻，连老天都帮我的忙，那两个瘦猴还能跑出我的掌心?

仓木麻衣心里窃笑。

却没有龚破夭的气息。

哼，龚破夭应该还在后面搜寻自己。

让他寻去吧。

先解决了两个瘦猴再说，不可贪心。

解决了两个瘦猴，回头再来对付龚破夭。

到时一对一，谁还怕谁?

想到这，仓木麻衣用手抹抹脸，梳梳头发，整了整衣服，精神抖擞地出发了。

她仍然利用东南风之利，与刘农峻、郭超常所走的路线并行着追。这好处自不用说，只有她能嗅到他们两人的气息，他们两人却发现不了她。

主动权在她手里。

为了避免被他们两人看到，她并没有真正与他们并行，而是稍落后一些，呈一条斜线。她可以密切注视他们两人的一举一动。比如他们只要回头张望，她就可以迅速躲到树后，将自己隐藏起来。

因为都是走在树林里，视野并不好，加上刘农峻和郭超常走得十分怪异，不是跳，就是跃，飘忽不定，仓木麻衣并没把握将他俩一举射倒。射倒一个应该没问题。但射倒一个之后，另一个肯定会逃逸，或者反扑。这么一来，龚破夭一定会赶过来，将她夹在中间，那她就被动了。

先忍一忍。

她一再告诉自己。尽管她的食指痒痒的，脸蛋也因兴奋而变得红润润的，散发着花香。

是的，夏稻一郎一嗅到她脸上的花香，整个人就会忘情，从而为她激情不已。搂着她，他会动情地说："你让我如同躺在百花丛中。"

虽说有点夸张，但她相信自己脸上的花香，确实是能够吸引自己的心上人，让心上人为自己动情的。

可自己眼下面对的不是自己的心上人啊，怎么也会散发出花香来呢？

兴奋。

嗯，没错，那是敌人，是杀戮的对象。因为想到杀戮，她才兴奋不已，心里充满了快感，脸蛋自然而然就散发出花香来了。

杀戮的快感。

性爱的快感。

两者相同吗？

仓木麻衣倒有点迷惑了。

若论自己真实的感觉，二者似乎没有什么区别。

性爱是播种，暗示着生。

杀戮当然就是无情的狠杀，代表着死亡。

难道生与死，都能令人充满快感？

不，不可能。

应该是这样的，掌握杀戮权的人才会感到快感。而被杀戮的对象，当然就是痛苦了。

也就是说，杀戮的目的是为了自己的生存，最终还是归结到生。

只有生命，才能让人充满快感。

仓木麻衣为自己深刻的感悟而开心。

眼下，她就是在寻找杀戮的机会。

而机会是在快到傍晚的时候才到来的。

当她一眼看到前面横着一条山谷时，她的心不由得一阵狂跳。

山谷里没有小溪，也没有小河，只有一片长条的草地。草地虽然不宽，只有百来米，但对她这个狙击手来说，别说百多米，就是十多米的空间，也足以让她射杀刘农峻和郭超常了。

不要太激动。

她用手按住自己“呼呼”跳的心。

得迅速占领有利位置。

这么一想，她顿时如穿山的母豹一般，“嗖嗖”地穿到山腰的凸出部位，趴在一棵树后，悄悄地架好狙击步枪。身边还有些小草遮掩着她，真是个天然的伏击点。

她对这个位置十分满意，因为她几乎可将整条草地尽收眼底。按刘农峻、郭超常所走的方向，两人必定要穿过草地的。

果然不出她所料，先是郭超常瘦小的身子从树林里跳出来，左看右看了一番之后，便朝后招了招手。

刘农峻这才从树后跳了出来。

兴奋啊。

仓木麻衣兴奋得眼里升起一轮轮的月亮，仿佛夏稻一郎正搂着她的腰，走在月光之下。

不能急，等他们走到草地中间再开枪。

射倒一个，另一个也跑不了了。

相距四百来米，绝对是很好的狙击距离。她射杀的几个中国国军的师长，都在六百米以上。

草地上的草尖在轻晃。

风向，仍然是东南风。

风力，三级。

刘农峻、郭超常跑得极快。

显然，他们也知道这是危险地带。

郭超常跑在后面。

不能打前面的。前面的人一倒，后面的人就会反应过来。只能先打后面的。只要枪声一响，跑在前面的人一定会本能地回头看，这回头看的瞬间，就是她勾下第二次扳机的最佳时刻。

他们两人虽然跑得飞快，跑的速度却均匀，仓木麻衣瞬间就定好了提前量：一步半的距离。

弹着点是胸肋。

傍晚的秋阳很柔和，令天地的光色都十分柔和，一点都不刺眼。

瞄准郭超常，仓木麻衣屏住了呼吸，食指搭在扳机上。

郭超常跑得挺欢似的，因为草地上开着一朵朵小花吧。那确实是挺美的花。

让他欢乐着死，也是他的造化了。

仓木麻衣果断地勾下了扳机。

“叭”的一声枪响，仓木麻衣的心一空，立刻就觉得不对劲了。这心空，意味着她射出的子弹也落空了。

为啥?

原来郭超常突然停住了，后面的半步并没有跑出，子弹从他的胸前飞过了。

为什么?

仓木麻衣不解，难道郭超常那么远都感觉到了危险的气息?

迅速退出弹壳，将子弹推上膛，仓木麻衣正要趁郭超常停住的瞬间开第二枪，枪声却响了。

也是“叭”的一声枪响。

感到食指一阵火热，仓木麻衣立马看到自己的食指连同扳机一同被射断了。

她赶紧就地翻滚。

龚破夭微微笑了笑，一扬手中的盒子炮，“叭”的一枪又射出，子弹不偏不倚，正落在仓木麻衣的膝盖上。

膝盖被打得粉碎。

仓木麻衣忍痛继续滚动，“嗵”的一声，掉入了一个泥坑里。

坑不深，但足以掩藏她的身子。

龚破夭并没有追过来，他朝天望了一眼：由她去吧，如果老天要收她，她是绝对活不出这片莽莽森林的……

第三百六十二章 也到了缅甸

将仓木麻衣的小队搞定之后，龚破夭他们就轻松了许多，可以一心一意地追踪张雪莲了。

尼泊尔是一个风景优美的深山小王国，从北边海拔 8000 多米的世界屋脊，到南部台拉河接近海平面的 70 米的谷地平原，递降急剧，由此造就了尼泊尔多姿多彩的气候和自然美景。而且，尼泊尔地处亚洲文明的交叉地，印度教、佛教、皇宫建筑以及丰富多彩的自然资源构成了当地独特的人文风情。

作为世界上唯一的印度教国家，尼泊尔国内最大的特点就是庙多神多，走在尼泊尔的大街小路上，三步一小庙，五步一大庙，真可谓“庙宇和房屋一样多”。龚破夭知道，尼泊尔共有 3.3 亿位神祇，比全国人口还要多。

公元前 3 世纪时，在第一个统一了北印度的阿育王的统治下，佛教得到飞跃式发展。公元前 5 或 6 世纪时，佛祖诞生在蓝毗尼——一个尼泊尔南部的小王国。阿育王到佛祖那朝拜，并在蓝毗尼立了石柱，还在加德满都河谷修建了四座佛塔，并将女儿嫁给了当地一个王子……

这真是个神奇的国度。

龚破夭却无心欣赏，他的心思全扑在如何追踪张雪莲上。

当他们追到加德满都时，发现张雪莲没有停留，仍然往东走。照这态势，她似乎要走到缅甸，然后从缅甸进入中国。

龚破夭决定在加德满都休整一天。

但到了晚上，他即和刘农峻、郭超常悄悄走出旅馆，直奔邮电局。不用说，他们是奔无线发报机而去的。

行动挺顺利，凌晨时分，不费一枪一弹，他们便将无线发报机搞到手了。

好像事先有约似的，他们很快就和范庭兰他们联系上了。范庭兰带着佟大芳、蔡如柏已经到了缅甸的仰光，并发现了中村正岛的踪迹。

这个消息实在是太激动人心了。

龚破夭恨不得马上飞到仰光，手刃中村正岛。

但这只是一闪而过的念头。

按范庭兰的报告，另一组人由孙玉国带队，前去照应万全策、李绍嘉，必要时对康长风下手。

龚破夭觉得范庭兰操之过急，马上要他告之孙玉国：情况未明之前，不可对康长风下杀手，只可紧密跟踪、监视，对中村正岛亦然。

范庭兰回话：明白！

整个情况，目前对他们有利。

龚破夭隐隐感觉到，主动权正渐渐朝他们这边倾斜。

第二天一早，他们三人就离开了加德满都，往东追去。

几天之后，他们便到了缅甸的礼希。

一个与印度交界的小镇子。

到了礼希，龚破夭突然作出一个决定：要刘农峻、郭超常奔赴仰光，支援范庭兰他们。

“这怎么行？这样的话，老大你岂不成孤家寡人了？万一有点什么事，谁来照应你？”郭超常率先反对。

刘农峻也道：“老大，超常的话不无道理。”

龚破夭对他俩笑笑：“放心，我追的不过是一个女流。”

“可依我看，她可不是一个简单的女流。”郭超常仍然不放心。

龚破夭笑而不语。

刘农峻、郭超常知道，他们说也是白说，只好作罢。

在礼希吃了午饭，将无线发报机留给龚破夭，刘农峻和郭超常就踏上了去仰光的路。

发报机还算小巧，但也有近二十斤重。好在在加德满都的时候，他们专门买了个背囊。除了装发报机，背囊里还装了食品、衣物。

背上背囊，拄着一根拐杖，龚破夭感到自己就像一个探险者。

背囊有三四十斤重，可对龚破夭而言，这根本不算什么。

刘农峻和郭超常走了一会儿，他也离开了礼希。

经调查，龚破夭已经知道，张雪莲是前天到达礼希的，只住了一晚，昨天上午就往东走了。

仍然是往东。

礼希的东面就是敏金山脉，山脉的主峰海拔 1707 米。

在龚破夭眼里，这并不算高。只是缅甸的雨林复杂、多变，不易捉摸。为此，他专门准备了雨衣和一些药品，外加一壶好酒。

出了礼希，进入敏金山脉的林子。越走，龚破夭越觉得林子阴森。他面对着的是古木参天的原始森林。

走了一天一夜，一路被蚊叮虫咬，令他感到苦不堪言。要不是他是猎人出身，常年与山林打交道，应付蚊虫还有一套的话，说不定就会对这原始森林举手投降了。

原始森林啊，龚破夭突然感到张雪莲真的不简单，一个女子竟然敢在原始森林里独行。

然而，这想法刚冒出，他的心里就打了一个激灵：她是一个人独行吗？

“傻瓜，你才一个人独行哩。”就在这时，传来张雪莲的讥诮声，她人也从一棵树后闪了出来。

“是啊，我是很傻，要不怎么会被你表面的清纯迷惑住呢？”龚破夭自嘲地说。

张雪莲哼哼了两声：“说你傻，那是表扬你了。”

“咱们是老乡嘛，互相捧捧场是应该的。”龚破夭打着哈哈。

“哼，鬼才跟你是老乡。”张雪莲扬了扬柳眉。

龚破夭顺水推舟地说：“这么说，你不是四川人，而是另有他乡了？”

“是又如何，不是又如何？”张雪莲不屑地说。

龚破夭嘿嘿地笑了两声：“言归正传吧，你是怎么成了公主的？”

“哼，想从我嘴里套东西，做梦吧你。”张雪莲冷哼道，脸上挂着一层霜。

尽管如此，龚破夭却觉得她有一种冷然的美。

“公主，少跟他废话，你只管走你的路吧。”

突然，一袭黄袍闪了过来。

龚破夭张眼一看，竟然是个身材高大的高僧。

好怪，怎么与她相关的人，不是罗汉，就是高僧？

罗汉和僧虽然一样，但僧成了高僧的时候，那就不得了了。

容不得龚破夭细想，高僧的黄袍闪动之下，一股劲厉的罡风已朝他射了过来……

第三百六十三章　顺棋摸瓜

这高僧也太狠了吧，还没说上一句，就发招了。龚破夭心道，脚下也微动，暗暗从膝盖发出一股气，直接迎向高僧射来的罡风。

“老叔，小心他的暗气。”张雪莲赶紧提醒道。

老叔?

高僧是她的老叔?

嘿嘿，看他的样子倒像是花和尚鲁智深。

龚破夭私下想。

高僧扭头对张雪莲道：“知道了，小公主，你先走吧。”

“不，我要看你如何收拾他。”张雪莲撒娇道。

“不行，你在的话，我出不了手。”高僧道，末了又加了一句，“我不能让你看到我的手沾血。”

呵，还挺维护自己的形象。

“唉，那我先走了。”张雪莲叹了一声气，身子轻盈盈地飘走了。

高僧的罡风碰上了龚破夭的膝气，竟然无声无息，就像一阵轻风似地散了。

高僧不由呵呵地笑道：“好家伙，你功夫还不错哩。”

“哈哈，知道我的功夫不错，你还拦我的路干啥?”龚破夭也笑说。

“哈，是我拦你的路吗?”高僧的几条白眉跳了跳，“天地何等宽广，哪里没有路?”

“那我走了。”龚破夭说罢，身形已动。

高僧一掀黄袍，地上的沙石、树枝顿时子弹、利箭一样，从三个方向射来，封住龚破夭的左、右、中路。

只留给龚破夭一条退路。

退则是认输，当然不能退了。

龚破夭的衣袖朝地上一拂，地上立时冒起一股尘土，如同一堵墙似的，横在两人的中间。射来的沙石、树枝一碰到尘土墙，就像掉入了蛛网，纷纷被粘住了。

“呵呵，还真有两下子。”高僧打着哈哈道，“但想从我这里走过，可没那么容易，除非——”

“除非什么?”龚破夭好奇地问。

"除非跟我下棋。"高僧答。

遇到老顽童了。

龚破夭笑了笑，断然道："我不会下棋。"

"嘿嘿，骗我。好在我什么都看到了。"高僧得意地说。

"你看到了什么?"

"哼，不告诉你。"高僧的头一昂，两眼望着天。

"不是不告诉我，是你根本就没有什么可以告诉我的。"龚破夭激将道。

听了这话，高僧突然跳起来："谁说我没有什么？你跟格巴他们下棋，我就——呸呸呸，我真傻，让你给激将出来了。"

龚破夭心下一颤：当时他在场？怎么一点他的信息都没有？他也隐藏得太深了。

于是，龚破夭故意道："呵呵，你当时是在旁边偷师啊。"

"偷师？就你们那臭棋，我还用偷师?"高僧不屑地说。

"既然是臭棋，你还跟我下什么呢?"龚破夭道。

"嘿嘿，就是要看你臭到什么地步，否则你就像格巴他们一样了。"

"你把他们怎么样了?"话一出口，龚破夭就觉得自己是明知故问了。

果然，高僧的白眉得意地跳了跳："还能怎么样，都让我给咔嚓了。"

"看来你真是个假高僧，杀气那么重，一点善心都没有。"龚破夭直言道。

高僧"咳"了一声，模仿龚破夭的话道："看来你真是个黄毛小孩，稚气那么重，对真假还那么较真。这世上什么是真的？什么是假的？历史够真了吧？可那都是胜者写的，是假得不能再假的东西了。"

嘿，似乎话中有话。

龚破夭灵机一动，便来了个顺水推舟："是啊，胜者为王，败者为寇。那我就跟你下一盘棋吧，好让你赢了在小姑娘面前吹牛。"

"屁，这世上还有什么值得我吹的？赢你一千盘棋，我也不会有什么光荣感。"高僧白眉跳跳地说。

够傲！够狂！

龚破夭笑了笑："行，那我就让你输得五体投地。"

"嘿嘿，量你也没那个本事。"

说罢，高僧倏地飘上一棵大树，盘坐在一条粗大的树枝上。

龚破夭自然不会站在地上让他居高临下，也"嗖"的一声飞上一棵大树，与他面对面坐着。

中间相隔数丈。

龚破夭在想，张雪莲不认他做老乡，是否是因为她不是汉族人？如果她不是汉族人，那她又是什么族的呢？

满族？

可看她也不像是满族人。

嗯，先试试再说。张雪莲喊高僧为“老叔”，肯定与他有点什么亲戚关系。而且，这老叔自视很高，肯定认为自己高过乾隆皇帝的。

于是，龚破夭便道：“让你见识一下乾隆皇帝的棋如何？”

听了这话，高僧的脸上闪过一丝不快，只是闪得很快，近于无形，嘴上则呵呵笑答：“行，你爱走谁的棋都行。”

满族是马背上的民族，视马若自己的生命。

但第一步若行马，虽然能够显示乾隆皇族人的特色，但这毕竟显得心胸狭窄……依乾隆皇帝每天都写上一两首诗来看，他无疑是认为自己才高八斗、志高目远、早已胸怀寰宇的。

他游江南的时候，就曾写过这么一首诗：

“龙川竹影几千秋，云锁高峰水自流，万里长江飘玉带，一轮明月滚金球。远看西北三千界，势压江南十二州，好景一时看不尽，天缘有分再来游。”

所用的词不是“千”，就是“万”，从人间写到天上，又从西北弄到江南。一眼看去，气势如虹，确实唬人，很能表达皇家大气的架式。但细品，就会发现这首诗实在是假、大、空的典范。假，乃是情假，其意其境都是前人早已写烂了的，他不过是拿来用而已，而非出自他自己的真情。大，当然就是他罗列了那么一堆“大”的词，大到似乎不能再大的地步。空，有两层含义：一是他的腹中空，并没有多少诗人的天赋；二是他的诗中空，除了泛泛的作大之外，根本就没有可触可摸的细腻意象。

单从这首诗去看乾隆皇帝，便知他是一个极度虚荣，而又十分喜欢作大的人。

龚破夭单分析到这一步，还拿不定乾隆皇帝会行什么棋。

高僧看龚破夭在沉思，也没催促。

龚破夭继续分析。

文如其人，诗亦如人。

乾隆这首诗不过八句，但每一句都离不开“天”意。

首句“龙川竹影几千秋”，看似与“天”无关，但几千秋的意境里就分明暗含了“天”意。当然这个“天”不是实指，而是一种虚拟，是从乾隆的角度去虚拟。也就是说，“龙川竹影几千秋”表明乾隆是站在天的高度去俯视龙川竹影的。

乾隆虽然没有什么诗才，然而对诗的技术性操作还是十分拿手的。

第二句“云锁高峰水自流”很好理解，云不可能在地上，自然在天。

“万里长江飘玉带”这一句写的是长江，但因为有一个“飘”字，表明他所作的也是一种在天上俯视的姿态。

第四句“一轮明月滚金球”，不用说就知道与天有关。

“远看西北三千界”，界即天界。三千界，那是无尽的天界。

“势压江南十二州”，看似喻天，实则是喻乾隆自己。江南十二州又如何？还不是乖乖地臣服在他的脚下。

“好景一时看不尽”，暗喻的也是天之大、地之广。

末句“天缘有分再来游”，皇家无不希望江山永远属于他们自己家族的人。但天意难违的道理，乾隆还是懂的，所以能不能再游江南，还得看老天给不给他面子。

天不怕，地不怕，是一般小混混的心态。因为小混混的命不值钱，也就无所谓怕什么。

乾隆怕天。

当然，他这怕是以敬天来体现的。尽管他这首诗前面作得很大，结尾还得看天的脸色，看天给不给他缘分。

由此看来，象棋七个兵种，哪个更能喻天呢？

象。

没错，就是象。

想到这，龚破夭心下十分开心。

象乃是天象。天方地圆，一直是中国人的宇宙观，故而象要行田，走的是方步。

“象三进五。”龚破夭仿佛从一千年前回到眼前似的，悠悠地道。

听了这话，高僧的口张得天大，想惊讶地“啊”，又没“啊”出声来。因为从第一反应来说，他是不相信乾隆会走象的。瞬而，他又坚信龚破夭不会拿自己的生命来开玩笑，说乾隆行的是象三进五，应当是真的。所以，他才没“啊”出声来。生怕自己一“啊”，就打断了龚破夭的思路。

嘴既然张大了，高僧就很会做，马上转惊讶的“啊”为赞叹的“噢噢”，然后正襟危坐，无比庄重地沉思着，思考着走什么棋来应对。

龚破夭的嘴角却对高僧闪过一缕讥嘲。

第三百六十四章　棋中有乾坤

高僧对龚破夭的讥嘲并不在乎，他自顾自“依依哦哦”了一会儿，方将目光射向龚破夭：“马二进三。”

龚破夭心下不由一颤：按常规，要么进兵，要么平炮，走马是偏着。

而且，高僧这匹马如同破空而来，充满了杀气。

“好一匹疯马。”龚破夭笑道。

“疯又如何？”高僧鼻子冲天地说。

“这可是对天不敬哦。”龚破夭引诱道。

高僧的目光又直喇喇地杀过来：“哼，该敬的天我敬，不该敬的天我就破。”

口气好大。

龚破夭心里暗道。

真反了满清的，最早是吴三桂，然后是太平天国，最后是孙大总统。成功的只有孙大总统，他是一个追求自由、博爱的人，后人定然不会称什么王子、公主之类。何况，他的后人目前仍然是国宝，根本无须去和日本人勾结，去搞什么阴谋诡计。

剩下的就是吴三桂和太平天国的后人了。

太平天国的人都是反清反得最坚决的，对外族显然是绝不妥协的，各大天王的后人应该也不会和日本人勾结。如果他们再生，绝对也是抗日的先锋。

那么，只有是吴三桂的后人了。

如果按史料所言，吴三桂应该就没有后人了。

但史料可信吗？

龚破夭表示怀疑。

想到这，他不由赞叹似地道：“想当年，吴周王可是一个‘白皙通候最少年’啊，文武双全，哪里像你一样，出手就是一匹疯马。”

听到龚破夭赞吴三桂，高僧的脸上闪过一缕欣悦之情。

但只一闪，他马上就沉下脸：“废话少说，快走棋吧。”

“嘿嘿，你这疯疯癫癫的棋，没点吴周王的灵气，谁跟你下啊？”龚破夭激将道。

“老叔，别上他的当。”张雪莲的话远远地飘来。

“哎哟，我的小公主，你怎么还没走？”高僧惊讶道。

“走，我就走。”张雪莲的声音越拉越远。

她的身手果然迅捷。

龚破夭暗忖。

张雪莲对高僧那么一提醒，倒成了“此地无银三百两”，让他默认自己是吴三桂的后人了。

“老家伙，我不陪你玩了。”突然，龚破夭从树上飘下，高声笑道。

“哼哼，想跑？”高僧也飞身下树，挡在龚破夭的前面。

龚破夭刚站定，只见高僧的黄袍变成了黄光，黄光呼啸着绕着他旋转。

黄光越旋越快，如强劲的旋风。龚破夭出掌越疾，它旋转得越快速，不但吸尽他双掌射出的青光，仿佛还在一丝一缕地抽着他的真气。

这对龚破夭来说，也真是闻所未闻、连做梦也想不到的。

这是什么绝世神功？

龚破夭立刻将掌变柔、变虚，且飘忽变幻。

这么一来，高僧旋转的黄光就像旋着一片空虚，自己旋得过瘾罢了。

听到高僧传来的喘息声，龚破夭笑说：“老家伙，别把自己转晕了。”

高僧并不答话，旋转的速度突然一增，龚破夭顿觉一道道阴风砍过来。

掌，原来是高僧的双掌化成百掌、千掌，如刀似斧地朝他砍了过来。

若被砍中，恐怕就会粉身碎骨了。

龚破夭赶紧凝气于心，为自己形成一堵气墙。

所以，高僧的利掌就像砍在棉花上一样，一点效果都没有。

“小家伙，你的是什么鬼功？”高僧禁不住问道。

“老家伙，你的又是什么鬼功？”龚破夭反问道。

“哈哈，我的就叫鬼功。”高僧得意地道。

“骗鬼，如果我没猜错的话，你这应该是乾坤神掌。”龚破夭随便说道。

高僧呆了一下，却哈哈笑道：“小家伙，看来你还有点眼光，居然知道我这是乾坤神掌，不过——”

不过什么？

黄光陡转黑光——

黑光如若十八层地狱的绝黑。

黑得静止，世间的一切也仿佛静了下来。

高僧得意地道：“这招‘黑龙卷魔’如何？过得去吧？”

龚破夭为了避免双眼被迷惑，早已闭上了双眼，只固守内心的光芒。黑光虽然厉害，却也奈何不了他。他便笑道：“是过得去，但它只能对付三岁的小孩。”

“你——”高僧一时气噎。

“嘿嘿，看剑吧。”龚破夭说着拔出军刀，以刀喻剑。

随即，他把一套武当的“太乙剑”融贯在军刀里。“太乙剑”是武当的剑术精华，看似平淡无奇，却寓静于动，刚柔并济，遇强越强，虚中藏实，无中生有，凝内家功，集外家大成，如达臻境，剑气可断树，剑芒能穿石，退中有攻，攻中有守，剑人合一，犀利无比。

剑光一闪，便如万道光芒，将高僧的黑光一扫而光。

高僧赶紧后退了七八步。

但还是迟了，他身上的黄袍早被龚破夭的剑气削得七零八落，树叶一样一片一片地在空中飘。

第三百六十五章　以生命拯救

话说悬崖下凸出的一块石头，挡住了安室美惠他们的视线，救了万全策和李绍嘉的命。但两人在深秋的水中，被阵阵寒意侵袭，不一会儿骨头都开始打颤了。

只是，安室美惠什么时候才撤走？他俩还能顶多久？

顶不了多久。

万全策肉厚，脂肪多，虽然也感到冷，骨头也在打颤，但总体上说还是要比李绍嘉好些。

身子单薄的李绍嘉就难熬了。

骨头一打颤，接下来身子就像被千万根针刺入一样，酸、痛、麻一齐袭来。更要命的是，那一针针刺入，仿佛蚂蚁一样咬着他敏感的神经，将他坚强的意志一一咬掉。

不一会儿，李绍嘉开始翻着白眼，万分后悔地道："老万，我……我情愿被一枪打死，也不愿这样被冷死。"

"乌鸦嘴，别再说死。"

"可……可我真的感觉快……快要死了。"李绍嘉实话实说。

万全策只得将他搂得紧紧的，鼓励道："多想想美好的东西，你的意志就会坚强起来。"

"想……想啥？"

"想你的黑玫瑰。"万全策脱口道。

"她？可她太虚了。"李绍嘉难为情地说。

万全策瞪大了双眼："啥？都跟人家睡了，还虚？"

李绍嘉刹地红了脸："老……老万，不……不怕跟你说，我跟她都是和衣而睡的。"

万全策真想大声地说："不会吧——"

可看李绍嘉的样子又不像是在撒谎，便循循善诱道："那就想想那些美妙的夜晚吧，会好点的。"

就这样，李绍嘉在万全策的循循善诱之下，终于津津有味地说起他如何想着和黑玫瑰洞房的事来……

终于，太阳出来了，阳光洒在江面上，铺了一层金黄色。虽说李绍嘉在万全策的引导下断断续续地说了近一个时辰，多少忘掉了江水的寒意。

但是，透骨的寒意还是让他抗不住了，他只感觉胸闷气短、心跳加速、头晕目眩，呼吸渐渐急促起来。

见状，万全策不由得慌了，看看李绍嘉的双眼，也在渐渐地失去神采。

怎么办？怎么办？

离开水，让他离开水。

可怎么离开？走出大石下？

肯定还不行。说不定，安室美惠的狙击手，正等待着他们这两个猎物出现。走出大石下，无疑等于走向对方的枪口。

可活动的空间，不到两平米。石下距离水面，也只有一尺多。

只能离开江水，再不离开江水，嘉嘉就会被冻死了。

万全策心急如焚地想。

可该怎么办？

头上的烙饼突然敲了他一下。

万全策顿然醒悟，马上丢掉头上装烙饼的布袋，将李绍嘉提出水面，横顶到自己头上。

然而，这么一顶，李绍嘉是离开水了，万全策却被水淹到了鼻子下。一个小浪扑来，水就灌入他的鼻孔，令他无法透气。

憋住吧，憋住吧。憋住就能救活李绍嘉，就能赢得最后的胜利。

万全策默默地鼓励自己。

江浪来得密集的时候，他憋得心胸都要炸掉，差点就顶不住了。

离开水面，加上阳光一暖，李绍嘉悠悠地醒转过来，发现自己被万全策横顶在头上，心下感激万分：他是以自己的生命来救我啊。

感觉到万全策被水憋得快要气绝，李绍嘉赶紧道：“老万，你放我下来。”

“不。”万全策坚决地答。

“我已经暖和过来了。”李绍嘉在找理由。

“不用骗我，你才开始暖。”万全策不上当。

几个大浪扑来，水淹过了万全策的头顶。

李绍嘉的腹部被万全策的头顶着，双脚和前胸也被万全策的双手撑着，也就是说他是脸朝向水面的。大浪扑过来的时候，他的脸也被水溅到了。

离水不到一寸。

就是这一寸，保证了他可以透气。

而万全策整个人已被水淹。

感觉到万全策的头在自己的腹部膨胀，李绍嘉急得欲哭：“老万，你放下我吧，这样下去你会死的。与其这样，不如我们一块死。”

说也白说。

万全策的头和双手使劲地顶着李绍嘉，他则紧紧地贴着石底，根本动弹不了。

李绍嘉只能期望大浪快点退去。

这么久了，安室美惠他们也应该走了。

李绍嘉扭了一下头，将左耳贴着石壁倾听。

他听到的是自己的心跳。

是万全策急促的心跳。

忘我，尽快把心静下来。

李绍嘉赶紧闭气、静心——

崖上有轻微的足音。

不是人的。

是四蹄的足音。

也就是说，野猪之类的动物回来了，说明崖上已经安全了。

鼻子再抽抽，李绍嘉真的嗅到了动物的气息，不由得大喜："老万，我们安全了。"

听李绍嘉这么一说，万全策的双手一软、头一软，整个人就缩进水里了。

李绍嘉翻身落水，马上揪住万全策，不让他被水冲走。

"老万，老万，你咋了？"

明知故问。

万全策已经晕了，失去了知觉。

"老万，你可要顶住哦。"

李绍嘉揪住万全策的腰带走出大石下，奋力地往上爬。

但单手怎么爬？

万全策那么重。

嘿，有办法。

李绍嘉解下布腰带，将万全策绑到自己身上，然后往上爬。

他的鹰爪功虽然厉害，但身负着沉重的万全策，他的十指再扣着石缝，那真是刺骨般的痛。

好不容易爬到大石上，李绍嘉想放下万全策，先来个人工呼吸。可转而一想，万全策的身子冷冰冰的，显然不是因为被水呛了，而是被水冻着了。眼下之急，是要想办法生火，为他取暖。

可这崖壁下光秃秃的，哪有什么可生火的？

只有到了崖顶上的树林才有办法。

咬咬牙，李绍嘉开始了崖壁上的攀爬。

十指连心。

十指痛，那是钻心的痛。

血，渗出了他的指尖。

为了方便攀爬，他连鞋也脱了，光着的脚趾也能扣着崖缝、凸石，多少能减轻十指的负担。

但脚趾也被重压得刺骨的痛。

顶住，往上爬。

李绍嘉咬紧牙关，以惊人的意志，背着万全策爬上了崖壁。代价是十指都变得血肉模糊了。

从背上放下万全策，李绍嘉喘了几口气之后，马上找来干草、干树枝，为万全策生起了一堆火。

火烤着万全策，他的双手也没闲着，拼命地为他冻僵的身子进行按摩，为他舒筋活络。

足足弄了半个小时，万全策才醒转过来。

“嘉嘉，多谢——”

“老万，你说啥呀？如果不是你，我早喂鱼了。”李绍嘉眼闪泪花地说。

一眼看到李绍嘉血肉模糊的十指，万全策也禁不住泪流满面……

目光相对，那是万语千言、千言万语，满含着无尽的感激之情。

第三百六十六章　野外开荤

突然，万全策跳了起来，一把拉起李绍嘉："我们快走。"

那紧张的神情，如临大敌一般。

李绍嘉也不傻，一看万全策这阵势，马上后悔不迭地说："看我哦，看我哦，只顾得要生火暖你，却忘了火烟会引来敌人。"

万全策扭头看了他一眼："嘉嘉，无须自责，你做的一切都是为了我。要不是我外强中干，被江水冻僵，你也不用生什么火。"

"嘿，老万你也太谦虚了，你以为自己是钢铁战士啊？如果不是你的功夫深厚，何止是被江水冻僵啊？我俩恐怕早就一块进鱼肚子了。"李绍嘉这么一赞，万全策的脸上漾满了开心的笑意。

就这样，两人在林子里狂奔了一个多时辰，感到没什么危险的气息追来，便钻进一棵大树的洞里，一屁股坐到地上，背靠着树，浑身瞬时变得酸软，眼皮也在上下打架。

累。

实在是太累了。

但再累，两人也不敢大意，轮流着睡。

这一睡，竟睡到第二天的中午。

直到肚子饿得咕咕叫了，他们才没了睡意。

烙饼全掉到江里喂鱼了，已经没有现成可吃的东西了。

李绍嘉对万全策笑笑："这么大的林子，还能饿着我们？"

想到又要吃野果、草根，万全策的胃就感到酸痛，不由得道："能不能开开荤？"

"没问题，看我的。"李绍嘉胸有成竹地说。

说罢，他们钻出了树洞。

李绍嘉东一飘，西一忽，带着万全策来到一条淙淙的溪水边。

"嘉嘉，不是想抓鱼吃吧？"万全策道，心想鱼虽好，可生烤着吃，味道一般不说，也不顶饱。

"行了老万，我知道你想说鱼不顶饱，不会让你吃鱼的。"李绍嘉笑说。

随后，他的目光落在溪岸上的一片芒丛时，顿时亮了。

为啥亮?

为一只泥洞而亮。

小洞口还有新鲜的泥。

万全策也看到了，并知道那是芒鼠洞。

想到肥肥大大的芒鼠，万全策就忍不住咽口水，头上像飞过一群呱呱唱的喜鹊一般。

可怎么将芒鼠从洞里弄出来呢?

挖?

他们手里只有军刀。用军刀挖的话，不知要挖到什么时候。

“放心，老万，抓芒鼠还有其他两种方法：一种是水灌，一种是烟熏。”

“不能烟熏。”万全策坚决地说。

“那就水灌。”

“行。”万全策也很有把握的样子，“你弄洞，我弄水。”

芒鼠洞距溪水不过一二十米，但怎么将水弄来?

“脱裤子，脱裤子。”万全策突然下令。

李绍嘉一听就明白了他的意思，嘴里却笑说：“老万，这大白天的就脱裤子，什么意思啊?”

“死猴子，就你这丑样，也想让我激情?”

“嘿嘿，人在孤寂的时候，麻脸女人也像天仙一样美，何况我没麻脸，是不?”李绍嘉继续笑说，手却解开了腰带，长裤吱溜一下就落到了脚跟。

拿着长裤，万全策站到溪里，将两只裤脚打个结，裤子就成了布袋。

李绍嘉则在芒鼠洞口用泥巴垒起一个半月形的泥池，只要将水倒入泥池，水即可灌入洞里。

“准备好了吗?”万全策催问。

“好了，来吧。”李绍嘉答。

“嗯，来咧。”万全策的话音刚落，一只水袋就飞向李绍嘉。

李绍嘉伸手一抄，轻轻松松就接住了水袋。倒出水，手一挥，又将裤袋飞回到万全策的手中。

裤子做成的水袋立时在空中翻飞。

不一会儿工夫，李绍嘉即高兴地道：“够了，够了，老万。”

万全策“噢”了一声，裤子也不忙着穿，就飞到李绍嘉身边兴奋地问：“它出来了?”

“嗯，快了。”李绍嘉两眼盯着洞口。

万全策的双眼也紧张地盯着，鼻子抽抽，仿佛嗅到了芒鼠的肉香。

很快，洞口传来“咕噜、咕噜”的声响，先是几条芒鼠的须露出来，继而就是芒鼠尖尖的嘴。

“快、快抓。”万全策急道。

他的话音还未落，李绍嘉的手已闪电般射出，瞬间就将芒鼠从洞里抓了出来。

哇，好大一只芒鼠，足有三四斤重。

芒鼠在李绍嘉手中挣扎。

李绍嘉双指一捏，芒鼠的头骨马上“咔嚓”一声碎了。

四肢挣了几下，就再也不动了。

“嘉嘉，你好残忍哦。说不定人家还是个芒鼠姑娘哩。”万全策脱口道。

李绍嘉笑答：“那来世你就做芒鼠王子，把它娶回家吧。”

“嘿嘿，你以为我不想啊？看它丰乳肥臀的，肯定特能生养。”

“是啊，它肯定头一回就为你生十几只小芒鼠，累死你这个鼠老爸。”李绍嘉笑说。

为避免火烟引来敌人，他俩没有在林子的空地上生火，而是钻回到树洞里，在洞里生起了火。

芒鼠被一分为二，两人用军刀挑着在火上烤。

不一会儿，芒鼠的肉香便在树洞里弥漫开来。

第三百六十七章　方向的选择

喷香的芒鼠入肚，两人的目光渐渐就发亮起来。李绍嘉拍拍肚子，望着万全策道："老万，这下该我们去复仇了吧？"

万全策听了，愣了一愣。

"咋啦，老万？是胳臂的伤太……"

"不不不，"万全策连忙打断李绍嘉的话，"我那胳臂，不过是擦破了点皮，算什么伤？"

"那你为啥热情不高？"李绍嘉盯着万全策的脸，希望从他的脸上读出点什么来。

万全策淡然地笑了笑："不是我热情不高。而是，依我的理解，我们的任务已经完成了。"

"此话怎讲？"李绍嘉不解。

万全策扫了他一眼："老范当时交给我们任务时，就是叫我们引离康长风他们到缅甸。而且，只引离，不交手。可我们引离也引离了，交手也交手了，连命都搭上了。可以说对得住天，对得住地，没必要再去惹麻烦。"

李绍嘉心下一颤："老万，你是惧了他们？"

"哼，这世上能让我惧的人，恐怕还没出生。"万全策凛然道。

李绍嘉激将道："难道我们在江上就白冻了？"

"嘿嘿，嘉嘉，你不必对我激将，那没用。"万全策笑道，"我不惧任何人，但不等于我会鲁莽行事。你想想，敌我相比，是多少对多少？至少也是五比一吧？以我们之弱去对人家之强，岂不是以卵击石？"

"咳，话是这么说，可我们到现在还是丝毫未损，他们却让我们干掉了几个人。"李绍嘉自豪地说。

万全策摇了摇头："那是我们幸运。你以为老天会一而再、再而三地帮我们？"

"肯定啊，因为我们是站在正义这一边的。"李绍嘉来了点大道理。

万全策"嘿嘿"了两声："可是老天不识字。"

一句话噎得李绍嘉刹时说不出话来。

过了片刻，他说道："老万，你怎么变得正邪不分起来了？"

"不是我不分，而是，你知道当我快被冻死的时候，想到的是什么？"万全策望着李绍嘉道。

“能想到什么？你最美好的小情人呗。”李绍嘉满不在乎地答。

“错。我就想到两个字——活着。”万全策简炼地说。

“哈哈，我说嘛，说来说去，你老万就是变得贪生怕死了。”李绍嘉讥笑道。

万全策并不脸红：“嘉嘉，你不用讥笑我。人类就是因为贪生怕死，才生存下来的，否则早就送入狮口了。”

“老万你在偷换概念。”

“行了，不要那么啰嗦了，我们走吧。”万全策说罢，站起了身，钻出了树洞。

“哎哎，老万，我们往哪走啊？”李绍嘉在后面急问。

“往哪？往家里走。”万全策答，双脚迈出的方向却是朝南。

李绍嘉本想说：“中国的方向在北。”

可还是忍住了，想看看万全策的葫芦里到底卖的是什么药。

在林子里走了两天，李绍嘉感觉森林越来越原始，仿佛进入到一个古老的国度。

这两天，他们都没遇到什么危险，更没遇到康长风、安室美惠他们，他们就像空气一样消失了。

直到这时，李绍嘉仿佛才明白，万全策选择往南走，是故意避开康长风他们，避开危险。

想到这，他心里顿时像打翻了五味瓶，很不是滋味。这一年多的出生入死，他们俩一直都是最佳拍挡，走的是共同的杀敌之路。

眼下，万全策竟然选择了一条逃跑路线。

莫名的耻辱令李绍嘉脸部发烧，他再也忍不住了，冲万全策吼道：“老万，你这不是让我去当逃兵吗？”

万全策转过身来：“随你怎么说吧，你不愿跟我走，可以自己走。”

“你——”李绍嘉气得说不出话来。

在这林子里，只有两个人互相关照，才勉强能对付。如果单独一个人，绝对走不出这茫茫林海。

“嘿嘿，离不开我是吧？那就乖乖跟着我吧。”万全策得意地说，也不管李绍嘉答不答话，回过身就继续走。

“老万，你真的变了。”李绍嘉恶狠狠地道。

“永远不变的是石头。”万全策回敬一句。

李绍嘉刹时气噎。

缓过气来，李绍嘉正想说什么，只见万全策身子突然一飘，就疾飞起来。

追什么呢？

没有多想，李绍嘉也跟着疾飞起来。

第三百六十八章 拯救小公主

李绍嘉跟在万全策的后面疾飞，就如同一只疯猴，大有山中无老虎，猴子称霸王之势。

按照他的想法，万全策突然疾飞起来，肯定是发现了什么情况。

拔枪在手，李绍嘉的身心便完全投入。身子在树林中穿梭，就像穿梭在刀丛中一样，身上散发出一股疯劲来。

他的鼻子也没闲着，这里一吸，那边一抽，四方的气息马上尽入鼻中。

在树息、花香、草气里头，他还嗅到了两股气息：一股是疯狂兽欲的气息，一股是绝望的气息。

兽欲来自男性。

绝望来自女性。

是强盗在劫财劫色？

他的脑中闪出这个念头。

但这个念头瞬间就被另一个念头取代了：不，不是强盗，是比强盗更强盗的家伙。

这兽欲的气息，他太熟悉了。

这种疯狂的兽欲，只有不可一世的日本鬼子才能散发出来。

断定是日本鬼子，李绍嘉立马精神大振，当了两天“逃兵”的压抑，此时一扫而光。

也是在此时，他才明白，万全策并不像他自己所说的，要撤出战场回家去，而是在无声地追踪着小日本。

这家伙，干嘛不明说，偏说要回家呢？

就在这时，万全策回头朝他使了个眼色，他马上点了点头。

万全策要他从侧面包抄过去。

他的身子往东一飘，已隐约听到一个女子绝望的声息。

声息虽轻，却凄厉。

李绍嘉稍一分析，便断定与对方的距离不足一百米。

若对方警觉的话，很快就会发现他们的踪迹。

快。

他的心中只有一个“快”字。

眼前突然一亮，他穿出了林子。

准确地说，是来到了林子中的一片空地。

空地不过十几公顷的样子，却开满了五色的花朵，在秋阳的照射下，显得十分的绚丽多彩。

景色很美。

但就在这美丽的景色之下，两个日本特工如同老鹰抓小鸡一样，抓着一个少女，正伸出魔手，撕扯少女身上的衣服。

少女绝望地呼救着，目光也绝望地四射着。

空地上躺着两具男尸，都是脑门中枪。

那显然是少女的保镖之类的……

李绍嘉此时与他们的距离不过五十米的样子。

一个禽兽突然扭过头来。

目光相碰。

禽兽的目光里闪出一缕惊异，伸手就要拔枪。

李绍嘉哪里还会给他机会。

手一扬，枪声就响了。

如果那禽兽不回头，不拉开与少女的距离，李绍嘉还真不敢开枪。因为他一开枪，恐怕就会伤到少女。

这下可好，只听见“嗤”的一声，子弹便钻入了那禽兽的脑门。

另一个禽兽愣了一下，正欲拉过少女来掩护，万全策的枪也响了。

从万全策的角度，正好斜对着那个禽兽，有足够的射击空间。

子弹也是从他的脑门钻入，从后脑钻出的。

少女呆住了。

神情惊讶不已，不敢相信眼前发生的这一切都是真的。

刚刚，两个禽兽还对她张牙舞爪的。

眼下，两个禽兽却“扑通”一声倒在地上，四肢挣了挣，眼珠翻了翻，就一动也不动了。

少女的双手护在半裸的胸前。

是个绝色少女。

但头发篷乱、衣衫褴褛，给人的感觉十分凄凉。

但脖子上的九只金项圈，却说明她不是来自一般人家。

当李绍嘉和万全策走到她身边时，她仿佛才回过神来，望着他俩感激地道：“多谢两位中国大哥。”

说的是汉语，还知道他们是中国人。

这也太神了吧?

看他们两个诧异的样子，少女“扑哧”一声笑了：“奇怪吗？我可是在云南念过两年书的。”

嘿嘿，原来是在中国留过学的学生。

难怪她的话音都带着云南口音。

万全策脱下自己的衣服披到她的身上，关切地问：“小妹妹没事吧?”

少女摇了摇头：“我没什么事。”

说罢，当她的目光投向那两具男尸身上时，泪水禁不住一涌而出。

那是跟了她多年的保镖。两个保镖一直像大哥一样呵护着她，眼下却被鬼子杀害了。

“都怪我，”少女抽泣着说，“要不是我执意要来这里看花，就不会遇到这两个禽兽。”

“家离这里很远?”万全策问。

“不远，我们寨国就在前面几里的地方。”少女答。

两人都感到愕然：寨国？寨国是什么意思?

少女抹掉眼泪，对他俩笑道：“去了你们就明白了。”

“你们这里叫什么?”李绍嘉忍不住问。

“叫象兑。”少女答。

“那你们寨国就叫象兑?”

“没错。”

象兑?

太费解了。

李绍嘉想破了头，也搞不清象兑是什么意思。

似乎看出了两人的疑惑，少女便解释道：“我们祖先的图腾是大象，象兑的意思就是象可以兑现我们的心愿。”

“哦，跟崇拜有关。”

两人似懂非懂地点了点头。

“老万。”

“嘉嘉。”

突然，两人同时对喊起来。

喊声一出，两人的身子猛地往两边一分，“嗖嗖”地飞向两边的林子。

“两位大哥干嘛?”少女在他们身后急喊。

可哪里还喊得住他们？话音几乎跟着他们的身子钻入了树林。

第三百六十九章　功夫教头

那快，是须臾，是眨眼，是瞬间。

两人彼此一喊，心灵就像长江黄河接上了线一样，顿时激情澎湃而又情意融融。

尤其是李绍嘉，身子飘出的时候，就如同山鹰射入谷底，朝着一个目标射去，头发也直抖抖的格外精神。

他喊万全策，并非无缘无故地喊，而是感到林子里飘忽着一个影子。

万全策同时喊他，应当也是感觉到了什么。

飞入林子后，李绍嘉目光如炬，仿佛可以射穿一棵棵树木似的，射向林子深处。

林子静幽幽的。

只有树间、地上闪烁着阳光的光影。

他俩将搜索的范围扩大到方圆两里，也没搜索到什么有价值的东西，连一丝危险的气息都没有。

难道那两个禽兽——日本特工是孤军深入，偶然来到象兑的？还是因为迷了路，才来到这里的？

李绍嘉希望是前者。

万全策却不这样想。在他的感觉里，小日本的行动是既诡秘又互有联络的，绝不会盲目的单干。

方圆两里内没发现其他日本特工的踪迹，只能说明一个问题，就是日本特工的网撒得比较开，这与万全策两天前的推测是一样的。他故意说要回家，只不过是要让李绍嘉气得跳起来，进而心里感到憋闷，只有憋闷到极点，往往才能有无尽的激情。

他要的就是李绍嘉无尽的激情。

这不，效果就出来了。

两个禽兽眨眼间就让他们给收拾了，多么快意淋漓的事。

回到空地上，万全箦发现李绍嘉的目光仍然是精亮精亮的。

“两位大哥干嘛去了?”少女望着他俩，不解地问。

“嘿嘿，没啥，去方便了一下。”李绍嘉答。

少女忍不住“扑哧”一声笑了：“难道你们一杀了人都会内急?”

“是啊，是啊。”

两人异口同声地答。

目光投向地上那两个禽兽，少女又问："他们到底是什么人?"

万全策张嘴欲说，李绍嘉的话已先行冒了出来："应该是盗墓贼吧。"

"我们这穷山恶水的，有什么墓可盗？要盗，也应该到你们中国去盗啊。"少女直言道。

"嗯嗯，他们日本人是在中国大肆盗墓了。"李绍嘉快人快语。

"他们……他们是日本人?"少女感到惊诧。

少女的惊诧，也令他们两人感到意外：怎么连日本人都认不出呢？他们的脸上就差没贴上"恶狼"两个字了。

"是的，他们是日本人。我们就是从中国追他们追到这里来的。"李绍嘉撒了个谎。

"嗯嗯，两位大哥可真厉害。"少女由衷地赞道，然后望着他俩，"要多少钱，才能请你们干事呢?"

呵呵，想请他俩当她的保镖吧?

两人心里暗道。

"嗯，那要看是干什么事。你看我们也不像是要大价的人，是吧?"李绍嘉顺着少女的话题道。

"当我们寨国的功夫教头。"少女道。

"哎哟哟，我们不过是个二流枪手，懂什么功夫哟?"李绍嘉连忙答道。

少女神秘地笑笑："懂不懂，我心里清楚。就怕你们嫌我们这里荒凉，不习惯……"

"什么荒凉？这里可是难得的世外桃源。"李绍嘉联想到白水寨，不由得道。

"这么说，你们是愿意啦?"少女开心极了。

见少女当真了，两人不禁面面相觑。

见状，少女抿嘴一笑："行了，你们也不用急着回答。先跟我回寨国吧，我要让我爸好好报答你们一下。"

说罢，少女已移动莲步。

"他们呢?"李绍嘉指了指她的两个保镖，问道。

"让别人来处理吧。"少女答。

回寨国的路上，少女告诉他们，她叫纳西丽莎。她父亲叫纳西格龙，是寨国的寨主。

"那你就是寨里的小公主了。"李绍嘉望着她窈窕的身子，就如同望着古国的美丽公主一样，禁不住道。

"嗯，寨里的人都这么叫我的。"纳西丽莎自豪地答。

他们在林子里走了约莫一里多路，突然见到一条人影闪出来。

那人见到纳西丽莎，张嘴欲喊，纳西丽莎用眼色止住了他，并示意他对付后面的两人。

那人便一声不吭，直扑李绍嘉和万全策。

一看来势，李绍嘉、万全策就知道来者不善。

来者的身材虽然不是很高大，却壮实，胳臂上的肌肉十分发达，充满了力道。

两人倏地闪开，那人的脚已闪电般飞踢而出。

“他们两个是坏蛋，给我狠狠地打。”纳西丽莎突然恨恨地道。

妈哟，恩将仇报了。

李绍嘉闪左边，万全策闪右边，脸上仍感到对手的脚风十分劲厉，若然被踢中，绝对会断手断骨的。

“让我来会会他。”万全策道罢，便斜身而上。

那人的第二脚已朝他踢出。

闪，已经来不及。

硬顶，无疑是两败俱伤。

万全策当然不会硬顶。虽然他的虎拳走的是硬朗的路线，但既然是中国功夫，自然就少不了攻防兼备的要素。

只听万全策虎吼一声，身子猛地一颤一抖，对方踢过来的脚立马被颤了开来。

万全策的虎拳也随之砸出。

他这是防与攻连为一体、一气呵成。

对手疾退。

但哪里还来得及？

眼见万全策的虎拳就要砸在那人的胸口，纳西丽莎清脆的声音却赶到了：“大哥住手！”

结果，万全策的虎拳在那人胸前一寸的地方停住了。

那人转过身，面带怒色地冲纳西丽莎道：“公主另有高明，在下就此告辞。”

说罢，也不管纳西丽莎答不答话，身形一晃，便钻入了林子，飞身而去。

莫名其妙。

李绍嘉和万全策都感到莫名其妙。

纳西丽莎却笑盈盈地道：“嘿，你们还说不懂功夫，只一招，就将我们的泰拳教头气走了。”

原来是试他们的。

两人真是哭笑不得。

第三百七十章　神秘的寨国

走出林子，李绍嘉抬头一看，只见一座寨子坐落在山岗上。一排排的砖瓦屋，整齐划一，从低到高，如同一道天梯。寨子的围墙是用青石垒成的，那坚硬自是不用说的。只要寨门一关，就像一座坚不可破的城堡。

李绍嘉不由得用肘捅了捅万全策。

万全策飘了他一眼，笑道:“是不是看到人家的寨国，就想到你白水寨的黑玫瑰啦?”

李绍嘉很女人地睃了他一下：“啥呀？我是觉得他们的房子，跟我们中国农村的房子差不多，都是一厅两井的布局。”

万全策满不在乎地说：“这有什么？追求安稳，是人类的天性。何况他们的图腾是大象。大象讲求的就是四平八稳，起的房子岂能偏东偏西、东歪西倒的?”

李绍嘉还没答话，纳西丽莎已“嗤”的一声笑道:“万大哥真有眼光，一看就懂。”

李绍嘉撇了撇嘴:“什么呀，一厅两井的布局，还是我一眼先看到的。”

“嗯嗯，李大哥的眼光也厉害。”纳西丽莎同样奉承道。李绍嘉听着，心里便舒舒柔柔的，很是受用。

进寨子，要爬一道长长的石级。

李绍嘉暗地里数了一下，从下面到寨门，足有三百六十一道台阶。

三百六十一除了是年的天数，还是什么？

万全策像知道李绍嘉心里打着小九九似的，目光射着他的瘦脸：“什么年的天数？那是围棋棋盘的点数。”

李绍嘉的脸被万全策射得火辣，想反驳，又一时拿不出反驳的理由，只好向纳西丽莎求援。

纳西丽莎对他笑笑：“是的，万大哥说的没错，那是围棋棋盘的点数。据说我们的先祖就是一个围棋高手，还跟你们的老子学过下围棋。”

这么神？这么巧合？

不会吧？

李绍嘉一脸疑惑。

纳西丽莎柔声解释道：“不信你再看看我们寨国房子的排列，是不是横十八座，竖十八座?”

整个寨国只有三十六座房子?怎么止呢?

李绍嘉看到的房子，就有好几百座。

万全策又“哼哼”了两声。

“你哼什么哼?难道你看到的只有三十六座房子?”李绍嘉不满地说。

万全策又“哼”了一声，才道：“你这个死瘦猴呀，眼睛只知道看表面，而不知道看实质。没错，一眼看去，他们象兑寨国是有几百座房子，但在这几百座房子里头，却有细分，那就是三十六座房子连成一体的。”

“真的吗?”李绍嘉红了脸，向纳西丽莎求教。

纳西丽莎点了点头。

“为什么要以围棋的基本格数为标准呢?”李绍嘉真的不解了。

纳西丽莎笑了笑：“嗯，按我们寨国的传统说法，这围棋充满了宇宙意识，可以从一生出无穷。表面上看，围棋只有 324 个格子，但如果从格中有格，大格小格都算上的话，标准的 19 路棋盘就有 2109 个正方形。简单说下计算思路：首先要知道在 19 路棋盘里的最小方格数应该是 18＊18。设最小方格的边长为 1，那么构成正方形的边长的可能值就为 1－18。那么一共的方格数就为所有边长为 1 的个数、所有边长为 2 的个数，并依此类推，至所有边长为 18 的个数的总和。把边长为 1 的方格置于棋盘左上角，然后以 1 为单位水平向右移动，然可以移动 17 次，也就是说 1 排可以有 18 个单位为 1 的方格。再把这个方格竖直向下移动，显然同样可以移动 17 次，也就是说有 18 排，每排都有 18 个方格。因此边长为 1 的方格有 18＊18 个。依此类推，把边长为 2 的方格置于棋盘左上角，然后以 2 为单位水平向右移动，显然可以移动 16 次，也就是说 1 排可以有 17 个单位为 2 的方格。再把这个方格竖直向下移动，显然同样可以移动 16 次，也就是说有 17 排，每排都有 17 个方格。因此边长为 2 的方格有 17＊17 个。依次推到边长为 18 的方格个数为 1＊1 个。所以棋盘上总正方形数为 1＊1＋2＊2＋3＊3＋……＋18＊18＝2109 个。”

李绍嘉听得是一头雾水、似懂非懂，不由得说道：“简单说，就是格中有格，小格变大格。”

“嗯，可以这么说。”纳西丽莎笑答，“以围棋格数来布局我们寨国，不但省地，更主要的是，房子之间连成一气，既安全，又左右逢源，方便大家互相走动。”

“呵呵，想不到那么简单的东西，居然还有那么丰富的内容。”李绍嘉不由叹道。

“嘿嘿，你想不到的东西还有很多哩。”万全策不客气地说。

“老万你——”李绍嘉欲生气，但目光一闪，闪出一个红衣女孩的身影。红衣女孩正袅袅地向他走过来。

嗯，明明是走过来的，红影却始终与他保持一段距离。他走得快，红影也来得快。眼看就要相撞了，他本能地一闪，红影却又在他七八步远的地方想要与他相撞。

怎么回事?

难道老万说的都在理，很多东西都是我想不到的？

李绍嘉心想道。

不可能吧？

想到这，李绍嘉不由得瞪大双眼，死死盯住红衣女孩，双脚故意使劲地踏着，一步一步地朝红衣女孩走过去。

红衣女孩仍然朝他走过来。

相距五步、四步、三步、两步。

再一步就相撞了。

李绍嘉赶紧闪身。

红衣女孩却又立在七八步远的地方。

怎么回事啊？是白日撞鬼了？

嘴巴抖抖，李绍嘉禁不住喊走在前面的万全策："老万，老万。"

"喊什么鬼？"万全策头也没回地答。

"你……你……你看见什么了？"李绍嘉打着结巴问。

"哈哈，我看见什么了？我看见房子了，我看见石级了。"万全策笑答。

"不，我是说其他的。"

"其他什么？"

"人，一个红衣女孩啊。"李绍嘉直言道。

"你真撞鬼了，这哪来的什么红衣女孩？"万全策没好气地答。

红衣女孩却站在万全策身边朝李绍嘉笑着。

"什么没有，她就站在你身边。"李绍嘉急道。

可等万全策转过身来，红衣女孩却一闪，不见了踪影。

"她……她跑了。"李绍嘉结巴着道。

万全策瞪了他一眼："开玩笑找第二样，没点新鲜感。"

这还不新鲜？李绍嘉一脸的委屈，又一脸的疑惑。

第三百七十一章 象兑的美酒

当寨主纳西格龙听了女儿纳西丽莎简单的诉说后，他的双手情不自禁地伸出，一手握住万全策，一手握住李绍嘉，动情地道："谢谢，谢谢两位大侠救了我女儿。"

嘿，他们成大侠了。

李绍嘉得意地朝万全策飞了个眼色。

万全策却避开他的眼色，只热情地望着纳西格龙，谦虚地说："寨主不用客气，我们只是路见不平，拔刀相助罢了。"

"呵呵，你也过谦了。"纳西格龙笑道，"不管怎么说，你们俩从今天起，就是我们象兑寨国的贵宾。来来，先坐下喝杯茶，等会去洗洗，把衣服换了，晚上咱们一醉方休。"

纳西格龙的身材虽然不算高大，浑身上下却散发出一股豪气，一双温和的眼睛后面深藏着一种含而不露的威严。

他们坐下喝茶的时候，纳西丽莎回房换衣去了。

李绍嘉发现，纳西格龙虽贵为寨主，客厅的布置却极为朴素，只有一套木沙发和几张椅子。而他家的房子和别人的房子也没什么两样，都是一厅两井，而且大小一样，高矮一样。也就是说，整座寨子的房子都大小一样、高矮一样，显得十分的平等。

纳西格龙的家门前既没有花园，也没有特大的院子。准确地说，是没有院子。屋门前只有一条约莫三米宽的通道。

寨子依山而建，不可能有多宽的平地。

若说纳西格龙有点特别的话，就是他的主屋左右，还有两套格局一样的房子，左为客房，右为下人住的地方。

晚宴就摆在屋门前，一长溜的方桌，有十九张。寨里有头有脸的人都来了。

十九张桌子正好是十九路的围棋。是故意为之，还是无意的？

万全策也搞不清楚。

他一眼扫去，男子所穿的衣服都是灰黑色的，像大象的肤色。女子的穿着则丰富多彩。即使是象兑的传统服装——黑衣白裙，黑衣也并非全黑，而是绣了红红的花边，红黑相映，格外醒目；白裙子也并非全白，上面也绣了各种花朵和动物的图案。

纳西丽莎穿的就是一条绣了孔雀的裙子。作为寨主，纳西格龙坐在第十张桌子上，正好居中。在主位坐下，纳西格龙要万全策和李绍嘉坐在他的左右，又为两人的身边安排了两个红裙姑娘，余下的才是纳西丽莎和寨里的几个长老。

菜色很简单，就是一大盘猪肉杂烩，里面有油炸豆腐、香菇、粉丝、木耳、竹笋。

简单却不失浓香。

酒，是他们自酿的米酒。

不用酒杯，只用碗喝。

当白花花的酒泻入酒碗时，李绍嘉的双眼都亮了。

万全策却没亮，倒是脸上泛上了忧色。因为一看这阵势，他就知道今晚非被灌醉不可。

果然，按他们象兑寨国的规矩，寨主先说了一堆有关今晚请客主题的话，大赞特赞了他俩一番，马上就敬大家一碗。

这一碗，是大家齐喝。

第二碗、第三碗，则是纳西格龙单敬李绍嘉和万全策的。

寨主敬罢，便顺时针由在座的人向他俩敬酒。

每人敬上三碗，就连红衣裙子也不例外。

一轮下来，李绍嘉他们两人就喝下了二十四碗酒。

武松也不过是三碗不过岗啊。

这当然还没完。

中国是礼仪之邦，李绍嘉他俩岂能忘了？

乖乖地回敬吧。

人家敬你三碗，你当然不能只敬人家一碗。

两人已是满脸通红、身子飘飘。

前面的二十四碗酒，就足以让他俩醉倒。

他俩却没醉。

不是他们使奸没喝，而是喝得碗底朝天、一滴不漏的。只是喝到七八碗的时候，他俩便知情况不妙，已悄悄运功使劲，将酒从汗中逼了出来。

看他俩满头大汗，身边的红裙姑娘就不时地用香帕帮他们擦汗。

汗流岂止在头？其实早已浃背。好在象兑男子的服装都宽松，裤腿也像裙子一样宽，可以让汗流得欢畅，而又不宜察觉。

说没察觉也是假的。

纳西丽莎望着他俩，目光就分明在得意地说："嘻嘻，还说你们不懂功夫，看你们用内功逼酒的手法，就不是等闲之辈。"

他俩用功逼酒被纳西丽莎识破，心里都略感不安。虽说他们这样做并不违规，但毕竟有点不领主人盛情之意。

眼睛都避开纳西丽莎。

偏偏纳西丽莎却不放过他俩。

等他俩回敬完大家之后，纳西丽莎就站起来望着他俩道："你们是我的救命恩人，我理当加倍敬你们。不过，这两轮喝得也够多了。如果想让我放过你们，就得答应我一个条件。"

加倍就是六碗酒啊。

纳西丽莎开了这个头，其他人岂能不跟着来？

到时别说内功逼酒，恐怕连气都被酒淹没了。

再说，纳西丽莎是话中有话，说放过他们，显然是包含了不揭穿他们用功逼酒的"使奸"手法。

两人不由得异口同声地说："什么条件？"

"嘻嘻，很简单，收我为徒。"纳西丽莎直奔主题道。

"这——"

两人显得为难了。

"不行吗？"纳西丽莎笑盈盈地问，目光却逼视着他们。

"不是不行，"李绍嘉忙道，"只是我们那三脚猫功夫，怕教坏了公主。"

"这你不用担心，只一句话，答应还是不答应？"纳西丽莎不跟他们绕弯子。

两人相视了一下：投降吧！

"嗯嗯，答应答应。"李绍嘉连忙答。

"嘻嘻，多谢两位师傅。"纳西丽莎高兴地道，"徒儿有礼，先敬师傅了。"

天，还是不能逃脱喝酒。

这晚他俩到底喝了多少酒，根本就搞不清了。

只是酒喝到夜半，喝到席散的时候，他俩还没醉趴在桌上，但双脚已是软得站立不稳，得红裙姑娘扶他们回房。

第三百七十二章　他有双鬼眼

寨子里黑了，突然响起了霍霍的磨刀声。

李绍嘉还在梦里和红裙姑娘甜甜蜜蜜着，嘴里也在喃喃呓语着。

“妹你个头，又梦到你的黑玫瑰了？”突然，万全策不知什么时候已经站到他的床边，给了他一记爆炒栗子。

坐起身，摸摸头，李绍嘉彻底清醒了。一看万全策的神情，他就猜到万全策发现了什么情况，二话没说，穿上衣服，提上枪，就和他悄悄出了门。

直到出了寨子，李绍嘉才忍不住问万全策：“老万，我们追啥？”

“我们的仇人。”万全策简短地答。

李绍嘉一听，心里马上热血沸腾，充满了一股强大的力量。望了一眼夜空，他不由得向天发誓：不管如何，我都要追到安室美惠，以报多日来的追杀之仇……

出了寨子不远，就是莽莽的林海。

这么大的林子，从哪入手去追？

万全策看了一眼进入林子的两条路，马上作出决定：“嘉嘉，你走左边那条路，我走右边。”

“嗯”了一声，李绍嘉的身形一飘，闪电一样闪入了左边那条林道。

林间小道十分黝黑，几乎伸手不见五指。这下，特训时练就的夜明眼就派上了用场。李绍嘉目光一闪，也能看清数米内的东西，远点的就朦胧点了。

似乎是嗅到了安室美惠的肤息，李绍嘉握枪的手不由得激动起来。

快点，快点，加油哦。快点追到那个骚婆娘。

一个声音在他耳边响起。

紧接着，一个影子从路边跳出来，他还没看清楚她的脸容，她就飞快地往前飘去。

背影苗条。

并非安室美惠那般丰满。

又一个影子从路边跳出来，他还没看清楚她的脸容，她就飞快地往前飘去。

接二连三，李绍嘉知道自己见鬼了，心下不由得发毛。

奶奶的，难道我长了一双鬼眼？还是象兑的鬼与我有亲，白天见，夜里也见？为什么他万全策见不到？

因为自己练的是鹰爪拳，以阴性见长？

有可能。

也只能这么解释。村里的老人都说，阴性重的人容易见到鬼。

白天的红裙女鬼并没有恶意。

此刻的几个女鬼，似乎也没有恶意。

是的，她们从路边跳出来那一刻，似乎是带着笑意的。

她们缠着我干什么呢？李绍嘉不解，却也没时间去理会那么多了，但他越往下追，鬼影越活跃。一个跳到他前面的树身上，“呼嗖呼嗖”欢吟着，仿佛十分亢奋。

天哦，她们不会当我是她们阳间的男人吧？

正愣着，另一个鬼影也“呼嗖呼嗖”地飞到树身上，竟是一个年轻的男鬼。

两头鬼从树上跳下来，你拱我，我拱你，一副厮磨相亲的样子。什么意思？什么意思？

李绍嘉的大脑迅速旋转起来。

他们不会是来为我表演相亲相爱的吧？

他们朝他望的时候，好像还甜蜜蜜地冲他笑。

是对他暗示什么呢？

李绍嘉想不透。他的身子仍飘着、浮着，若飘似飞，就像在云里梦里似的。

几番重复，李绍嘉终于感到那么点意思——

不管是阳间，还是阴间，性爱都是甜蜜幸福的事儿，但阳间是实实在在的，阴间则只是鬼影一团，虽能变形，却不能长久，性爱一瞬间就像梦一样粉碎，烟消云散，什么都没了、虚了、不存在了……

很明显，它们都是好心的鬼，在暗示我要珍惜今生此时。而此时最重要的，就是不能失去生命……

李绍嘉不由得对几个鬼影感激地笑了笑，然后冲他们道：“多谢了，我会努力的。”

话音刚落，几个鬼影竟然飞了过来，在他的脸上亲了几下，才“咭咭”笑着飘走了……

不会那么简单吧？

鬼影飘走了，李绍嘉又沉思了起来。他们的欢爱，是否象征着象兑当日的繁盛？而他们的碎灭，是否暗示着象兑的衰落？

如果是这样的话，那么他们仅仅是为他演示繁盛和衰落吗？

应该还有别的意思吧？

第三百七十三章 怪异的骷髅

越往下追，李绍嘉感到林子里越暗，还不时地传来“吱呱呱”的凄厉尖啸，令人毛骨悚然。

李绍嘉当然知道，那是猫头鹰发出的叫声。猫头鹰是夜猫子，专门在夜里抓老鼠，按说是益鸟。但在他们家乡，猫头鹰是不祥之物，如果哪家白天来了猫头鹰，那家人必定会出事——要么家人生病，要么家人死去。

听着猫头鹰的尖叫声，李绍嘉的心便如被骨梗了一样，变得很不爽。

虽然不爽，他也没有退却。倒是猫头鹰的尖啸分明是被谁惊动而发出的，也就是说，他追的方向没错，他的前面也许就是要追踪的安室美惠。因为他的脚步声十分轻微，绝不会惊动猫头鹰的。

想到安室美惠就在前面，李绍嘉心里不由得亢奋起来。

万全策从那边包抄，说不定已经包抄到安室美惠的前面。如果是这样的话，这回安室美惠就插翅难飞了。

施展起轻功，李绍嘉真像只灵猴，双脚也如同蜻蜓点水一般，刚一点地，身子就飞起，无比快捷。

但快归快，在快速追逐的同时，他全身的感觉都调动了起来。瞪大双眼，那是不用说的，因为茂密的林子实在是太黑了。两耳也耸起，不放过任何一点声息。鼻子则“呼哧呼哧”地吸着、抽着，巴不得让四面八方的气息瞬间落在鼻子上，瞬间进行分辨。

林子黝黑，目光就有限，只偶然看到从身前飘过的獐子、野兔、狐狸。

听觉也有点杂。除了动物的脚步声，还有风声、树叶的沙沙声，还不时地传来溪水的淙淙声。

嗅觉的负担最重。在一般人看来，深秋的山林必定是充满秋天的气息的，其实那是大致而言的。真的穿行在林子里面，李绍嘉嗅到的气息就十分丰富。单是树木的气息就各有千秋，像松树的松脂香，就浓郁得他鼻子无法拒绝；枫树的沉郁气息，也是很有逼力的。一千种树就有一千种不同的气息，再加上草、藤的气息，他感觉自己像是在蛇丛中穿行。

就是人的气息极淡。

开始的时候还有不少．但那都是象兑的寨人留下的。他们或打猎、或挖笋采菇、或伐木时的气息散发在林子里。

越往后，人的气息就越少越淡。

而且，淡淡的气息都是陈旧的气息，至少也是五天以上的。从气息里的杀气来判断，这少而淡的气息定然是追踪猎物的猎人留下来的。

竟然没有新鲜的人气。

李绍嘉不由得怀疑自己是否追错方向了。

如果安室美惠是走在前面的话，在这原始森林里是极容易辨别出来的。

然而，凭直觉，他又深信自己没有追错。

那就只有一种可能：安室美惠将自己伪装了起来。说不定身上涂满了野兔的血，掩盖住了她自身的气息。

这么一想，李绍嘉又充满了信心。

体轻身快，他形同闪电，不觉间已追入到一条峡谷。先是一阵风掀起他的头发，他的脑门嗖嗖发凉。继而一股阴风像从地底下钻出来似的，利箭一样射入他没有多少肌肉的身子。可谓箭箭入骨，刺得他的骨头寒嗖嗖的，咔啦咔啦地打颤。

不会是一条鬼谷吧？

瞪大双眼，李绍嘉真是心惊肉跳——一具具骷髅或在路边，或在树下，或在草丛。这都不打紧，死人他见得多了。问题是这些骷髅都奇形怪状的：有的完整无缺；有的则像被榨了油一样，周身的骨头都被榨成一团。而保留完好的骷髅头都有一个共同的特点，就是黑黝黝的眼眶分明充满无限的恐怖、绝望。

按李绍嘉的推测，这里是十分偏僻的，应该属于森林里的无人区。但他们怎么会跑到这里来？又何以死得那么恐怖？

从骷髅上的痕迹来看，那也是有新旧之分的，并非结伴同来的人。

再看完好的骷髅，身上既没枪伤，也没有刀砍斧劈的痕迹。那么他们是怎么死的？

饿死的？

不可能。这林子里大把的野果野菜，只要有点常识，就不至于饿死。而且，从他们只身穿越原始森林到达这里来看，他们对山林是十分有经验的。

病死？

也不可能。

如果是病死的话，绝对不会死得那么恐怖。

推测来推测去，李绍嘉只得出一个结论：他们是被吓死的。

是什么将他们吓死的呢？

山鬼山魈？

也不可能。

再说，那些像被榨了油一样榨死的人，也不像是被鬼整死的。通常听村里的老人说，鬼要吃人的话，都是直接利索的：要么抓住你，一口咬住你的脖子，将你的血吸干；要么伸出鬼手，直接插入你的心口，将你的心脏摘出来一口吃掉。像榨油那样将人榨死的鬼，他还从来没听说过。

那么，他们是怎么死的呢？

蟒蛇！

“嗵”的一声，李绍嘉的脑子里蹦出这个念头。

蟒蛇吞吃猎物之前，往往都是先将猎物硬生生缠死后，再慢慢吞吃的。那紧紧的缠，无疑就像榨油一样，会将人的骨头捏在一块。

想着，李绍嘉也不由得心寒。

鼻子赶紧抽着吸着，嗅着四面八方的气息。

都是树木、花草的气息。

嘿嘿，连只动物的气息都没有。

看来我是想多了。

正自得意，李绍嘉心里一颤：没有动物的气息，说明这里是有某个东西在当王的，别的动物都不敢来招惹它。

天啊，我不会是误入了蟒精的地盘吧？

村里的老人就说过，深山里的动物不管是野猪还是大蛇，一旦成精，那可比厉鬼还要厉害，是所向无敌的。

一脚踩到一具骷髅，骷髅咔啦啦的大响，在这静静的峡谷显得雷鸣一般。

李绍嘉赶紧跳开。

跳到一棵树下，他按住自己的心口，叮嘱自己道：“莫慌，莫慌，越慌越容易见鬼。”

但他的心却越发“扑通扑通”跳得紧，双脚也在发软……

第三百七十四章　蟒精与蜃楼

双脚发软的李绍嘉，喘息刚定，耸起的双耳马上钻入“嗖嗖嗖”的声音。声音虽然很微弱，却像一把把无形的飞刀破空而至，从四面八方朝他砍来。脖子寒嗖嗖的，仿佛被飞刀削断了，头颅正滴溜溜地飘在半空。

什么鬼东西？

李绍嘉心下大骇。

心里还没想到该如何办，他的双脚已经本能地飘飞起来。

不会是鬼。

大骇之下，李绍嘉却断定，“嗖嗖”之声并非来自鬼。他拉长的鼻子已经嗅到，“嗖嗖”之声里还夹着淡淡的气息。

的确不是鬼气。

而是冷血动物的气息。

也不是一般的蛇。蛇那种独特的膻味，他一嗅就知道。

气息淡淡，并不表示对方的体型小。相反，那钻入耳朵的“嗖嗖”之声，分明让他感觉到一股强大的逼力。

蟒。

森林巨蟒。

李绍嘉越发深信自己误入了巨蟒的领地。

再从声音像来自四面八方来看，巨蟒真成精了。如果是一般的蟒，都是直通通追逐猎物的，所到之处都会碰出“哗啦啦”的声响，方向单一而明确。蟒精则不然，常常是身在东，而声在西，令对手迷惑难辨。

这不，李绍嘉往东狂飘了一阵，前面突然就传来“嗖嗖”声，就像上万把飞刀朝他劈头盖脸地刺来。

不管三七二十一，他抬手就“叭叭叭”地射出一串子弹。

子弹并没有入肉的“扑哧”之声。

他的十几发子弹都打空了。

正发呆，“嗖嗖”的声音却从他的身后传来。

刚刚还在前面的啊，怎么就到了后面？

快，实在是太快了。

跑，赶紧跑吧！

李绍嘉拔腿就跑。

跑得慌不择路，身子碰得树枝、竹子哗啦啦直响。

如果安室美惠真的在前面，只要听到他碰响的声音，立马会警觉，自然会悄悄地躲到某一棵树后，静静地等他这个猎物到来。

危险极了。

但就算危险至极，李绍嘉也万分无奈。这蟒精就像一缕鬼魂，时而东，时而西，早已将他搞得晕头转向、摸不着北。能逃着并暂时避开蟒精的追逐，已经是万幸的事了，哪里还管得了别的东西？

到底在山谷里跑了多久，他已难以估算。他只觉得自己跑了比一万年还要长久。除了身子碰出的声响，就是他自己大口大口的喘气之声。

感觉肠子都快喘出来了。

脚底突然一硬，他发现自己跑在一条石级上了。

石级蜿蜒而上。

石级并非天然，而是人工铺砌的。虽然石面长满青苔、石缝钻出小草，但透过它们，就见到一条条麻石凿得整整齐齐地从谷底铺往山上。

在石级上跑了一会儿，李绍嘉就感到不可思议：这深山野岭的，谁会来铺下这样的石级？

不会是自己跑晕了，产生了错觉吧？

他不由得停住，用脚大力地跺。

麻石被他跺得叭叭的响，且回应生冷的硬硬的感觉。

不是泥土，确实是坚硬的石头。

跑出一个弯，他的眼前突然又一亮，一座石雕的高大门楼赫然入目。更令他惊奇的是，门楼的后面竟然坐落着一幢金碧辉煌的宫殿。

天啊！难道蟒精对我死缠烂追，就是要将我赶到这座宫殿来？

李绍嘉心里暗暗地想。

这么一想，他似乎也清醒了过来。

嗯，虽然蟒精对他紧追不放，但从头到尾似乎对他都没有恶意。他觉得它的“嗖嗖”之声像飞刀一样砍着他，也只不过是他自己的感觉，蟒精其实从来没“砍”过他一下。

如果蟒精对他有恶意，以它来无影、去无踪的身手，大可以像对待那些骷髅一样，将他缠入怀里，一寸一寸地将他勒死，一节骨头一节骨头地将他勒断。

然而，李绍嘉转而一想：蟒精有什么理由要放过我呢？

还没等他往下细想，脚下却突然踩空，身子急坠直下。

妈啊！是掉下悬崖了？

他张眼欲看，眼前却一片墨黑，哪里看得到什么？

他伸手欲抓，四周空空，抓到的只是空气。

身子在空中翻转。

“砰”的一声砸落的时候，他并不是双脚先落，也不是头先落，而是屁股先落。

屁股落地，并没有硬的感觉，身上的骨头也没被这坠落的冲力撞断，倒像是落在一张弹簧床上似的，他的身子被反弹了起来。

人还弹在半空，他已听到“哟哟”的叫声。

还没等他发问，万全策已恶狠狠地骂道：“死嘉嘉，你想砸死我啊？”

双脚落地，李绍嘉惊诧万分：“老万，你怎么会在这里？”

万全策站起了身，却没吭声。

李绍嘉走前一看，万全策竟然满脸通红，还带着几分羞涩。

他羞什么？又不是大姑娘。

李绍嘉不由好奇地问：“老万，你这是咋啦？”

万全策不好意思地嘿嘿笑了两声：“唉，说起来丢人。”

“怎么丢人了？”李绍嘉越发好奇。

“我……我是被一个红裙女子引到上面，突然又掉了下来的。”万全策吞吞吐吐地说。

“哇，还有这么好的事？”李绍嘉乐道。

万全策瞪了他一眼，哼哼道：“这还叫好事？命都差点摔没了。你呢，你又是怎么回事？”

李绍嘉眼里闪出一缕茫然，然后将蟒精追自己的过程说了。

“蟒精？你看到它了？”万全策不敢相信。

“没……没有。”李绍嘉答。

万全策就不以为然了：“连影子都没看到，你怎么能断定那是蟒精？说不定是你自己心里在作怪。”

“不可能。我看到的石级、宫殿都是实实在在的啊！”李绍嘉不服地说。

“哪来的石级、宫殿？”万全策讥嘲道。

李绍嘉脸上闪过一丝不快：“哪来的？就在我们往下掉的地方啊。”

“哈哈，嘉嘉，我看你真是昏了头了。那上面分明只有一条荒芜的羊肠小道。”万全策笑道。

“老万，你不是唬我的吧？”李绍嘉也犹豫了。

“你看我像唬你的样子吗？”万全策认真地说。

这是怎么回事？

李绍嘉茫然了。

第三百七十五章 诡异的崖谷

天蒙蒙亮的时候，李绍嘉才看清楚，他和万全策坠落的地方竟然是在一道悬崖之下。准确地说，是在悬崖的夹缝中。因为两边都是峭立的悬崖，抬头往上望，根本就望不到顶。主要是因为浓雾笼罩，目光只能看到数丈外的东西，加上崖壁青藤、杂树丛生，几乎将狭窄的崖谷遮掩。

望着，李绍嘉不由得感慨万分：要不是这丛生的藤树在他昨晚坠落的时候帮了一下忙，挡了一下冲力，他不摔个粉身碎骨才怪。

“望风景啊？嘉嘉，我们走吧。”万全策笑道。

李绍嘉回过神来，一脸难色：“走，怎么走？难道又要攀上去？”

“嘿嘿，既来之，则安之，有路就走，没路再攀。天无绝人之路。”万全策说罢，抬脚就走。

说是走，实则是钻。

崖底长满藤树荒草，根本就没有路。

他俩只能瞧着有空隙的地方钻，实在钻不过去，就用匕首挥砍，硬生生地砍出一条通道来。

万全策正在前面砍道，李绍嘉突然悄声道：“老万，停停。”

万全策停止挥砍的匕首，扭头看了李绍嘉一眼：“咋啦？”

李绍嘉拉长了一下瘦脸：“好像有一双眼睛在上面盯着我们。”

万全策警觉地往上望了望，两耳也耸了耸。望是望不到什么，听觉尚可。但入耳的除了晨鸟的清脆鸣唱，并没别的什么异音。

笑了笑，万全策不由得道：“嘉嘉，你是被昨晚的蟒精吓得草木皆兵了吧？”

“哼，什么呀！我会被它吓着吗？”李绍嘉不屑地说，“真的，老万，我真的感觉有一双眼睛在盯着我们，我的背脊都被盯得寒嗖嗖的。”

“嗯，那你继续感觉吧，我继续开路。”万全策笑道，手中的匕首又挥动了起来。匕首虽短小，却锋利，在万全策虎手的挥舞之下，纵横交错的拦路藤纷纷断落。

但青藤长得太密集了，万全策即使功夫在身，挥砍了一会儿，浑身也大汗淋漓了。当他正想直起身子，歇歇腰骨时，突然听到“叭”的一声枪响，吓得他不由得跳了一下。

枪声响在耳后。

不用说，就是李绍嘉开的枪。

枪声如命令，万全策本能地拔出盒子炮，身子往旁边一闪，枪口就指向悬崖上方。

悬崖上静悄悄的。

鸟声也被李绍嘉的枪声吓停了。

任万全策怎么感觉，也没感觉到一丝危险的气息。

收起枪，万全策不满地朝李绍嘉吼："嘉嘉，你发什么神经，没事乱开枪。不知道人是最怕突然受惊的吗？"

李绍嘉两眼仍盯着悬崖上方，手仍紧紧握着盒子炮："老万，你别吼，你以为我想啊？我确实是感觉到上面有人在用枪对着我们。"

"感觉感觉，你以为感觉是万能的啊？"万全策没好气地说。

"虽然不是万能的，可老大时常提醒我们，不能忘记了感觉。"李绍嘉辩解道。

"嘿嘿，老大，你不提老大还好，一提我就来气。也不知道他是怎样交代老范的，愣让老范将我们丢在这里不管。"万全策气哼哼地说。

李绍嘉诧异地看了他一眼："老万，你怎么能这样说我们老大？"

"怎么不能？这是明摆着的事实。我们俩就像没人管的孤儿，流落在这荒山野岭。他们倒好，一批去仰光，一批去追美女。我们呢？却被一群如狼似虎的家伙追杀得狼狈不堪。"万全策激动得像竹筒倒豆，将心中的话一骨碌倒了出来。

李绍嘉笑了一下："老万，你是被红裙女子迷了心窍还是怎么的？怎么变得一点感觉都没有了？依我的感觉，老大离我们越来越近了。"

"哼哼，那你就继续感觉吧。不不，我也累了，你来开路。"万全策说罢，身子转到李绍嘉身后。

嗅到万全策身上浓重的汗味，李绍嘉知道他确实是累了。二话没说，他便收起枪，拔出匕首，在前面开起路来。

抹掉额头上的汗水，歇了几口气，万全策才回复平静。

雾气渐散，视觉好了许多。

但刚平静了一会儿，万全策的心就像被什么揪了一下似的，神经马上绷得紧紧的，瞬间便将插回腰间的盒子炮拔了出来。

抬头往上一望，仿佛看到一个黑洞洞的枪口正对着他。

他忙将盒子炮一举，"叭叭叭"地就连打了三枪。

正在埋头开路的李绍嘉被吓得跳了起来。

转过身，李绍嘉结结巴巴地骂道："死……死老万，你……你想报复找第二样行不行？干……干嘛要用枪声来吓我？"

万全策两眼仍盯着悬崖上方，手仍紧紧握着盒子炮："嘉嘉，你别骂，你以为我想啊？我确实是看到上面有个黑洞洞的枪口对着我们。"

“你真的看到了?”李绍嘉没好气地说。

“嗯，真的看到了。”万全策满脸紧张地道。

李绍嘉警惕地往上望了望，然后才道：“那你相信我刚才的感觉了?”

万全策点点头:“不能不信了。正所谓眼见为实，我确实是看到了黑洞洞的枪口。”

“人呢?看清楚人没有?”李绍嘉紧张地问。

万全策摇了摇头：“凭感觉，那是一个女的。”

“是那妖女安室美惠?”李绍嘉忙问。

万全策又摇了摇头：“感觉不是。”

“哎，这就有点怪了。昨晚我是嗅到她的气息了。原还想你也发现了她的蛛丝马迹，抄在她的前面，我们来个前后夹攻的，哪里想得到却被蟒精追得要命。按说，这个时候在这里出现的应该是她呀。”李绍嘉疑惑地道。

“不是。那妖女有吃人的杀气，我不可能感觉不到。”万全策平静地说，“倒是，这女子给我的感觉是个从没杀过人的新手。”

“会不会是纳西丽莎?”李绍嘉问道，他也不知道自己为什么会突然想到她。

万全策瞪了李绍嘉一眼：“怎么可能是她呢?怎么说，我们也是救过她的啊。”

李绍嘉哼哼了两声：“老万，你也别说得这么肯定，万一她是设下了陷阱，让我们故意救她的呢?”

万全策愣了一下，仍然坚定地摇了摇头：“不，不可能是她。我们原来跟她就不熟，她又不知道我们要来象兑。再说，她设陷让我们救她，成为她的恩人，她能得到什么好处?”

李绍嘉想了想，也觉得万全策言之有理。

那么，那个女子到底是谁呢?

两人心里都在想。

第三百七十六章　雪莲的目的

李绍嘉的感觉没错，龚破夭正在渐渐地朝他们靠近。

话说他以刀喻剑，突然剑光一闪，如万道光芒，将高僧的黑光一扫而光。

高僧赶紧后退了七八步。

但还是迟了，他身上的黄袍早被龚破夭的剑气削得七零八落，树叶一样一片一片地在空中飘。

高僧呆了，羞愧得满脸通红。以他的修为，在江湖上还鲜见对手。他怎么也想不到自己竟然输在一个小青年的手下，而且输得这么狼狈。

但他也很清楚，龚破夭并没有取他性命的意思。

然而，这种几乎被剥光的羞辱，却让他比丢了性命还要难受。

太没脸了。

生不如死。

恨不得，是的，他恨不得一头钻到地底下去。

趁他发呆的时候，龚破夭的身形一闪，已不见了踪影，却隐隐约约向他飘回一句话："人只有死过一回，才能看得清自己！"

话轻如丝丝细雨。

高僧像沐浴了一万年的春雨似的，一把老骨头也"咔啦咔啦"地作响，像春笋拔节一样，一节一节地长出鲜嫩的笋肉来。

长叹一声，高僧不由朗声道："多谢大侠的提示，贫僧从此面壁思过，不再理江湖之事。"

嘿，我成大侠了。

龚破夭心里觉得有点逗。

"没用的废物。"张雪莲的软语却远远地飘了过来。

话虽软，龚破夭却感觉这软语像刀一样，毫不留情地将高僧一刀刀砍碎。

只有狠心至极的人，才会这么绝情。

龚破夭多少感到有点惋惜，多靓丽的女子，心地却这般的狠。

龚破夭并没有沿着张雪莲的声音追去。

从张雪莲飘来的声音判断，他知道她声在东、人在西。

身子一转，他即朝西追去。

她怎么会往西走呢？这不是在走回头路吗？

按他原先的推断，张雪莲往北走，是要转回中国去，以策应那里的康长风。

如果他没猜错的话，泰姬陵那颗夜明珠就在张雪莲身上。

泰姬多次助夫君打胜仗，稳固强盛了王国。

是否，康长风也有这个意思，要张雪莲这个公主助他呢？

可康长风的王国在哪？

难道他要在康巴建立自己的王国？

不，康巴太小了。

他父亲已经是康巴的土皇帝，若他的目标只在康巴，他根本无须与日本人勾结，只要将他的大哥悄悄干掉就可以继承“皇位”了。

那么，康长风留在缅甸协助中村正岛他们，仅仅是为了帮忙搜集情报吗？

不，应该还有更大的阴谋。

但这阴谋是什么？

龚破夭一时也不得其解。

就像他一时也搞不清张雪莲为什么会突然往西走一样。

她要回到印度去？

不可能。

还是，她只是引离的诱饵？

当她将康长天引离，发现追踪她的只有龚破夭的时候，觉得目的已经达到，这才往西走，去和康长风会合？

但她的目的是什么？

为什么一定要与康长风会合？

这又是龚破夭难以捉摸的问题。

不管，先追到她再说。

龚破夭心念一定，脚下顿如风起云涌，身子“嗖嗖”地在林子里穿梭。

往西追了一段，他发现张雪莲又往南走了。

照此往下走，她会经过象兑那地方。

从张雪莲走得没有一丝犹豫来看，她对这个地方很熟。

哼，哪怕你跑到天上，我也要把你追到。

龚破夭心里暗道。

然而，往南追了数里之后，在一座山谷里突然就失去了张雪莲的踪迹。

连一缕气息都察觉不到。

神，这也太神了吧！

龚破夭不由得疑惑万分。

依他猎王的嗅觉，那是连一只蚂蚁的气息都逃脱不过的啊，何况是一个活生生的女子？

龚破夭在山谷里转了几圈，都没寻到张雪莲的蛛丝马迹。

难道她飞了不成？

还是有什么在作怪？

夜明珠。

对，一定是夜明珠起了作用。夜明珠很神奇，不但可以让女主人变得艳丽，而且像活佛一样，还可以达成主人的一些心愿。要用夜明珠来掩饰自己的气息，那可是太简单的事了。

张雪莲也太狡猾了。不到关键时候，她都不动用夜明珠。

龚破夭暗地里叹服。

没了张雪莲的气息，龚破夭并没有泄气。

雁过留声，人过留痕。

没了气息，还有足迹可寻。

在这热带雨林，要寻找足迹并不是很困难的事。地面潮湿的居多，只要张雪莲走在湿地上，绝对就难以掩藏她的足迹。

于是，龚破夭暂时放弃了嗅觉，将精力集中在视觉上。

他的目光所到之处，就是连蛇滑过的蛇路，都可看得一清二楚的。

但当他又在谷中转了一圈之后，除了发现自己留下的足迹之外，再没发现新鲜的人类足迹。

野兽的足迹倒不少。

人迹，兽迹。

兽迹！

龚破夭灵光一闪，马上锁定在兽迹上。

回想一下，他心中已了然：张雪莲是假借牛脚走的。

他会这么断定，理由很简单，野牛一般都喜欢成群结队。可他看到的牛蹄印，只有若隐若现的一头牛留下的。再从牛蹄印的形状去看，那是母牛的蹄印。母牛极少离群，公牛则难说，为了控制地盘或发情的时候，它们会不惜跑出十几里外去战斗或幽会。

张雪莲，张雪莲，你虽狡猾，却对动物的习性不熟悉，最终还是留下了踪迹。

沿着牛蹄印，龚破夭飞快地往下追去。

第三百七十七章 雪莲的暗算

追出七八里地后，龚破夭发现，牛蹄印消失了，取而代之的是野猪的脚印。要不是龚破夭心细，还真被她张雪莲迷惑了。

张雪莲布下的野猪脚印不是一只，而是五只连在一起。一眼看去，如同五朵梅花，会让人误以为很多野猪走在一起。

看着，龚破夭差点没笑起来。

因为野猪并不喜欢成群结队。

成群结队的野猪，一般是母野猪带着一群小猪仔。

又是常识性的错误。

况且，五只排列在一起的猪脚印也太整齐了，不但留在地上的痕迹深浅一样，形状也一样。稍稍细看，就知道是人工所为。

龚破夭觉得，张雪莲一会做牛，一会做猪，真难为她了。

临近天黑的时候，龚破夭发现，张雪莲伪装的猪脚印通向了一座山寨。

借着暮色，龚破夭朝山寨望去。

山寨坐落在半山腰，与他相距有几里地远。

远远望去，山寨的房子是一些木屋，密密麻麻地挤在一起。虽说有点乱，但在炊烟、暮气的缭绕之下，显得神秘而诗意。

寨口几棵高大的枫树，就像迎客的主人一样，显得很有风度。

在距离寨子一里许的地方，张雪莲的猪脚印却朝一边走了。

她并没进寨子。

追了一天，龚破夭的肚子也咕咕叫了，便决定先进寨子找些吃的再说。

刚走到枫树脚下，一个老汉已对他合起双手，亲切地道："有客自远方来，欢迎欢迎。"

龚破夭对他笑了笑，谢了几声，并对老汉介绍了一下自己。他谎称自己是个做木材生意的商人。

山寨的人都纯朴，也许是与外界隔绝的原因吧，对山外的来人都十分热情，待如贵宾。

跟在老汉身后，龚破夭进了寨子。

寨巷狭窄，坎坷不平，而且幽暗。巷边的人家都虚掩着门，里面少有人声。

龚破夭感觉有点怪，心里思忖道：难道寨里的人都是哑巴？

这当然是不可能的事。

走了几条巷子，也没遇到过一个小孩。

这不可能吧？

这傍晚时分，正是小孩子一天最后的玩乐时间，他们怎么会放过呢？

龚破夭不由得警觉起来。

还没等他多想，老汉已笑呵呵地道："龚老板是不是觉得寨子很静？"

"是啊。"龚破夭答道。

老汉咳了一声："寨里的人都到镇上去过秋收节了，就留下我们几个老头守寨。"

呵，还有秋收节？

龚破夭知道，中国的一些少数民族都会感恩秋天，在秋收之后都会搞一些歌会来庆贺，便渐渐形成了节日。想不到这异国他乡的民族，也有这种习惯。

看来我刚才是想多了。

龚破夭便没再多想。

然而，他心里没多想，鼻子却逼着他想：一股血腥味分明在寨子里弥漫。

这是怎么回事？

老汉又道："为了庆贺秋收节，家家户户都杀鸡宰鸭，还会杀几头猪，扛着猪头去过节。在镇上，哪个寨子扛去的猪头多，就说明哪个寨子富有。我们寨子比较穷，所以只扛了六只猪头去。"

"原来如此，看来我真想多了。"龚破夭心里道。

"呵呵，到了。"老汉指着前面的一座房子道。

他话音刚落，房里就传出一个男声："隆达，是有客人来了吗？"

原来，带他进寨的老汉叫隆达。

隆达应道："是啊，绅泰。"

进了房子，龚破夭一眼看到厅内坐着五六个老汉。

他们正坐在桌子边，桌上已摆满了酒和菜。

菜是一式的猪肉焖野菇、木耳。

见到他，几个老汉都站起身，热情地招呼他入座。

隆达坐在主位，他则坐在隆达的左侧。

男左女右。这缅甸的风俗还真跟中国的有点类似。

没有过多的客套，上了酒席，那就是酒上见功夫了。

按照惯例，主人先敬酒，依次是其他几个老汉，最后才是龚破夭回敬。

一轮酒下来，龚破夭已知道了他们的名字。除了隆达、绅泰，其他五个人分别叫昌沙、刚木、南杰、勃生、莱奥。

名字很有异国特色。

但这异国特色的名字，并没让龚破夭迷惑。

虽然隆达为他解释了不少寨里的事情，他也没再多想。但有一点他却觉得不可思议：怎么不见一只狗呢?

狗的嗅觉是特灵的，哪家散发出肉香，它们都会闻香而来的。

通常，主人家设宴待客或摆酒贺生日的时候，寨里的狗都会不请自来的。

怎么不见一只狗呢?

难道这寨子里禁狗?

不可能。

心里虽然警觉，但龚破夭表面上仍然装出浑然不觉的样子，跟他们开心地喝着酒。

几碗酒之后，龚破夭就发现，几个老汉的脸红通通的，显得十分年轻。

装的，他们都是假扮的老头。

平常，年轻人要假扮老头，可以化妆、可以起皱纹、可以令双眼浑浊，比较容易以假乱真。但这酒一下肚、一上脸，真容就会自然而然地流露出来。

不用说，这几个“老头”一定是张雪莲手下的人假扮的。

怪不得张雪莲绕寨而走，分明是想迷惑他啊。

喝下一碗酒，龚破夭不由得朗声道：“张雪莲，你不用躲了，就出来喝碗酒吧。”

话音未落，几个“老头”马上脸色大变，刹时起身从座位上跳开，右手便往腰间伸去。

龚破夭身边的隆达和绅泰想动，但哪里还动得了。

当龚破夭说着话的时候，已悄悄出脚，踢了他俩脚下的穴位，他俩顿时全身麻木，想动也动不了了。

龚破夭的手轻轻一挥，七八支筷子已握在手，对那几个“老汉”喝道：“想要命的就给我站住别动。”

“杀了他。”就在这时，张雪莲的声音飘了进来。

第三百七十八章　露声不露形

昌沙、刚木、南杰、勃生、莱奥连呆都没呆一下，就像听到圣旨一样，伸向腰间的右手更是加快了速度。

当一个人被训练成杀手后，他就已经是个工具，什么生、什么死都不在考虑之列，首先想到的就是执行命令。

悲哀啊。

龚破夭的脑海里闪了一下这样的念头，手已一挥，七八支筷子就像一支支利箭飕然射出，快若电闪。

快，加上近距离，昌沙他们是连筷子的影都没看到，就感到喉咙一热，颈骨“咔嚓”一声响，一阵火辣的痛随即切入心骨，整个身子就像被抽空了一样，立时瘫了。伸向腰间的手也停在了枪把上。

筷子射入喉咙，也就是重伤的样子，但筷子穿断颈骨，整个中枢神经马上崩溃，大脑缺氧，生命的指令无法下达，整个人就像一部被突然停了电的机器，戛然而止。

他们的眼睛是望着龚破夭的。

但看到的已经是一片空濛。

这时隆达和绅泰看得张口结舌，一股寒气像刀一样砍着他们的骨头。

“龚破夭，你也太狠了。”张雪莲怒骂一声，人却不见影。

但从“咝咝嗦嗦”的草屑声里，龚破夭已猜到张雪莲在对面的屋顶上，便高声喊道：“公主怎么变得见不了人似的呢?”

“哼哼，你配看我吗?”张雪莲像一把刀似地回应过来。

“呵呵，我当然不配啦，我又不是你的情人。常言道，情人眼里出西施。癞蛤蟆一样的人，你也看得津津有味的。”龚破夭话中有话地说。

张雪莲一听，就知道龚破夭暗喻康长风是癞蛤蟆，不由高傲地道：“哼，你是什么人？你以为长风是你所能评价得了的？他一个手指头也比你强。”

“呵呵，是啊是啊。”龚破夭开心地笑答，“他的手指我可不敢高攀，就怕你从此是拉着他的手一块走进地狱的。”

“走进地狱就走进地狱，关你什么事!”张雪莲冷冰冰地答。

就如同一道冰墙，已将对话的通道隔断。

龚破夭轻轻叹了一口气："是啊，是不关我什么事。命由天定，你从一出生，就注定了要走上一条不归路。"

没有回声。

张雪莲若一阵轻风般飘走了。

龚破夭也身子微动，脚下像长了风火轮似地飞出了客厅，急得隆达和绅泰大喊："大侠，请手下留情，放我们一马。"

此话怎讲？

龚破夭飞上对面的屋顶时还在琢磨：我没置你俩于死地，已经放你们一马了，怎么还叫我手下留情？

也是两人的急喊，让龚破夭马上联想到刚入寨子时嗅到的那股血腥。隆达所说的都是假话，但因为是假话，龚破夭并没再去多想。现在看来，那股血腥一定来自寨人的血液。

心下不由得一寒：这可是有百多人的寨子啊。

放眼一扫，他看到一条黑影飘入了村后的山林。

看身形和动作，都是女子所特有的。

不用说，那是张雪莲。

稍提了一口气，龚破夭便如鹞子冲天一般，射过一座座屋顶，瞬间就进了村后的山林。

没走多远，他就嗅到一股浓重的血腥。

沿着血腥飞过去，龚破夭惊诧不已：淡淡的月色之下，一百多具尸体被堆在一个大坑内，不是身上中枪，就是脖子被割、头被砸得脑浆四溅……

惨不忍睹。

但从隆达、绅泰的话里，龚破夭推断有寨人逃了出去，定会找人回来复仇，故而两人才向他求救的。

这么残忍的杀手，还能救吗？

也是在这时，龚破夭才感到张雪莲不是一般的狠毒。为了达到目的，她不惜让手下对无辜的人下毒手。

张雪莲，你不死，天都没长眼。

龚破夭暗暗发出心音。

哼，做梦吧你！

张雪莲讥诮地回应。

龚破夭心下一颤：如若只是她一个女子，岂敢如此放肆？

他立时万分警觉起来。

他的鼻子虽然还被浓重的血腥缠绕，但透过浓重的血腥，他仍然嗅到了生人淡淡的气息。

不是张雪莲的气息。

气息来自男子。

一个、两个、三个……

足足有七八个人。

难怪张雪莲会那么放肆。

他也顿时觉得张雪莲使的不是一般小女子的小计谋，而是一步接一步的周密安排，如同一张罗网。

追，赶紧将张雪莲追到手，要不又不知有多少无辜的人死在她的手下。

龚破夭心念一定，连路都不去择，嗅着张雪莲淡淡的气息，就像灵猴一样从一棵树飘到另一棵树，取直线直逼张雪莲。

虽有月色，但林子却幽暗。

他刚这样追了一会儿，四面八方就传来“沙啦啦”的响声。

也是瞬间工夫，他便看到八个黑影像鬼魅一样，“嗖嗖”地从前后左右朝他扑过来。

身手都不凡。

挡我者死。

龚破夭下了狠心。

第三百七十九章 声东而击西

然而，他心里是这么想的，具体行动却相反。他的第一个目标并没有落在前面那两个黑影身上，而是锁定了身后的那两个黑影。

他断定对方身手不凡，并非空穴来风。

日本特工行动的时候，都会两人一组或者三人一组，但张雪莲的人却不是这样的。虽然也是前后左右各两人，可他们两人之间的距离拉得过开，相互间并不能有效地联络、掩护。

只有自恃武艺高强的人，才会这么单枪匹马地独干。

虽然如此，龚破夭也没有蛮干。

如果他先击杀前面的人，左右和后面的人马上就会包抄过来。

听声辨音，他知道对方的轻功都了得，动作十分之快。这也正是他们不用两人一组的缘故。只要一有风吹草动，他们瞬间就会包抄过来。

但再快，也会因为距离过远而需要一定的时间。

龚破夭需要的也是这个时间的空隙。

为了试一试对方真正的速度，龚破夭身子突然飘向右方，装出要对右边两个目标发动攻击的样子。

他的身子刚往右飞出数丈，前后和左边的六个目标马上飞速地合围过来。

一秒、两秒、三秒。

他们两人间靠拢的时间分别是：前面的是一秒，左边的是三秒，后面的是两秒。

从这个速度也可以看出，前面两个目标的功夫最强，后面的次之，左边的最弱。

说最弱，是相对前后的目标而言的。能三秒时间在这丛林里靠拢到一起，也是极快的速度了。

先从左边和前面的空隙穿插出去。

下定主意，龚破夭的身形马上又一转，转向了左前方。

依他的计算，前面的两个目标和左边的两个目标靠拢到一起，大概需要七八秒时间。

而他到达两者的中间段，则要三秒。也就是说，他有四秒多的时间穿插过去。

够了。

龚破天心里这么想，脚下却加快了速度。

看到龚破天突然转向，张雪莲的假老公强巴就觉得不可思议：这不是自寻死路吗?

在八个人当中，他强巴的功夫是最高的。因为高，他才有机会做了张雪莲的假老公，成了她的贴身保镖。

张雪莲在德里和他分手的时候，已悄悄交给他一张纸条。等张雪莲走了之后，他才打开来看，上面画着一条路线，还有五个简单的字：诱、阱、围、堵、飞。

他一看就明白，这五个字就是他沿线的任务。

因此，当龚破天追着张雪莲进入尼泊尔之后，强巴便带着一帮人抄近路直扑缅甸，也就有了寨子的“鸿门宴”和眼下的包围。

隆达那几个人没将龚破天搞定，强巴已被张雪莲扇了一个耳光。

虽被扇得火辣辣的痛，强巴毫无怨言，倒是被张雪莲这么来一下肌肤相亲，心里甜滋滋的。

想想，他假扮张雪莲老公的时候，从来都只有看的份儿，而没有触摸的机会。有时不得不同房共睡，却是张雪莲睡在床上，他睡在床下……时常嗅着张雪莲醉人的肤息，他不是不想，而是不敢想。

因为他惧怕的不是张雪莲，而是康长风。

他相信，只要自己对张雪莲流露出半点真情，他的脑袋就要开花。

在他的感觉里，康长风不是人，而是鬼。

你想的到的事，康长风会干；你想不到的事，康长风更能干！

前者无所谓，后者才是最要命的。

他之所以能够成为张雪莲的贴身保镖，不是因为他的功夫高强，而在于他的铁胆忠心。

张雪莲扇他一个耳光，也将他扇醒了：龚破天之强，远在他的想象之上。

当张雪莲往前飘逸的时候，他一点也不敢大意，马上兵分八路，将追来的龚破天包围起来。

他和庄杰走在前面，一是要挡住龚破天前进，二是可以及时联络到张雪莲，对她进行保护。

左边的蒋方和孙林，功夫仅在他之下。

右边的罗哲和邓恢，功夫也不差。

功夫略差一点的是后面的杨子旺和俞宏。

他让杨子旺、俞宏殿后，是断定龚破天只会向前冲，紧追张雪莲，而不会往后走，所以后面不会有什么大的压力。

这下龚破天突然转向左前方，无疑正中他的下怀。

强巴相信，依他们前和左的四人之力，完全可以抵挡龚破天。只要将龚破天缠住，右边和后面的四人围上来，他即成瓮中之鳖。

强巴的嘴角掠起一丝冷笑，随即发出几声急促的唿哨。

龚破夭一听，马上明白强巴是在招呼同伴，要对他迅速合围。

“沙啦啦”之声急疾而至。

行动可真快。

龚破夭心里暗道，逍遥腿也不由得疾飞，如大鹏一样，搅动三千里的气势。

快如电闪。

强巴看着也惊诧不已，赶紧动气、提气，让自己飞快地神行起来。

枪虽然握在手，可龚破夭飞驰在树木间，分分秒秒都有树木作掩护，根本就没有机会让他们瞄准开枪。

两秒。

出乎龚破夭的意料，他从强巴、庄杰和杨子旺、俞宏的中间穿插过去，只花了两秒时间。

也就是说，强巴、庄杰和杨子旺、俞宏合拢在一块，还得两三秒的时间。

两三秒，龚破夭即可与他们拉开数十米的距离。

如果是平常的数十米，那是极危险的。

但在森林的几十米，就如同平原地带的几百米，足够龚破夭从容布局了。

飞疾出百多米，龚破夭一脚撩起地上一截胳臂粗的枯木，再一脚将枯木踢飞。

枯木如箭，一直射向前面，碰得枝叶“沙啦啦”直响。

有了枯木这个诱饵，龚破夭马上回身，悄无声息地绕到后面……

听到前面“沙啦啦”的响声，强巴还以为龚破夭在直扑张雪莲，急得又连打了几个唿哨，招呼同伴急促往前追。

其实张雪莲这时已在数里之外。

对于龚破夭的功夫，她是见识过了的。

没有几里之遥，她都觉得不安全。

她相信自己扇强巴那一个耳光，会将他扇醒的。

可她哪里知道，强巴已经是高度重视龚破夭了。只是，强巴的高度重视，本身就高度有限。

毕竟，强巴还没和龚破夭面对面交过手。

此时龚破夭踢出枯木作诱饵，直飞向前，他首先想到的是张雪莲的安全，所以他急打唿哨，招呼同伴不顾一切地往前追。

哪里会想到龚破夭已悄无声息地绕到后面？

第三百八十章 死亡的叹息

说是悄无声息，实则龚破夭并没放慢自己的速度。他很清楚，当强巴带着同伴向前追出一段，也没发现他踪影的时候，就会怀疑他有可能绕到后面去，从而向同伴发出信号。这么一来，他想悄悄袭击杨子旺和俞宏的计划就会落空。

快！

这是龚破夭心中的意念。

快到悄无声息，这全是他从小生活在大山里，与猎物交手多年的结果。森林茂密，藤草丛生，要在看似密不透风的地方穿过去而不留声息，就得在瞬间作出准确的判断。同样是面对密集的藤草，就不能硬穿，得有所选择。也就是说，在密集的藤草丛中，寻找出藤尾、草尾结合的地方穿过去。即使会碰出声响，但因为藤尾、草尾可以摇动，身子穿过去的时候就不是硬碰，所以声响也就细微。相反，若是毫无选择地硬穿，不但会被藤草阻拦，还会碰出“哗啦啦”的连串响声。

龚破夭感到自己身如灵豹，胜似狸猫，身子柔软灵巧不说，双脚也柔如猫步，落地也是悄无声息的。

听着前面传来“哗啦啦”的声响，龚破夭已知道杨子旺和俞宏对山林没有多少经验。

这不，马上就飘来杨子旺的话——

“宏弟，帮帮我，我被藤缠住了。”

俞宏马上停下，转过身，走向后面的杨子旺，边走边气喘吁吁地道：“旺哥，这样追法，真的累死人了。”

“是啊，以为跟着康老大，就可以吃香喝辣的了，却要吃这样的苦。”杨子旺答道。

俞宏嘻嘻笑了两声：“苦虽苦，却也玩得刺激啊。像你在白天，一气就连杀了七八个人。”

“嗯，那倒是，看着他们浑身发颤的样子，我觉得我就是天下的主人，那种强大无比的感觉，实在是妙不可言。”杨子旺开心地道。

俞宏一边挥刀砍断杨子旺身边的老藤，一边得意地说：“是啊。当一个女孩抬起可怜巴巴的眼睛向我求饶的时候，我也觉得自己是皇，是手握生杀大权的皇。但说真的，那女孩真漂亮。要不是老大有令，要杀无赦的话，真想饶她一命，留着好好玩。”

“你不会想独自玩乐吧？”杨子旺淫邪地笑问。

“当然不会。有好事情，怎么会忘了七哥你？”俞宏笑答。

“嘿，还说没忘？我看你腋下夹着的两具女尸，都是裸着身子的。你敢说你没动过她们？”杨子旺道。

“嘿嘿，真是什么都逃不过七哥的眼睛。”俞宏说罢，又道，“七哥你也不差啊，你扛着的那具女尸，不也是衣衫不整的？”

“呵呵，彼此彼此。男人嘛，心里都有一种对女人施暴的欲望。”杨子旺实话实说。

两人的对话，每一声都传入龚破夭的耳里。

天杀的禽兽。

龚破夭平和的心也不由得升起一股怒火。

也许是因为怒火中烧，他的动作变得生硬了一些，脚下突然传来“咔嚓”一声。

“七哥，好像有异响。”俞宏警觉地道。

“你发神经吧你，哪来的什么异响？”杨子旺边说边朝俞宏使眼色。

他们是臭味相投的人，彼此的每一个神色自然都能领会。

见杨子旺朝自己使眼色，俞宏马上从腰间拔出了勃朗宁手枪，双耳耸起，密切地注视周围的动静。

杨子旺则继续道：“宏弟，快点把藤砍了，拉我出来。”

其实俞宏已经将缠住他身子的藤砍掉了。

因此，他一边说，一边从藤丛里钻出来，右手也迅速伸向腰间，拔出了手枪。

也是一支勃朗宁。

这勃朗宁手枪是由世界著名枪械设计大师约翰·摩西·勃朗宁设计的。他在一生中，成功地设计了许多手枪、步枪、机枪等枪械。

而勃朗宁研制手枪始于 19 世纪末，其产品主要由比利时的 FN 国营兵工厂、美国的柯尔特武器公司及雷明顿武器公司制造。

比利时 FN 国营兵工厂制造的勃朗宁手枪种类较多，其中有军用手枪、警用手枪和袖珍手枪，口径有 6.35mm、7.65mm 和 9mm，手枪的自动方式有自由枪机式和枪管短后坐式。

1899 年，约翰·摩西·勃朗宁设计了一支口径为 7.65mm 的自由枪机式手枪，并获得专利，这是世界上第一种自由枪机式自动方式的手枪。1900 年，比利时的 FN 国营兵工厂获得生产特许权并开始制造。该手枪被比利时军队列为制式手枪，枪的全称为勃朗宁 M1900 7.65mm 手枪。这种手枪流入中国较多，在中国被称为“枪牌手枪”。

比起盒子炮，勃朗宁无疑显得更轻巧，使用起来也灵活，只是有效射程不及盒子炮。

从杨子旺对俞宏说出“你发神经吧你，哪来的什么异响”的话，龚破夭就听出杨子旺话中的假意。

龚破夭心下已明白：自己已经惊了蛇。

直冲过去，显然是不行了。

而时间又不容许他作过多的铺垫。

不妨来个将计就计。

心意一定，龚破夭飞脚就踢起一块石头，石头直冲向杨子旺他们所在的位置。

林子漆黑，想看到目标很难。

因此，听着石头碰出“哗啦啦”的声音，杨子旺和俞宏马上各跳一边，抬手就朝声音传来的地方“叭叭”地开枪。

枪口的火光，却暴露出他俩身在的位置。

龚破夭瞧得太清楚了。

当他踢飞石头的时候，身子已嗖嗖地拔地而起，飘到了树上。

居高临下，加上杨子旺和俞宏所在的地方是一片藤丛，并没有多少树木遮掩。对龚破夭而言，这视野是十分良好的了。

“叭叭”的枪声刚落，他手中的盒子炮也响了。

几个点射，就让杨子旺和俞宏的身子吃了子弹。

“噢——”

两声死亡的叹声清晰地传来。

恶魔也会叹息啊。

龚破夭心下感慨：就连恶魔也会叹息自己的生命！

不容他多想，当他的枪声刚落时，身后已经传来密集的子弹声。

从树上斜飞出去，龚破夭迅速往东飞驰，避免与强巴的人正面接触。飞驰的时候，他的双耳并没有停止辨别——

对方的子弹虽然密集，但他很快就判断清楚，对方只有两个人在开枪，也就是说对方只有两个人朝他扑过来。

其他人呢？

难道强巴发现他声东击西之后，也将计就计，来了个金蝉脱壳？

如果是这样的话，肯定是有更重要的事，促使强巴迅速向张雪莲靠拢。

会是什么更重要的事呢？

第三百八十一章　安室的迷魂香

话说李绍嘉和万全策对“她到底是谁”想了好一会儿，也没想出个所以然来，干脆就不想了。

两人对望了一眼：我们还是趁早走吧！要不然等太阳升起，阳光一照，崖谷中的雾气消散，再密的藤草也掩藏不住咱们了。

原来他们还是砍藤断草开路的，这下他们不干了，改为见空就钻、见缝就插，这样要比砍藤断草快许多。代价则是不时地被荆棘划到脸和手，不一会儿脸部和手便火辣辣的痛。

痛也好过丢命啊。

李绍嘉这样想。

万全策也是这么想的。

并非他们怕死，只是觉得被别人像野猪一样打死，实在是死得太冤了。

崖顶上的安室美惠却在哼哼：“蠢才，要取你们的命岂不是易如反掌?”

好几回，她的狙击步枪都瞄准了李绍嘉他们两人露在藤草空隙的背脊上，只要一勾下食指，子弹必定从他们的背脊钻入，再穿过心脏，从前胸穿出，那样一来连上帝都无法救他们了。

说真的，她不是不想。

对他们两人，她真是恨之入骨。从德里的稻田里交手，一直到缅甸江边，虽然是她占主动的时候多，他们并没伤着她半点皮毛。但在关键之际，他们俩都像有天助似的，神秘地消失了。

她本是猫。

他们本是鼠。

按理是她戏弄他们，结果却像被他们戏弄了一般。手下的人虽然没对她流露出不满的神色，也不敢对她冷言冷语，可她却分明感觉到，手下的人骨子里仍在埋怨她指挥不力。

这是很要命的埋怨。因为只要手下的人生出埋怨之心，行动就会变得出人不出力，即使出力也出得不协调。这种不协调，自然就会影响到整体的力量。

中村正岛封她做临时队长，都是看在往日的情分上勉强封她的。她若没点突出的表现，就真的被中村正岛永远瞧不起了。

她不愿意看到这样的结果。

她希望以自己的实际行动、出色的表现，重新赢回中村正岛的心。

推测到李绍嘉和万全策在江里有可能死里逃生，她马上沿江进行搜索。

然而，搜来搜去也没见到他们两人的影子。康长风的信使也到了，信使传达了康长风的指示：将中国特工诱入、逼入象兑的万崖山林，不可对他们进行射杀。

康长风成菩萨了？

安室美惠不满地想。

但想归想，指示还得执行。

中村正岛早就说了，不管是在印度还是在缅甸，都得无条件听从康长风的指令。

但怎么诱？

连李绍嘉他们的影子都没见到。

先到象兑再说。

于是，安室美惠将手下的人分成两人一组，分头朝象兑扑去。

也是误打误着，当她的两个手下正要对象兑的小公主施暴的时候，李绍嘉和万全策出现了。

虽说牺牲了两个手下，但自此李绍嘉和万全策却在她的掌控之中。

夜里，她略施小计，往他们的房里悄悄喷了一些迷魂香，他们便乖乖地出了门。

出了门，他们两人还以为有了新发现。却不知道，嗅了迷魂香，他们的心思、神思都步入了一种虚幻的境地，将虚幻当成现实，而对现实的东西则视而不见、嗅而不觉。

李绍嘉遇到的鬼，万全策追逐的红裙女子，都不过是他们自己想象的幻影。

渐渐地，他们就被诱向了万崖山林。

说是万崖，应该是个虚数。尽管见到的山崖不少，也似乎是山崖连着山崖，若真正地数一数的话，恐怕也就那么几百座山崖。

眼下，两个蠢才就在百丈的悬崖之下忙于逃命。

只是，康长风为什么要他的特工诱李绍嘉他们进入万崖山林呢？

信使没说，她也无从猜想。

也不必去猜。

因为不管是在印度，还是在缅甸，康长风都像是地头蛇一样。

哼，也不奇怪，康长风是个盗墓贼，当然哪里有宝就往哪里去。说不定，这万崖山林里就藏着什么宝吧？

她并没往这方面多想。

在她的眼里，这万崖山林是一个荒无人烟的极地，只是野兽的乐园，哪里会有什么宝藏？

这次出来执行任务，安室美惠就觉得很窝囊。因为任务的目的根本就没有明确，只是很笼统地要他们听从康长风的指令、尽力配合康长风。这康长风也鬼鬼祟祟的，只管引着他们到处跑，却从来不说这样跑的目的是什么。

如蒙在鼓里。

静静地趴在崖顶上，安室美惠连枪也懒得瞄了。反正已对李绍嘉他们威吓了几回，看他们像野猪一样在崖底下乱钻，她觉得自己的目的已经达到了。

静了一下，她的心突然紧了一下。

有情况？

她的身子拔地而起，迅速转身横枪。

林子里静悄悄的，只是洒入了第一缕阳光。

阳光在她的脸蛋上一暖，她紧着的心也暖了，暖出一种春光烂漫的感觉。

感觉就如同握着中村正岛的手。

嗯，难道他带人来了？

应该是，要不怎么会突然想到他？

她只是不解，中村正岛为什么也要赶到这里来。据她所知，中村正岛在缅甸的目的是要收集缅甸的军事情报。

难道他的任务已经完成，是赶来支援的？

应该是的。

想到中村正岛，安室美惠的心里就生出异常的兴奋。尽管中村正岛翻脸不认人，对她冷冰冰的。但在她看来，罪不在中村正岛，而在仓木麻衣。仓木麻衣从野鸡变成了凤凰，自然会得到中村正岛的另眼相待。

她相信中村正岛是爱才，并非真爱仓木麻衣。

谁也不可能从她的手里夺走中村正岛。

对于这点，安室美惠是充满信心的。

而且，凭着灵敏的感觉，她相信仓木麻衣已经死在龚破夭的手下。

她一万次告诫自己不要这样想，更不能有半点的幸灾乐祸。可她的心偏不听话，偏那么去想，想着就感到莫名的兴奋。

嗯，我这可不是凭空乱想啊。她为自己辩解，因为不管从哪个角度去看，仓木麻衣都不可能是龚破夭的对手。

不要多想了。

一个声音在她耳边响起，她赶紧转回身子，趴在悬崖边往崖底望。

崖底静悄悄的，狭长的崖谷里已不见了李绍嘉、万全策的影子。

跑了？

安室美惠不由得慌乱起来。

第三百八十二章　甬道的机关

难道李绍嘉、万全策飞了？

安室美惠百思不得其解。

但这明明是不可能的事啊。这崖谷不是一般的崖谷，而是万丈深壑，谷中两边都是峭立的悬崖，呈南北走向，只有前向南和退向北可走。若然前后一堵，谷中的人一定插翅难飞。这崖谷足有十几里长，谷底藤草丛生，几乎密不透风，每走一步都十分艰难。开始，安室美惠听着谷底隐隐传来的砍伐声，已经知道他们两人只能用刀砍藤开路。等天亮了，雾散了，她即看到他俩像野猪一样在谷底里的藤草间乱钻，十分的狼狈。

不管是挥刀开路，还是在藤草间里钻着走，他们两人的踪迹都尽在她的掌控之中。

眼下他俩突然不见了，她的心岂能不慌乱？

这可是她报仇、立功、表现自己千载难逢的机会啊，怎能白白让它失去？

别慌，别慌。

你可是经历过大场面的人。

她暗暗地告诫自己。

说不定，他俩钻累了，此刻正在藤草里歇息。

于是，她目光如炬地射入谷中的南面。

那是李绍嘉、万全策所走的方向。

南谷静悄悄的。

阳光出来，雾散了之后，谷底可说是一目了然。

当李绍嘉和万全策在谷底走的时候，她也是随声而跟的，基本上保持着平行的距离。只是她在崖顶，他们在崖底，垂直平行罢了。即便她想了想中村正岛，想了想仓木麻衣，他俩也不会跑出多远，至多就跑了两百米上下。

然而，崖底南面的一里之内都无声无息，全无了他两人的动静。

怎么回事？

李绍嘉和万全策也不知道是怎么回事。

当他俩在藤草间钻着的时候，感到自己就像逃命的野猪，心里虽然很不爽，但也不敢怠慢，倒是觉得崖顶随时会射来子弹，身子也钻得越来越快。手脚并用还嫌不够，身上的每一个毛孔都在张开，像鼻子一样吸纳天地之气，让气灌入丹田，让丹田的气舒畅身子，使身子轻灵起来。

钻得便如飞如飘起来。

“嗞嗞嗦嗦”的藤声、草声也是不绝于耳。

飞快地钻着，约莫往南钻了两三里地，藤稀了、草疏了，他俩正自高兴，以为就快钻出崖谷了，眼前却越来越黑，身子阴嗖嗖的。

这是怎么啦?

没了密集的藤草遮盖，应该照着阳光，应该有暖意才对啊。

怎么伸手不见五指了?

钻在前面的万全策突然停下，回头对李绍嘉道：“这是怎么回事?”

“嘿，你问我，我问谁啊?”李绍嘉自嘲地道。

“唉，那就先歇歇吧，腰都快累断了。”万全策叹道。

长久地屈身而钻，腰岂能不累?

万全策直起身子，刚直到一半，头顶便“嗵”的一声碰到了生冷的硬物，火辣辣的痛。

“咋啦，老万?”李绍嘉急问。

“撞鬼了。”万全策摸摸头，没好气地答。

“鬼啥哦，我们是无意间钻入一条甬道了。”李绍嘉道。

万全策往左右两边和头顶上摸摸，果然是冷冰冰的石壁。

“往回走吧。”万全策对甬道没有好感。

“嘻，老万，这可是老天有眼，特别给我们安排的逃生通道啊。说不定，还会让我们遇到什么姬啊妃啊的。”李绍嘉乐滋滋地道。

“妃你个头。如果是一条死甬道，到时我们连退的机会都没有了。”万全策担心那神秘女子的同伴很快就会赶来，只要在崖顶上布开监视，他们一出现定然就会吃子弹。因此，要往后退，就得赶紧退。

李绍嘉却又“嘻嘻”笑了两声：“老万，你放心吧，你看这阴风嗖嗖的，就不会是一条死甬道，前面绝对会有出口。”

“真的?”万全策立马惊喜地问。

“绝对真的，听我的没错。放心往前走。”李绍嘉十分自信地答。

“嗯，那就听你这个钻惯山洞的死猴子的。”万全策道，便屈着身子，继续往前走。

越往里走，万全策越是感到阴风阵阵、寒意嗖嗖的。而且，这寒意里分明夹带一种阴险，阴得他骨头打鼓、牙齿发颤。他不由自主地停了下来，颤颤地说：“嘉嘉，感觉不对头哦。”

“怎么不对头了?”李绍嘉反问。

万全策将自己的感觉说了，希望李绍嘉也有此感觉，会打出退堂鼓。

哪知李绍嘉一拍大腿，兴奋地道："老万啊老万，这是好事啊。依你的感觉，这甬道里恐怕有什么机关。"

"死猴子，有机关你还高兴？"万全策不满地道。

李绍嘉"嘻嘻"一笑："老万，说你蠢吧，你也不像蠢人；说你不蠢吧，怎么就不会动动脑筋？你想想，这荒山野岭，按说是人烟难至的。可在这崖谷的甬道里却有机关，这是为什么？"

"为什么？"万全策心里虽然像点亮了什么似的，却仍然不解地问。

"为什么？还能为什么？除了藏宝的人暗设机关，还会有什么人设机关啊？"李绍嘉循循善诱道。

"宝宝宝，宝你的头。我看你是被泰姬陵的宝弄昏了头，脑子里整天就转着夜明珠之类的宝，以后你改行去寻宝算了。"万全策连讥带刺地道。

李绍嘉却一点都不在乎，仍然津津乐道："有机关就说明有宝，有宝就说明康长风他们的目的是为了这宝藏。我们这下捷足先登，不就识破了他们的阴谋，无意间立了大功吗？"

"嘿嘿，你个死猴子，你这么一说，倒真像那么回事。那个康长风连泰姬陵的夜明珠都要盗到手，天下还有什么宝藏，是他不想得到手的？"万全策似有所悟。

"就是嘛！"李绍嘉兴奋地道，"所以我们得赶快往里走，及早发现宝藏，进行保护。哦，不不不，得小心走，避过机关才行。否则……"

"否则什么？"

"否则出师未捷身先死。"李绍嘉脱口答。

"呸呸呸，闭上你的乌鸦嘴。"万全策忙道。

"行，我不说。但让我在前面走。"

"干嘛让你走前面？"万全策像受了侮辱似地道。

"嘿嘿，你不是说我是猴子嘛，猴子肯定就比你这只虎要精灵。"李绍嘉边说边从万全策身边挤了过去。

"嘉嘉你——"万全策的话刚喊出，李绍嘉已急急地喊："老万小心。"

话音未落之际，万全策即听到身旁的崖壁传出"嗖嗖"的声响。

是暗箭？

心里道声不好，万全策赶紧运气护身，双掌马上闻声而出。

"叭叭叭"连声而响。

是掌断木枪的声音。

万全策居然一气拍断了十几支从崖壁射出的木枪。

李绍嘉在前面也是连断木枪。

刹时之间，"叭叭"之声接连不断。

一会儿，声消音静。

万全策赶紧问："嘉嘉，你没事吧?"

"没事，没事。这死木枪怎可能奈何我？你呢，老万?"李绍嘉答道，也关切地回问。

"我……我也没事。"万全策回答，心里却寒嗖嗖的。好几回要不是他心灵手快，木枪的枪尖就刺入他的身子没商量了。

"嗯，那我们继续走。"李绍嘉信心十足地说，"机关再灵，也不及我们见过的真刀实枪。"

"但你还是得小心。"万全策道，生怕李绍嘉大意。

第三百八十三章　使出缩骨术

万全策的话音还在空中飘着，李绍嘉的耳朵还没接收到，他已经先一步听到自己脚下传来“咔”的一声响。

不是踩在了树枝上。

也不是踩在了碎石上。

凭感觉，李绍嘉知道自己踩到的是一个机关的按钮。准确地说，就是一块活动的石板。

脚下的石板往下一沉，“咔”的一声就从石板下传出来。

傻瓜都知道，这“咔”的一声是启动了机关。

见状，李绍嘉的脑子迅速飞转着：是什么机关？

飞枪尝过了，不会再来飞枪吧？

火阵？

如果是火阵的话就真要命了。甬道狭窄，大火一起的话，准被烧成烤猪。

但他相信藏宝的年代还没有汽油之类的物质，易燃的最多是酒精。

鼻子嗅嗅，他并没有嗅到酒精的味道。

火阵可以排除。

只是一瞬间。

隆隆的声音就从上头传来。

声音无疑提醒了李绍嘉，这段甬道是一个斜坡。

想都没有再多想，他立马高喊：“老万，滚石阵来了。”

他的喊与万全策的叮咛，几乎是在半途相碰的。

喊罢，李绍嘉并没有转身就跑。

听着滚石的汹汹来势，他知道是跑不过滚石的。

往两边靠也是极危险之事。既是滚石，当然是圆的，圆圆的滚石滚动起来，哪里有个准头？随时都会滚向边上，将他压成肉饼。

唯一能避开滚石的，恐怕只有甬道上方了。

这么一想，李绍嘉马上身子一翻，双脚蹬着右壁，双手撑着左边，脸朝下地往上移动，很快背脊就贴着甬道的上壁了。

隆隆之声已在丈外远。

甬道虽黑，他的视觉也能感觉到滚石压过来的影子。

收腹，扁胸，李绍嘉调动毕生的功力，迫使自己的身子扁得像纸一样薄，五脏六腑被他逼压得吱吱直响。

对不住了，你们先委屈一下吧。只要保住性命，日后我会好好善待你们的。

李绍嘉心里对五脏六腑道。

刚想罢，滚石已到。

先是滚石激起的气浪冲来，如同一阵罡风，冲得李绍嘉几乎从顶壁掉落下来。但他的双手仍紧扣着石壁，双脚也死死地蹬着，身子就如同强力的弹簧，这才稳住身子，顶住罡风的冲击。

滚石到了。

他闭上双眼，一副听天由命的样子。

隆的一声过去，滚石擦着他的衣服而过。

天啊，老万咋办？

李绍嘉急急地想，也不管上面的滚石隆隆而至。听声辨音，他知道还有三到四个大滚石。

他心里挂着万全策。

他知道万全策不可能转身逃跑的。

更不可能像自己一样将身子贴在甬道的顶壁上。万全策身材高大啊，怎么收腹扁胸都要比自己厚一半的。

滚石可是擦着自己的衣服而过的啊，距离只有一公分。

半寸的空隙都没有。

“老万。”他急得哭喊起来。

没有回声。

万全策哪里还有工夫回答？

当李绍嘉对他喊出“滚石阵”的时候，他第一个念头就排除了转身逃跑的可能。滚石自上而下，那是速度加速度、越滚越快的。若是在空地上的斜坡，他还可以跑得飞快，但在这只能屈着身子走的甬道，别说跑，就连走都走得憋闷。

既然是滚石，当然就是圆的大石头。而存在空隙的地方，就是圆石的四周。

于是，万全策就不像李绍嘉那样贴向上壁，而是往地上一躺，滚到石壁下，运气将身子一逼，不是逼扁，而是逼长。

逼得骨头“咔啦啦”作响。

拉得肌肉“吱吱”直叫。

其实，按江湖的说法，他这叫缩骨术。

一般练武的人都懂得一点。

当初师傅教他的时候，他还挺反感的，说自己又不会去偷、去盗，学这缩骨术干嘛？

当时头上马上享受到了师傅的几个爆炒栗子。

“蠢才，功夫还怕多的？如果你心术不正，即使不学缩骨术，也会去偷去盗。”师傅朝他吼道。

他记得那年自己才十岁。

被师傅一吼，他的身子差点缩到泥土里去了。

当时，依他的童心去想，练这缩骨术是便于钻窗穿洞，与偷盗挂得上钩的。

师傅对他这么一吼，当然也就把他吼醒了。从此，他便冬练虎拳，夏练缩骨。

瞧瞧，眼下他竟然将自己缩成一条小圆木似的，紧紧地贴在石壁下。

长脸之下，他的眼睛也被垂直拉长，眯成了一条线。

来吧，滚石，看你能奈我何如？

万全策心里窃想。

李绍嘉的哭喊，他是听到了的。但被拉长的嘴巴，哪里还方便回应？

他只是心急，李绍嘉怎么了？

他是否也懂缩骨术？

如果不懂，那就危险至极了。

还没等他多想，滚石就已经滚了过来。

隆隆之声格外刺耳，就像被火车辗过耳朵一样。

罡风的冲击波，将地上的细小沙石冲得飞起，“扑扑”地敲在他的头上、身上。

虽然只是蚊叮般疼痛，万全策心里却在叫苦：千万别敲中我身上的主穴啊，否则穴道一散，自己以气缩骨的气道就散了。气道一散，自己将复归原形，那就被滚石辗定了。

还好，滚石顺利地从他眼前滚了过去。

滚石与他相距也不过是一寸上下的距离。

若没缩骨术在身，他今就死了千回万回了。

师傅啊，你真是我的再生父母耶。

他心里由衷地道。

一道滚石滚过去，没听到万全策的惨叫声，李绍嘉的心里安了一些。

又一道滚石滚过去，万全策也没有听到李绍嘉的惨叫声，心里也生出些许安慰。

大风大雨都经历过了，如果死在这滚石之下，不管是他万全策，还是李绍嘉，都会悔恨终生的。

好不容易，滚石终于滚完了。

但好一会儿，他们两人都不敢动一动。

虽然李绍嘉已经撑得手脚发麻、又酸又痛，仍然咬紧牙关，死死撑着。

万全策的缩骨好一些，但也好不到哪里去。缩上十几分钟，骨头就会开始发痛，肌肉也被紧绷得直抗议。

耳听、心听、灵魂也听，直听到上面再没有传来声息，他俩才敢动身子。

说是动，李绍嘉其实是掉。

像块泥巴一样从壁顶掉了下来。

不是他想这样，而是他实在顶不住了，再没一丝力气去支撑。当他发现没了危险，便身体一松驰，手和脚第一时间就放弃了支撑。

“叭嗒”一声掉到地上，李绍嘉也没了痛感。

身子趴着，他是动都不想再动一下，真想就这样永远趴下去。

万全策则在松骨放肉。

松骨放肉并不比缩骨长肉轻松，得讲顺序。先从头开始松，继而是肩、肋部、髋部，最后才是腿脚。不能急，一急骨头不是折断，就是错乱。也不能不讲顺序，顺序一乱的话，气道就乱，整个人就像一盆散沙，难以复原了。

这个时候，万全策是最没有自我保护的时候，即使是一个小孩子，都可以对他进行攻击。

仿佛感到万全策的危险，李绍嘉趴了片刻，就赶紧爬起身，迅速转到他身边。

看到万全策正在闭目松骨放肉，李绍嘉惊诧不已，却不敢吭声，生怕打扰了他的注意力。

然而，甬道外却传来“咔嚓”的一声响。

第三百八十四章　奶奶的石门

听到甬道外传来“咔嚓”的一声响，李绍嘉迅速闪到一边，拔出盒子炮凝神静听。

万全策仍然闭着双眼，两耳不闻窗外事，一心只在松骨放肉。已经放到髋部了，就像蛇脱皮，正脱到关键部位，一刻也不能大意。当然这也是他最危险的时候。

没去想李绍嘉是否能顶住外来的危险。他心里只有一个信念，只要李绍嘉顶住一分钟，他就大功告成了。

别看髋部是粗枝大叶的地方，要将骨松开，将骨络关节接上复原，也得小心翼翼。若是骨络关节错位，左屁股就会扭到右屁股去了。

李绍嘉听到冷汗直冒，也没再听到半点动静。

鼻子伸得老长，也没嗅到一点危险气息。

“嘘”了一口气，李绍嘉心里苦笑道：“真没用，不就被滚石滚了一下嘛，就变得草木皆兵了。”

万全策也轻轻“嘘”了一声，终于松骨放肉完毕。

坐起了身，他抬头望着李绍嘉：“多得有你在身边，要不，随便来一个人，都会要了我的命。”

“嘻嘻，大难不死，说明我们有后福。”李绍嘉仿佛看到甬道通向的宝藏，开心地道。

万全策把眼一瞪：“你还在想着你的宝藏啊？”

李绍嘉挺了挺脖子：“岂能不想？我们可是经历了九死一生，不瞧到宝藏的真面目，岂不白来了？”

“唉，服了你了。”万全策叹了一口气，“那就赶快走吧，免得夜长梦多。”

“嗯”了一声，李绍嘉便猴子一样往里蹿。

蹿了没几步，他的声音又往后飘到万全策耳里：“老万，跟着我的脚步走哈。”

万全策当然明白李绍嘉的意思，甬道里既然有暗枪、滚石，自然还会有其他机关。但只要不碰到、不踩到触动机关的“穴位”，机关也就不会自动发出攻击。

李绍嘉左一跳，右一跳，显然是为了避免踩到机关的“要穴”。

万全策便跟着李绍嘉的步子跳。

跳了不到十丈远，万全策已累得腰酸骨痛。

那可是猫着腰跳啊。

喘了几回气，万全策感到就像走了一万公里那么远。他还没走出甬道，心里正在打鼓的时候，突然听到李绍嘉传来欢悦的叫声：“老万，我们到了。”

还没等万全策回答，又传来“轰隆”的一声响。

不是炸弹。

而是巨石砸到地上的声音。

李绍嘉转身一看：妈哦，一道石门封死了甬道口，将他和万全策隔开了。

石门是在距离甬道口一米的地方落下的。

悔呀。

李绍嘉悔不该如此大喊。

心里更恨暗设机关的人，居然能做到声控石门的地步。

那家伙也真是太懂人的心理了。由于穿过了长长的甬道，又历经暗枪和滚石的生和死，突然走出甬道，来到大洞的时候，人肯定会大呼小叫的。谁知，声音的震动却启动了石门的机关，石门便毫不留情地砸下，将甬道口封死。

如此机关，也太灵敏了。

眼下悔也没用了，关键是怎么去弄开石门，让万全策进来。

大洞不像甬道那么漆黑，却也是黑得看不到丈外的东西。

火，得生火。

心念定下，李绍嘉马上在洞中寻找可燃之物。

功夫不负有心人，他找到了一大把枯藤、干草。从这枯藤干草来看，这大洞干燥，不潮湿，正是藏宝的好地方。

将枯藤干草堆在石门前，李绍嘉取出一颗子弹，用匕首撬开弹头，将火药倒在干草边，再以匕首急刮石头的地面，顿时火星四溅，火药“砰”的一声就着了。火药的火也燃着了干草。

火生起来了。

这时，李绍嘉也听到了“嗑嗑”敲石门的声音。

天啊，怎么能乱敲！

李绍嘉的心跳上了喉咙口，身子一缩，马上就地打滚，滚到了一边。

没有箭雨。

也没有石头砸下来。

好一会儿，李绍嘉才松了一口气。

起身走到石门前，他也用匕首柄敲了三下石门，回应门对面的万全策：我没事。

万全策又急急回敲两声：那怎么办？

李绍嘉不紧不慢地敲回一声：我正在想办法。

万全策又急敲三声：得赶快！

李绍嘉缓缓地回敲两声：明白！

但看这石门，是光溜溜的，既没锁可开，也没栓可拉，而是石板一块，李绍嘉不知从何下手。

想将石门撬起来？

那也不可能。

尺多厚的石门，至少也有三四吨重吧？

除了神仙能动它，谁还能动得了它？

但石门是应该能动的。

李绍嘉坚信。

要不藏宝的后人进来取宝，一个不小心触落了石门，岂不将自己封死在洞里了？

如果他猜得没错，内外都应该有控制石门的机关。

李绍嘉马上将这个信息传给了万全策。

嗯，那你在里找，我在外寻。

万全策高兴地回应。

举着火把，李绍嘉从石门的左边照到右边，又从右边照向石门的上方。但这一米的甬道里，四壁都是光滑溜的，根本不可能藏着开门的机关。

眼睛看了还不够，李绍嘉又用手细细摸了一遍，四壁都是生硬如铁的，没有一寸地方在他的手下陷下去。

傻瓜。

傻瓜才会将开门的机关设在门边吧？

李绍嘉不由得骂起自己来。

但开门的机关就在大洞里是不会错的。

先将洞里亮起来再说。

举着火把，李绍嘉在洞中转了一圈，发现这洞足足有上千平米。

但出乎他的意料的是，洞中空空荡荡的，别说看不到一只装宝物的箱子，就连一枚铜钱都见不到。

哼，洞中肯定还有洞。

又生了几堆火。

这几堆火一着，李绍嘉放眼一看，不由得大喜。说这大洞空空荡荡是不对的。这不，洞中北面的几棵石树中间，不是堆着一堆蜡烛吗？

蜡烛堆得整整齐齐的，显然还没有人来动过。

也就是说，他李绍嘉是在人家藏宝之后，第一个进洞的人。

嗯，有了蜡烛就好办了，起码不愁没了光明。

蜡烛也够粗够长。

长足有三尺，粗如手腕。

李绍嘉快步走过去，取了几支蜡烛点亮，分插在洞的四周。然后再手举着一支蜡烛，仔细地寻找开动石门的机关。

就在这时，石门响起“嗑嗑”的敲击声。

第三百八十五章 我伟大的佛

听着急促的敲击，李绍嘉知道万全策发现了危险，情况万分火急！

难道是康长风的人追进来了？

怎么办？怎么办？

李绍嘉心里那个急啊，真不亚于热锅上的蚂蚁。

如果真是康长风的人追来了，万全策就死定了。只要甬道口一堵，他就走投无路了。若想置他于死地，只要来一场火攻，就像烟熏老鼠那样，定能将他硬生生地熏死。

不敢去多想万全策被烟熏死的情景，那真是惨不忍睹。

李绍嘉急得在洞中团团转。目光如炬、如箭，恨不得射穿洞中的石壁，找出开门的机关。

可洞中的石壁光溜溜的，分明是经过人工雕凿的，任他怎么看，都看不出哪里是特别的地方，会藏着开门的机关。

洞顶没有经过雕凿，倒吊着钟乳石、藤藤草草，显出一片杂乱无章的景象，令李绍嘉的目光更加零乱，不知从何着手。

几棵石树他也爬了上去搜寻，还这条石枝摸摸，那条石枝拉拉，希望能触动开门的机关。可石枝都硬邦邦、冷冰冰的，全然不把他的焦急放在眼里。

洞顶是否隐藏着通向密室的甬道？

既然洞中没有摆着宝盒宝箱，那么宝盒宝箱定然藏在某个密室里。

从石树攀向洞顶，他拨开倒吊的藤草，洞口是发现了几个，但都是老鼠洞那么大的，连一个拳头都伸不进去。这些小洞只是藤草的生命线。

飞身从石树上跃下来，李绍嘉急得大喊："老天，你就帮帮我吧！"

话一出口，他就觉得不对。

"老天"太宽泛了，得有具体的工作人员来执行老天的旨意才行。

谁来呢？

神当然很好，可他从来没和神交往过，觉得那是很遥远的事。

仙也不错，但他知道，仙是不管人间俗事的。

妖和魔虽然法力不小，但他们属于邪恶的范畴吧？我李绍嘉不管怎么说也是国军的特工啊，怎么能和邪恶同流合污呢？

找鬼帮忙？想都不要去想了。

佛吧。

对对，在家里的时候，自己也是烧过香、拜过佛的。

佛啊，看在我曾经敬过你的份上，你就帮帮我吧。

李绍嘉一边心里念叨，一边目光四射。

突然佛光一闪——

不，是佛影。

李绍嘉真切地看到，一个佛影显现在南边的洞壁上。

佛影虽说矮小了一些，也分不清是菩萨，还是观音。

不管了，赶紧跪吧，赶紧拜吧。

李绍嘉情不自禁双膝一软，“扑通”一声跪在地上，“嗵嗵嗵”连叩了几个头。

脑门都叩得火辣辣的痛了。

够诚意了吧？

还别说，“咔啦”声真的传来了。

不用转身看，李绍嘉就知道佛显灵了，背对着的石门开了。

“快、快、快把门关上。”万全策飞了进来，朝他急喊。

他站起身，转身对万全策问道：“关？怎么关？”

“傻瓜，你怎么开的，就怎么关呗。”万全策急急地道。

“都不是我开的，是佛显灵才开了的。”李绍嘉解释道。

“佛你个头，哪来的佛？”万全策急得要骂。

李绍嘉转过身：“他就在——”

洞壁空空如也，哪有什么佛影？

“唉，他跑了。”李绍嘉泄气地道。

突然，“砰砰”的枪声已从甬道传来。

万全策急得对李绍嘉猛喝一声：“嘉嘉，你傻了不成？你刚才是怎么做的，就按刚才那样去做！”

一语惊醒梦中人，李绍嘉马上“扑通”一声跪到地上。

“死嘉嘉，我都还没死，你跪什么跪？”万全策边骂边飞身闪到门边，举起盒子炮就朝甬道里打了一梭子弹。

传回一声惨叫。

接着是密集的子弹射进来，直打得洞壁火星四溅。

李绍嘉仍在急急地叩头。

石门却没有动静。

“嘉嘉，你还叩你娘的什么头哦？”万全策高声嗔怪道。

李绍嘉委屈地答：“我刚才就是这样叩开石门的啊。”

“真的？那你快叩，快叩。”万全策发现自己错怪了李绍嘉，忙道，道罢又问：“你刚才叩的是几下？”

“三下。”李绍嘉答。

“嗯，开门是三下，关门也许就要九下，你叩九下试试。”万全策提示道。

李绍嘉随即猛叩了九下头。

脑门都被叩得破了皮，渗出了血。

石门依然没有动静。

而甬道外射入的已是“哒哒哒”的机枪子弹。

“不行啊，老万。”李绍嘉失望地道。

“别急，别急。也许是你叩得太急了，没了节奏。你按开门的那个节奏叩九下。”万全策冷静地道。

李绍嘉“嗯”了一声，依言有节有奏地叩了九下头。

“轰隆”一声，石门终于关上了。

“佛啊，我伟大的佛，我千世万世都要敬你！”李绍嘉感慨万千地道。

万全策不满地道：“傻瓜，佛是伟大的我。”

“老万，你也太过分了。刚才要不是佛显灵，打开了石门，你都在外面死十遍了。”李绍嘉转过身来，冲万全策吼道。

“嘿嘿，火气还不小。”万全策笑道，“你刚才看到的佛影很矮小对吧？”

“是啊，咋的？”

“你再转过身去看看，佛影是不是变高大了？”万全策胸有成竹地道。

李绍嘉半信半疑地转过身去，只见洞壁上有一个高大的影子。

不可能啊，刚才的佛影明明很矮小的啊，怎么一下子就长高长大了？

“傻瓜，那是我的影子。”万全策直言道。

“你的？怎、怎么可能？”李绍嘉不信。

万全策闪到一边：“你再看看。”

李绍嘉再一看，洞壁上的佛影果然又变矮小了。

“看清了吧，那是你自己的影子。”万全策哈哈笑道。

李绍嘉摸了摸头，自言自语道：“是啊，那是我的影子。我刚才怎么当它是佛影了呢？”

“你急糊涂了呗。”万全策一语中的地说。

说罢，他走到李绍嘉身边，一把将他搂入怀里。

李绍嘉触电似地挣脱，跳到一边，红着脸道：“老万你别当我是女孩子似的搂行不行？”

万全策“呵呵”笑道：“我可是真心感谢你救了我一命啊。”

“要感谢也不用这样来感谢。”李绍嘉直通通地说。

他的话音刚落，石门外便传来“嗵嗵”的撞击声。

石门纹丝未动。

“嘿嘿，他们撞也是白撞。”万全策开心地道。

李绍嘉却冷不丁道：“不用撞也能开门。”

万全策脸部一紧：“此话怎讲？”

李绍嘉看了他一眼：“你想想，既然洞内能将石门打开和关上，洞外岂能不能？”

点了点头，万全策将目光倾泻在李绍嘉身上：“那你找到另外的出口没有？”

李绍嘉的双眼一白：“老万你这不是明知故问吗？如果我找到了另外的出口，还跟你在这干站着，等康长风他们进来剥我们的皮啊？”

“问问嘛，有啥的？”万全策不以为然地道，然后又问，“那你分析过另外的出口的机关会设在哪里吗？”

“我都快急死了，哪还有什么心思去分析？”李绍嘉不快地说。

“嗯嗯，这个我理解。但是，我说嘉嘉，人越是在危急的时候，越是要冷静，越是要学会现场分析。只有经过细致周密的分析，才能找出门道来。”万全策滔滔地说。

李绍嘉莫名地打量了他几眼：“老万，你什么时候开始这么婆妈了？”

“什么时候？刚刚，刚刚在门外的时候。发现他们距离我只有五十米，我的心就‘咯噔’了一下，是马上还击，还是装死？反复念叨了一万遍，我决定装死。这么冷静的决定，不就让我活过来了？所以婆妈是有好处的。”万全策深有体会地说。

李绍嘉“哼哼”了两声：“那你现在婆妈出什么来了？”

万全策瞪了他一眼：“我都还没开始婆妈。”

“啊？”李绍嘉的嘴巴张得天大。

第三百八十六章　机关在哪里

“比如，你认为这洞中什么是最特别的？”万全策终于开始了他的婆妈，“什么又是最不显眼的？”

李绍嘉假意扫了一眼四周：“在我眼里，既没有什么最特别的，也没有什么最不显眼的。”

“嘉嘉，你这不是屁话，等于没说吗？”万全策不满地道。

“是啊，我本来就不想说，只想听你的。”李绍嘉边说边将目光落向石门。石门已经安静了下来。

安静并非好事。

李绍嘉心想，石门安静，就说明外面的人正在思索开门的办法。

如果康长风在场，依他这个盗墓高手的经验，不出一会儿工夫，就有可能找到开门的机关。

“行，那你就听我的分析吧。”万全策挥了一下手，说道，“这洞中的四壁看似光溜溜的，让人看着就晕，就会认为里面什么东西都没有。但依我的分析，正是这看似什么都没有的地方，恰恰隐藏着很多东西。比如进入密室的暗门、逃生的甬道，都有可能藏在其中。那么，暗藏机关的地方在哪呢？不会在洞顶。洞顶虽然有藤有草，看似可以隐藏机关，但越是看似有东西的地方，偏偏就是没有东西的地方。那么，机关到底在哪呢？不会在洞中的四壁。因为傻瓜都会盲目地去敲一敲，说不定就给撞上了。所以暗设机关的人才不会这么傻，将机关设在四壁上。那么——”

“老万，你少来点‘那么’行不行？”李绍嘉打断万全策的话。

“行，那么我就直说吧。机关肯定是设在最平常、最不显眼的地方。”万全策边说边将目光投向石树间的那堆蜡烛上。

李绍嘉的目光跟了过去，却不以为然地说：“你认为机关藏在蜡烛下面？”

万全策自信地点点头：“那里堆着蜡烛，首先就给人一种先入为主的感觉，那里是放蜡烛的地方。当这个感觉存于心间，你就再也不会去注意它，就不会去想机关是否设在它的下面，是不是？”

李绍嘉将信将疑地“嗯”了一声。

万全策朝他笑了一下，即飞身闪到石树边，动手搬开石树间的蜡烛。

李绍嘉也跟了过去。

只见蜡烛下的石台是平平的，四周也没缝隙，根本就是不可活动的死石台。

禁不住，李绍嘉“嘻”的一声笑了。

万全策也愣了，喃喃自语道：“怎么会这样呢？”

“怎么不会这样呢？”李绍嘉讥笑道，“你所说的东西，别人也说得太多了。诸如什么越是危险的地方越是安全啦，越是平常的地方越是暗藏着秘密啦。你都知道的，人家暗设机关的人难道不知道？真是的。”

万全策红了脸道：“那你有什么招？”

李绍嘉看了看石树：“我认为秘密就藏在这五棵石树里。”

“为啥这么说？”万全策追问。

李绍嘉“嘿嘿”笑了两声：“你看吧，这石树不多不少，正好五棵。我不知道暗设机关的人是否懂得中国文化，但从这五棵石树来看，正好暗合了中国的‘五行’。五行——”

“什么五行？还八卦哩。”万全策忍不住道。

李绍嘉白了他一眼：“是你说，还是我说？”

“你说你说，看你的五行能行出什么来。”万全策道。对于五行，他也不是不懂。五行是指金木水火土，无非是相生、相克之说。什么水生木、木生火、火生土、土生金、金生水，以及水克火、火克金、金克木、木克土、土克水。

难道暗设机关还用得着五行？

“是的，肯定能行出东西来。”李绍嘉充满信心地道，“这五行只是一个提示，实则只用了二行，就是金和火。”

“这哪来的什么金啊？你不是整天都想着你的金子吧？”万全策笑道。

“老万，你能不能正经点？”李绍嘉黑下了脸。

“行，我正经，我正经。”万全策忙收起笑，道。

李绍嘉便接着分析：“平常我们都说金石金石，反过来说，石也就喻金。这石树无疑就暗喻着金树。至于火嘛，还是你老万提的醒。要不是你那么重视蜡烛，我也不会想到火，更不会联想到五行上去。”

“行了，不用那么啰嗦，直接说。”万全策打断李绍嘉的话。

李绍嘉得意地看了他一眼：“直接说嘛，就是火克金，用蜡烛烧石树，就能找出暗藏的机关。”

“嗯，有点道理。快烧，我们快烧。”万全策高兴地说。

两人便各举一支蜡烛，绕着五棵石树轮番地烧。

烧了好一会儿，石树依然是石树，并没为他们露出机关来。

石门外却突然传来“轰隆”一声巨响。

炸门了。

两人面面相觑。

石门却纹丝不动。

李绍嘉马上转忧为喜：他们炸石门，肯定是因为康长风还没有到来，是小日本在蛮干。

万全策却长叹一声："嘉嘉，难道老天真要灭我们？"

李绍嘉擂了他一拳："傻话，老天什么时候不帮我们啊？"

"可是——"万全策望着毫无表示的石树，脸上布满失望的神色。

"不用可是。我的分析是对的，只是我们烧的方法不对。你想想五行是怎么相生相克的？那是水生木、木生火、火生土、土生金、金生水，以及水克火、火克金、金克木、木克土、土克水，是不是？"李绍嘉道。

"是啊，这个我懂。可是与五棵石树有什么关系？"万全策仍然不解。

"有关系，有关系，太有关系了。"李绍嘉高兴得跳起来道，"我刚才说石树喻金，是只知其一，不知其四。如果石树只喻金，他们根本就不用五棵石树，只用一棵就行了。反过来说，他们之所以用五棵石树，是实实在在象征着金木水火土五行的。也就是说，五棵石树里头只有一棵是代表着金。只要找出这棵金树，再集中火力一烧，肯定就能让暗藏的机关暴露出来。"

"都一样的石树，怎么分辨啊？"万全策感到很为难。

李绍嘉看了一眼他的裆部："先用水生木来试，试出了木，就可以顺时针依次排出哪棵石树是金树了。"

"那嘉嘉你先来吧。"万全策见李绍嘉望着自己的裆部，就知道他要用尿来当水了。

"我来就我来，都危在旦夕了，还在乎小节？"李绍嘉说罢，便开始用尿射向石树。

一棵。

两棵。

三棵。

李绍嘉一声惊呼："找到了，找到它了！老万你过来看看。"

万全策走到那第三棵石树前一看，李绍嘉尿射的地方竟然嵌着一小块木头。木色与石色相同，加上糊了泥，若不是被尿水冲刷了一番，根本就发现不了。

找到了木，依次就是火、土、金、水了。

金树就是李绍嘉尿尿的第二棵石树。

"这棵石树，我们刚才不是烧过了吗？"万全策又疑惑了。

李绍嘉冲他扮了个鬼脸："老万你变傻了是不是？既然都是五行，那么我们烧它也得用五行来烧。也就是说，得用五根蜡烛围着它来烧。"

"行吗？"

"试试就知道了。"

两人便在这棵喻金的石树边，立起了五根燃烧的蜡烛。

紧张地望着烛火，李绍嘉的心在不断地念叨：开，开啊！

蜡烛烧了三分之一，石树仍然没有动静。

石门外又传来“轰隆”的一声巨响。

炸也是白炸的。

李绍嘉纹丝不动，只盯着被烧的石树。

万全策却不耐烦了，连声叹气：“没用，没用，看来烧也是白烧。”

李绍嘉没有理他。

万全策却烦躁不安地在洞中兜圈。

蜡烛烧到一半，石树仍然没有动静。

是热度不够吗？

李绍嘉也在想。

不可能啊，既然留在这里的是大蜡烛，肯定就是用它们来烧的。

耐心点吧。

李绍嘉坚信自己的想法是不会错的。

好不容易，就像等了一万年那么久，在蜡烛快烧尽的时候，李绍嘉终于听到石树传出“咔嗒”一声……

第三百八十七章　神秘的宝藏

“咔嗒”的一声从石树的背后传出来，李绍嘉的心不由得一阵狂跳。他转到石树后面，只见一块方石从石树中凸了出来。细看，方石渗着一层蜡油。不用说，方石嵌在石树里的时候，是涂了一层蜡的，将缝隙密封得天衣无缝，肉眼根本就看不出来。而烛火围着石树燃烧，方石面上的蜡才被熔化，里面的弹簧才将方石弹出。

“咔嗒”的一声虽然不是很响，万全策却真真切切地听到了。他几乎失望至极的心，立刻就像被阳光照了下一样，充满暖暖的希望。他三步并作两步跳到李绍嘉身边，兴奋地道：“嘉嘉，行了，是吧？”

“嗯”了一声，李绍嘉伸手将方石抽出，一个方洞便赫然在眼前。将手伸入方洞里，手指碰到了一只铜环。

铜环当然不是玩具，也不可能是摆设，而是做拉手用的。

抓住铜环，李绍嘉兴奋而谨慎地往下一拉——

却静悄悄的，仿佛什么动静都没有。

“嘉嘉，我们不是又被忽悠了吧？”万全策兴奋的神色马上变成了忧虑。

“不会，应该不会。我就像拉开了一道水闸似的。”李绍嘉坚定地说。话音刚落，石树后的洞墙已传来“咔啦啦”的声响。

两人迫不及待地望过去——

一道石门正渐渐地打开。

说是打开，还不太准确。

因为石门是往后退着开的。

通向暗室的门。万全策想。

通向宝藏的门。李绍嘉心道。

心里一阵暗喜，他俩举着蜡烛，瞬间就到了石门前。

“小心！”

两人又同时喊道，身子马上闪到门边。

随即，带着“嗖嗖”之声，几十支箭从里面射了出来。有的射在石树上，有的从石树间穿了过去，射在对面的洞壁上，火星四溅，“叭叭”作响。

而且，箭头银闪，却闪着一层寒意。寒意分明在告诉他俩：它们可是见血封喉的毒箭！

好险。

两人目光一碰，都仿佛在说。

要不是他们闪得快，早不知身中多少箭了。

这时，甬道那石门后又传来“轰隆”的一声巨响。

怎么还在炸门？难道康长风还没来？

李绍嘉不解。

万全策已从地上捡起一把箭，往门里飞射而出。

里面传出“噼哩啪啦”的声音。

声音落了，也没见什么东西飞射出来。万全策这才对李绍嘉道：“走，我们进去。”

进了门，他俩借着烛光，十分清楚地看到：密室的中央摆着几十架弓弩，都齐齐地对着门口。

绕过弓弩，他俩的眼前一亮，二三十只大木箱正红艳艳地叠在一起。

嗯，竟叠了三层。

木箱是千年樟木做的，樟木的香气散满密室。

他俩都知道，樟木可以防虫。

每只木箱都挂着一只大铜锁。

“钥匙呢？”李绍嘉禁不住道。

万全策微微一笑道：“都什么时候了，还讲斯文？”

手一扬，他手中的盒子炮就响了。

七八只铜锁应声而断。

李绍嘉跳了上去，打开一只木箱盖往里一看，满眼都是金灿灿的，立马兴奋地道：“金子，老万，都是光灿灿的金砖啊。”

万全策却没动，冷不丁说：“难道只是金砖？”

“金砖还嫌不够啊？每箱足有一百多斤呢。”李绍嘉答道，“我们干一辈子，也未必能赚到几块金砖。”

万全策“哼”了一声：“你把它们掀下来，打开第二层的箱子看看。”

“等等。”李绍嘉突然道。

只见他拿起一块金砖，翻转过来看，不由惊诧地道：“老万，这底部压印着‘官作’两个中国字耶。”

中国的金砖？

中国的金砖怎么跑到缅甸的荒山野岭来了？

万全策百思不得其解。

“是啊，太怪了，中国的金砖怎么跑到这里来了？”李绍嘉也很困惑。

“先别管，看第二层的。”万全策道。

李绍嘉便将第三层的木箱掀落，然后打开第二层的箱子。

妈哦，都是些金冠、凤冠、冠顶、冠带、金银冠、步摇冠、冠花、金盆等。

这可都是珍贵的艺术品啊，要比金砖值钱多了。

“都像是明代的金银器哦。”李绍嘉不由得道。

是的，明代的金银器制造工艺高超。而明代的金冠、金盆等又是当中的代表作。金冠、金盆造型庄重、装饰华丽、雕镂精细。器物用打胎法制成胎型，主体纹样采用锤成凸纹法，细部采用錾刻法，结合花丝工艺，组成精美图案，有的器物镶嵌珍珠宝石，五光十色。金银上多凿刻压印“官作”或“行作”或工匠名及成色。

金银器可分为金银器物和金银饰物两大类，还可分为饮食、信符玺印、容器、盥洗器、梳妆用具、陈设观赏品、宗教祭祀器、冠服、发饰、颈饰、耳饰、手、臂饰、胸坠饰、剑饰、车马饰、货币、杂器等10余小类。

金银器物中的饮食器有樽、杯、盘、壶、盏、碗、豆、盅、锅、箸、勺、匙、温碗、盏托、茶具、羽觞、执壶、花口杯、提梁壶等。信符玺印有腰牌、符牌、金印章等。容器有盒、缸、罐、篦等。盥洗器有匜、盆、洗等。梳妆用具有梳、篦、刀、衣、镊、镜架、栉背等。陈设观赏器有薰炉、香薰、银钏、金钟、瓶、盘、挂屏、盆景、天球仪等。宗教祭祀器有造像、葬具、法器、祭器、如意、香案、匾牌、菩萨等。

金银饰物中的冠服有凤冠、冠顶、冠带、金银冠、步摇冠、冠花等。发饰有笄、簪、钗、梳步摇、钿花、珠花等。颈饰有项链、项圈、排圈、金银冠坠、护头箍、金银角、银马围帕、金银抹额、金银插针、金银衣帽饰、吊饰、长命锁等。耳饰有耳珰、耳环、耳坠等。手、臂饰有钏、镯、条脱、戒指、指环、顶针等。胸腰坠饰有压领、腰链、腰带、腰牌等。

货币类有金贝、金条．金砖、金板、金饼、银贝、银饼、银元、银铤、银锭、金五铢、马蹄金、麟趾金、金银开元通宝等。

“看看，再看看。”万全策也兴致十足地说，身心也仿佛飞到了明朝。

“嗯”了一声，李绍嘉当即打开第二层中间那只箱子。

刚打开，他就“噫”了一声。

“噫什么?”万全策好奇地问。

“里面还有一只箱子。’李绍嘉答。

“嘿，这箱中箱装的肯定是宝中宝。”万全策很内行地说。

第三百八十八章 危险的逼近

却说安室美惠转回身子，趴在悬崖边往崖底望的时候，发现崖底静悄悄的，狭长的崖谷中已不见李绍嘉、万全策的影子。

跑了？

安室美惠不由得慌乱起来。

崖谷两边都是高达百丈的悬崖峭壁，他们两人不可能瞬间就攀上悬崖，除非他们会飞。可这是绝对不可能的事。

崖底只有前路、后路，要么进，要么退。但前后数百米的距离内，都毫无动静。虽然阳光射不进崖底，可雾散了，崖底还是看得一清二楚的。

他们跑哪儿去了？

别慌，别慌，他们绝对不会跑远。

安室美惠安慰自己。

当她的目光再次投入崖底时，一缕熟悉的气息随着山风飘来。

中村正岛。

是中村正岛。

她的心一阵狂跳。

目光收回，她正打算站起身，中村正岛的声音已到：“快下崖谷。”

是命令，更带着一种急切。

安室美惠心里感到莫大的欣慰：中村好久没关切过自己了。

可从中村正岛急切的语气中，安室美惠知道中村正岛他们遇到了危险，是在提前向她发出警示。

是什么危险让中村正岛也这么急呢？

在安室美惠的印象中，中村正岛一直都是处险不惊的硬汉。

难道是被范庭兰他们追逐？

不像啊。

安室美惠一边翻下身子，抓着崖壁上的小竹、小树往下飘纵，一边想着。

枪声确实是传来了。

而从纷乱的枪声里，她只听到前面的人往后乱射的枪声，却没有听见从后面追上来的枪声。也就是说，并没有拿枪的人在追中村正岛他们。

是谁这么大能耐，能让中村正岛着急，又让他的手下乱套呢？

从枪声里判断，跟着中村正岛的人至少有十几个。即便是龚破夭出现，他们也不会乱啊。

对方没有枪声回应，却能让他们乱了方寸，由此可以肯定，对方不是人，而是妖、是魔。

她的心里突地一颤：是蟒精！

安室美惠猜得没错，中村正岛他们正被蟒精追杀着。

自从中村正岛带着一队人马悄悄潜入仰光之后，他迅速将手下的人一分为十，三人一组分赴缅甸各地的英军基地，搜集军事情报。他则带着两个手下住进仰光警备司令昂素将军的家里。早在半年前，他已经扮作毒贩，与昂素将军有了联系，并做了几单大生意。这回他到了仰光，自然就成了昂素将军的座上客。范庭兰他们追到仰光后，发现了他的落脚点，却也奈何不了他。昂素将军的府上戒备森严，而且在仰光遍布眼线。加上他中村正岛的人已分赴各地，范庭兰他们根本就无从下手，不知该追哪一组人马，只能在仰光干守着他。

这正中中村正岛的下怀。只要将范庭兰他们拖住几天，他手下的人就可以顺利地将情报搜集到手，然后发回总部。

是的，一切都出乎意料的顺利。

他不但和昂素将军签订了几单大生意的合同，手下的人也陆续从各地回到仰光，集结在一个秘密地点。

直到他使计出了将军府，带着手下的人离开仰光，直奔象兑的时候，范庭兰他们才察觉到。但这时他们已经在百里之外了。

一路都没和范庭兰他们交过手。

直奔象兑，是中村正岛和康长风原先的约定。

为什么要到象兑，到象兑是为了什么，康长风一个字也没说。但从康长风神秘兮兮的表情来看，中村正岛多少猜到了与宝藏有关。

康长风不是财迷，更不是一般的盗墓贼。

他寻找宝藏，是要实现更大的野心。正是他的野心，让他与大日本帝国一拍即合。

中国东北，已经有溥仪这个傀儡。

中国其他的大部分地区，也已落在他们日本人的手中。

唯独中国西南这一块是空白。

如果能从西南扶持出一个亲日的政权，国民党政府就避无可避、不战而溃，那整个中国无疑就尽在他们日本人的掌握之中了。

康长风有此意，日本当局岂能不大力支持？

因此，尽管康长风什么也没说，中村正岛也义无反顾地依约前行。

然而，当中村正岛他们进入万崖山林，快到下半夜的时候，一股危险的气息却悄悄降临到他们身边。

当时，他们也分析过，这危险的气息既非来自人类，也非来自妖魔。

到底是什么?

他们也摸不着头脑。

直到看到林间遍布的骷髅，中村正岛才约略感觉到：危险来自某种冷血动物。

但到底有多大的危险呢?

他确实已经想到是蟒蛇了。

可在他的意识里面，蟒蛇再怎么危险，也不会危险到什么地步。

他们有枪、手榴弹、烈性炸药，要对付蟒蛇应该是绰绰有余的。

所以，他根本就没考虑撤退。

只是，他提醒手下的人要格外警惕，要求他们三人一组，互相掩护。

他手下的人虽然有不少是新加入进来的，但他们都是经过精心挑选的，都在谍战这条战线摸爬滚打过几年，而非没有经验的新手。

听到他的提示，手下的人双眼都瞪得大大的，保持高度的警惕。

自傍晚进入万崖山林之后，他们开始并没有感觉到什么异常，觉得这里的山林和别的原始森林没什么两样，都是参天大树、藤蔓纵横、荆棘丛生、深谷悬崖。时值深秋，连最难对付的蚊虫毒蛇都少了许多。

刷刷地走在林中，他们还不时地欣赏一下从枝叶间滑落的月色。月色散发着树木的苍翠，浮光一样在林间飘闪。

当他们渐渐进入万崖山林的腹地后，一股危险的气息竟然悄无声息地朝他们逼了过来。

月色仍然是那些月色。但此时跳入他们眼中的月色，就像一片片黑色的花瓣，仿若暴风雨来临前的乌云似的，压得他们喘不过气来。

当中村正岛发出提示，他们本就有点紧张的心，变得更加紧张起来。

走在前面的是大川这一组。

大川是组长，他的两个组员分别是上岗和下岗。

当大川一脚踩在一具骷髅上时，马上发出“咔嚓嚓”的声响。

上岗和下岗闻声而跳，动作飞快地闪到树后。

“没事，是一具骷髅。”大川说道，心里对上岗、下岗的敏捷却极为欣赏。

上岗和下岗的身子却没动。

大川也极为敏感，忙悄声问：“有情况?”

他的话音未落，耳边已传入“嗖嗖”的厉声……

第三百八十九章　蟒精之壮烈（上）

这厉声仿佛来自右边，大川将头扭向右边，目光射出。

目光射在一片黑暗里，空了。

他本以为是自己听错了，身子却像被什么牵了一下似的，膝盖一软，差点没跪到地上。

上岗的枪却响了。

下岗的枪也没闲着，吐出一串串火焰。

立时枪声大作。

谁都像发现了目标似的。

听着枪声，中村正岛心里不由得叫苦。

他很明白，这是一片乱枪。

是极度紧张之下的乱射。

目标在哪？

他们谁也搞不清。

都是一班训练有素的特工啊，怎么会慌成这样？

中村正岛赶紧喝道："停止射击！"

枪声立时停了。

林中一片寂静。

中村正岛不满地道："你们是不是都撞鬼啦？目标未明就乱开枪。"

大家一脸灰色，牙齿也在悄悄地打颤。

那厉声，他们都听到了。

那厉声，就像刀一样砍向他们的脖子。

中村正岛说他们目标未明就开枪，真是冤枉了他们。

他们有的看到了白影，有的看到了斑影。

只是影子太快了，快如闪电。看到影子的人，都觉得影子是朝自己扑来的，岂能不开枪？

没看到影子的人，也感到厉声是朝自己迅速飞砍过来的，所以本能的自我保护意识让他们扣下了扳机。

更要命的是，他们都嗅到了一股冷血动物的气息。那冷，不是一般的冷，而是寒，寒到令人毛骨悚然的地步。

他们的这些感觉，中村正岛岂能不知?

只是，他不能慌、不能乱，他要是一慌乱的话，整支队伍就真的乱套了。

所以，他故意不满地责怪他们。

打量他们一眼，中村正岛又厉声下令："各组整形，快速前进!"

这个令下得太好了。

谁都想爹妈多生两条腿，好跑得更快一些。

有了"快速前进"的命令，他们就不是快步地走，而是疯子一样跑了起来，都希望尽快跑出这片鬼魅一样的林子。

大川和上下岗仍然跑在前面。

跑之前，大川就悄声道："拔匕首。"

上下岗马上依言拔出匕首。

匕首闪着寒光。

中村正岛选中他们，当然不是因为匕首的寒光，但也与匕首有关。有一回，他们悄悄摸入一座中国军队驻扎的村庄，在伸手不见五指的巷子里，他们手中的匕首一一抹向中国哨兵的脖子。不久，遇到一队游动哨，还没等对方反应过来，他们已身到匕首落，眨眼间就将七八个游动哨兵给解决了。

那晚，他们三人到底用匕首杀了多少人，连他们自己也搞不清。天亮的时候，他们三人满身都是血，脸部基本上被血盖了一层。

这瞬间的匕首杀人，是胆子加速度的结果。

中村正岛需要的就是这样的特工。

跑了百把米，上岗的脚下一绊，一个踉跄，跌倒在地上。

下岗低头一看绊倒上岗的东西，不由得倒吸了一口冷气：是具尸体，是安室美惠手下队员的尸体。尸体的内脏全都爆裂到体外，肠肠肚肚撒了一地，双眼恐怖地瞪着，嘴巴惊惶地张着……

大川赶上来，看了尸体一眼，便对下岗道："继续走。"

下岗拔腿就跑。

上岗跳起身，也跑得飞快。

后面却传来了惨叫声。

中村正岛闻声转身望去，借着星月的微光，看到了殿后的那一组——三个人不知道被什么甩上了半空。

三个人都在半空惨叫着。

紧接着，"扑扑扑"三声，三人从半空坠落到地面，几乎坠到了中村正岛的身前。

而三人在坠地的瞬间，已气绝身亡。

中村正岛上前，俯身摸了一下他们的身子：骨头都碎了。

脸部紧了一下，中村正岛即道："大家不要慌，是蟒蛇所为。停止前进，就地生火。"

野兽怕火。

蟒蛇应该也怕火。

大家心里都这么想。

找了一小块空地，他们生起了七八堆火，形成一道火圈，他们则在火圈中央。

火光一亮，虽然给了他们一些安全感，但空地周围的树木下却散落着七八具新鲜的尸体。

说是散落，是因为每一具尸体都不是完整的。

只有一个共同点，就是眼睛都无限恐怖地瞪着，眼珠几乎要掉出眼眶。

他们都是安室美惠手下的队员。

完了。

中村正岛心里叹了一声。

安室美惠的小队都完了。

却不见一个康长风手下的人。

中村正岛心里顿生怒火：康长风把安室美惠的小队全当了炮灰。

似乎还不够。

康长风似乎还要他中村正岛带队当开路先锋。

奶奶的，康长风。

这时，中村正岛才感到康长风的阴辣远远在自己之上。如果扶持康长风当了西南王，他会像溥仪一样，甘心做傀儡吗？

得给康长风点颜色看看。

打定主意，中村正岛压下怒火。

冷静，此刻得冷静，先对付了蟒蛇再说。

中村正岛想罢，马上又下令，叫人去砍树枝，削尖一头，插在空地周围，严防蟒蛇的偷袭。

火堆、木桩似乎起了作用，直到天亮也没有见到蟒蛇的影子。

第三百九十章　蟒精之壮烈（下）

天亮之后，林中飘浮着浓浓的雾气，十步之外已看不到东西。

斗了一夜蟒影，中村正岛看到他的手下个个都一脸疲惫，双眼虽然睁着，眼皮却像沉着一层铅。

极度紧张最消耗体能。

几个小时没了蟒蛇的动静，说明蟒蛇正在养精蓄锐。

中村正岛最担心的就是这点。

而这个时候则是他的手下最疲劳、最松懈的时候，也就是最易受到攻击的时候，蟒蛇一旦借着雾气前来攻击，后果将不堪设想。

中村正岛当即决定撤出空地，迅速转移。

从地上站起身，他的目光锐利地扫了一下他的手下，嘴还没张开，命令还没发出，负责警戒的上岗已惊叫起来："它、它来了。"

中村正岛闻声望去，只见上岗面对的南边一股雾气"嗖嗖"地翻滚着，如潮似浪。

"开枪，快开枪。"也不知谁喊了一声，上岗的枪就响了。

几个闻声跃起的队员，也纷纷朝雾涌的地方开枪。

翻滚的雾气嗖地转到他们左边。

在他们胡乱开枪的时候，他们的右边又翻滚出一道雾气来。

不止一条蟒蛇。

他们心惊肉跳地想。

大家赶紧背靠着背，你射左边，我射右边，枪声接连不断。

但他们心里都明白，他们射向的只是翻滚着的雾气，是否打中什么，根本就不知道。

中村正岛紧绷着铁青的脸，眼下一群训练有素的特工，都成了初上战场的民兵，胡乱地开着枪来壮胆。

太丢人了。

他突然高喝一声："停止射击。"

枪声戛然而止。

中村正岛狠狠地瞪了他们一眼：“拔刀在手，迅速往南开路。”

随即，一串“嚓嚓”之声，手下个个都拔匕首在手。

仍然是大川他们那组人走在前面。

原来十一个组，33 个人，昨晚消失了一组，此刻只剩下十个组，30 人。

中村正岛居中，他的左右手分别是坂田一荣和淡路修二。他们两人不但功夫一流，且都是出色的爆破手。

组与组之间跟得很紧，彼此都能听到对方紧张的喘息声。

跑了一段路，他们进入了一条狭谷。

狭谷阴森森的，两边都是茂密的树木。

雾气浓得只能看到五六步以内的东西。

中村正岛不由得暗暗叫苦。

他已经感觉到，巨大的危险就隐藏在浓重的雾气后面。蟒蛇只要悄悄地钻出来，他们就会连开枪的机会都没有。

因此，他觉得自己让大家拔匕首在手的决定是对的。在近距离的自我保护中，匕首远胜于长枪。

但负责殿后的本田邦八、松山日照、山城宏一却不是这样想的。以蟒蛇瞬间就将他们的队友甩上天，缠得骨头碎断来看，这蟒蛇无疑是千年的巨蟒，皮厚肉实，匕首根本不可能伤着它。

可中村正岛已经下了拔匕首在手的命令，他们只能执行。

只是，执行的同时，他们还是悄悄地将手枪握在了手上。

左为匕首，右为手枪。

依他们之想，目前队中最危险的就是他们后面这一组，因为没人照应他们的背后。

跑着时，本田邦八他们的脑后就像长了眼睛一样，十分的警惕。

跑在前面的大川三人，也觉得自己是最危险的。他们既要开路，又要防范，所谓一心不可二用。如果蟒蛇懂得这一点，突然对他们进行袭击，他们可就苦了。

惧倒是不惧。

大川从上岗、下岗坚毅的脸上感觉到一股浓浓的杀气。

他们三人曾多次一起执行过尖兵的任务，相互配合得相当好，都是果断而利索，毫不手软，杀人像杀鸡一样，匕首抹向对方的脖子，那是连眼睛都不眨一下的。

大川相信，如果蟒蛇对他们发动突然袭击，他们三人都会拼死还击、毫不退缩。

跑在中间的各组，因为前后都有照应，自然就感到安全得多。

偏偏，最先出事的不是前面的那组，也不是后面那组，而是紧跟着中村正岛的这一组。

来得太突然了。

就连万分警觉的中村正岛，事前都毫无察觉。当他感到一阵阴风扫到脑后的时候，他后面这组队员已经发出了惨叫。

惨叫声未落，一股血已飞溅到他的脑后。

浓浓的血腥味。

中村正岛迅速转身，三个队员都还立着，只是上半边脑袋不见了，血还在喷射。

脑袋像被刀削了一样齐整。

片刻，三个队员才轰然倒下。

中村正岛的目光射在后面那组队员身上："你们看到什么了？"

正在发呆的三个队员回过神来："就、就一条白影飞闪了过去。"

"有多大？有多长？"中村正岛又问。

"看不清，白影裹在雾中。"

中村正岛心下一横，马上下令："用手榴弹。"

怎么用？

中村正岛没往下说。

但从中村正岛的语气里，队员都明白了他的意思，纷纷取出手榴弹，拧开后盖，将导火索的拉环扣在指上。只要被蟒蛇缠上，他们就可以与蟒蛇同归于尽。

见队员都按他的命令做了，中村正岛才发出继续前进的命令。

他们跑得飞快。

可危险的感觉，却直逼每个人的心。

跑，已经是跑得飞快了。

他们仍然觉得跑得不够快。越跑，越觉得这条狭谷没完没了，永远都跑不到头似的。

谁都不想死。

但死亡的气息却紧紧地缠在他们的心头。

要不是他们训练有素，心理早就崩溃了。

坚持。

再坚持一会儿就云开雾散了。

本田邦八心道。

虽然这回蟒蛇袭击的是走在中间的队员，他仍然觉得蟒蛇最终会向他们殿后的这组人下手。

这个想法还在他的脑中旋转，他的心就紧了一下。

不知是本能，还是第六感觉在提醒他：危险来了。

他脱口即喊："扯弹！"

看看，他连"手榴"两个字都免了。

松山日照、山城宏一一听，马上一扯手榴弹的导火索。

“轰隆、轰隆、轰隆”三声巨响，几乎是同时响起的。

他们的身子被炸飞的同时，一条花斑色的巨蟒也被炸落在一旁，正在地上扭动着身子。

“炸，再炸，把它炸个粉碎!”中村正岛火气冲天地道。

话音刚落，十几颗手榴弹马上朝蟒蛇扔去，将蟒蛇炸得粉碎。

第三百九十一章 狂炸石门

感到自己有点失态，中村正岛赶紧深深地吸了一口气，让狂怒的心平静下来，但还是迟了。

几声惨叫已经从前面传来。

却没有炸弹声。

惨叫着的队员肯定是将手榴弹扔到重伤的蟒蛇身上了。

中村正岛急喊一声："冲!"

队员都朝惨叫声的方向飞扑过去。

动作很快。

也毫不畏惧。

中村正岛多少感到有点欣慰。

当他也飞飘过去的时候，发现第二组三个队员的下半身都不见了。

准确地说，第二组的三个队员像被拦腰砍断一样，都是上半身矗在地上，还没倒下去。

只是，个个都恐怖地张开了大口。

血，染了一地。

惨不忍睹。

中村正岛望着他们，感到头皮发麻。

然而，他的心却"咯噔"了一下：这三个队员，当日在南京用军刀砍杀中国人，采取的都是拦腰砍法。不管是男人，还是妇孺，他们的刀下都没有留情。

报应?

难道真是报应?

中村正岛从来就不相信报应这一说。

可眼下，面对着三个被拦腰砍断的队员，他原先的观念有点动摇了。

但他并没有想太多，目光落在了大川身上。

大川马上报告："是一条白蟒，大概三十公分粗，二十多米长。"

"瞧清了?"中村正岛盯着大川问。

"是，瞧清了。"大川答。

难以想象的巨蟒。

中村正岛不敢多想了，马上发出“加速前进”的命令。

他希望大家尽快逃出这座恐怖的死亡谷。

队伍在飞驰。

这时，太阳出来了，雾也散了许多。

白蟒却没有放过他们，依然神出鬼没地进行袭击。

当他们跑出狭谷时，又有几个队员被白蟒收了性命。

中村正岛这支三十三人的队伍，此刻只剩下了十九个人。

爬上一道天梯似的石级，他们到了崖顶。

白蟒仍然在追着他们。

因此，当中村正岛一眼看到趴在崖边的安室美惠时，马上冲她急喊：“快下崖谷。”

见安室美惠下了崖谷，中村正岛又对身边的坂田一荣和淡路修二道：“你俩留下设爆。”

“是。”两人爽声答道。

“其他人迅速下崖谷。”中村正岛接着下令。

听到这个命令，队员心里都道：爹妈多生两条腿吧。

随即，一个个迅速往崖下爬。腿是没什么用了，他们已经不考虑用脚去踩住崖壁凸出的地方，都是用手抓住崖壁上的小树、竹子，借一借力之后，身子快速地往下坠，恨不得瞬间就逃到崖底。

崖壁便传来一片“哗啦”之声。

坂田一荣和淡路修二对望了一眼，目光都坚定地道：关键时刻，就看我们俩的功夫了。

话没说一句，两人便分头在崖顶上布置炸药，连接引线。

崖顶是一片平缓的开阔地带，树木比较稀疏。

布好一个偌大的炸药阵，坂田一荣看了淡路修二一眼：“我们撤？”

淡路修二摇了摇头，嘴里蹦出一个字：“等。”

“等”的意思很明白，就是以他们自己做饵，引白蟒上钩。

坂田一荣点了点头，然后默默地将剩下的炸药绑在自己身上，接好引线，把自己变成了一个“人肉炸弹”。

到了崖底，中村正岛走到安室美惠身边。

安室美惠感激地看了他一眼，便将自己引诱、守候的情况向中村正岛作了汇报。

中村正岛听了，嘴角掠过一丝笑意：“他们绝对不会飞走。如果我没猜错的话，他们肯定是进了崖边的石洞或甬道。”

安室美惠“嗯”了一声，在心里怪自己：笨，我怎么就没想到这点呢？

“搜，往南面搜！”于是，中村正岛高声命令道。

这一搜，还真让他们搜到了李绍嘉、万全策进入的甬道。

站在甬道口，中村正岛刚要细察甬道的地面，崖顶突然传来“轰隆、轰隆”的爆炸声。

中村正岛闭上眼睛，仿佛看到坂田一荣和淡路修二与白蟒一起炸上了天。

轻轻叹了口气，中村正岛睁开双眼，目光射在甬道的地面上，一下子就看到了两双模糊的脚印。

脚印一大一小，正好与安室美惠看到的一高一矮的两个人相符。

而且，脚印虽然模糊，却新鲜。

再抽抽鼻子嗅嗅，中村正岛就嗅到了中国人特有的气息。

“大川一组留下警戒，其他人跟我往里追。”中村正岛说罢，率先钻进了甬道。

一边走，他一边用手电照着甬道的崖壁。

崖壁有明显的凿痕。

显然，这甬道并非天然，而是人工开凿的。

在这荒山野岭开凿甬道干什么？

傻瓜都会想到，一定是为了藏宝。

再从林子里的骷髅、两条巨蟒对人无情的袭击来看，中村正岛感到这里藏的宝一定十分珍贵。

要不，康长风也不会动那么大的脑筋盯上这里。

一想到康长风，中村正岛就来气。自打日军脚踏中国之后，从来都是日本人对中国人指手划脚，中国人只有惟命是从的份，哪里敢有异议？

可这康长风不但指挥他手下的人，居然连他都敢利用，让他们到万崖山林来送死，为他康长风开路。

但气归气，中村正岛毕竟是个识大局的人。只要能扶持康长风当上西南王，对日本帝国的大业来说，绝对会有极大的帮助。康长风再嚣张，也只是一个傀儡。

这么一想，中村正岛的气就消了许多。

熄了手电，他小心而快速地往前走。

突然一缕光洒了过来，中村正岛马上停下，悄声对身后的机枪手道：“把机枪给我。”

机枪手马上将机枪递给他。

接过机枪，中村正岛就隐约听到里面传出的声音——

“嘉嘉，你还叩你娘的什么头哦。”万全策高声怪道。

李绍嘉委屈地答：“我刚才就是这样叩开石门的啊。”

“真的？那你快叩，快叩。”万全策发现自己怪错了李绍嘉，忙道，道罢又问，“你刚才叩的是几下？”

“三下。”李绍嘉答。

“嗯，开门是三下，关门也许就要九下，你叩九下试试。”万全策提示道。

再度传来李绍嘉叩头的声音。

石门依然没有动静。

“不能让他们关上石门。”中村正岛心道，迅速往前一钻，就扣下了扳机，“哒哒哒”的机枪子弹立刻飞射而出。

“不行啊，老万。”李绍嘉失望的声音再次传来。

“别急，别急。也许是你叩得太急了，没了节奏。你按你开门那个节奏叩九下。”万全策冷静地道。

李绍嘉“嗯”了一声，依言有节有奏地叩了九下头。

“轰隆”一声，石门终于关上了。

中村正岛的眼前立时黑了。

“亮手电，寻找开门的机关。”中村正岛下令。

然而，寻找了好一会儿，他们也没有找到开门的机关。

接下来撞门也没有用。

最终，中村正岛下达了炸门的命令。

但是，三番五次狂炸下来，石门仍然闭得紧紧的，并没被中村正岛他们炸开。

第三百九十二章 九龙含珠

听到万全策说“这箱中箱装的肯定是宝中宝”，李绍嘉的目光不由得发出绿幽幽的光。

嘿，像狼了。

李绍嘉自己也感到奇怪，怎么一听到是宝中宝，自己的双眼就发绿了呢?

不管了。

箱中箱是一只精致的紫檀木箱子，四边镶着金边不说，金边上还嵌着一颗颗黄豆大的蓝宝石，正面挂着的也是一把金锁。檀木香缭绕着，十分贵气地钻入他的鼻子，他矮小的身子顿时高大起来，脚底“腾”地升起一股气流，身子也禁不住“嗖”的一声直飞洞顶。

头则“嗵”地一下撞到洞顶。

竟然不痛。

“死猴子，你蹦那么高干嘛?”万全策嚷道。

李绍嘉“嘻嘻”笑了两声，身子落回到箱面上：噢，太神妙了。

他却没跟万全策说，因为这神妙用语言也难以表达。

只对万全策“嘿嘿”了一下，李绍嘉才虔诚地捧出箱中箱。

箱中箱不是很大，长和宽是一尺六上下，高却有二尺三左右，但李绍嘉却感到箱子沉甸甸的，不下四五十斤。

里面装的是什么宝贝？怎么这么重?

李绍嘉思忖着。

一眼看到李绍嘉捧着的紫檀木箱子，万全策的目光也亮了：多么精致而华贵的箱子。

生怕李绍嘉摔破了紫檀木箱子似的，万全策赶紧道：“嘉嘉，小心，放到大箱上面来开。”

李绍嘉“嗯”了一声，便将紫檀木箱子摆在一只大箱上面，头却大了：“没有钥匙啊。”

“那就快找啊。”万全策也急了。

李绍嘉马上弯身在装紫檀木箱子的大箱里找。

大箱的底部铺着一层红绸布。

李绍嘉掀开红绸布，箱底空空如也。敲敲箱子的四壁，四壁实实的，也没有空空的回音。

“没有钥匙，怎么办?”李绍嘉有点拿不定主意。

怎么办?

都什么时候了，还讲究斯文?

万全策脑中这么一闪念，即刻决定：“硬开。”

硬开?

硬开就是要使用武力、暴力了。

金锁也很精致啊，弄坏了太可惜了。

李绍嘉把玩着金锁。

金锁的正面雕着龙，背面刻着凤。

是只龙凤金锁啊。

见李绍嘉在犹豫，万全策急道：“你还婆婆妈妈的等什么?”

李绍嘉也是催不得的人，听万全策这么催自己，早已手起掌落，硬生生地砍在金锁上。

金锁“咔嗒”一声，开了。

迫不及待地打开箱盖——

金光一闪，李绍嘉的双眼差点没从眼眶里飞出来。

九龙含珠。

九龙栩栩如生，每一条龙的口中都含着一颗大珍珠。

不，只有八条龙含珠。

中间那条大龙，是的，中间那条大龙要比围绕着它的其他八条龙都要大一些、高一些。

但大龙的口中并没有含珠。

九龙的底座是只金鼎。

“是什么东西?快拿出来看。”见李绍嘉的双眼就要掉出，万全策也急急地催道。

“是、是、是九龙含珠。”李绍嘉激动万分地说。他长这么大，连做梦都梦不到世上还有这么精美的宝贝。

“纯正的中国货。”万全策也万分喜悦地道，因为他的第一感觉就是这九龙含珠是件国宝。

“还用你说吗?”李绍嘉虽然不懂什么文物之类的东西，也觉得这件九龙含珠是十分珍贵的。

万全策等不及了，纵身一跃，跃上箱面，站到李绍嘉身边，但他还没来得及看一眼，枪声就传了进来。

两人马上腾身而起，飘向箱子的后面。

身子在半空的时候，他俩已沿枪声望去，发现他们入口的门对面，也打开了一道暗门。

一个身影从暗门飞出来。

又一个身影从暗门飞出来。

前者是个身穿红裙的女子。

后者是个身穿黑衣的男子。

万全策和李绍嘉的身子刚落到箱子后面，子弹就像蝗虫一样密集地追了过来。

好利索的身手。

两人心里都不由得道。

但此红裙女子绝不是万全策昨晚看到的那个红裙女子。昨晚那个红裙女子是十分飘逸的，眼下这个红裙女子却是杀气腾腾的，一见面就要喂他们吃子弹。

而且，“嗖嗖”之声顿起。

他俩抬头一看，满洞都飘着红影、黑影。

是龚破夭的八卦迷踪术。

难道这对狗男女是龚破夭师兄妹？

他俩见影就开枪。

也是胡乱地打着枪。

枪自然都打空了。

而不管是红影，还是黑影，都仿佛变成了黑洞洞的枪口，狠狠地吞噬着他们俩。

对望了一眼，两人的目光里都跳出了一个“逃”字。

于是，两人马上从箱子后面飞身而起，边用盒子炮打出连串的子弹，边从箱后面直飞过去，以最快捷的方式直奔那对男女刚才进入的暗门。

逃回大洞显然是找死，那里无路可走。

即使石门开了，外面等着他们的也是敌人。

似乎是故意网开一面，那对男女并没阻止他们两人逃窜。

他俩钻入暗门。

暗门的甬道比较高、比较宽，他们不用弯着身子跑了。但高大的万全策，动作幅度却不敢大，稍微跳一跳，头就会撞顶。

喘了口气，他俩发现那对男女并没有追来，不由停止了。

“我们打个回马枪？”李绍嘉望着万全策道。

万全策还没有开口，暗门那边已传来“咔啦啦”的声音。

关门了？

怎么开门的时候没听到声音？

两人疑惑不解，飞快地折回去。

暗门已关得紧紧的了。

“上当，我们上当了。”李绍嘉不由得直跺脚，“他们的目的就是要将我们从宝洞里赶出来，我们居然那么听话，没过几招，自己就跑出来了。”

万全策也是长吁短叹、后悔不迭。

“如果——”

两人几乎同声说：“如果老范他们知道我们这么窝囊，我们还有什么面子见人？”

万全策大大地“唉”了一声。

李绍嘉想“嘻嘻”两声，发出的却是“咳咳”的尴尬之声。

怪谁？

他们当时是一致决定要逃的。

要怪就怪那对男女的功夫太厉害。

万全策蹬了几脚暗门，暗门纹丝不动。

“咋办？老万。”李绍嘉急问。

“咋办？你说咋办？现在是入门没门，人家正在里面开心地赏宝。”万全策的话音刚落，甬道那头却传来了枪声。

第三百九十三章　是什么机关

李绍嘉、万全策停下一听：甬道那头传来的枪声，是驳火的枪声。

目光都不由得闪出欣喜：自己人来了。

再稍微听了一下，两人心里就有数了：甬道内的枪声是勃朗宁的，外面的则是盒子炮的。也就是说，甬道内的是敌人，甬道外的是自己人。

对望了一眼，两人便悄悄地摸了上去。

李绍嘉走在前面。

从勃朗宁发出的枪声来判断，李绍嘉得出对方有三到四个人，正在拼命阻击。

勃朗宁的枪声狠而急，却有点乱，这说明他们被对方逼得紧，压力不小。

李绍嘉心下这才豁然：难怪那对狗男女没追他和万全策，没对他们来个两头夹击，原来这头正面临着巨大的压力。

但这么一来，那对狗男女的同伴就成了两头被攻了呀。

哼哼，那对狗男女也够狠的，连自己同伴的生死都不管，暗门一关，只管自己在里面赏宝了。

从另外一个角度来看，那对狗男女对这里的地形十分熟悉，且知道通向宝藏有两条甬道，还懂得如何开暗门。说不定，他们就是宝藏的传人，手里握着藏宝图之类的东西。

可惜，他连那对男女长什么样子都没看清楚。

窝囊啊。

李绍嘉悄声骂了自己一句。

万全策用手指捅了一下他的后腰，示意他要专心，不要大意。

李绍嘉赶紧回过神来，集中精力听声辨息。

甬道十分黑暗。

李绍嘉瞪大双眼，也只能看到两三步外的东西，且看得模糊。

他用手摸了摸石壁，石壁是冷冰冰的，不时地还摸到一些青苔。

摸了几下，李绍嘉就不敢摸了。他生怕一个不小心，触到了什么机关，到时候万箭射出，那可是避无可避，就只有等死的份儿了。

这是条西甬道，是的，这条甬道是从西面通进来的。他和万全策原先进入的那条甬道则是坐东向西的，可称为东甬道。

西甬道要比东甬道高和阔，无疑适宜搬动箱子。如此说来，当日装宝箱就是从西甬道进入密室的。

按说，这条西甬道应该也暗藏着杀人的机关啊，怎么好像一点迹象都没有呢？

李绍嘉这么一想，不由得停了下来。

“咋了？”万全策悄声地问。

“我感觉不对头。”李绍嘉小声答道，并把自己的推测说了。

轻轻“嗯”了一声，万全策忙小声道：“那得小心，看看能不能踏着他们俩的脚印走。”

妈哦，你以为我有孙悟空的火眼金睛啊？

李绍嘉心里叫苦。虽说特训的时候专门练过夜明眼，但那是用钢针来练的啊，钢针毕竟有点儿反光。这可是脚印，怎么看？

心里叫苦归叫苦，李绍嘉仍然凝神静气，将浑身的精力集中到地上。

地上很黑。

地是石板地。

李绍嘉左瞧右看，竟然让他发现了地上的脚印。

按说，石板地是很难留下明显的脚印的，但甬道长久没人来过，石板地上便有一层薄薄的灰尘，脚一踏下去还是留下了痕迹。

看到的脚印是两只脚重叠在一起的。

而且是小脚在下，大脚在上。

不用说，开路的是那个女的，跟着走的是那个黑衣男子。

这一发现让李绍嘉是又惊又喜。

惊的是如果自己没动一下脑子，胡乱地走，说不定就踩到什么机关，一命呜呼了。

喜的是终于看到了脚印。

“跟着我的脚印走。”李绍嘉赶紧悄声对身后的万全策道。

万全策轻轻“嗯”了一声。

他其实也往这方面想过了。

依那对狗男女的功夫，他们完全可以将他和李绍嘉追杀。

为啥不追？

怕他和李绍嘉突然成了仙不成？

非但不追，还故意让他和李绍嘉走。

难道是因为他们急于夺宝？

不可能。要夺宝，杀了人再夺宝也不迟啊。

这故意的后面肯定藏着什么阴谋，显然有什么古怪正在等着他和李绍嘉。

当李绍嘉对他说了自己的推测，他自然万分赞同。

这不，李绍嘉发现重叠的脚印了。

两人走得十分小心。

更要命的是，那对男女留下的脚印是很不规则的。虽然走的是正常的步子，却显得时而左跳一下、右跳一下的。

李绍嘉身子瘦小，还好对付一些。

万全策跳起来则要弯着身子，否则就会撞到甬道顶。

弯着身子走都辛苦，何况是跳？

每一跳，万全策都得使出浑身解数，既要跳得准，又不能发出太大的声响。

虽说枪声灌满甬道，但随便一点什么声音，都会传开去的。

这样走走跳跳了百把米，万全策终于累得不行了。

站直身子，他大口地喘着气，感到腰酸腿疼的。

“老万，你就爬吧。”李绍嘉提议。

万全策脸一热，想骂李绍嘉。但想想人家李绍嘉叫他爬也是出于好意，并没侮辱他的意思，也就罢了。

“嗯，我就爬吧。”万全策自怨自艾地道。

万全策这一爬，速度还挺快的。

李绍嘉回头看了一眼，差点没笑出来。

万全策一缩一展地爬，实在是太像蚂蟥了。

但别说，万全策爬得居然没一点声息。

正爬着，万全策突然对李绍嘉悄声道：“注意，他们进来了。”

李绍嘉将耳朵贴壁一听，立即听到一阵脚步声朝他们跑过来。

嘿嘿，他们竟然敢跑？

李绍嘉心里刚这么想，前面就传来“咔啦啦”的声响，接着就是几声惨叫。

像是掉进陷阱了。

叫声凄惨，是万刺穿身吧？

还有两对脚步声传来。

不，准确地说，是蹬壁之声。

左一蹬、右一蹬的。

好俊的轻功。

这蹬壁前进为的是避免踩中机关吧？

傻瓜哦，既然有地面踩动的机关，难道就没有壁上触动的机关？

李绍嘉心里吃吃冷笑着。

蹬壁声渐近。

感觉相距不到五十米的时候，李绍嘉的头皮一紧，就听到“咔嚓咔嚓”两声，随即两只头颅“扑通、扑通”掉到了地上。

这是什么机关，这么厉害？

李绍嘉也禁不住倒吸了一口凉气。

第三百九十四章　与老大相见

李绍嘉倒吸了一口气，双耳仍然耸起，倾听外面的动静。

寂静。

外面的甬道一片寂静，只弥漫着一股死气。

李绍嘉开心地朝外打了一长两短的点射。一长是指自己人，两短是指人数。这样可以明白地告诉外面的自己人，他们这边有两个人。

枪声刚落，外面就传入一长一短的回音。

李绍嘉一听，心里不由得“咔嚓”了一下：对方怎么只有一个人？

“咔嚓”之下，李绍嘉又猜：他是谁？

能以一敌四的人，除了老大龚破夭，还能是谁？

猜到是龚破夭，李绍嘉不由得大喜，拔脚就想跑。

“别得意忘形。”万全策及时制止住他。

李绍嘉红了一下脸：“嗯嗯，我明白。”

说罢，李绍嘉仍然小心地走着、小心地跳着。

万全策则不时地像蚂蟥一样在地上爬着。

当走到四十米上下，李绍嘉已嗅到浓重的血腥味，血腥味里还夹带着一丝暖意。

死人的血还未冷。

见到地上躺着的两具无头尸，李绍嘉也不由得毛骨悚然。无头尸的上方，交错横着七八把雪亮的大刀。刀面居然没沾一滴血，可见锋利至极。看大刀的方向，是由里往外横砍的，与外面进入的人正好相撞。两力相撞，无疑是力上加力，脖子碰上刀刃，岂能不断？

可让李绍嘉感到奇怪的是，这两个死佬都是蹬壁而飞的啊？怎么这么巧，都是脖子碰到刀刃，被硬生生砍下了头呢？

无解。

李绍嘉也不想解，只想尽快离开。

望着交错横着的大刀，李绍嘉又感到头大。刀与刀之间的距离，还不到一尺。他估算了一下，自己从下面爬过去，应该不成问题。

问题是地下还有没有什么机关?

大刀是不能去触动的。李绍嘉就算拿出三岁小孩的智商都会想得到，只要暗设机关的人花点心机，就会将这道大刀机关设成连环机关。大刀从石壁里横砍出来，只是第一招。当外人躲过这招，为了贪方便通过，试图去扯落大刀的时候，也就触动了第二招的机关。这第二是利剑还是毒箭?

不得而知。

反正大刀是不能动的。

只能从下面爬过去。

如果地下又设了机关呢?

这正是李绍嘉要正视的地方。

他本想寻找那对男女留下的脚印，从而断定方位，看该从哪里着手爬过去。但地上淌满了血，哪里还见得到什么脚印?

找不到脚印，李绍嘉也没有失望。他的心很细，发现两具无头尸在倒地之后还滚动过。

嗯，说明这尸体的周围是安全的。

李绍嘉趴下身子，开始了爬行。

一边爬，他一边耳朵贴地倾听。

“嘿，死猴子，难道你能听出暗藏的机关来?”万全策禁不住笑道。

李绍嘉没有回应。

他深知，小心驶得万年船。

若是在平常，用听力去侦测地底下是实的还是空的，是件很容易的事，只要敲敲地面，听着反馈的回声就知道个七七八八。但是眼下却不能敲，只能静听，这就很困难了。

困难也要听。

李绍嘉相信，只要自己用心了，本能就会告诉他地底下是否存在危险。因为空的地方，无疑是暗藏机关之处。

看到李绍嘉那么诚心实意，万全策也就没再打扰他，而是静听着前后左右的动静。

这一听，万全策心里就发毛了——

他听到了“隆隆”的水响。

李绍嘉从刀下爬了过去，马上急喊：“老万，快……快爬过来，有……有大水来了。”

万全策也不管三七二十一，身子趴到地上，缩了缩骨，就赶紧从刀下爬了过去。

“快。”李绍嘉一边催，一边在前面开路。

万全策不敢再爬了，该走时走，该跳时跳，全然不管累不累了。

身后已传来“隆隆”的水声。

妈妈的死女鬼，居然想用水来淹死我们啊。

李绍嘉心里骂道。

经过一个陷阱的时候，李绍嘉只往里瞧了一眼就跳了过去。正如他所想，两个杀手被倒插的竹刺刺得是惨不忍睹。

跳过了陷阱，李绍嘉和万全策就大胆地飞驰了起来。

水却没追来，直到他俩万分紧张地逃出了甬道，见到了龚破夭，也没有听到追来的“隆隆”水声。

怎么回事?

两人面面相觑。

龚破夭对他俩笑道：“那是虚假的水声，用来吓人的。”

大大地松了一口气，李绍嘉不由得问：“老大，怎么只有你一个人？其他人呢?”

龚破夭摇了摇头：“我也不知道。我是追着张雪莲追到这里的。”

“那女的叫张雪莲?”李绍嘉问。

“是的。”龚破夭笑答，“怎么啦?”

“哼，雪妖还差不多。”李绍嘉道，“他们好像也懂你的八卦迷踪术。”

龚破夭的目光挑了挑：“他们那是迷魂术而已。”

“哦，真妖。”李绍嘉心有余悸地道。

万全策赶紧朝他使了个眼色：别再说了，那是多丢人的事。

龚破夭装作视而不见，只问：“你们是怎么到这里的?”

李绍嘉和万全策便你一言、我一语地将如何进入缅甸、如何在丛林与康长风他们斗、如何误撞入甬道发现了宝藏的过程说了。

“你们见到了九龙含珠?”龚破夭惊讶地问。

“不，是嘉嘉看到了，我没看到。”万全策实话实说。

龚破夭的目光落在李绍嘉身上。

李绍嘉点了点头：“是的，我亲眼看到了。但是——”

“但是什么?”

“中间那条大龙没有含珠。”李绍嘉答。

“哦”了一声，龚破夭的脸上闪过了一丝笑意，然后又问李绍嘉：“底座是不是一只金鼎?”

“嗯嗯，是的，是的。”李绍嘉连声答道。

龚破夭沉思了片刻方道：“如果我没有猜错的话，金鼎应该是九足。”

“多少条腿我没看清，反正看到金鼎下有好多条腿。”李绍嘉肯定地说。

万全策听了就感到惊讶，不由得望着龚破夭：“老大你对九龙含珠很熟悉?”

龚破夭笑了笑：“不敢说很熟悉，只能说略知一二。以后我再跟你们说，眼下我们得赶快追到他们，将九龙含珠夺回来。”

“它是我们的国宝吧?”李绍嘉这是明知故问，从第一眼看到九龙含珠，他就感觉到它是价值连城的国宝。

只是，中国的国宝怎么会跑到缅甸的荒山野岭来呢?

李绍嘉不解。

万全策也莫名其妙。

只有龚破夭心里开始了然。

第三百九十五章　中村起疑心

石门久炸不破，寻找开门的机关也是竹篮打水一场空，连点影儿都没有，中村正岛的脸色不由得严峻起来：如果康长风利用他们打头阵，为他自己开路，那他们打也打了、路也开了，按说康长风应该现身，迅速前来开门，将宝藏拿走才是，怎么连个影子都没有？

难道康长风不但要他们当炮灰，还要利用他们来当诱饵？

目光落在安室美惠身上，中村正岛不由得问："你是什么时候跟康长风在一起的？"

安室美惠愣了一下，他关心我跟康长风在一起干嘛？康长风的身边不是有小秀叶子吗？以小秀叶子的狐媚功夫，早就将康长风色诱到手了吧？

可中村正岛的语气似乎不是这个意思，安室美惠赶忙道："是三天前了。"

"之后再没见过他？"

"没有。"

"小秀叶子也没有留下什么信息？"

"也许有，但我没有发现。"安室美惠巧妙地答。

中村正岛瞪了她一眼。

安室美惠心里却道：瞪吧，最好把我的心瞪出来，你才会知道我对你的赤胆忠心。

中村正岛仿佛感到自己对安室美惠瞪得过于严厉，目光就柔和了下来。自从进入万崖山林，他就处处被动、处处挨打，损兵又折将，心中早已窝着一把火。可这火也不能对安室美惠发泄啊。虽说安室美惠所带的小队大多被蟒蛇灭了，只剩下她一个，但这都是他的命令所致。

要怪，只能怪你自己啊。

于是，中村正岛的声音柔和了许多："康长风是怎么指示你的？"

安室美惠心里一暖，脸挂春风似地说："他的指示很简单，就是要我们引诱中国特工进入万崖山林。"

"再没进一步的指示？比如进了万崖山林之后怎么办。"中村正岛循循善诱地道。

安室美惠摇了摇头："没有，他什么都没有说。"

中村正岛轻轻叹了口气，心想康长风早就断定，安室美惠的小队会到不了藏宝的地方就喂了蟒蛇。

狠啊，康长风心狠啊。

像一匹吃人不吐骨头的狼。

“队长你叹什么气?”安室美惠柔声地问。

中村正岛听着就感到舒服，虽说这段时间冷落了她，但三个女将里头安室美惠是第一个为他献身的。仓木麻衣已多日没消息了，她那队人肯定也是凶多吉少。至于小秀叶子，他希望她成为康长风身边的一颗钉子。依眼下的情形来看，小秀叶子是唯一一个能传递康长风信息的人了。

但中村正岛并没有直接回答安室美惠的话，而是反过来问：“你知道你小队的其他人都死了吗?”

安室美惠惊讶地瞪大了双眼：“不知道，队长你看到他们了?”

中村正岛点了点头，将林中看到的对安室美惠说了。

“队长我……”安室美惠欲解释。

中村正岛对她摆了摆手：“不用说，你什么都不用说，也不必怪自己。现在情况已经很明朗，我们都成了康长风的马前卒。”

听到中村正岛这么说，安室美惠感到十分欣慰，心里一激动，目光便如水一般淌到他身上。

中村正岛对她微微一笑，然后高声下令：“撤出甬道。”

他手下的队员便迅速往外撤。

中村正岛和安室美惠走在后面。

安室美惠又跟在中村正岛之后。往外走了几步，她忍不住悄声问道：“队长，我们不要宝藏了?”

中村正岛停了下来，转过身，他的头差点撞在安室美惠的头上，还没开口说话，鼻子已钻入一缕女性特有的芬芳气息。嗅着，中村正岛心下不由得怦然，这气息分明是安室美惠为悦己者散发出来的气息。

痴情，中村正岛感到安室美惠对自己无比的痴情，心里着实感动了一下。要不是眼下形势紧急，他相信自己会情不自禁地将她搂入怀里。

定了定神，中村正岛望着安室美惠亮晶晶的眼睛：“要，但我们得从康长风手里要。”

安室美惠多少感到有些惊讶：他们进入印度、转战缅甸，为的都是帮助康长风，怎么突然康长风就成了敌人了呢?

看到安室美惠露出惊讶之色，中村正岛对她神秘地笑了笑：“到时你就会明白了，现在我们得赶紧走。”

安室美惠“嗯”了一声，目光将中村正岛吞了无数次。

当他们快走出甬道的时候，外面已枪声大作。

中村正岛停下听了听，枪声是上下对射的。

从枪声里，他已经判断出，己方的火力远在对方之上。

快步走出甬道，中村正岛马上对躲在崖后往上射击的大川道："大川，你带二组、三组的人牵制他们，其他人跟我走。"

大川"嗨"了一声，迅速去指挥二组、三组的人集中火力往上射击，以掩护中村正岛他们撤出。

中村正岛带着四组、五组，加上安室美惠，朝北走去。

四组的片岗、直树、山井走在前面。

五组的茅田、芦甸、竹下殿后，负责为大川他们留下路标。

中村正岛和安室美惠居中。

借着茂密的藤藤草草，他们顺利地撤出了崖谷。

出了崖谷，天色已晚。

片岗停了下来，望着中村正岛。

"往西走。"中村正岛对片岗下令。

片岗点了一下头，马上加快脚步，往西走去。

不管往哪儿走，都是丛林。

只是，这往西走，会走回到印度去。

安室美惠禁不住问中村正岛："我们要回印度去？"

中村正岛的眼里虽飘出喜玛拉雅山的影子，嘴里却道："是的。"

答得虽然坚决，但安室美惠仍然感觉到，中村正岛只对她说出了三分的话，还有七分的话没说。

要是平常的人，绝对会生气。

安室美惠却感到心满意足。

本来，她就不该问中村正岛要去什么地方，这是做特工的基本规矩。

她问了，中村正岛也答了。

尽管只答了三分的话，已经是很给她面子了。

她很清楚，特工虽然训练有素，但特工也是人。特工一旦被俘，也会在严刑拷打之下吐露出行动的秘密。

行程、路线都是不能暴露的。

所以，她感激地看了中村正岛一眼，就保持沉默了。

中村正岛对安室美惠说出了三分话，自己也感到讶然：怎么会当着众人，说出行动的方向呢？

是自己的心被安室美惠勾动了？

应该是。

应该是被安室美惠的痴情打动了。

想想，中村正岛心里也有点内疚。自安室美惠在桃源寨失手之后，他就冷落了她。等仓木麻衣出色地完成了几次任务之后，他的嘴里就几乎不离仓木麻衣，把她抬得高高的。

仓木麻衣也领他的情，私下里也和他激情过几回。然而，怎么看，仓木麻衣对他都没达到痴情的地步。

他中村虽然铁面，骨子里却也有情。

面对痴情的安室美惠，他的心也不能不软。

好在，这三分话即使被敌人获取也无伤大雅。印度是一个大概念，至于进入印度之后往哪走，只有他心里清楚。

第三百九十六章 雪莲的暗笑

听到石门外的脚步声走远，密室内的张雪莲得意地笑了两声。

强巴望着她，脸上却布满疑惑，西面的暗门关了，东面的石门也关了，怎么出去？即使能开门，谁敢保证外面没人埋伏？于是，他忍不住问："公主，等一会儿我们怎么出去?"

张雪莲剜了他一眼："你有毛病啊，我能带你进来，还能不带你出去?"

强巴不由得红了脸。

张雪莲没理会他的脸红，转身就跳上箱面，走到装着九龙含珠的箱子前，目光往里一射，马上春风满脸。栩栩如生的九龙，仿佛正迎接它的主人似的，朝她欲飞欲翔的。

兴奋地呻吟了一声，张雪莲从怀里掏出夜明珠，玉指轻轻地捏着，小心翼翼地放入中间那条大龙的嘴里。

大龙含上夜明珠，顿时闪出了万道光芒。光芒七色七彩、如梦似幻地笼罩在张雪莲身上。

强巴看着，也不由得惊讶万分。此时的张雪莲就像含珠带露的雪莲一般，比平常不知美丽多少倍。

而且，张雪莲显得那样的玉洁、那样的冰清。身上散发出来的气息，也像幽兰的芳香一样醉人。

看着，强巴也呆了。

"看什么？还不快干活。"张雪莲发现强巴呆呆地盯着自己，马上喝叱道。

强巴这才回过神来，"嗯嗯"了几声，然后手起掌落，劈开一只只箱子。

张雪莲将夜明珠从大龙的嘴里取出来，重新放入怀里。

强巴一气劈开十几只箱子，发现大多数箱子装着的都是金银珠宝，但有几只箱内还装着紫檀木箱。他没有去动箱内的箱子，继续打开还没打开的大木箱。

张雪莲则走到箱中箱前，将紫檀木箱子拿出来。

紫檀木箱子的尺寸和装九龙含珠的紫檀木箱子大小一样，也同样地镶着金边，金边又嵌着蓝宝石。

不论是外形还是大小，都和装九龙含珠的紫檀木箱子一模一样。

老祖宗真是有心了。

张雪莲心里暗道，然后从怀里取出一把金钥匙，插入金锁，轻轻一拧，金锁便“叭嗒”一声开了。

掀开箱盖，映入张雪莲眼里的也是一尊九龙含珠，形状大小跟她刚刚看过的一样。不同之处就是眼前这尊九龙含珠，全部都含了珍珠。

脸上掠过一丝笑意，张雪莲将大龙嘴中的珍珠取下，然后将夜明珠安上去。

也是金光一闪，却没有万道光彩。

她扭头看了一下强巴，强巴正在埋头开箱，并没有注意她这边。她赶紧取下夜明珠，将珍珠装回大龙的嘴里。

盖上箱子，锁上金锁，张雪莲的身子轻轻一飘，就飘上箱面，抱起那只九龙含珠的紫檀木箱子飘回落地。

发现金锁坏了，已经锁不上，张雪莲便换了一把好的金锁，将箱子锁上。

然后，她冲强巴道：“看到有装布袋的箱子没有？”

“看到了，看到了，都是一样的麻布袋。”强巴头也没抬地答。

“嗯，那就把箱中箱都装进布袋里。”张雪莲命令强巴。

“是，公主。”强巴站直身子，答道。

箱中箱总共有九只。

当强巴将紫檀木箱子都装入麻布袋之后，张雪莲的身子突然绕着它们飞转起来，且一边飞转一边转动着麻布袋，将原先的位置全调乱了。

强巴的脸部抽了抽：这不是明摆着不相信我嘛。

张雪莲停下，脸色一变，目光刀一样砍着他：“你真是狗眼不识好人心，我这是为了你好，为了大家好，知道吗？”

“是是是，公主。”强巴忙道。

张雪莲的脸色缓和下来，柔声对强巴道：“你跟了我那么多年，你应该懂我的心思呐。”

强巴感激地望着她：“多谢公主抬举，只是强巴生性愚钝，一时难以反应过来，才……”

张雪莲轻轻叹了口气，打断他的话道：“唉，行了，不用再说。你把剩下的袋子装上金银珠宝吧。”

“是，公主。”强巴应声而去。

张雪莲看了看地上装着紫檀木箱子的麻布袋，发现袋子造得很实用，袋子的两头都有长长的布带，只要将布袋放到背上，布带在身前打个活结，袋子便可安安稳稳地斜背在背上。

很快，强巴就装好了七八袋金银珠宝，每袋足有五六十斤。

“袋子用完了？”张雪莲问道。

“嗯，用完了。”强巴答。

张雪莲看了看他："那你歇一歇吧。"

"是，公主。"强巴答罢，便一屁股坐到地上，背靠着空木箱歇了起来。

张雪莲走出密室，来到石树前面，小心地敲了三下，然后将耳朵贴着石树身，随即便听到石树传出三声"叮叮叮"的响声。

张雪莲兴奋地笑了笑，突然就绕着石树飞转起来，边转边出掌拍击石树。

足足转了十八圈，拍出了九十掌，她才停了下来。

刚停住身子，她就听到石树的上方传来"咔啦啦"的声响。

五棵石树的顶部中央渐渐露出一个洞口来。

"老婆，我来也。"就在这时，康长风声到人也从上面飘了下来，笑盈盈地站在张雪莲面前。

"呸呸，谁是你老婆？"张雪莲嗔道。

康长风冲她使了个鬼脸，张手欲搂，张雪莲的身子轻轻一飘，就避了开去。

"嘻嘻"了两声，康长风开心地道："今天不是，反正以后就是了。"

"哼，那还得看你的表现如何。"张雪莲故意"哼"了一声道。

康长风眉毛一飞："放心吧，这世间能入你眼帘的，除了我康长风，还会有谁？这不，我略施小计，这宝藏就到手了。"

"废话少说，赶快行动吧。"张雪莲嗔道。

"嗯，小生听旨。"康长风向张雪莲施了个大礼。

"毛病，你什么时候变得这么酸了？"张雪莲不满了。

康长风"呵呵"地笑了笑，便朝上拍了三下掌。

一条绳子从洞口垂了下来。

接着，几个黑衣大汉也抓着绳子滑了下来。

"快，快到密室去打包。"康长风对几个黑衣大汉道。

张雪莲瞧了康长风一眼："包都打好了。"

康长风的脸部抽了抽，但瞬间就笑道："呵呵，我的好公主，你真是太能干了，不用等我来，你就什么都办妥了。"

张雪莲笑了笑："我啥也没干，都是强巴干的。"

"哦"了一声，康长风便道："我进去看看。"

说罢，人已飘入密室。

第三百九十七章　崖谷激战

话说范庭兰他们那队人马，是下午穿过万崖山林，到达死亡谷的。一路上，他们看到了不少日本特工的尸体，心下都感到讶然。因为那些日本特工的尸体，既没有枪伤，也不是中国功夫所致命的。直到发现了被炸得断碎的蟒蛇，他们才猜到是蟒蛇所为。

走出死亡谷，来到崖谷顶部那片山坪的时候，范庭兰一眼就看到被炸得断碎的蟒蛇和日本特工，马上警惕了起来，叫其他人在周围搜索。

刘农峻走到崖边，鹤脖子一样的颈往外一伸，还没来得及往下看，就被崖底负责警戒的大川发现了。

举起狙击步枪，大川瞄着刘农峻的头就勾下了扳机。

“叭”的一声枪响，大川第一时间就感觉自己打空了。

为啥?

因为刘农峻的头已经缩了回去，子弹几乎是擦着他的额头而过的。

其实，刘农峻并没有看到大川，而是连看都没来得及看，心里已发出危险的信息。结果，本能让他迅速缩回了头。

也就是这百分之一秒的时间，让他逃过了大劫。

枪声一响，范庭兰他们马上闻声而动，纷纷扑靠到崖边，寻找有利的位置，二话不说就朝崖底“叭叭叭”地开枪，先以火力压住对方再说。

开始回应他们的只是三支枪响。

不一会儿，就越来越多。

“是中村正岛。”郭超常突然道。

范庭兰心下一颤：终于能与中村正岛交上火了。

想到仰光一行，他心里就窝火。虽然发现了中村正岛的落脚点，他们却无从下手。因为中村正岛躲在将军府里，而且将军府戒备森严，他们难以接近。还有一点，缅甸当局与中方是有合作关系的。中缅公路就是一条抗战的生命线，许多援助物资都是从这条生命线源源不断地从缅甸进入中国的。如果不小心误伤了缅军，矛盾就闹大了。英国殖民当局之所以愿意开放中缅公路，让抗战的物资输入中国，并非真心帮中国的忙，只是想让中国军队当炮灰，在第一线阻挡日军侵略的步伐，以保证他们的殖民地的安全。如果闹出矛盾，英国殖民当局说不定会百般刁难……

因为诸多制约，范庭兰他们便不敢轻举妄动，在仰光是无功而返。

直到发现中村正岛金蝉脱壳，逃出了将军府，范庭兰他们才撤出仰光，沿着中村正岛他们留下的踪迹，一直跟踪到万崖山林。

这下仇人相见，范庭兰岂会轻易放过？

然而，当他伸出头往崖底瞧了一下，却发现崖底是茂密的藤草，根本就看不到中村正岛在哪儿。

先封锁崖谷两头。

当即，范庭兰就下令："彭壁生、陈节控制南面；佟大芳、蔡如柏封锁北面；农峻、超常随我下崖；其他人掩护。"

其他也没什么人了，就只有孙玉国和赵卓宾两人了。

"老范，你们不能下去，那太危险了。"孙玉国率先反对。

范庭兰冲他道："放心，我们可是老天热爱的神猴。"

见范庭兰如此决意，其他人马上朝崖底扔出炸弹，以掩护他们。

轰隆的爆炸声一响，范庭兰、刘农峻、郭超常已飞向崖壁，揪住崖壁上的小树、竹子迅速朝崖底飘落。

"哼，竟还有送死的人。"大川心道，接着就猛喊，"先打下崖的人。"

大川的喊声刚落，其他八个日本特工都将枪口指向范庭兰他们。

步枪的"叭叭"声，孙玉国和赵卓宾都不怎么在乎。

然而，当两挺歪把子发出"哒哒哒"的枪声时，孙玉国和赵卓宾都紧张了起来。

"赵六，先解决歪把子。"孙玉国急喊。连"卓宾"的名都省了，只喊他们当中的排行，赵卓宾居六，所以他直接喊"赵六"了。

"嗯，要他娘的尝尝我们的厉害。"赵卓宾火火地说，然后冲歪把子发声的位置就打出一串子弹。

子弹如蝗，纷纷射向歪把子。

紧握歪把子的河边三郎已经打红了眼，竟然不闪不避，仍然朝崖壁上的范庭兰扫射。

赵卓宾的一颗子弹擦破了他的肩膀，他咬了一下牙，强忍着痛，继续扫射。

只是，范庭兰下崖的动作太快了，河边三郎打出的子弹都落在范庭兰的上头。当他加大提前量，往范庭兰身子的下方扫射，只等范庭兰坠落，自己碰上子弹时，范庭兰却像脑后长了眼睛似的，身子往旁边一飘，就避过了他射出的子弹。

速度快加上飘逸不定，大川他们一时也奈何范庭兰他们不得。

河边三郎眼看几回都打偏了，心中不由得升起了火气，突然跳出崖石后，挺起歪把子就朝范庭兰疯狂地扫射。

当他从崖石后跳出的瞬间，孙玉国心里说了声"糟糕"，便不顾一切地伸出身子，朝河边三郎发出了一串点射。

河边三郎感到脑门一热，魂魄就从身上飞了出去，双脚一软，颓然倒地。

哑了一把歪把子，大川迅即对上岗喊："去拿河边的机枪。"

上岗"嗖"地从一丛藤后飞身而出，三纵两蹿就跃到河边三郎身边，捡起歪把子就朝范庭兰扫射。

情况危急。

范庭兰情况危急。

"废了他。"孙玉国急喊赵卓宾。

其实哪里用喊？当上岗从藤丛后飞出时，赵卓宾已猜到他要去拿河边三郎的机枪，手中的盒子炮就没停过对他的射击。

但上岗跑得太快了。

加上他极有经验，在跑动的时候并没忘记利用掩蔽物，令赵卓宾打出的子弹都落了空。

北面的佟大芳、蔡如柏一看情形不对，也迅速掉过枪头，朝上岗开枪。

刹时之间，子弹如蝗一般在上岗身边纷飞。

上岗只能一边躲闪，一边扫射。

这样一来，他的扫射也就失去了准头。

正是这个时候，中村正岛他们已经越过了佟大芳、蔡如柏的封锁线。

因为佟大芳、蔡如柏的加入，孙玉国和赵卓宾紧张的心也轻松了一些。以人数相比，他们本身就是九对九。好不容易消灭了一个，仍然是九对八。乍一看，似乎是他们强，但因为范庭兰、刘农峻、郭超常在下崖，没了火力，南北又分去了四个人，实则他们只有两个人掩护范庭兰他们。

南面的彭壁生、陈节也感到形势对范庭兰他们不利，也就不管范庭兰要他们控制南面的命令，一边往孙玉国这边移动，一边朝崖底射击。

六支盒子炮，火力也不差了。

但大川他们并没有半点退却的意思，仍然紧紧地盯着范庭兰他们射击，非置他们于死地不可。

第三百九十八章　生死一念间

“集中火力，先干机枪手。”孙玉国对同伴大喊。

鬼子的两挺歪把子，一挺居北，一挺位南。

听到孙玉国的大喊，赵卓宾马上和北面的佟大芳、蔡如柏联手，加紧对北面的上岗射击。

南面的彭壁生、陈节则与孙玉国一起，对南面的鬼子机枪手点射。

南面这个鬼子机枪手叫栗木一郎，他不像上岗那样跑着扫射，而是躲在崖石后面，只露出半个脑袋。

按说，对孙玉国他们来说，半个脑袋的目标也够大的了。但是，栗木一郎脑袋的上方，刚好有一块凸出的崖石阻挡住了孙玉国他们射来的子弹。结果，子弹打得崖石火星四溅，却伤不了栗木一郎的毫发。

加上距离有四百多米，已不是盒子炮最佳的射击距离。

栗木一郎隐藏得很好，却也有弊端，就是他的射击范围不但窄了，而且不那么自如。

从他这边飘落的刘农峻和郭超常，便能灵活地躲过他射出的子弹。

崖顶到崖底，大概是三百米上下。

仿佛是瞬间，刘农峻和郭超常就飘落到两百多米，与他们最近的鬼子已经相距不到两百米。

“超超，你诱我打。”刘农峻突然对郭超常道。

郭超常响亮地“嗯”了一声，故意揪住崖树，停住身子，过了半秒才移动，动作显得不那么利索。

栗木一郎一看，眼睛不由得放光，将射击的目标从刘农峻身上转到郭超常身上。虽然刘农峻近些，郭超常远些，但刘农峻飘落的速度太快了，且飘逸不定，常常使他的子弹落空。

干掉那瘦矮子再说。

栗木一郎的枪口随即指向郭超常。

可他还没朝郭超常勾下扳机，立时就觉得自己上当了。

因为刘农峻此刻的角度，已经避开了他头上凸出的崖石的阻挡，栗木一郎露出的半个头便完全暴露在刘农峻的枪口之下。

而刘农峻转身对着栗木一郎的瞬间，手中的盒子炮也响了。

“叭叭叭”三枪。

一颗子弹擦耳而过。

一颗子弹从他的头上飞过。

面对第三颗子弹——

栗木一郎顿感绝望。

还没等他多想，子弹已经从他的头顶钻入，从脑后钻出。

没有惨叫。

栗木一郎死得干净利索。

“峻峻，太俊了。”郭超常忍不住喊道。

刘农峻扭头朝他望了一眼：不可大意。

郭超常回以目光：知道了。

没了机枪密集的子弹，他俩便如鱼得水，在鬼子的步枪子弹中飞快地飘落。

崖顶上的孙玉国、彭壁生、陈节见他们对付的机枪哑了，马上将枪口掉到大川他们身上。

却说上岗越战越勇，打得范庭兰东跳西蹿、十分狼狈，而且他心里已经在倒计时，只需三秒时间自己就可将范庭兰的身子打成马蜂窝。

“一、二……”可还没等他从心里喊出“三”，佟大芳已大吼一声：“去你妈的吧。”

声刚落，他射出的子弹便狠狠地“吻”在上岗的肩上。

上岗肩头一颤，手握的歪把子也歪了，一串子弹便从范庭兰的身边飞过。

当他强忍住痛，想重新调整歪把子角度的时候，赵卓宾和蔡如柏的子弹却到了。

赵卓宾打上，子弹钻入上岗的左胸。

蔡如柏打下，子弹瞬间便打断了上岗的大腿骨。

上岗感到自己的灵魂仿佛被一双无形的手一抽，眼前一黑，身子就像坠入万丈深渊似的，进入一片黑暗无边的冥府。

见上岗倒地之后，蔡如柏不由得看了身边的佟大芳一眼，笑道：“芳芳，你可是斯文人啊。”

“哈，跟鬼子还能讲斯文?”佟大芳为自己吼出的粗口辩解。

“当然不能，我倒希望你多粗口几回，免得我们打得那么辛苦。”蔡如柏直言不讳地说。

佟大芳笑笑：“该我们下去玩了吧?”

“可我们是负责封锁北面的啊。”蔡如柏边说边望向北面的崖底，崖底静悄悄的，哪里还有中村正岛他们的影子?

糟糕。

佟大芳心道一声，才记起自己和蔡如柏的任务。

“没事，他们跑不了的。”蔡如柏坚决地说，随即身子“嗵”地跃起，就朝北面的崖底飘落。

佟大芳知道蔡如柏是去追中村正岛他们，赶紧对赵卓宾说了一声：“等会你跟老范说，我和柏柏先往北追。”

“行，我们随后也跟着来。”赵卓宾答道。

佟大芳“嗯”了一声，也飞身飘向崖底。

两挺机枪一哑，大川顿感头皮发麻。

他们九个殿后的人已经死去了三个，力量的天平已经倾向中方。

撤。

赶紧撤。

他猜中村正岛他们已经走远，心下当即决定。

往北撤，还是往南撤?

南面肯定不行了，刘农峻和郭超常只要三跳两跳就到达南面的崖底了。

北面?

蔡如柏、佟大芳正在飘落。

但他俩到崖底还有相当的距离。

“往北撤。”于是，大川高声下令。

下岗他们马上动身撤退。

却是相互交替掩护着撤退。

一到了崖底，刘农峻和郭超常就对鬼子进行追击。

崖底本来茂密的藤草已被炸弹、子弹炸得、射得七零八落的。

没了藤草的纠缠，刘农峻和郭超常便身如飞箭，“嗖嗖”地在崖谷飘飞。

他们快，大川他们撤得也快。

瞬间工夫，大川和下岗已跑在前面，从蔡如柏、佟大芳的下面穿了过去。

蔡如柏、佟大芳见状，在半空就朝大川、下岗“叭叭”地射击。

子弹都没有落到实处。

眨眼间，大川和下岗已经钻入了茂密的藤草丛中，只见藤草在动，而看不到人影。

看大川他们往北撤，崖上的孙玉国当即对彭壁生、陈节道：“你俩在崖上往北追。”

彭壁生、陈节“嗯嗯”应道，身子已然飘起。

孙玉国道罢，又扭头对赵卓宾道：“我们下去支援他们。”

赵卓宾早就想下崖与鬼子来个近身战，这下有了孙玉国的话，他的身子便如同猛豹一般跃起，迅速向崖下飘落。

孙玉国也向崖下飘去。

殿后的两个鬼子，一个叫大谷，一个叫小井。

眼见范庭兰飘落崖底，与刘农峻、郭超常一起朝他们追过来，他们已经感到了强大的压力。

再往崖壁上一看，蔡如柏、佟大芳也落到了三分之二，眨眼间落到崖底之后就会断了他们的后路。

而他们头顶的上方，正是飘落着的赵卓宾和孙玉国。

前后上方都是中国特工，他们顿感在劫难逃。

第三百九十九章　也念老乡情

逃无可逃，只能硬顶了。大谷双眼发红，下了必死的决心。他和小井并肩站着，背靠崖壁，顽强地抵抗着。虽是站着，旁边的藤草都高过他们的腰身，成了不是掩体的掩体。

抱着人生除死无大碍的信念，大谷非但不惧，反而边打着枪，边和小井聊了起来："小井你后悔过当特二吗？"

小井的身子颤了一下，马上反问道："你看我像是后悔的人吗？"

"呵呵，当然不像。如果你是那种人，我才不会跟你搭档。"大谷直言道。

小井也"嘎嘎"笑了两声："你还说呢，第一回和你去执行暗杀任务，你看着我的目光就怪怪的。心里感到不踏实，是吧？"

"嗯，是有点。"大谷承认，"那是刀光血影的事，万一你手软什么的，我就得跟着你一块儿遭殃。"

"事实证明我还是能二的，是吧？"

"是不赖。看你的匕首插入那个中国女特工的后腰那么利索，那么稳、准、狠。她连吭都没吭一声，就被你完全彻底干掉了。"大谷赞赏地说。

小井心里钻过一道舒服的暖流，嘴上却装作不在乎地说："那算什么？主要是那女特工的功夫太次了。"

"看你，小井，你就是不能夸的人。那个女特工可是干掉过我们两个特工的高手。这就是我担心你行不行的缘故。"大谷说着，已看到范庭兰他们飘逸而来的身影。

"其实高手不高手，是看具体情形而定的。关键是双方的势头，哪方势头猛，哪方就强、就高。"小井这是在借东说西，暗示他们眼前的状况。

"是啊。"大谷很有同感。当日中村正岛带着他们去围捕几个共党分子，那势头就像一群狼狗围捕几只小兔子。几个共党躲入一个小镇，哪里躲藏得了？不到一个时辰，他们就将小镇掀翻了天，将几个浑身打颤的共党揪了出来。一阵严刑拷打后，当中一个就痛哭流涕地屈服了。其他几个不屈的共党，则当即被他大谷开了膛。

那个爽，真是淋漓尽致。

大谷兴奋地怀念着。

"眼下我们就生死共担吧。"小井很豪气地道。

“这还用你说？”大谷早就置生死于度外了。

就在这时，范庭兰“叭”的一枪，就打掉了大谷的一只耳朵。

痛彻心骨，他却毫不退缩，手中的自动步枪对着范庭兰就打出了一串连发。

子弹“嗖嗖”。

范庭兰却像灵猴一样，左一飘，右一纵，轻松就避开了他射来的子弹。

倒吸一口凉气，大谷“叭”的一下上了刺刀。

“近身了？”小井忍不住问。

“快了。”大谷边答边朝范庭兰射击，逼范庭兰还击。

小井这边本是对着半空的蔡如柏、佟大芳打的，但他们落了崖底后却不见了踪影，似乎追大岗他们去了。

心下不由得一急，小井拔腿就往北追去。

大谷感到肩膀一松，再听到小井离开的脚步声，心里不由得怒骂一句：“奶奶的，说好生死共担的，却跑得比兔子还快。”

大谷真是冤枉了小井。

小井之所以拔腿就跑，要追击蔡如柏和佟大芳，是因为大川他们四个人当中有一个是他的未来妹夫。

他的未来妹夫叫高木三郎，是他们对面村的人。既是同乡，也是未来的亲戚，他的心岂能不急？

在家里的时候，妹妹就千交代、万交代，要他好好照顾高木三郎，不能让高木三郎掉一根毫毛，否则……

否则什么？不用说，谁都明白。

小井想到自己反正是难逃一死的，怎么的也要拖一拖蔡如柏和佟大芳，好让他的未来妹夫顺利逃出生天。

他一边狂跑着，一边胡乱地打着枪。

因为藤草太茂密了，根本就看不到蔡如柏和佟大芳的影子，只能朝藤动、草动的地方打。

可每每子弹在半途就被纵横交错的藤条挡住了，无法落到实处。即使是从藤条间隙穿过去的子弹，也是要么打高了，要么打偏了。

但小井心里明白，这样胡乱的打虽然没有用，也总好过不打。不打，是什么都没有；打了，起码是对蔡如柏和佟大芳的一种威胁。

小井心里这样想，蔡如柏和佟大芳却相视一笑：看这乱枪，不是打来吓鸡的吗？

头都没回一下，他俩就像钻山豹一样，在茂密的藤草间飞快地穿越起来。

而小井的狂跑狂追，也只能是在藤草比较疏散的地方；到了茂密的藤草丛前，他也就无可奈何了。空身在藤草丛中钻，都钻得磕磕绊绊的，何况他手里还拿着长枪？

跑已经无法跑了。

如果带着长枪钻入藤草丛，那是一点用都没有的，因为连枪都不好开。算了，我也尽心了。

小井自我安慰道。

此时，他的身后传来激烈的枪声。

大谷的自动步枪还在响。

小井赶紧转身，往大谷这边疯跑，手里的步枪也没停止过射击。

听到往回射的步枪声，大谷禁不住回头看了一眼，只见小井正朝他这边疯跑过来。

兄弟，真是我的好兄弟。

大谷很是激动，心下怪自己刚才冤枉了小井。

他很想朝小井大喊一声："你能逃就快逃吧。"

但嘴只张开了一半，范庭兰射出的一颗子弹就无比热烈地钻入了他的后脑，又从脑门钻出。

看到大谷的脑门突然多了一个洞，小井发狂了，不顾一切地停住身子，举枪就朝范庭兰瞄准。

而从天而降的赵卓宾和孙玉国哪里会给他机会勾下扳机？

两支盒子炮同时喷出一串子弹。

刹时，小井的身子被打成了马蜂窝。

小井的灵魂飕地飞出头顶，瞬间就飞到了高木三郎的上空。

高木三郎已经跟着大川他们逃出了崖谷，进入了丛林。

与追击他们的蔡如柏和佟大芳相距已有一里之遥。

足够有机会让他们逃出生天了。

小井的灵魂感到了一些安慰，便如一缕云烟般飘上了天空。

第四百章　来龙去脉

话说只有龚破夭心里开始了然，这中国的国宝为何会跑到缅甸的荒山野岭，李绍嘉和万全策却都不解。

这九龙含珠，龚破夭自小就听寨中的榜眼说过。当日朱元璋为了争夺江山，和对手打得不可开交。一夜，他正在营帐中闭目苦思，看有什么良策可以迅速置对手于死地，一缕轻风飘入帐内，他感到头上被谁抚摸了一下，赶紧睁开双眼，只见一缕轻烟飞出了帐门。

是谁?

他根本就没看清楚，正欲起身追去，眼里被什么一磕似的，目光随即跌落到案上——

案上竟然摆着一只精致的紫檀木箱子。

箱子四围镶着金边，金边嵌着一颗颗蓝宝石。

望着，朱元璋心已动。

但他生性多疑，不敢贸然打开，生怕对手在箱子内装了什么机关暗算他，便暗暗运气，对着箱子左一掌，右一掌，先以掌气击入箱内，破坏里面的机关。然后，他才拿来长剑，用剑尖挑开箱盖。

箱盖一开，万道金光带着七彩灿然而出，闪得朱元璋如脚踏彩虹、身飘银河。

随后，他往箱内一看，含珠的九龙仿佛正朝他飞翔而来。

而中间那条大龙似乎还对他点了点头，笑了一下。

真龙天子。

顿然，朱元璋断定自己就是真龙天子，江山非他莫属了。

也不去理会是谁给他送来的九龙含珠，他赶紧“扑通”一声跪到地上，“砰砰砰”地连叩了三个响头，激动地道：“多谢老天垂怜，令高人助我，我老朱此生定然无愧于苍天……”

站起身，他合上箱盖，然后用红绸布包好，放到了床头……

自此，朱元璋每仗必胜，不久就坐上了江山。

当时听着，龚破夭只是当故事来听，根本就没去想它是真的还是假的。

而且，榜眼的骨子里痛恨清朝，热爱明朝，常将自己当作是反清复明的义士。所以榜眼官也没当，就溜到桃源寨来了。

见他们不信，榜眼的眼里就闪出了泪花："你们知道不，明朝之所以衰亡，就是因为丢了九龙含珠啊。"

明朝是否因为丢了九龙含珠而亡，他们做孩子的可不管，感兴趣的只是九龙含珠是怎么丢的。

"怎么丢的?"榜眼每每说到这里，双眼就喷火，咬牙切齿地道，"就是吴三桂那个狗贼偷的。"

"他又不缺钱花，偷这玩意儿干嘛?"

"傻孩子，这九龙含珠哪里是用钱买得到的？谁得了它，谁就能得江山啊。"榜眼循循善诱道，"吴三桂生来就是野心勃勃的人，他趁国家内乱之际，悄悄派人去将九龙含珠偷到手，做起了当皇帝的梦。然后他以李自成的部将抢了他的爱妾陈圆圆为借口，引清兵入关，一举灭了明朝。你们以为他是真心帮清廷的啊？他不过是借此来扩大自己的势力。你看他当了平西王之后，对明朝皇族的人便紧追不放，先断了朱家的皇脉再说。他镇守云南的时候，就引兵入缅，迫缅王交出南明永历帝。康熙元年(1662年)，吴三桂杀南明永历帝于昆明。同年，清廷晋封吴三桂为平西亲王，兼辖贵州省，永镇云贵，与镇守福建的靖南王耿精忠、镇守广东的平南王尚可喜子尚之信相呼应，成为拥兵自重的三藩。顺治十七年，朝廷以赋税不足，令吴三桂裁减兵员。吴三桂将绿营及投诚兵从六万人减至二万四千人，汰弱存强，留下的全是精锐之师。清廷于康熙十二年（1673年）下令撤藩。吴三桂闻讯后叛清，自称周王、总统天下水陆大元帅、兴明讨虏大将军，发布檄文，联合平南王世子尚之信、靖南王耿精忠及广西将军孙延龄、陕西提督王辅臣等以反清复明为号召起兵反清……"

榜眼说得头头是道。

他们却听得昏昏欲睡。

现在看来，龚破夭就觉得榜眼的故事不仅仅是故事了。

吴三桂天性是那种"成者为王，败者为寇"之人，可以先降后反，为人做事，远在一般人之上。

按龚破夭的推测，吴三桂在带兵入缅的时候，就悄悄留了一手，将九龙含珠藏在这万崖山林之中，以永保吴家的龙脉。

这么说来，张雪莲就不是石达开的后人，而是吴三桂的后代。如果是这样的话，象兑古寨就是吴三桂当日的一个神秘落脚点。有关象兑古国的传说，不过是掩人耳目的说法罢了。

龚破夭对万全策、李绍嘉说出了自己的推测。

两人顿时将嘴巴张得天大，仿佛在说："这也太离奇了吧?"

但瞬间，他俩便回想起初见象兑古寨的情形——

李绍嘉暗地里数了一下，从下面到寨门，足有三百六十一道台阶。

三百六十一除了是年的天数，还是什么?

万全策像知道李绍嘉心里打着小九九似的，目光射着他的瘦脸："什么年的天数？那是围棋棋盘上的点数。"

李绍嘉的脸被万全策射得火辣，想反驳，一时又拿不出反驳的理由，只好向纳西丽莎求援。

纳西丽莎对他笑笑："是的，万大哥说的没错，那是围棋棋盘的点数。据说我们的先祖就是一个围棋高手，还跟你们的老子学过下围棋。"

这么神？这么巧合？

不会吧？

李绍嘉一脸疑惑。

纳西丽莎柔声解释道："不信你再看看我们寨国房子的排列，是不是横十八座，竖十八座的？"

整个寨国只有三十六座房子？怎么止呢？

李绍嘉看到的房子，就有好几百座。

"哼哼。"万全策又"哼哼"了两声。

"你哼什么哼？难道你看到的只有三十六座房子？"李绍嘉不满地说。

万全策又"哼"了一声，才道："你这个死瘦猴呀，眼睛只知道看表面，而不知道看实质。没错，一眼看去，他们象兑寨国是有几百座房子，但在这几百座房子里头，却有细分，那就是三十六座房子连成一体的。"

"真的吗？"李绍嘉红了脸，向纳西丽莎求教。

纳西丽莎点了点头。

"为什么要以围棋的基本格数为标准呢？"李绍嘉真的不解了。

纳西丽莎笑了笑："嗯，按我们寨国的传统说法，这围棋充满了宇宙意识，可以从一生出无穷。表面上看，围棋只有324个格子，但如果从格中有格，大格小格都算上的话，标准的19路棋盘就有2109个正方形。简单说下计算思路：首先要知道在19路棋盘里的最小方格数应该是18＊18。设最小方格的边长为1，那么构成正方形的边长的可能值就为1－18。那么一共的方格数就为所有边长为1的个数、所有边长为2的个数，并依此类推，至所有边长为18的个数的总和。把边长为1的方格置于棋盘左上角，然后以1为单位水平向右移动，然可以移动17次，也就是说1排可以有18个单位为1的方格。再把这个方格竖直向下移动，显然同样可以移动17次，也就是说有18排，每排都有18个方格。因此边长为1的方格有18＊18个。依此类推，把边长为2的方格置于棋盘左上角，然后以2为单位水平向右移动，显然可以移动16次，也就是说1排可以有17个单位为2的方格。再把这个方格竖直向下移动，显然同样可以移动16次，也就是说有17排，每排都有17个方格。因此边长为2的方格有17＊17个。依次推到边长为18的方格个数为1＊1个。所以棋盘上总正方形数为1＊1＋2＊2＋3＊3＋……＋18＊18＝2109个。"

李绍嘉听得是一头雾水、似懂非懂，不由得道："简单说，就是格中有格，小格变大格。”

没错，以小变大。

这无疑是吴三桂的心中所想。

龚破夭心道。

继续往下推断，龚破夭又觉得有点矛盾。以吴三桂的狡猾，他怎么会将那么明显的中国文化用寨子表现出来呢？那岂不成了此地无银三百两吗？

“老大你不是说过，越是危险的地方，越是安全吗？反过来说，越是明白的地方，就越容易让人忽视啊。”李绍嘉道。

万全策也“嗯”了一声，若有所思地说：“是啊，我细看过他们寨子的街石、屋墙、木梁，都古旧古旧的，至少在千年以上。也就是说，象兑寨国确实是在吴三桂到来之前就存在的。”

“就是，那叫真中有假、假中有真，所以才迷惑人。我看他们寨子的人都是一式的缅甸土人，并没有汉人的样子。”李绍嘉跟着道。

龚破夭笑了笑：“这正是吴三桂的聪明之处。”

“此话怎讲？”两人不解。

龚破夭笑道：“中国人不是有和亲的习惯吗？难道他吴三桂就不会悄悄地跟象兑寨国的公主成亲？而且，他深知中国人还有一个赶尽杀绝、断子绝孙的习惯，万一他兵败，吴家就会被清廷赶尽杀绝。所以，他悄悄地在缅甸这荒山野岭留一手，这也是合情合理的。”

“可张雪莲为啥又生长在中国？”李绍嘉不解地道。

万全策瞪了他一眼：“傻猴，这么简单的问题都不懂？我问你，如果你是吴三桂，你会怎样为自己留后路？”

“我吗？我就叫后人逃得远远的。”李绍嘉直通通地答。

“哼，你那是逃跑主义。人家吴三桂可是留得后人在，不怕得不到江山，哪像你这么没志气？”万全策冲李绍嘉不屑地道。

李绍嘉顿时红了脸：“你那么厉害，那你说会咋办？”

“咋办？很简单，先让公主留在象兑生儿育女，再将一个秘笈交给公主保藏。一旦我兵败，公主就可带着儿女潜回国内，然后伺机而动。”万全策胸有成竹地说。

“嘿嘿，两百多年后才伺机而动？”李绍嘉表示怀疑。

万全策晃了晃脑袋：“那有什么？这叫君子报仇，千年不晚。”

李绍嘉一时语噎，只好向龚破夭求援：“老大，你认为呢？”

龚破夭笑答：“老万言之有理。我们先上崖顶去看看吧。”

“上崖顶？老大认为张雪莲会从崖顶逃出？”李绍嘉讶异地道。

第四百零一章 大龙为何缺珠

龚破夭为何认为张雪莲会从崖顶逃出呢?

李绍嘉和万全策都不得要领。

"边走边说吧。"龚破夭说罢，身子已动，"嗖嗖"地飘了出去。

这西边虽然也是山崖，却不那么陡，更非直壁。西沉的夕阳将大片的夕光洒在山崖上，崖石的藤藤草草都闪烁着醉人的光色。

人在夕阳里跃动，龚破夭的心情十分舒畅。

万全策和李绍嘉一左一右地跟在他身边，希望听到他说出下文。

龚破夭看了他俩一眼，方道:"你们想想，安室美惠为什么要把你们诱向东面的崖谷?显然不是她的意思，而是康长风的主意。康长风的目的，就是要让你们和安室美惠的人去喂蟒蛇。也给人一个错觉，东面的甬道是唯一进入宝藏的通道。"

"嗯嗯，所言极是。那康长风也真他妈的歹毒。"李绍嘉一想起被蟒精追逐，心里就发寒。

龚破夭对李绍嘉笑笑:"知道蟒蛇为什么放你们一马吗?"

"不知道。"李绍嘉摇头道。

龚破夭跃过一块凸出的崖石，接着道:"因为你们不知道自己正向宝藏走去，心里没有宝藏的意念。像你说的，那蟒蛇是成了精的，分辨得出来人是否危险、是否对宝藏有意图。一旦发现来人对宝藏有意图，它马上就会发起攻击。你们发现安室美惠只是一个人，我猜她的人已经被蟒蛇干掉了。中村正岛带人前来的话，结果肯定跟安室美惠的人差不多。"

"哎，老大，有一点我不太明白，康长风跟日本鬼子可是伙伴啊，他为啥还让他们去送死?"万全策突然问道。

龚破夭眼里顿时闪出康长风阴险的笑:"康长风是个为了达到目的而不择手段的人。没错，日本鬼子是他的伙伴。但中村正岛他们在他的眼里，不过是他的马前卒，能与他平起平坐的只有日本天皇。"

"明白了，中村正岛他们不过是日本人使用的工具，只要康长风达到了目的，日本当局也不会在乎牺牲了中村正岛这些工具的。"万全策对龚破夭的话加以补充。

"可我还是不太明白，康长风要把我们和中村正岛的人诱向东面崖谷的目的已经达到，他为什么不随张雪莲一起从西边的甬道进入呢?”李绍嘉提出了自己的怀疑。

龚破夭笑笑：“很简单啊，他不是宝藏主人的后人。宝藏主人的后人是张雪莲。张雪莲虽然和他勾勾搭搭了许多年，但真正上康长风的床，却是在康长风盗到了夜明珠之后。而交换条件是康长风交出夜明珠给她，她说出进入宝藏的线路。她不是傻瓜，所以只对康长风说出了两条通道，自己却保留了一条。”

“妈妈的，这对狗男女真是天生一对，都是狡猾绝顶的人。”李绍嘉骂骂咧咧地道。

“傻猴，不狡猾的人哪来那么大的野心?”万全策冲李绍嘉道。

“嗯嗯，那倒是。”李绍嘉同意。

万全策仍不放过他：“什么那倒是？就是。像你就只想到逃得远远的，一点大志都没有。”

李绍嘉却笑呵呵地答：“傻人有傻福，傻人活得长。”

“石头活得够长了，顶个屁用啊!”万全策不屑地说。

“行了老万，我们继续听老大说吧。”李绍嘉不想跟万全策顶下去，便道。

万全策也觉得自己扯远了，忙道：“嗯嗯，老大你继续说。”

龚破夭的鼻子往空中抽了抽，已嗅到了康长风和一些陌生人的气息，但他没动声色，继续道：“康长风使计将你们和日本鬼子诱入东面崖谷，还自以为是为张雪莲开了路，自己便放心地在另一条通道做接应。既然是接应的通道，肯定是便于逃离的地方。如果正常的话，应该是西边的这条甬道。但西边这条甬道却是张雪莲保留的。那么，康长风做接应的通道应该就在宝藏上面的崖顶了。”

“妈的，人家狡兔三窟，吴三桂却是狡人三道。”李绍嘉忍不住骂道。

骂罢，李绍嘉又问：“老大，既然是这么秘密的事情，康长风怎么好像还要故意露出风声来呢?”

“傻猴啊傻猴，你以为什么事都是天知地知我知的啊？像老大自小就听过九龙含珠的故事。背后盯着这九龙含珠的，不知有多少人。再说，我们中国的特工，你以为就我们区区十几个人？泰姬陵的夜明珠失窃，自然就会引起各方的注意。所以，康长风就来个顺水推舟，放出风声来，让小日本主动和他勾结起来。”万全策说出了自己的见解。

龚破夭赞赏地看了他一眼。

李绍嘉却似懂非懂地点了点头。

龚破夭望着李绍嘉：“关于九龙含珠的故事，我其实还没说完。据榜眼说，吴三桂之所以只称了周王，而最终没有得到江山，坐上皇位，是因为九龙当中那条大龙所含的珠不见了。”

“那珠去哪儿了?”李绍嘉好奇地问。

“具体去哪儿了，有两种说法。一种说法是朱元璋为了永保朱家的龙脉，临死之前就悄悄把大龙所含的夜明珠换了下来，安了一颗平常的珍珠上去。那颗夜明珠则借寻找张三丰之机，藏到了名山的一块风水宝地里了。一种说法是朱元璋在大杀功臣之后，夜明珠就莫名其妙地失踪了。”龚破夭答道。

“依我看，第二种说法有道理。”李绍嘉满有把握地说。

万全策瞪了他一眼：“为啥这么说?”

李绍嘉“嘻嘻”笑道：“老大不是说了嘛，朱元璋得九龙含珠是因为一阵风来、一缕烟去的。能达到这种境界的，当然只能是仙风道骨啊。仙是没有的，但想做仙的道人却不少。结合朱元璋大肆寻找张三丰来看，那夜明珠的来和去肯定与张三丰有关。”

“是这样吗，老大?”万全策禁不住问龚破夭。

龚破夭看看他：“听嘉嘉说下去吧。”

“嗯，死猴你快说。”万全策盯着李绍嘉道。

李绍嘉不满地回了万全策一眼：“死老万，我跟你有仇啊，盯我盯得那么毒?”

“行，不盯你，我看你。”万全策乐道。

李绍嘉这才继续分析道：“张三丰从一开始就瞧不起那死老朱的，但在当时那班人里头，死老朱似乎是比较出色的一个。念在要赶走外族统治的份上，张三丰才帮了他一把，悄悄把九龙含珠送给了他。老朱得天下之后，却大杀功臣，良心坏坏的，张三丰肯定看不过眼了，所以就把那颗夜明珠悄悄地拿走了。本来这是对他老朱的一个警示，可老朱还是死性不改，养了一大批锦衣卫，时时刻刻监视着人民的思想。只要谁对当朝有半点不满，都被满门抄斩。所以，尽管朱元璋放出许多承诺的风声，派了许多人去寻找张三丰，张三丰也不理他。寻不回夜明珠，那条大龙自然就没灵气了……”

“嘿嘿，死猴子说得很有道理啊。”万全策不由得夸道。

“哼，我还没说完呢。”李绍嘉扫了万全策一眼，“那条大龙最后为什么是没有含着珠的呢?”

“为什么?”

“这就要回到老大的话上去了，肯定是吴三桂发现了大龙所含的不是原装的夜明珠，就把它拿出来了。也就有了张雪莲用宝藏通道换康长风夜明珠的结果。”李绍嘉十分自信地说。

“依你之见，张雪莲是在利用康长风了?”万全策道。

李绍嘉“嘿嘿”笑了两声：“我哪有什么之见？依我的胡想，他们是互相利用。张雪莲需要康长风的势力，康长风需要张雪莲的九龙含珠来达到当皇上的目的。老大你说是不是?”

龚破夭点了点头。

第四百零二章　以假乱真

太阳下了山，龚破夭他们爬上了崖顶。崖顶古木参天，晚归的鸟儿正向着苍茫的暮色鸣唱。

听着鸟歌，龚破夭知道他们来迟了一步。嗅了嗅林间的气息，他果然嗅到了康长风和张雪莲淡淡的肤息。康长风的肤息，是有来有去的。张雪莲的肤息则只有离去的。从肤息的新鲜程度来判断，龚破夭得出康长风他们离开了一个小时左右。当中陌生人的气息，约莫有二三十人。沿着气息追踪到他们留下的脚印，龚破夭从一些脚印踩断树枝和踏在泥面上的深浅程度去分析，推断出他们大多都是负重而行的。

出乎龚破夭意料的是，康长风是轻身前进的。

张雪莲也是轻身前进的。

那么宝贝的九龙含珠，康长风、张雪莲放心让别人拿着？

“老大，发现什么了？”李绍嘉明知故问。看龚破夭时而嗅着空气，分辨气息；时而蹲在脚印前细瞧慢看，还不时地趴在脚印前伸长鼻子去嗅，他就知道龚破夭有所收获。

龚破夭从张雪莲的脚印边站起了身，看了他俩一眼：“我们来迟了，他们走了。”

“那我们快追吧。”李绍嘉急道。

龚破夭摇了摇头：“不急。”

李绍嘉不解了，目光投向万全策。万全策对他笑笑：“老大说不急，你还急什么呢？”

随后，龚破夭突然在树木间飘逸起来。

他俩紧跟其后。

飘到一棵巨大的榕树前，龚破夭停了下来。

李绍嘉和万全策走近来一看，也不由得惊讶万分：榕树太大了，足要七八个人手拉手才能抱得拢。

龚破夭绕着榕树转了一圈，抬头看看上面粗大的枝桠，双脚微屈，“嗖嗖”地飘上了树。

落在一条大枝桠上，龚破夭朝树身拍了几拍，一扇树门便开了，露出一只高一米、宽八十公分的门洞来。

探头伸进门洞里，龚破夭顿感阴风扑面。

阴风是从下面吹上来的。

树洞里黑漆漆的，龚破夭仍然借着门洞的微光，发现了洞壁上留下的一些麻布的布丝。

也看到洞壁上留下的新鲜擦痕。从擦痕的纹路去看，龚破夭猜到那是麻布袋擦出来的痕迹。

麻布袋的擦痕虽然重叠，但龚破夭细细看了一会儿，心中还是有数了。而且，麻布袋留下的擦痕有两种：一种是比较平滑的；一种则是有棱有角的。鼻子嗅了嗅，他就嗅到了淡淡的紫檀木香和金银珠宝气息。

待他缩回头，李绍嘉便在树下问："老大发现入口了，是吧？"

龚破夭拉上树门，从树上飘落："是的，他们装物的袋子是麻布袋，所装的物品一是紫檀木箱子，二是散装的金银珠宝。"

"就两袋？"李绍嘉问道。

"不，紫檀木箱约莫有七八袋，金银珠宝也是七八袋上下。"龚破夭答。

"妈哦，这么多？难道有七八件九龙含珠？"李绍嘉觉得不可思议。

龚破夭笑笑："你这么一说，倒提醒了我，我断定紫檀木箱子有九袋。"

"可九龙含珠只有一件啊。"李绍嘉道。

万全策轻轻擂了他一下："傻猴，有了真的，不就可以仿造假的了吗？"

"依你之说，他们拿着的九龙含珠，九件当中只有一件是真的？"李绍嘉仍然不敢相信。

"肯定啊。傻瓜都知道以假的来掩护真的。"万全策道。

"那这下可怎么追？我们才三个人哪。"李绍嘉不由得担心起来。

龚破夭却显得胸有成竹："康长风的目的，就是要我们分头去追。等我们追到这个是假的，追到那个又是假的，他已经不知跑到哪里去了。"

"那老大的意思？"李绍嘉疑惑地问。

"还用问？擒贼先擒王。"万全策爽快地说，"他康长风、张雪莲不是要用九龙含珠来搞什么阴谋吗？不管他俩身上是带着九龙含珠，还是没带，最终还是离不开九龙含珠的。换句话说，只要擒到他俩，就知道真九龙含珠在谁的身上了。"

"是这样吗？老大。"李绍嘉望着龚破夭问。

龚破夭笑着反问："你说呢？"

"呵呵，不用说了，就是老万说的意思。"李绍嘉笑呵呵地答道。

"老大，我们这就去追？"这下轮到万全策心痒痒了。

龚破夭摇了摇头："我们也累了，先休息吧。"

说罢，他率先飘上树桠，推开树门，钻了进去。

树洞有六七米深，龚破夭连木级也没踩就飘了下去。落到地上，他看到一个树洞门通向斜里的甬道，便打亮小手电筒，弯身走了进去。往前走了数十米，他感到身子一空，竟然到了一个洞室。洞室不大，约莫二十平米上下，还摆着几张长条木凳，显然是为了方便休息摆的。

他在木凳上坐了片刻，万全策和李绍嘉就走了进来。

“呵呵，不错的洞室啊。”万全策乐道。

龚破夭望着他俩笑问：“树上的门掩上没有？”

“掩上了，掩上了。”万全策答，“我是殿后的，这点规矩哪能不懂？”

“休息一个小时。”龚破夭说罢，已侧身躺在木凳上闭上了双眼。

木凳长不过一米五上下，宽只有二十公分，怎么睡哦？

万全策为难了。

李绍嘉没问题，他身材瘦小，不用像龚破夭那样曲着身子，就可以顺顺当当地躺下。

“老万，不是还有两张木凳嘛，你拼起来睡不就得了。”李绍嘉提醒他。

万全策苦笑了一下：只能如此了。

拼起两张木凳，万全策平躺了下去，脚太长，他只好曲起双脚，双手抱着后脑当枕头。木凳硬硬的，硌得他的背脊生疼。但多日的奔波，已让他又累又困。很快，他就忘记了疼，发出了痛快的呼噜声。

睡得好香。

连梦都没有。

李绍嘉却有梦了。

刚合上眼不久，他就进入了梦乡。

先是黑玫瑰亮闪闪的眸子，在一丛杜鹃花后朝他闪烁。

他高兴地要朝黑玫瑰跑过去，双脚却动不了。

心急啊。

急得他的目光拼命地向黑玫瑰抛过去，抛着抛着，竟抛出一颗颗的大珍珠，而一条条金龙则在后面紧追不放……

他不由得大喊：“玫瑰，抓金龙，抓金龙。”

身子一动，他就“扑通”一声从木凳掉到了地上。

醒了。

坐起身，他忍不住骂：“妈妈的，那么好的梦都不让我做完。”

第四百零三章　飘来女人香

李绍嘉的骂声一出，龚破夭就醒了。万全策却睡得特香特甜，呼噜声此起彼伏。

李绍嘉忍不住走到他身边，捏住他的鼻子。

他张大嘴巴喘着气嘟囔：“让我睡，让我再睡一会儿嘛。”

但“嘛”字刚说出口，他突然拨开李绍嘉的手，从木凳翻身下来。

李绍嘉莫名其妙地看着他，正欲开口说话，万全策却轻“嘘”了一声，止住了他。

龚破夭坐起了身：“她来了。”

“谁、谁来了？”李绍嘉忙问。

万全策敲了他一记爆炒栗子，悄声责备道：“你鼻子生虫了，什么也嗅不到？”

经万全策这么一说，李绍嘉的鼻子顿时钻入了一缕女人香。

女人香正从树洞那边飘来。

他们忙拔出盒子炮，闪到洞室两边。

李绍嘉站在龚破夭身后，悄声问道：“老大早就知道她要来？她是谁？”

“嗯，她是小秀叶子。”龚破夭轻声答道。

李绍嘉“哦”了一声，马上静止下来。

原来，龚破夭在嗅树洞的时候，就嗅到了小秀叶子的气息。气息不纯，说明小秀叶子心思烦乱。而在小秀叶子的气息里，他还嗅到了另外一个人的气息：是个男子的气息，那气息十分强烈，强烈地向小秀叶子传递着一种毫不动摇的信息。

这男子的气息来自武宫正宇，龚破夭在桃源寨的山上就嗅到过。当时武宫正宇十分关切着小秀叶子……

从小秀叶子的气息里，龚破夭隐隐感觉到了她的异心，其中分明还散发着一股铜臭味。

略一分析，龚破夭就推测到小秀叶子的心正在谋算着密室里的金银珠宝，所以并没有马上去追康长风他们，而是留了下来，守株待兔。

这时，甬道传来了对话——

“叶子，我们还是走吧，那些不属于我们的财宝，拿了会不吉利的。”武宫正宇劝道。

小秀叶子"哼"了一声："你呀，什么都好，就是下棋下呆了。那是前人的宝藏，谁不能拿呢？要不，我们以后怎么生活？"

"我们自己有一双手，还愁活不了？"武宫正宇信心十足地说。

"是活得了，做乞丐都可以活。问题是那活得有人样吗？我们出生入死，顺手拿点财宝，老天都会支持我们的。"小秀叶子的理由很是充分。

"话是那样说，但钱财总是身外物，总会让人变质，我们彼此相爱的心才是最重要的。"武宫正宇浪漫地说。

"行了，武宫君，我们不贪，就拿一点，好吗？"小秀叶子退让了一步。

武宫正宇无奈地"唉唉"了两声。

小秀叶子不再答话，身子"嗖嗖"地往前飞飘。

瞬间，她就飘入了洞室。

与此同时，身后也传来了武宫正宇的大喊："叶子小心。"

却喊迟了。

小秀叶子刚听到武宫正宇的喊声，身上已经被龚破夭出手点了穴道，刹时就停住不动了。她想张嘴说话，嘴是张开了，却发不出声音来。

"大侠手下留情。"武宫正宇急道，然后马上补充说，"我把枪丢了，请大侠不要伤她。"

"傻瓜哦，怎么还不快跑？"小秀叶子心里急道，却又感激武宫正宇的大难临头不独飞。

"叭嗒"一声，是步枪落地的声音。

"举着双手进来。"龚破夭开了口。

武宫正宇"嗯嗯"了两声，举着手走了进来。

打亮手电，龚破夭照了武宫正宇一下，发现他身上果然没了武器。

"老大，宰了他们吧，省得麻烦。"李绍嘉边说边跳到武宫正宇身前，枪口顶着他的胸膛。

"嘉嘉且慢。"龚破夭忙道。

李绍嘉不太情愿地收起枪："留着他们，难道我们还带着他们去追康长风？"

"嘉嘉你先别说话，老大肯定有办法。"万全策对李绍嘉道。

李绍嘉嘴里仍在嘟囔："他们都是有中国人血债的人，杀了又如何？"

听了这话，小秀叶子的脸色顿时变得寡白。

武宫正宇却道："两国相争，我们都是棋子而已。"

"什么两国相争？分明是你们日本鬼子侵略我们。"李绍嘉气哼哼地道。

"没错，那是事实。但不管性质如何，受伤害的还不是我们这些小平民？"武宫正宇的目光落在龚破夭身上。

龚破夭的心动了一下。

武宫正宇又道："人的天性造就了国家，国家又反过来强化、突出了人的劣根性，将具体的人变成了杀人工具。”

“哼哼，大道理还蛮多的。”李绍嘉盯着武宫正宇道，“别人如何我不管，但你们却是实实在在的侵略者。”

“唉，我们已是你们案上的肉，你们爱怎么宰割，就怎么宰割吧。”武宫正宫一副视死如归的样子。

“如果不宰割你们呢?”龚破夭笑道。

“大侠是想放我们一条活路?”武宫正宇望着龚破夭。

龚破夭点了点头：“如果不想放你们生路，刚才就可以将你们射杀。问题是里面藏着的都是我们中国的财宝，这样放你们走的话，你们肯定还会回来盗取的。”

“放心吧，大侠，我武宫正宇虽然不才，却也是一个君子，我说了不会拿，就不会拿的。”武宫正宇朗声说道。

龚破夭笑笑：“你嘛，我可以相信，她，我就不敢相信了。”

“大侠你、你不能伤害她。”武宫正宇急道。

“可你能让她作出保证吗?”龚破夭笑问。

“能，我能。”武宫正宇忙点头。

龚破夭朝小秀叶子拂了拂手，解开了她身上的穴道。

小秀叶子寡白的脸立时变得通红。

“叶子，你就做个保证吧。”武宫正宇对小秀叶子劝道。

小秀叶子转过身，望着武宫正宇：“你要我怎么保证?”

“保证你不再回到这里来。”武宫正宇答，目光殷切地望着她。

“不管我怎么样，你一生都爱我?”小秀叶子突然颤声地问。

“爱，绝对爱。”武宫正宇坚决地答。

谁知，武宫正宇的话音刚落，小秀叶子伸出两指就朝自己的双眼插去。

见状，武宫正宇惊恐地“啊”了一声。

第四百零四章　不杀之恩

就在这时，龚破夭的右手轻轻一拂，小秀叶子的两指便在眼前一寸的地方停住了。

小秀叶子愤怒地盯着龚破夭："你不是要我做出保证吗？干嘛要阻止我？"

"是啊，老大，你这么心慈手软干嘛？让她变成瞎婆娘，看她还能作什么恶？"李绍嘉也道。

武宫正宇则松了一口气，恳求地望着龚破夭："大侠，除了弄瞎眼睛，你看还有什么办法？"

龚破夭还没开口，李绍嘉已气冲冲地道："我们老大办法多的是，比如把她变傻。"

武宫正宇一脸为难："如果她傻了，跟死人又有什么两样？大侠肯定有两全其美的方法，是不是？"

"武宫君，你能不能亮出点骨气给我看看？"小秀叶子冲武宫正宇吼道。

李绍嘉看了龚破夭一眼："老大，你看吧你看吧，你看她的死样子，哪里有半点悔改的意思？不给她点颜色看看，她还真以为我们没用呢。"

听了这话，武宫正宇急忙辩解道："不不不，她没有那个意思，她会悔改的，我相信她会悔改的。请你们相信我，我武宫虽然平常，但保证能以情让她恢复人性。"

龚破夭笑笑，然后望着小秀叶子："我只问你一句话，你是否再也不打这宝藏的主意了？"

"是的。"小秀叶子想都没多想便答道。

"行，那我们不会伤你一丝一毫。"龚破夭潇洒地道，"但有的问题，你们要如实地回答我。"

"可以，可以，你问吧。"武宫正宇率先道。

龚破夭朝小秀叶子拂了一下手，小秀叶子立刻感到一阵微风拂来，僵硬的手犹如输入了一股暖气，马上就活动自如了。

望着她的眼睛，龚破夭道："我问你，康长风要逃到什么地方去？"

"我不知道。"小秀叶子答。

"你怎么会不知道？你跟他在一起那么长时间了。"李绍嘉不信。

小秀叶子一脸戚然："你以为康长风是一般的盗墓贼，见到女色就忘乎所以，什么都说的？表面上他对我没什么，内心里却当我是一个贼。”

“嗯，那我再问你，他手下的都是些什么人?”龚破夭又问。

小秀叶子想了想才道：“我看他们大多是带蒙古血统的人，而且都是当过兵的，当中还有个上校。”

问来问去，龚破夭也就得到了这么一点情况。并非小秀叶子不说，而是康长风太狡猾了。不但他自己滴水不漏，连手下的人也守口如瓶，令擅长色诱的小秀叶子也毫无办法。

虽是一问一答，龚破夭仍从小秀叶子的神态、语气中判断出她所说的都是真话，并没有欺骗他们。

于是，龚破夭对他俩道：“好了，你们走吧。”

两人都呆了。

还是武宫正宇回神得快，连声道：“多谢大侠，多谢大侠不杀之恩。”

“但有一点你们要记住。”龚破夭又道。

“哪一点？大侠您说，我们保证做到。”武宫正宇忙说。

龚破夭扫了他俩一眼，一字一顿道：“只要中日还在交恶，你们就不许再踏进中国一步。”

“没问题，没问题。”武宫正宇答道。

“你们敢违约的话，定杀无赦。”李绍嘉硬声补充道。

“不敢，不敢，打死也不敢了。但只要有机会，我们定会报答你们的大恩大德。”武宫正宇诚挚地道。

“哼哼，你们能少杀几个中国人，就是最大的恩德了。”李绍嘉不客气地说。

两人的脸立时一阵红，一阵白。

龚破夭朝他俩挥了挥手道：“你们走吧。”

武宫正宇“嗯”了一声，拉了一下小秀叶子的手，两人“扑通”一声跪到地上，对龚破夭他们连叩了三个响头。

叩罢头，他俩才转身匆匆离去。

等他俩的脚步声在甬道里消失后，李绍嘉忍不住朝龚破夭嚷道：“老大啊老大，你是不是吃迷魂药了，就这样白白放他们走了。单凭他俩到过你们桃源寨这点，就该千刀万剐啊。”

龚破夭笑道：“呵呵，你就当我是吃了迷魂药吧。”

“哼哼，要是让嫂子知道了，看她怎么整治你。”李绍嘉搬出田欣来了。

一直没吭声的万全策这时方道：“嘉嘉，你呀！天生一副死猴相，长的就是一副小肚鸡肠。”

“是啊，我是小肚鸡肠又咋啦？我为人做事，从来就是有恩报恩、有仇报仇的。难道我错了?”李绍嘉气呼呼地道。

万全策的目光里投出笑意：“我也没说你错。但老大这样以德报怨，你以为很容易做到吗？要说杀他俩，老大比我们更想杀他们吧？”

“可是，可是……”李绍嘉想说什么，却没有表达出来。

龚破夭对他笑了笑：“行了，嘉嘉，这是是非非以后再说吧。我们现在得赶紧去追康长风他们了。”

“嗯嗯，那我们走，我们走。”李绍嘉爽快地道。

当他们走出树洞时，已经临近半夜。

天上有星星，月亮也弯弯地亮着。树叶闪着莹光，仿佛发出了轻轻的鼾声。

山野茫茫，不知哪里有路，也不知哪里没路。

“该怎么走？”李绍嘉不由得问。

龚破夭望着他，反问道：“你说呢？”

“我？我怎么知道？”李绍嘉老老实实地答。

龚破夭又望向万全策：“你认为该怎么走？”

万全策则挠了挠头，眨了几下双眼：“小秀叶子给我们的信息虽然不多，但从方方面面去考虑，我认为有两个可能：一是中国方向，二是印度方向。”

“怎么这样说呢？”龚破夭笑问。

“嗯，说是中国方向，当然与九龙含珠有关。他们盗窃九龙含珠的目的，是为了去搞事，而九龙含珠是中国的国宝，方向自然就在中国。说是印度方向嘛，就与小秀叶子所说的那些人有关。她说他们大部分是有蒙古血统的人，如果我没猜错的话，他们应该是莫卧儿古国的后裔。依康长风的狡猾，他绝对不会一股脑亮出自己全部的底牌。也就是说，那些蒙古血统的人是他的另一张底牌。他们会回到原来莫卧儿古国的地方隐藏起来，然后伺机而动。”万全策分析道。

龚破夭点了点头：“言之有理。依你之见，走中国方向的应该是康长风和张雪莲？”

“没错。”万全策肯定地答。

“为什么？”龚破夭追问。

“也许是为了用九龙含珠去鼓动他们的人吧。”万全策不太肯定地道。

龚破夭“嗯”了一声，才若有所思地说：“表面看应该是这样，可我总觉得事情没有这么简单，背后似乎还隐藏着什么更大的秘密。”

“什么秘密？”万全策、李绍嘉异口同声地问。

第四百零五章　多了个心眼

话说小井的灵魂感到了安慰，便如一缕云烟飘上了天空。

范庭兰、刘农峻、郭超常很快就飘到了小井的身边。

郭超常瞧了一眼小井，看到小井的嘴角居然挂着笑意，不由得骂道："这个死打靶鬼，死了还笑。"

刘农峻"嘿嘿"了两声："他在为别人做掩护，以为自己死得光荣，是个英雄嘛。"

郭超常望着走过来的赵卓宾和孙玉国，笑道:"你们俩也太浪费子弹了，看看，把人家打成什么样啦。"

"呵呵，不让他尝尝弹雨，他还以为咱中国人买不起子弹。"赵卓宾笑答，好像他手中的盒子炮也像他的八极拳一样，不打个痛快淋漓就达不到极致似的。

范庭兰瞧了瞧他们，然后笑问："我们是否先休息一下，再去追踪小日本?"

郭超常立马反对："不用休息，不用休息了，这才打得性起，还没过够瘾呢！再说蔡如柏和佟大芳正在追踪他们，相比之下，他俩势单力薄啊。"

其他人也"是啊是啊"地附和着，脸上都是一副意犹未尽的神色。

"嗯，那我们出发，尽快赶上他们。"范庭兰当即决定。其实他心里本就没有要停下休息的意思，在仰光奈何中村正岛不得时，他已窝了一肚子火，这下有机会交手，他岂能轻易放过?

他的话音一落，刘农峻和郭超常已拔腿疾飞，走在前面打尖了。

范庭兰犹豫了一下，孙玉国见状便道："老范你居中，我和卓宾殿后。"

"嗯"了一声，范庭兰顿展轻功，在谷中飘逸开来。

进入了丛林，高木三郎的心才一酸，眼角顿时挂了两颗泪珠。他虽然还没有娶小井的妹妹，小井不过是他未来的舅佬，但他们的村子相隔很近，自小都熟悉，在一起玩过，本就是有感情的，再加上他爱上了小井的妹妹，由此及彼，爱屋及乌，这情感就又添了一层。小井拼死阻击，无疑是为了帮他顺利逃出生天。当后面一阵盒子炮枪声传来时，他的心顿然一紧，肩膀就像被人拍了一下似的，当即生出不祥的预感。

寂静。

小井所在的地方已经寂静。

直到他跑出崖谷，进入了丛林，后面也没有传来一声枪响，他知道小井已经光荣了。

心酸着，泪流着，他的双脚却不敢有丝毫的情感，仍然飞快地跑着。

大川、下岗、木根比他跑得更快，已经与他拉开了百多米的距离。

不能怪他们。

这生死场上，谁跑得快，谁才有希望活着。

是人，都会贪生的。

杀掉别人的目的，就是为了自己更好地生存。天皇发动战争，不就是为了扩展日本人的生存空间吗？

高木三郎跟在大川他们后面跑了一阵，心念突然一闪，就往另一边跑去。

难道他发现了紧追不舍的蔡如柏和佟大芳？

没有。

他并没有看到他俩的影子。

但凭感觉，他已经察觉到危险越来越逼近。

他的心里是这么想的：如果跟在大川他们后面走，第一个挨枪子的肯定是落在后面的他。

在丛林追踪，一是凭足迹，二是凭气息，三是路过踩断树枝、小草、青藤等等的痕迹。

人多足迹多、气息多，留下的种种痕迹自然也多。

这“三多”，无疑就成了别人追踪的路标。

所以，高木三郎悄悄跑到另一边的时候，就故意屏气凝息，脚下也走得特别小心，不留下一点明显的痕迹。

大概与大川他们横向相隔了三百多米的时候，他才继续往北走，与大川他们平行。

他这么做，心里没有一点内疚。因为他觉得自己并非在逃跑，只是为了更好地保全自己而已。再进一步说，只有自己好好地活着，才对得起死去的小井。

到了下半夜，大川也没发现高木三郎赶上来，心里感到很不快。他不会迷路，因为中村正岛他们留下的路标暗号很明显，是自己人都能看到。他也不可能死，在他们特工队，大川觉得高木三郎是个表面傻呼呼、内心很精明的人。队中的人死光了，恐怕才轮到他。至于高木有什么本事，他也不得而知。反正每次外出执行任务，别人要么伤，要么死，他却安然无恙。也没见他立过什么特别的功，却也没出过什么错。

一个不会出错的人，怎么还不赶上来？

只有一个理由，就是另择路而走了。

妈的。

大川心里不由得骂了一句。

这句话刚骂出，走在前面的下岗已传回惊异的声音：“大川，路标没了。”

“没了？不可能吧？”大川走到下岗身边，“你看清没有？”

“看清了，都过了两段该留路标暗号的距离了。”下岗答道。

听下岗这么一说，大川的心不由得“咯噔”一下：他们被中村正岛卖了。

凭他和下岗拍档多年，他很清楚下岗是个胆大心细的人，极少出错。尤其是对跟着路标走这样简单的事，他更不会出错。

定了定了神，大川平和地道：“再往前看看吧。”

下岗点了点头，继续往前走。

木根一直没吭声。因为他知道，对他俩而言，自己是个局外人，因为他们不同组。与他同组的人，一个死了，一个还没赶上来。他这个组长，已成了光棍组长。再说，中村正岛走之前，就叫大川负责的。

话语权在大川。

继续走了几里路，仍然没有发现中村正岛他们留下的路标，大川这才叫下岗停下。

望着下岗和木根，大川语气沉重地道：“不用我说，你们也应该明白，中村队长不希望我们跟着他们，而要我们继续做诱饵，以掩护他们。也就是说，是生是死，全凭我们自己了。”

“那组长你的意思是——”下岗欲言又止。

大川望着他：“我们现在是人少对人多，还能怎么样？逃吧。”

“怎么逃？是分开，还是一起？”下岗不由得问。

大川思索片刻：“分开固然不错，但个体行动一旦遇到危险，就毫无抵抗的能力。依我看，还是一块行动吧，毕竟相互有个关照。木根君你说呢？”

木根愣了一下，他想不到大川会问自己。在他的印象中，大川是个杀人不眨眼的人，从来都是说一不二的。

这下问他，恐怕也是出于客套。

于是，他便道：“我没什么可说的，都听你的。”

大川的眉毛扬了一下：“木根君，我知道你有话要说，说说吧。”

被逼上梁山了，木根只好硬着头皮道：“那我就随便说说吧，说得不对，请大川君不要介意。依我的看法，完全分开是不行的。但不分开，目标又大。所以，最好还是分而不离。”

“嗯，木根君言之有理。”大川赞道，然后决定，“那我们就呈‘品’字形走。下岗你打尖，我和木根横向在后。大家相距百多米就行了。”

“行。”两人齐声答道。

第四百零六章　先做个好梦

当大川决定他们三人分头呈“品”字形走的时候，高木三郎正藏在一个树洞里。树洞黑漆漆的，伸手不见五指，但这正合高木三郎的心意。树洞里不但黑，而且静幽幽的，静到可以听到一根头发落地的声音。这是一棵千年古樟，浓重的樟树气息完全掩盖住了他身上的气息。

并不是他有意识寻找树洞躲藏，才发现这樟树洞的。而是他小心翼翼地走着的时候，突然一脚踩空，掉入这个坑里的。

身子往下掉的瞬间，他还以为自己掉入了猎人的陷阱，会被阱内尖利的竹刺穿心肺。

正当他绝望之际，脚板心却平稳地落了地。地面软绵绵的，铺满了腐叶。陷阱内黑漆漆的，他伸手摸了摸四周，竟然摸到了一个洞口。他心下不由得大喜：真是天助我也。

于是，他钻入洞口爬了十几米，感到身子突然一松：洞宽了。

站起身，他便嗅到了浓重的樟树气息，伸手一摸，洞壁竟然是树木，而且他摸着摸着，竟然摸到了一些阶梯。显然，这些阶梯不是天然留下的，而是人工雕凿的。

谁会挖个洞通到樟树下，再凿出阶梯来呢？

他思来想去，觉得只有一种可能，就是古人用来作潜伏哨的。

沿着阶梯往上爬，爬了七八米，他的手摸到了一个平台。上了平台，他发现平台足够他躺下。

没错，他的推测没错，这个树洞绝对是作潜伏哨用的。

树洞黑漆漆的。

他推测肯定有洞眼，于是趴在平台上伸手摸了几下，果然摸到了一只小拉手。轻轻一拉，一只拳头大的洞眼就亮在他眼前，一缕微光也射了进来。虽然是夜晚，外面也黑，但从树洞里往外望，外面的林地仍可以看得比较清楚。如果是白天，外面更是一目了然。

他这一望，心差点跳了出来——

两个人影正悄无声息地一闪而过。

他不知道那是蔡如柏和佟大芳。

他只明白，这两个人居然追到他走的这条路来了，这实在是出乎他的意料。他走得够小心的了，小心到几乎不留下半点痕迹。

难道他们真的那么厉害?

不，不可能。

应该是个偶然。

或者说是另有目的。

嗯，过一会儿就知道了。

他的眼睛片刻也不离树洞，紧紧地望着外面。

双耳也耸起，静静地听着。

望了好一会儿，他也没有看到蔡如柏和佟大芳倒回来的身影。

周围也没有轻微的脚步声。

他悬着的心这才放下来了。

他已经相信，蔡如柏和佟大芳并非跟踪自己而来，他们之所以走他所走这条路，目的就是去包抄大川他们。

想到这，他是既兴奋又忧虑。

他兴奋的是自己单独走的决定是对的，已经避开了对方的包围。忧虑的是大川他们的安危，毕竟大家队友一场，更何况自己的组长木根还和大川他们在一起。在他的心目中，木根为人不错，对他也很好。每回行动，木根都冲锋在前，而让他在后。他们杀人的时候，也让他负责警戒。

回头想想，在中国的几年，他居然没有杀过一个人。也许正因为如此吧，他连个小功都没有立过。

这是怎么回事?

他自己也搞不清楚。因为他从来也没有刻意回避过，但每回杀人的机会都没有降临到他的身上。

要说身材，他也够高大的。苗条的千枝子站在他面前，只到他的肩膀。她要踮起脚尖，而他得低下头，两人才能够接吻。

胡思乱想了一通，他渐渐地感到困极了，便翻转身子平躺在平台上，想都没去想睡觉还是不睡觉，双眼已经沉沉地合上，不一会儿就发出了鼾声。

千枝子是什么时候走入他梦里的，他也不太清楚。

反正千枝子向他走过来的时候，他正在赶着牛犁田。

梦里是春天的田野，阳光很好，云朵也一只只绵羊似地在天上洁白着。

当他的目光落在千枝子身上时，一股暖意便在他心里弥漫开来。

千枝子身穿一件蓝底白樱花的和服，随着她的走动，白樱花就像雪花一样飘舞。

一朵樱花落在她的脖子上，他感到她的脖子细白细白的，就如同山上的野百合。野百合的花香瞬间在他的心里清香着。

“三郎哥，歇歇吧。”千枝子站在田头温声软语地喊。

他将牛赶到田边，还没有踏上田埂，就感到身子一软，千枝子已钻入他怀里，两人已经躺在榻榻米上。

拥抱着千枝子，他就像拥抱着月亮似的……

真是个好梦。

打开洞眼，一缕阳光射了进来。

他往洞外瞧了一眼，太阳已经爬上了树梢。

侧耳听听，外面是鸟鸣声声，唱得挺欢。

一片欢乐、平和的世界。

在这样的世界里，绝对不会有什么杀戮的危险。

钻出树洞，高木三郎决定往南走，凭他的感觉，大川他们一定是凶多吉少的了。

第四百零七章　杀敌于无形

高木三郎这样想着大川他们，大川他们却不这样想。经过一夜的疾驰，他们非但没感觉到危险的逼近，反而觉得自己已经逃离了危险，在临天亮的时候还小歇了一会儿。

当大川决定三人呈“品”字形行进的时候，他们所走的方向就已经偏向了东面，初定的路线是进入老挝，再从越南到达广西。广西大部分地区已被日军占领。也就是说，到了广西，他们就安全了。

太阳升起来的时候，下岗在一片鸟语声中醒了过来。

黎明前的小歇，他们三人也是呈“品”字形而歇的，但距离要比行动时近，相隔不过二十米，各背靠着一棵大树歇息。而且，并非三人一齐睡，而是轮流警戒，每人警戒一个小时。

约莫算算，他们这番小歇花去了三个来小时。

听着欢快的鸟声，下岗的心情很是舒畅。

鸟儿唱得欢快，说明周围的环境是安全的，对手并没有趁他们睡着的时候包抄过来。

大川和木根也醒过来了。

大川的心情和下岗的心情差不多。

木根的脸却木着、苦着，似乎正有苦难言。

大川远远地看了他一眼，也没去多想，只认为木根是因为没了手下的组员才流露出形影孤单的苦相的。

感到下岗的目光望向自己，大川眼都没抬一下，就朝下岗吹出了一个行动的忽哨。

他和下岗拍档多年，已经十分默契，往往一个目光就能表达彼此的心意。

听到大川发出的忽哨，下岗的身子便一跃而起，迅速在前面开路。

仍然是丛林。

这南亚的丛林，似乎永无尽头一样。

好在是深秋，林子里干爽，不少树木已经落叶，阳光也在林间灿烂，视野也还算明朗、开阔。

他下岗能做尖兵，首先一点就在于目光锐利、心灵敏感。他的目光只要一扫，百米范围内的动静便尽入眼中。只要有些微的异样，他都会及时发现。而他敏感的心，也能察觉到数十米范围内的气息。如果有一丝危险的气息，他的脸部都会抽搐。

他和大川、上岗一起打尖的时候，常常能在黑漆漆的夜里手刃对方的哨兵、尖兵。这全凭他灵敏的感觉能先于对方感觉到对方的存在，然后迅速摸上去，手起刀落。

他已经记不得自己到底杀了多少个中国士兵，反正每回潜入中国军队的后方侦察之后，他的匕首都会变钝，得重新磨上一磨。

他不像一些人那样杀了几个人之后，就变得麻木。他觉得自己是一只永不满足的猎犬。只要一执行任务，他就像猎犬到了野山一样，浑身上下都充满了亢奋，鼻子"呼哧呼哧"地寻找猎物的蛛丝马迹。他尤其喜欢听到匕首抹向对方脖子那瞬间的"嚓"的一声响，以及对方脖子喷出的那股血暖、那股血香。

是的，他嗅到的是血香，而不是血腥。

在他的感觉里，那血的香味要比百花的芳香更能打动他的心。他觉得血香是很鲜活的，还有一种莫名的亲切感。

胜似恋人的吻。

可惜，他和恋人吻过一次之后，恋人就跟他拜拜了。

是什么原因？

恋人没告诉他。

他也百思不得其解。

直到在特工学校特训的时候，一个女教官上情感课和他亲吻过之后，他才明白了是为什么。

女教官和他亲吻之后，便一脸惊惶地对他说："你这哪是什么吻啊？简直是吞噬。"

他脸胀得通红，结结巴巴地答："怎……怎……怎么会呢？我也是像别人一样的吻法啊。"

女教官盯了他一眼，丢下一句"跟你说不清"就转身走人了。

之后，他再没有吻过女人，尽管他心里很想，却怕吻了之后又被女人数落。

所以，血香能给他带来亲吻的美好感觉，他认为这是老天对自己的补偿。

因此，每回有任务，他都主动要求当尖兵，因为当尖兵杀人的机会比较多。

大川虽然也杀人不少，却怎么也达不到他这个境界。

非但达不到，大川每回杀了人之后，都要"依依哦哦"地作呕。

问他为啥？是不是后悔杀了人？

"不，"大川毫不犹豫地答，"是血太腥了。"

嘿，人跟人真不能比。

而上岗虽然没有呕吐，却也是面无表情的，一点兴奋都没有。

想着杀人，下岗的双脚便如风，走得飞快。

但让他感到遗憾的是，这疾走如风却不是去杀人，而是为了逃避被杀。

遗憾也是一闪之念。

自出道以来，他仿佛第一回碰到了对手。

而且对手之强，远远出乎他的意料。

所谓高手过招，一碰便知对方的根底。

看范庭兰他们从崖顶飘飞而下的身手，他就觉得远远在自己之上。

这不由得自己不服。

识时务者为俊杰啊。

以卵击石，只会自取灭亡。

因此，虽然是在逃，他也觉得逃得在理。

眨眼间，太阳就升到了中天。

南亚的太阳极猛极烈，这一路狂奔疾走，下岗不知出了几回汗，早已渴得口干舌燥。

有潭水就好了。

他这意念一生，耳朵刹时飞入"哗啦啦"的水声。

沿着水声跑去，一眼溪潭顿然跳入他的眼里。

潭上是个小瀑布，"哗啦啦"的水声就是瀑布飞泻而下形成的。

见到清亮亮的潭水，他想都没多想，就趴在潭边一块大石头上伸出头去喝水。

嘴还没张开，他马上就后悔了。

眼睁睁地看着一把美式军刀从水里直插而上，硬生生地插入他的口中，直穿后脑。

在最后的意识里，他分明看到蔡如柏心满意足地笑了一下。

蔡如柏是什么时候藏到溪潭里的?

下岗已不得而知。

但蔡如柏藏在溪潭等着他到来，这似乎很合情理。道理很简单，在丛林里疾走逃生的人，自然会又累又渴。累倒可以对付，但口渴却是难以对付的。尤其是见到了水，哪里还经得起诱惑，怎么会不第一时间朝水扑去呢?

换作自己是猎人，也会设下这个陷阱的。

然而，这都是事后诸葛亮了。

大川看到下岗趴着不动，还以为他渴极了，正在牛饮一样地喝着水。

他自己也渴极了。

真希望下岗快点喝完，然后起身继续在前面开路，他再去潭边喝上一顿水。

先歇一下吧。

他在一棵树下停了下来，而当他背靠着树身的时候，突然感到脊梁骨一颤，一股寒意直逼心胸。

本能，是的，他本能地想跳开。但他的脚还没抬起，就感到脖子一紧，耳里已飘入佟大芳轻轻的笑语："这栏勒死你，是太便宜你了。"

话刚听完，大川也已气绝而亡。

木根虽然看不到下岗趴在潭边喝水，但水声他是听到了。

依他的推测，下岗所走的方向正对溪潭，会第一个去喝水。

想到别人在喝水，他也毫不例外地感到口更渴了。

嗯，一会儿就到我了。

他欣慰地想着的时候，突然感到脚下一软，心里顿时急喊"糟糕"，但还没等他作出什么反应，脚下的刘农峻已经将军刀刺入了他的后腰。

他"啊"地一声惨叫，气得刘农峻腾身而起就给了他两脚，他随即听到自己的脊梁骨"咔嚓"一声断了，感觉整个人被踢飞出数丈，然后轰然落地气绝。

"嘿嘿，峻峻，我说你用刀肯定不行，肯定会让对方发出声来，你又不信。这下信了吧?"见状，郭超常从一棵树上飞身而下，笑道。

刘农峻红了脸答："谁想到他会踩在我身上啊？原本想他经过的时候，我就一跃而起，直抹他脖子的。"

"嘿嘿，这就叫人算不如天算。"郭超常笑说。

第四百零八章 雪莲跑去哪

依龚破夭的推断，张雪莲将夜明珠和九龙含珠都拿到手之后，第一时间应该去象兑古寨。九龙含珠是信物，也是令牌，有了它，张雪莲就可以号令忠于吴三桂的人。

然而，当他和万全策、李绍嘉在半夜摸进象兑古寨的时候，除了听到几声狗吠之外，就是从房子里传出的鼾声。

寨人睡得正香，似乎根本就不知道他们和康长风一行人斗得要生要死的。

再搜索了几条进寨的巷子，也没有发现张雪莲、康长风丁点儿的蛛丝马迹。

显然，张雪莲和康长风并没有来象兑古寨。

李绍嘉不由得挠挠头，望着龚破夭道："老大，这好像不太正常啊。"

龚破夭点了点头，突然笑说："是啊，我们是被象兑古寨的表象迷惑了。你们想想，依吴三桂的智慧，他怎么可能跟象兑古寨有关系呢？如果有，岂不是明摆着告诉别人，此地无银三百两吗？他只不过是利用象兑古寨的中国文化特色，将人诱入歧途。如果想从象兑古寨去打开缺口，寻找宝藏，无疑是上了他的当，走的是死路一条。"

"老大的意思是，象兑古寨的人根本不知道吴三桂，更不知道有什么宝藏？"李绍嘉进一步问。

"没错。"龚破夭肯定地答。

"也就是说，守宝藏的没有其他人，只有那两条蟒精？"李绍嘉又道。

龚破夭略思了片刻："依目前的情形来看，是这样的。再从藏宝人的心态去分析，也应该是这样的。既然是藏宝，当然就不希望别人知道。首先，参与藏宝的人就必死无疑。其次，守护宝藏的，最好是既能守，又不能走漏消息的。因此，才存在蟒精护宝的事情。因为你打死蟒精，它们也不能说话，更不会吐露藏宝的地点。而且，从张雪莲拥有藏宝图来看，这万崖宝藏就只有她才知道具体的地点。"

"嗯嗯。那依老大之见，张雪莲会跑去哪儿呢？"李绍嘉希望能够马上揭开谜底。

龚破夭将目光落在万全策身上："你说呢？"

万全策呵呵笑了两声："这女人太狡猾了，只有她自己才知道该跑去哪儿吧。"

"屁话，你这等于没说。"李绍嘉拉长了脸。

万全策冲他笑道："不知就是不知啊，我是实话实说，难道也错了？"

“那你直接说不知道就行了呗，还拐个弯干嘛？”李绍嘉又要来针尖对麦芒。

“行了，嘉嘉，我不跟你争，现在是一寸光阴一寸金，我们还是听老大的吧。”万全策将主题转到龚破夭身上。

龚破夭笑了笑：“其实全策说的也没错，她张雪莲跑去哪儿了，当然只有她自己知道。但是，我们何不来个将心比己，设想她所要去的地方？”

“嘿嘿，我的心可比不上她的。”万全策道。

“我有黑玫瑰就心满意足了，哪还能把心给她？”李绍嘉也偷换概念地说。

龚破夭心里明白，他们两人都拿不定主意，都期望他来说，于是只得说道：“行，我们边走边说吧。”

悄悄地飘出象兑古寨，他们往西北方向走去。

在丛林里东寻西找，龚破夭终于在天亮的时候嗅到了张雪莲、康长风的气息。

“他俩怎么会走在一块儿？”李绍嘉有点不解。

“怎么不会走在一块儿？”万全策反问道。

李绍嘉便说出了自己的见解：“他俩明知道自己是我们追踪的主要目标，走在一块儿，岂不是更容易让我们一网打尽？”

“可他们自认为自己功夫了得，我们奈何他们不得啊。”万全策并非故意抬杠地分析道，“再说，他们的目的，也许就是要让我们对他们紧追不舍，好让其他人顺利脱身。”

龚破夭笑笑：“全策说的有一定道理。但还有另一种可能，那就是他俩想将计就计，看我们对他俩是追还是不追。追的话，他俩就设法脱逃，那么其他人就可以安然无事；不追的话，那又正中他俩的下怀，他俩可以顺顺当当地去办自己的事。”

“那我们到底是追他们，还是不追他们呢？”李绍嘉迫切地想要知道结果。

“那还用说，当然是追他们啊。擒贼先擒王，抓住了他们，一切都迎刃而解了。”万全策道。

“没错，先追他们。”龚破夭心意也定了。

“那其他人呢？他们身上都有九龙含珠，那可是我们的国宝啊。”李绍嘉心里惦记着九龙含珠。

“放心，真正的九龙含珠不在张雪莲、康长风身上，但不会离他们的左右。至于那些仿造的九龙含珠，日后再慢慢去收回也不迟。”龚破夭充满信心地说。

“那我们就赶紧去追吧。”李绍嘉迫不及待了。

龚破夭看了他俩一眼，然后道：“全策你从左追，嘉嘉你从右追，晚上在艾嘉尔集合。”

“印缅交界的艾嘉尔？”李绍嘉问。

“是的。”龚破夭答，然后又叮嘱道：“你们只需悄悄地跟踪，千万不要跟他们硬拼。”

“明白。”两人齐声答道，然后一分为二，一个往左追去，一个往右追去。

望着他俩的身影在林子里消失，龚破夭才往北追去。

虽说张雪莲、康长风的气息忽左忽右，还不时地兜兜圈子，却根本难不倒他龚破夭。

出乎龚破夭意料的是，当他傍晚到达艾嘉尔，刚在一家小酒楼坐下，还没喝上一杯茶时，万全策和李绍嘉已经依约到了他身边。

所谓出门看天色，入门看脸色，他俩入门的瞬间，龚破夭已发现他俩的神色不对，正流露出一脸的沮丧。

不用他问，李绍嘉便大大地“唉”了一声，连珠炮似地说：“上当，上当，我们上当了。”

“咋啦?”龚破夭平和地问。

“我和老万追了大半天，他嗅到的是张雪莲的气息，我嗅到的是张雪莲的气息，相信老大你嗅到的也是张雪莲的气息。”李绍嘉沮丧地道。

龚破夭并没有流露出半点诧异，倒是笑问李绍嘉：“你觉得这很奇怪吗?”

“当然啊，一个张雪莲，怎么会变出三个来了呢?”李绍嘉道。

“呵呵，全策不是说了嘛，那女人狡猾得很，如果她只留下一处气息，那才让人感到奇怪呢。”龚破夭笑说。

听了这话，李绍嘉不由得眼睛一亮，兴奋地问:“那老大是从假象中辨出真来了?”

第四百零九章　真假张雪莲

龚破夭是否从假象中辨出真来了？

龚破夭一下子也不敢说死，而是望着万全策："全策，你所追的张雪莲应该是往东走了吧？"

万全策点了点头。

"那你的呢？"他转而问李绍嘉。

李绍嘉却支支吾吾地答："像是往西，又像是往南走了。"

"怎么会这样？"万全策盯着李绍嘉，"你的鼻子塞进了石头不成？"

李绍嘉一脸委屈地说："那婆娘总兜圈子，把我都兜晕了。"

"哼哼，你是被她的气息迷晕了吧？我追的张雪莲，还不是总兜圈子？我怎么就没被她兜晕？"万全策讥讽道。

龚破夭心里笑了一下。他很清楚，张雪莲是个爱兜圈子的人。如果从兜圈子这个角度去看，根本就无法辨清他们所追的三个张雪莲，哪个是真的，哪个是假的。

于是，他又道："说说你们嗅到的气息。"

"嗯，我嗅到的是像野百合一样的气息。"万全策答。

"我嘛，我嗅到的却是玫瑰一样淡淡的香。"李绍嘉也答。

"嗅真了？"龚破夭追问。

"真，金子都没那么真。"

两人异口同声地答道。

听了他俩的话，龚破夭的内心闪过一丝笑意。

他追了张雪莲多天，她给他印象最深的就是身上散发出一股淡淡的麝香味。而他所追的这个张雪莲，就散发着淡淡的麝香味。

从目前来看，三个方向的张雪莲，只有往北又往东走的这个更接近真的张雪莲。

往北又往东一直走的话，那就是要穿过印度，再横穿缅甸，进入云南。

而万全策所追踪的这个张雪莲，则是朝向老挝或泰国的。

李绍嘉追的那个呢？往西，是进入印度；往南，却可以到达仰光。

如果按正常的情形来看，张雪莲去老挝、泰国、印度、仰光的可能性都不大，而直奔云南，用九龙含珠这个令牌去策动吴三桂属下的人，应该是她的当务之急。

这是正常的思维。

问题是，张雪莲的行动常常都是出人意料的。也许越不可能的事，越是有可能；反而越是有可能的事，却越是一个骗人的诱饵。

“老大，你追的张雪莲呢？”李绍嘉突然问道，打断了龚破夭的思索。

龚破夭回过神来，将自己的想法说了。

“唉，这么复杂，该怎么办？”李绍嘉叹气了。

龚破夭笑笑：“什么事情都是去伪存真的。明知道是假的，也不妨去追，否则什么线索都没有了。”

“嗯嗯，老大所言极是。”万全策表示赞同。

“先吃饭，然后休息一下再走。”龚破夭说道。

吃了饭，休息了两三个小时，他们就从艾嘉尔出发了。

这回他们并没有分开，而是直追往北又往南走的这个张雪莲。

正如龚破夭所推测的那样，他们追了五天五夜，从印度这边横穿了缅甸，最后追到了云南。

一踏入自己的国门，他们的身子就像一片树叶找到了自己的根，感到无比的舒适。

“真想好好睡它个十天八天的。”李绍嘉忍不住道。

“等追到张雪莲，你睡一年都没人管你。”万全策笑道。

龚破夭却想：即使追到张雪莲，也不可能尽情地睡。只要一天不赶走日本鬼子，他们就别想睡个安稳觉。

进入瑞丽之后，龚破夭已打定主意，要赶在张雪莲到达大理之前把她抓住。大理是吴三桂当年的老巢，谁知道他在那里的势力到底还有多大？如果张雪莲策动了几个村子的人来对付他们，他们就会十分被动。因为那些人都是受蒙蔽的人，都是无辜的。然而，两相交手，一定会死人的。

因此，在瑞丽匆匆吃了点东西，他们就连夜继续追踪张雪莲了。

依龚破夭嗅到的张雪莲的气息去判断，她与他们相距不过数十里，只要加把劲，就可以在她赶到大理之前将她截住。

一路上，他们逢山过山、见水涉水，尽量少走弯路，以争取更多的时间。

他们施展轻功疾飞了十几里，龚破夭已与李绍嘉、万全策拉开了距离。

李绍嘉跟他相距一里，万全策则在两里之外。

时不等人。

龚破夭便边走边留下暗号：他先走一步，他俩在后面跟着便是。

留下了暗号，龚破夭马上又加快了速度，在山道上疾飞不已。

约莫到下半夜的时候，他已经到达陇川的县城。

张雪莲的气息是鲜鲜的、浓浓的，且没有穿县城而过。

也就是说，张雪莲留在了陇川。

转了几条街巷，龚破夭马上锁定了一间叫“福祥”的客栈。

福祥客栈不大，只是一座两层的小楼房，约莫有十来间客房的样子。

龚破夭稍微侦察了一下，发现客栈前面临街，后面有个小院子。

从张雪莲散发出的气息来看，她所住的房间是靠后院的二楼西北房。

客栈的房间都没了灯光。

龚破夭并没有马上行动。他知道窗子都是木窗，只要使点劲，即可将窗枝推断，然后穿窗而逃。如果他从正门进入，稍微弄出点声音，都有可能惊动张雪莲。一旦惊动了她，她就有机会从后窗逃走。

等。

等了一刻钟上下，李绍嘉和万全策也气喘吁吁地来到了他身边。

没有吭声，看龚破夭悠然的神态，他俩已猜到他锁定了张雪莲，目光都欣喜地落在他身上。

龚破夭也回以目光，示意他俩去守住后院，自己则悄悄地摸向了正门。

第四百一十章　是个假雪莲

当龚破夭破门而入的时候，分明听到了两声“哧哧”的笑声。笑声温而柔，完全是张雪莲的语音。

而且，张雪莲根本就没睡。她正站在窗前，穿着一袭白裙背对着他，并没有要逃的意思。

是她发现了后院的李绍嘉和万全策，觉得逃无可逃，才没有行动，还是因为别的什么？

听她的笑声，虽然是温而柔的感觉，但温而柔的感觉里面分明还带着一种讥诮。

她讥诮什么呢？

龚破夭也还以讥诮：“张雪莲，你笑什么？是笑你跑得够快吗？”

“嘻嘻，谁是张雪莲啊？”话音刚落，女子转过身来。

龚破夭也不由得呆了一下。

一眼看去，她确实像极了张雪莲。但细看，她却比张雪莲略胖一些。

双胞胎。

龚破夭脑海里猛然闪出这个意念，然后笑道：“你不是张雪莲，那你肯定就是张雪花了。雪莲是大，你是小。”

“是又咋地？不是又咋地？”张雪花一脸妩媚地望着龚破夭。

“那你说你想咋地呢？”龚破夭反问。

“我什么都不想。”张雪花说罢又道，“说不想是假的，但你希望我想什么呢？”

“想什么，那是你的事，谁管得了？”龚破夭故意道。

张雪花走近他，身上淡淡的麝香味诱惑着他：“真不想知道？”

“不想。”

“那我告诉你得了，”张雪花舌吐兰香，目光火辣辣地射向龚破夭的眼睛，一字一顿地说，“我在想你这个小帅哥。”

呵呵，这也太大胆了吧？

龚破夭笑笑：“想我是假的，想康长风才是真的吧。”

“你、你怎么知道？”张雪花感到十分诧异。

有什么好诧异的？双胞胎的思维，一般都是一样的。而且，双胞胎里头，总有一个要蠢一些的。

不用说，这张雪花就是蠢的那个。

龚破夭道："这有什么？我还知道，康长风连正眼都没瞧过你一下。"

"胡说，你胡说。"张雪花急道。

"呵呵，是我说到你的痛处了吧？实话说吧，康长风爱的是你姐，而不是你。知道为什么吗？"龚破夭在煽动着。

"为什么？"张雪花果然上当了，追问。

"为什么？你蠢啊。"

"我怎么蠢啦？我哪点比不上我姐？"张雪花不服气。

"哪点都比不上。"

"哼，你乱说。我比不上她的话，你们怎么追了那么多天才追上我？"张雪花自鸣得意地说。

"唉，说你蠢，你还真蠢。你知道猎人最喜欢的事情是什么吗？"

"是什么？"张雪花不解。

"就是慢慢追踪猎物的过程，一下子追到手还有什么意思？就像谜底一下子被揭开了，那还有什么好奇的？"

"鬼才信你说的。"张雪花死撑着。

"信不信由你，但你确实蠢啊。"

"不要老说我蠢！"张雪花不干了，眼里居然闪出了泪光。

龚破夭眼里闪出一头绵羊被驯服的样子："不是不行。但不说，你还不知道自己被你姐利用了。"

"哼，谁说我不知道？我这是将计就计，好乘机去见我的长风哥。"张雪花开始竹筒倒豆子了。

龚破夭要的就是这种效果，便进一步刺激她："长风哥是你姐叫的吧？"

"她那狐狸精，长风哥才不会喜欢她。"

"不会吧？如果他不喜欢她的话，怎么会和她一块儿去泰国，而——"

"什么泰国？他们是去——"说到这，张雪花突然打住了，"哼哼，你是想套我的话啊，我才没那么傻告诉你。"

"但你已经告诉我了。"龚破夭笑道。

"呸，我才没告诉你。"

"告诉了，你否定他们去泰国，就是肯定他们去了印度。"

"他们还去印度干嘛？"

"干嘛？那里有他们的安乐窝啊。你还不知道吧，他们的床铺金碧辉煌的，躺上去就像进了十万次洞房似的，多幸福啊。你姐取到了宝，还能不跟你长风哥去风花雪月啊？"龚破夭显得无比神往地说。

"你骗人，我姐根本就没跟长风哥睡过。"张雪花不愿龚破夭所说的结果发生，

"长风哥对我说过，等他们到西藏办完事，就一脚将我姐踢开，然后回来跟我成亲。"

西藏。

张雪莲和康长风去了西藏。

龚破夭心下欣然，表面上却不动声息："他们去西藏干嘛？去喝西北风啊？"

"干嘛？谁知道他们去干嘛了？"张雪花装糊涂了。

龚破夭便直言道："行了，你也别装作不知道了。你长风哥对你那么好，他能不告诉你？"

"没有，他就是没有告诉我。"

"不可能吧？既然他要将你姐踢开，然后娶你，怎么可能不告诉你？除非他是哄你高兴才说娶你的。"

"才不是呢！"

"那是什么？"

"是、是、是……"张雪花"是"不出来了。

其实龚破夭心里很清楚，依康长风、张雪莲狡猾的天性，根本不可能将自己的去向告诉一个要利用的人。而且，在对话的过程中，张雪花所说的话很多都是假的，都是为了自我安慰的话。但说到康长风他们去西藏的话，倒是真的。

于是，龚破夭便道："是不出来了吧？因为他俩根本就没跟你说真话。对你说真话的，只有那个暗恋你的强巴。"

"你、你、你怎么这么清楚？"张雪花惊诧道。

"这有什么？强巴一直和你姐假扮夫妻，可他只能睡在床下。这种可望而不可及的痛苦，哪个男人都难以承受啊。为了减轻痛苦，他自然就将希望寄托在你身上，暗暗地恋着你。怎么说，你的外表也挺漂亮的，并不比你姐差。所以为了讨好你，强巴把什么都告诉你了，对吧？"龚破夭分析道。

张雪花脸红了，嘴却硬："那又怎么样？"

"没怎么，我只希望你把真正知道的告诉我。"

"哼，你想都别想。"张雪花一副宁死不屈的样子。

"我不想可以啊。"龚破夭却显得很轻松地说，"但后院那两个人想啊。你以为他们俩会像我一样对你这么温和啊？那个瘦个子练的可是鹰爪拳，随便一出手，就可以撕下你的一块脸皮，到时看你怎么去见你的长风哥。"

龚破夭说得轻松，张雪花却感到无比的恐怖。女人的本钱无非就是一张漂亮的脸蛋，脸蛋毁了，那就什么希望都没有了。

惊惶地睁着双眼，张雪花的口气软了："那你想知道什么？"

"嗯，想知道你姐他们去西藏干什么了。"

张雪花想了想，显得很为难地道："说真的，我真的不知道他们去干什么了。"

"别急，好好想想。"龚破夭边说，边去点亮油灯。

灯光之下的张雪花，确实要比张雪莲显得单纯得多。

张雪花想了一会儿才道："我、我想起来了，他们好像是要去见一个什么人。"

"具体点。"

"我就偷听到那么一两句，你叫我怎么具体啊？"张雪花急得欲哭。

看来不是装的。

"那我再问你，康长风到底是什么地方的人？"龚破夭又问。

"什么地方的人？他是康巴土司的儿子，肯定是康巴那地方的人啊。"张雪花答。

"不，我是问他们的祖先是从哪里来的。"龚破夭干脆直接点明了。

"嗯，这个啊，他好像说过是什么莫卧儿王朝的后人。"张雪花道，"还骗我姐，说他是什么王子。我姐也自认为自己是什么公主。"

"所以他们是王子配公主了。"龚破夭笑道。

"我呸，我姐是公主，我不也就是公主了？"张雪花可不信张雪莲是什么公主。

呵呵，这个傻大妞，真的是什么都不懂。

龚破夭心里笑了笑才道："行了，那就不用再说了。这回我就放你一马，回去找个好男人好好过日子吧。"

"才不呢，我要等长风哥娶我。"张雪花还满怀希望地道。

"那你就等着收他的尸吧。"话一出口龚破夭就有点后悔了，觉得自己太残忍了，虽然这是真话。

"你、你不能杀他。"张雪花嘶声喊道。

龚破夭已经不忍听了，飞身闪出了门。

身后隐隐传来张雪花嘤嘤的哭声……

第四百一十一章　策马飞奔

为了保持体力，天亮之后，龚破夭他们就到农家买了三匹马，备了一些水和干粮，匆匆出发了。

仿佛追着秋阳一般，龚破夭带着李绍嘉、万全策朝西藏的方向飞驰而去。

秋阳如血。

西风嘶鸣。

骑在马上奔驰，龚破夭似乎感到一种惨烈，好像西风也在一声声地紧催着他们。

刀枪铮铮，人头落地，他仿佛看到了血流成河……

他知道，如果康长风的阴谋得逞，西南、西藏必定会燃起战火。自小日本入侵中国，溥仪建立满洲国之后，就有不少人蠢蠢欲动，企图与日本勾结，想另立什么国。康长风所要见的人，是否就是当中的人？

那么，这个神秘的人又是谁？

龚破夭推测，康长风要找的人绝对不是一般的人，肯定是一个有权有势的人。

原先，他还猜康长风要见的是西藏的人，但张雪花一说康长风是莫卧儿王朝的后人，他的注意力就转移到了印度。

印度是政教合一的国家。

喇嘛拥有至高无上的权力。

当然，喇嘛也讲等级。

印度佛教的“活佛”非常多。但是，真正的、有修有证的活佛却很少。

印度活佛一般分五个等级。

第一等级：印度三大寺的住持。

第二等级：三大寺底下的法王（红、黄、白以及花等教派）。

第三等级：各寺院的住持。

第四等级：寺院住持底下懂教法的教授师。

第五等级：捐班活佛。

“捐班活佛”是一般的喇嘛。也就是说，他当喇嘛已经很久了，一直没有活佛的身份，不过他的家里有一点资产，于是就把资产变卖换成了钱，到政府去捐一点钱申请一个活佛的头衔。头衔得到后，他就被列入活佛的行列里，也就变成“捐班活佛”了。

康长风不可能去找第一等级的活佛。第一等级的活佛已经在印度享受最高的待遇，不可能自己反对自己，损害自己的利益。

除了这第一等级的人之外，其他等级的人都有可能与康长风接触。

从与康长风交手之后，他和张雪莲身边都有喇嘛帮忙来看，他们一直与喇嘛都是有联系的。

色蚌寺、哲拉寺、丹须寺是印度德里市附近喇嘛教的三大寺院。

其中，色蚌寺和哲色拉寺都拥有很多古代的文物，可见对古物是极为重视的。

是否九龙含珠就是他们帮忙的条件？

还是另有原因？

这里面到底藏着一些什么蹊跷？

龚破夭不停地分析着。

康长风真是太狡猾了，他所要见的神秘人物明明是印度法王之类的人，却偏偏不在印度见面，而选择在西藏。

他这样做的目的很明显，即使龚破夭发现了他的行踪，也会认为他要见的是西藏的人，从而将目标转移到西藏人身上。

一旦这样，龚破夭就会误入歧途，根本无法寻找出真相。

坐骑跑得“呼哧呼哧”的，龚破夭听着就心痛。但比起国家的安宁、老百姓所求的和平日子来说，坐骑作点牺牲也是值得的。要不是听着坐骑“呼哧呼哧”地跑得尽心尽力的，他还会扬鞭的。

主家说这是一匹千里马。

其浑身漆黑，却四蹄雪白，在古道上奔驰起来，就如同四蹄踏雪，神采飞扬。

他就称自己的坐骑为“黑神”。

黑神是千里马，故而不在一时的爆发力，一时如箭的飞奔，而在于遥遥千里，并始终保持一种风一般的速度。

临近黄昏时，他们就赶到了泸水。

泸水县位于云南省西部偏北，东靠碧罗雪山，与兰坪、云龙两县相邻，南接保山，西与腾冲县和缅甸国毗邻，北连福贡县。泸水在西汉时属益州郡的比苏县；宋代属金齿郡；明末清初置老窝、登埂、卯照、鲁掌、六库五土司，分属大理府的云龙县及永昌府的保山县境内，有傈僳、汉、白、彝、景颇等21个民族。

其地处横断山脉南端纵谷区，东部的碧罗雪山与西部的高黎贡山夹怒江，由北向南纵贯全境，地势北高南低，呈“V”字地形，最高海拔4161.6米，最低海拔738米。全境气候因海拔差异，有明显的立体气候特征，分为亚热带、温带、寒带等7个气候带。

民族丰富。

气候丰富。

但这么丰富的地方，他们都无暇去欣赏了。

匆匆吃了晚饭，他们便叫客栈老板帮忙喂马，自己则迅速上床休息。

睡到半夜，他们就起床了。

出发前，老板提醒他们，这泸水往北都是崎岖的山路，夜里走危险。

龚破夭多谢了老板的好意。

夜色之下，马蹄声显得更烈，仿佛声声都要震落星星似的。

风在耳边飞过。

山野迅速地飘到身后。

龚破夭感到自己是在飞驰。

三匹马也像长了翅膀一样，飞度山野。

第二天下午，他们来到了贡山。

贡山地处滇西北怒江大峡谷北段，东与德钦、维西相连，南与福贡相邻，北与西藏的察隅县接壤，西与缅甸毗邻，为多民族杂居地区。这里天主教、基督教、藏传佛教、原始宗教四教并存，使贡山成为多民族文化与东、西方宗教文化交汇的地方。

这里民族节日众多，民族文化异彩纷呈，有独龙族的“开强瓦”节、怒族的“仙女”节、傈僳族的“阔时”节……

走在贡山小城的街上，万全策就冲李绍嘉笑道：“想不想去‘仙女’一回?”

李绍嘉白了万全策一眼：“老万，你别老诱惑我行不行？你是不是希望黑玫瑰和我一刀两断啊?”

“哈，让你成仙还得罪你了呀?”万全策仍然笑道。

“那是！只要黑玫瑰在一天，我都不会去想成仙的。”李绍嘉道。

“哟，你说得酸不酸啊?”万全策故意装出酸掉牙的样子。

李绍嘉正想说什么，突见龚破夭的双眉扬了一下，马上将目光落在龚破夭身上：“老大是不是发现什么了?”

龚破夭轻轻地“嗯”了一声。

第四百一十二章　欲擒故纵

是的，龚破夭已经嗅到了张雪莲和康长风的气息。

气息虽然很淡，但龚破夭仍然凭着淡淡的气息，追到了小城的一家四川客栈。为了证实自己的嗅觉，他故意点了几味特色的川菜。

点菜的时候，他还与老板娘聊了起来。

听到是老乡的口音，老板娘十分热情，聊到高兴处不由得说道："这两天来的老乡多哦。昨天傍晚就来了一对男女，他们虽然没说自己是四川人，可我一听他们的对话，就知道是四川老乡。"

"那女娃漂亮吧？"龚破夭笑问。

"漂亮，漂亮。看年纪，她不像女娃，可那双眼睛星子一样亮，倒又有女娃的纯。"老板娘兴奋地说，"那男的也英俊，只是——"

"只是什么？"

老板娘妩媚的脸蛋掠过一丝阴影："感觉那男的好阴，我的背脊被他一望，就像被刀砍了似的。"

"那么厉害啊？"

"就是。我就感到奇怪，那么英俊的男儿，干嘛那么阴啊。"老板娘很是不解。

龚破夭笑笑："也许他遇到什么不开心的事了吧？"

"哪里哦，我看他们俩啊，就像抱回金娃娃那么开心。那男的还夸那个女的，说她什么金蝉脱壳来着。唉，我也就听到那么一两句。反正，看他们的样子是十分开心的，像完成了一件什么大事一样。"老板娘说罢，又加了一句，"那男的阴归阴，做人还是很会做的，走时还给了我几个银子。"

"嗯，都是老乡嘛，肯定大方的。"龚破夭笑说。

"嗯嗯，就是，就是。"老板娘道罢，转身进了厨房。

这是一间夫妻客栈，丈夫掌厨，老婆待客。

等老板娘进了厨房，李绍嘉和万全策便急急忙忙地问道："老大，我们晚了差不多一天了，是不是吃饱了就得赶路？"

龚破夭却答道："不，今天好好睡一觉，明天再说。"

"这——"两人不解了。

龚破夭笑了笑才道："从老板娘说的来看，他们肯定以为摆脱了我们，故而显得很开心。我们不妨来个顺水推舟，让他们认为已经彻底摆脱了我们。"

"可他们已经跑远了，我们再不跟上的话，岂不真让他们溜了？"李绍嘉担心极了。

万全策瞪了李绍嘉一眼："傻猴，就你担心他们溜，老大就不担心啊？老大这是欲擒故纵。"

"还纵啥啊？早抓到他们不是更好吗？"李绍嘉急急地说。

万全策晃了晃脑："好啥？那是欲速则不达。你想想，他们两人身上都没带着九龙含珠，而他们要去见的神秘人物，肯定是与九龙含珠有关的。如果我们就这样把他们抓了，不但找不回九龙含珠，而且还断了线索。"

听了这话，李绍嘉感到有点复杂，便望着龚破夭："是这样吗？老大。"

龚破夭点了点头，然后道："所以我们不能追得太紧。依我的推测，他们所走的是德钦、察隅、波密、林芝这条直通拉萨的路线，沿路肯定都有他们的眼线，只要我们一出现就会打草惊蛇。因此，我们不能走这条路，要先绕道到四川，然后走巴塘、左贡、昌都、巴青、那曲，从林周进入拉萨。"

"老大，那会绕好大一个弯哦。"李绍嘉道。

"没事，到时我们辛苦一点就行了。"龚破夭答。

"如果他们不是去拉萨呢？"李绍嘉又提出这么一个问题。

"是有这种可能，但这种可能性不大。"龚破夭胸有成竹地说，"依康长风的天性，他既有放长线钓大鱼的一面，也有急功近利的一面。他潜伏经营了这么多年，好不容易将九龙含珠拿到手，就得让它变成功变成利。因为他知道我们在紧追着他，不可能再潜伏。"

"依老大的意思，他是要一手交货，一手拿钱的？"李绍嘉似懂非懂地道。

"不会是钱。他什么都缺，就是不缺钱。"龚破夭摇了摇头。

吃罢晚饭，他们早早就上床休息了。

第二天他们从贡山绕上四川，之后便马不停蹄地进藏，直奔拉萨。

进了藏区，他们都换上了藏服，将自己打扮成地道的藏家小伙。

当他们到达拉萨的时候，已经是十天后的事情。

到了拉萨，龚破夭他们马上分头行动：李绍嘉去城西，万全策去城北，龚破夭则负责城东、城南。

但在拉萨城东、城南转了一圈，一直转到天黑，龚破夭也没嗅到康长风、张雪莲他们的气息。

难道他们还没到？

龚破夭回到在拉萨落脚的客栈时已经是下半夜，万全策和李绍嘉都已经在房间里等着他了。

一看他们的神色，龚破夭就知道他们也没有什么收获。

他还没有开口问，李绍嘉已说道："老大，我和老万都是空手而回，你可有斩获？"

他坐在茶几边，喝了一口万全策斟上的奶茶方道："我也是没发现他们的踪迹。"

听了这话，李绍嘉的脸立马乌鸦一样黑了下来。

万全策虽不动声色，却也难掩盖失望的神情。

"不过，"龚破夭却接着道，"我却从一些喇嘛的口中了解到，印度丹须寺的长轴真经失踪了。"

"是什么样的经书？"李绍嘉可是第一回听说这个，脸上的乌鸦不由得变成了喜鹊。

"就是用佛祖舍利子与纯少女血液融在一起书写的一幅长轴真经。"龚破夭解释道。

"唉，不就一轴真经吗，那有什么呢？"李绍嘉又感到了失望。

万全策却似乎从龚破夭的话语中，感觉到经书与康长风他们有关，失望的神情顿然烟消云散，兴奋地道："瘦猴，这你就不懂了。据我所知，佛祖的舍利子本来就充满佛力，而将舍利子研碎与少女的新鲜血液融为一体写下的真经，无疑就是将佛力融入到长轴里了。不用说，这长轴真经就是印度丹须寺的镇寺之宝。"

"真是这样吗？"李绍嘉也来了兴致，望着龚破夭问。

龚破夭点了点头，然后道："当年张三丰以道法赋予九龙含珠神力，让朱元璋得天下。这自然给了康长风一个启发，如果赋予九龙含珠以佛力，九龙含珠必定会威力无穷，助他实现自己的野心。只有这样才解释得通，他和张雪莲为啥一取到九龙含珠就直奔拉萨与印度法王见面，目的只有一个——就是要让九龙含珠重新开光。"

"可到现在我们也没有发现他们的踪影啊。"李绍嘉道。

万全策瞥了他一眼："蠢猴，没他们的踪影也正常啊。长轴真经失踪，说明是被人盗窃了。既然是盗窃，怎么能招摇过市？所以，他们见面的地方，就不一定是在拉萨。"

"嘿嘿，我真是蠢，连这都想不到。"李绍嘉羞愧地道。

第四百一十三章　定格珠峰

几天之后，当康长风、张雪莲被龚破夭他们追逼到珠穆朗玛峰北面的一条冰川的时候，两人的脸色真的就像雪一样惨白了。

子弹已经打光，他们的手枪也变成了一堆废铁。

龚破夭他们的盒子炮，却是弹药充足的。

即使他们的盒子炮还有弹药，康长风的心里也发虚。虽然他自认为自己的大藏雷掌天下无敌，可轻松地将范庭兰打得手忙脚乱。但眼下他面对的不是范庭兰，而是龚破夭。

是的，只有龚破夭在康长风眼里，李绍嘉和万全策根本不在话下。

尽管他还没和龚破夭真正交过手、对过招，但从龚破夭万里迢迢对他们紧追不放，最后还寻找到他们和印度甘丹法王约会的地方，又将他们一步步逼到这珠穆朗玛峰的冰川来看，龚破夭的功夫就远在自己之上。

冰川寒意逼人。

他看到走在前面的张雪莲不时地打着寒颤，心里禁不住涌上阵阵酸楚。

他和张雪莲可谓一见钟情啊。

他视她为红颜。

她视他为知己。

他感觉她是美绝天下的虞姬。

她相信他是当今盖世的项羽。

他心里酸楚，是因为张雪莲跟着他苦心经营了这么多年，也没能看到他完成霸业。非但看不到，而且是刚准备开始就夭折了。他虽然给了她当皇后的梦，但梦也到此为止了，连梦中的花都没能在现实中盛开一朵……

龚破夭，你难道真的就是我的克星吗?

康长风回头看了一眼，只见龚破夭正不紧不慢地跟在后面，与自己相距不过百米。如果龚破夭想要他和张雪莲的命，手中的盒子炮来一串点射就搞定了。

龚破夭并没有要取他俩性命的意思。

为什么?

显然是为了活捉他俩。

一左一右的李绍嘉和万全策虽然不时地打一枪，也只是威吓威吓他们而已。

逃，其实是无路可逃的了。

一览无余的冰川，连个躲藏的地方都没有。

就在这时，张雪莲突然停住了。

康长风一看，张雪莲已站在一道冰崖的边上。

冰崖深达百丈。

往下望了一眼，康长风心里不禁凉嗖嗖的。

转过身，张雪莲对他挤出一缕苦楚的笑。

分明像在说：长风，我们完了！

康长风强打起精神，回以坚定的目光，安慰地说："雪莲，天会保佑我们的。"

张雪莲却绝望地摇了摇头。

康长风正想说什么，冰川下突然传来了枪声。

援兵来了！

康长风兴奋莫名地转过身。

往冰川下一看，他的心又凉了半截。

哪里是什么援兵哦？

不过是落荒而逃的中村正岛和安室美惠。

而紧追着他们的，却是范庭兰他们九个人。

范庭兰他们一线排开，正拉着网，只等中村正岛、安室美惠乖乖地落网呢。

抵抗显然是没用的。

脑袋先开花的是中村正岛。

中村正岛中弹倒地之后，安室美惠就像疯了一样，非但不跑，反而朝范庭兰他们冲了过去。

勇猛有什么用？这不是以卵击石吗？康长风心道。

刚这么想着，密集的子弹已经纷纷飞向安室美惠，她连吭一声的机会都没有，就倒地气绝了。

血顿时在冰面上殷红成一片。

这下，是十二比二了。

张雪莲不由绝望地喊了一声："长风。"

康长风转过身望着她，边取下身上的九龙含珠边道："装上夜明珠。"

张雪莲目光一闪，仿佛在茫茫大海中抓到了一跟救命稻草，赶紧从怀里取出夜明珠，嵌入大龙的口中。

刹时，九龙射出万道金光，将他俩笼罩了起来。

"傻瓜，你们以为这样就可以救你们的命吗？张真人早把法力收回去了。"李绍嘉讥讽道。

听了这话，康长风和张雪莲不禁面面相觑。

而且，康长风心里充满了对甘丹法王的怨恨。

因为过了约会的时间，甘丹法王也没有出现。如果他及时出现，及时用长轴真经为九龙含珠开光的话，充满佛力的九龙含珠必定会鼎力相助。

说不定，龚破夭他们还没找到他们，他们已经顺利离开……

中村正岛他们倒是依约而来了，结局却凄惨。至于他们那一队人是怎样从缅甸被范庭兰他们一路追杀，穿过印度、尼泊尔，然后进入西藏，再被逼到珠峰来的，康长风就不得而知了。

从他们只剩下两人来看，一路上肯定是被范庭兰他们杀得惨不忍睹的。

按照原计划，等他见了甘丹法王，让九龙含珠开了光，充满了佛力之后，再和中村正岛在拉萨见面，并详细告知他的建国大计。

是的，事前他根本没和中村正岛说过。在他眼里，日本就是小日本，这中村正岛更是小中之小。

怎么说，他也是莫卧儿王朝的后人，张雪莲也是周王之后。他的宏伟计划就是要建立一个莫周大王国，怎么会甘心做小日本的傀儡呢！哼哼……

但现实就是现实，已经没有如果了。

就在这时，龚破夭已经飘到他们的身边。

康长风集一生之功力，狠狠地朝龚破夭打出一记大藏雷掌。

雷掌如雷。

雷掌如刀。

直逼向龚破夭。

龚破夭微微一笑，右手似轻拂了一下，又似没动，康长风的大藏雷掌就消失于无形了。

康长风大惊失色。

飘过来的李绍嘉讥嘲道："康贼，你看吧，连九龙含珠都不帮你，让你的大藏雷掌变成大藏无掌了。"

康长风是个刚愎自用的人，岂会被别人的话左右？只见他一咬牙，又连续发出几掌。

然而，他所发出的几掌都和前面那掌一样，除了九龙金光之外，就像秋草一样蔫了。

"长风，不必了，我们走吧。"见状，张雪莲颤声说道。

康长风知道硬撑也没用了，不由得长叹了一声，突然拥抱着张雪莲，两人一起跳下了冰崖。

金光在冰崖中闪耀。

但金光只是闪耀了一会儿，就消失了。

李绍嘉走到冰崖边往下看，冰崖下黑漆漆的，哪里还看得到什么？

"唉，可惜了九龙含珠。"李绍嘉叹道。

走过来的万全策却说："也许这样更好，要不又有什么马长风、朱长风的去打九龙含珠的主意，不知道又要闹出什么事来。老大肯定也是这个意思吧，否则怎么会让他俩往下跳呢？"

龚破夭笑笑，既没说是，也没说不是，一切似乎尽在不言中……

（未完待续）

后 记

如释重负，如释重负，《特工之王 4》终于完稿了。

《特工之王 4》去年年底就开始动笔，前面十来万字都写得挺顺的。但越往后，越觉得艰难，感觉不是在写，而是在熬心熬血，每一章都是痛苦地熬出来的。

以前年少无知，看别人写几卷长篇小说，总不以为然，觉得自己去写的话也是很轻松的事情，及至自已开始写《特工之王》系列长篇，方知个中滋味。

前面的三卷都可以说写得比较轻松，直到这《特工之王 4》的前面部分都不算辛苦。但十几万字之后，我便踏上了艰难的跋涉之途。

按原来的想法，这部《特工之王 4》是写龚破夭带着特工队潜入印度，与昔日的仇人中村正岛展开生死的丛林搏斗，最后一报杀父之仇。

然而，当我把十几万字传给我的责编看的时候，她及时指出，丛林搏斗太多的话，与《特工之王 1》会有些雷同，是否可以从盗墓、夺宝的角度去展开后面的情节?

真是一语惊醒梦中人。

从此之后，很多的情节都围绕着盗墓、夺宝这个主题展开。

盗墓的小说，我没看过一本。

但有关盗墓夺宝的好莱坞大片，还是看过一些的。

再者，那些掘洞盗墓的感觉，也是有过亲身经历的。

当然，我当年掘地洞并非为盗墓，而是响应毛泽东“深挖洞、广积粮”的号召，在屋后、山谷里挖地洞。

那时是家里挖、学校挖、单位挖，全民皆挖。

因此，真是不知道自己到底挖了多少个防空洞。

然而，绝没想到的是，几十年后，挖洞的感觉居然被我用上了。

有人就说，对一个作家而言，所有的生活、经历都是有用的。

当我往这方面写的时候，一些情节就自然而然地跳了出来。

就像夺宝，要夺什么宝?

开头写到的是夜明珠。

但我觉得夜明珠太熟、太俗，虽然它被我赋予了不少神奇的法力，但总显得不够新鲜。

怎么办?

中国人喜欢以龙为图腾。

于是，我便从龙的角度去想，结果一下子就想到了九龙含珠，并由此引发出一连串的故事。

整个构思都已经十分完整，按说往下写应该是十分顺利的了。

心里也希望将它写得更好，比前面几卷都要好。

也许正是因为带着这个希望，无形中给自己造成了压力。

三月中，为了照顾生病的母亲，我回到过去生活、工作过的小城——连山。

连山，顾名思义，那是个山连着山的地方。

山青林密，是个天然的氧吧。

过去在连山生活的时候，连山就给了我不少灵感，让我写下了不少文学作品。

我想这次回去，一可以照顾母亲，二可以在连山这个氧吧里灵感大发，将《特工之王 4》一气呵成。

开始几天都挺好。

早上出去爬山，吸收山之灵气，爬山回来之后就静心码字。

码得挺顺的，一天两章。

心里可乐了。

心想不出十天，即可完稿。

哪里会想到，许多事情都是人算不如天算的。

一天下午上山去拍了一些风景回来，第二天就感冒了。

而且是重感，浑身都提不起劲来。

直到清明这天，不知是老爸知道我要去拜祭他还是怎么的，感冒似乎好了。

上坟的时候，姐还在老爸的墓碑前念念叨叨，说名利钱财都不重要了，关键是保佑我们全家人身体健康。

有了姐的祈祷，我想老爸也会很努力地保佑我们的。

老爸在连山有个外号，就是“老实人”。很多人都以为他老实，却不知道他是个正儿八经的特工。

搞笑的是，清明的前几天老妈说她做了一个梦——老爸在地下还干着特工，而且特地告诉她一个密码，叫她一定要记住，否则就见不到他了。

我也忽发灵感，要写一篇《清明时节怀念特工老爸》。

老爸是 1938 年参加地下党的，1941 年就潜伏到广东省国民政府里头，一潜就是八年多，直到临解放才悄悄地回到家乡。

这八年他到底干了些什么，只有天知道。

当时他是以脱党的形式去潜伏的。解放后，他以为自己脱党了，很多人也以为他脱党了。直到他仙逝之后，他的档案解密，单位的领导才告知母亲：老爸的党籍一直是保留着的。

这些都无所谓了，解放后的历次运动，许多人都在劫难逃，老爸却平安度过。

那天和连山宣传部长吃饭，我偶尔说起老爸，她便深有感触地说："他那代人活得不容易，平安就是福了。"

是啊，平安就是福。

我希望老爸也祝我平安。

哪知拜山回来之后，我的感冒又重发了。

以为是久没回连山，水土不服之故，赶紧在六号逃回清远。

回到清远，病情非但不见好转，反而加重了。感冒好了之后，又变成了失眠、发虚汗，第二天醒来之后脑袋就像灌了铅一样，石头一样沉沉实实、木木麻麻的，根本就无法进行创作。

这一弄又是十几天。

为啥？难道老爸不保佑我？

不可能啊。我哥就时常说老爸对我偏心。像老爸仙逝之后，就常托梦给我。他说冷啊，我就烧纸钱给他，再到我梦里来的时候，他就是欢欢快快的了。他说口干啊，我就赶紧为他祭鸡祭酒。嘿，他又欢快地到我的梦里了。

我想我无意中写起了《特工之王》，都是他冥冥中帮的忙。

所以，我没有怪老爸的理由。

回头想，我之所以生这场几十年一遇的大病，也是情理之中的事。新车开上几千公里都要去保养，何况是活了几十年的人？

这么一想，心下也就释然了。

只是这大病一场，拖迟了《特工之王 4》的完稿，打心里感到对不起读者。

特敬请喜欢本书的读者原谅，也在此希望读者继续大力支持《特工之王》，有你们的大力支持，我相信就有足够的动力去完成整部《特工之王》。